BON SANG
NE PEUT MENTIR

Duchesse de Sabran-Pontevès

BON SANG NE PEUT MENTIR

JCLattès

A Foulques
et à mes enfants

Elzéar-Louis-Zozime, 1er duc de SABRAN

ép. Antoinette de PONTEVÈS

ils adoptent

Marc-Edouard de PONTEVÈS, 2e duc de SABRAN
ép. Régine de CHOISEUL-PRASLIN

3.
4.
5.
6. Amic, ép. Mlle de la MOTTE-BARACI
6e duc de SABRAN-PONTEVÈS
meurt en 1963
sans postérité masculine

Léonide, comte de SABRAN-PONTEVÈS
ép. Bonne de PONS

Guillaume, comte de SABRAN-PONTEVÈS
ép. Marie de PANISSE-PASSIS

Elzéar, comte de SABRAN-PONTEVÈS
ép. Constance, princesse de CROŸ

Foulques, comte puis duc de SABRAN-PONTEVÈS
ép. Roselyne MANCA de VALLOMBROSA

Duchesse de TOURZEL

Amédée, duc des CARS ép. Augustine-Frédérique de TOURZEL

Geneviève de PÉRUSSE des CARS
ép. Richard MANCA, duc de VALLOMBROSA

Marquis de MORES
ép. Médora de HOFFMANN

Claire,
ép. comte LAFOND

Maréchal LANNES, duc de MONTEBELLO ép. Louise de GUÉHENNEUC

Adrienne LOMENIE de BRIENNE ép. 1. Louis-Emmanuel de CANISY
2. Armand de CAULAINCOURT, duc de VICENCE

Emma de CANISY ép. Alban de VILLENEUVE-BARGEMON

Gustave, général de MONTEBELLO, ép. Adrienne de VILLENEUVE-BARGEMON

Jean, comte de MONTEBELLO ép. Albertine de BRIEY

Amédée ép. Adrienne de MONTEBELLO

Jean

Roselyne de VALLOMBROSA
ép. Foulques de SABRAN

AVANT-PROPOS

Je suis née en 1910, Roselyne Manca de Vallombrosa, fille du comte de ce nom et d'Adrienne Lannes de Montebello, j'ai épousé en 1936 Foulques, comte puis duc de Sabran-Pontevès, fils du comte de ce nom et de Constance, princesse de Croÿ. En livrant aujourd'hui mes souvenirs au public, je lui confie les motifs qui m'ont conduite à en faire le récit :

Depuis mon entrée chez les Sabran et mon arrivée au château d'Ansouis, cinquante années se sont écoulées. Des tombes ont été ajoutées dans le cimetière familial, la chapelle Saint-Pierre, et je reste, après une vie déjà longue, le seul lien entre une époque révolue et des temps nouveaux dont on peut seulement présager qu'ils seront difficiles.

Au milieu des bouleversements prévisibles, le proche passé, devenu lointain, risque d'être enseveli dans l'oubli. Or, il ne faut pas que le fil soit rompu, car tous ceux dont le sang coule dans nos veines et qui dorment, soit au pied du château, tournés vers le sud, symbole de chaleur et de résurrection, soit en d'autres sépultures, ont lutté pour que nous soyons ce que nous sommes. Dans l'espoir de préserver leur mémoire et la nôtre, il m'a paru souhaitable de coucher par écrit tout ce que j'ai vécu moi-même ou glané dans les beaux récits que l'on se transmet de bouche à oreille et dont je porte en moi le fardeau comme on porte un enfant.

La gestation a été longue : crainte, pudeur, paresse... mille mauvaises raisons m'empêchaient de m'atteler à la tâche. Enfin, un jour, obéissant à des injonctions venues d'ailleurs :

« Vite, écris avant qu'il ne soit trop tard », je me suis mise au travail.

Destinées d'abord à mes enfants, ces pages ne sont pas d'un historien, mais uniquement le reflet de ce que j'ai vécu, entendu, lu ou même deviné dans le blanc des silences.

C'est seulement par la suite, alors que j'étais déjà parvenue à mi-chemin de ma tâche, que j'ai envisagé d'en élargir l'audience : notre mémoire ne nous appartient pas exclusivement.

« Comment est la Duchesse ? » m'a demandé, un jour, un homme en casquette et blue-jeans, qui s'attardait sur l'esplanade devant le château : « Comme tout le monde. »

Visiblement déçu par ma réponse, il a regardé ailleurs d'un air songeur, comme pour s'imaginer une châtelaine digne d'habiter pareil lieu et de porter pareil titre.

Tandis qu'il s'éloignait, je l'ai suivi des yeux jusqu'à ce qu'il eût franchi, parmi les touristes, le seuil de la maison. Espérait-il, en la visitant, apercevoir, au détour d'un corridor, une silhouette fugitive ?

A mon tour, je me suis posé des questions : « A quel monde appartient-il ? D'où vient-il ? Pourquoi s'intéresse-t-il non seulement à un édifice, mais encore à un titre que certains trouvent périmé ? » Je suis sortie brusquement de mon rêve : l'homme se tenait devant moi.

« Pourquoi ne m'avoir pas dit que vous étiez la Duchesse ? » Après cette apostrophe bourrue, il en est venu, sur un ton plus doux, aux confidences. Respectueux du passé et d'un ordre établi au cours des siècles, il se trouvait désorienté dans un monde en mutation, où toutes les valeurs étaient, selon lui, piétinées.

Aux vacances, il quittait la grisaille du Nord, où il travaillait en usine, pour visiter des châteaux encore habités : là, pensait-il, les traditions étaient encore respectées. Il espérait aussi, à l'occasion d'une rencontre fortuite, s'entretenir avec un membre de ces familles qui s'accrochent à leur patrimoine contre vents et marées.

Mon existence en quelque sorte le rassurait. Et puis elle

donnait une espèce de consistance aux récits des vieux manuels d'histoire… « Ne partez pas ! » Je n'avais certes pas l'intention de le faire. Au contraire. Et je lui ai raconté quelques anecdotes familiales. Lorsque je me suis arrêtée, il a dit : « Encore », avec une gourmandise d'enfant. Le soir est tombé avant que sa faim se fût apaisée. « Promettez-moi d'écrire ce que vous venez de me dire et tout ce que vous ne m'avez pas dit. » J'ai promis.

Après l'au-revoir il est revenu sur ses pas pour me demander une dédicace, « afin, a-t-il dit, que ses camarades d'atelier ne puissent douter de lui, lorsqu'il leur parlerait de sa visite à Ansouis ».

Béni soit cet homme qui a su rompre les barrières factices qui, trop souvent, séparent les êtres de bonne volonté ! Béni soit-il, aussi, de m'avoir fait comprendre que ce dont nous sommes dépositaires peut intéresser ces autres parents que nous sont tous les hommes.

Le manuscrit est achevé ; j'ai tenu ma promesse. Mon ascendance a eu la primeur. N'a-t-on pas tendance à oublier les aïeux de la femme du fait qu'elle abandonne son nom pour prendre celui de son mari ? Je n'ai pas pour autant négligé ceux de mon cher Foulques à qui je dois tant — entre autres ma passion pour Ansouis. Me suis-je réfugiée dans ce passé brillant pour oublier un peu nos ors ternis ? Le lecteur jugera. Je serais trop heureuse s'il fait ces souvenirs un peu siens, si ma tendresse pour les choses et les êtres ne lui est pas tout à fait étrangère, et enfin si ma certitude du bonheur éternel de Foulques lui communique quelque chose de mon espérance. Car telle est mon unique ambition.

PREMIÈRE PARTIE

Où l'amour a plus de place que la raison

11 JANVIER 1936 : les derniers invités sont partis, nous laissant en famille. Devant le buffet pillé, ma belle-mère et mes parents, empanachés dans leurs habits de noces, se félicitent de la cérémonie religieuse comme de la réception qui a suivi, tandis que mon beau-père, les sourcils froncés, l'air renfrogné, tourne en rond dans un coin de la pièce. Désireuse de les embrasser tous avant de retirer ma robe blanche, je me rapproche. Soudain, sortant de son mutisme, ce dernier me dit à brûle-pourpoint : « Quant à Ansouis, puisqu'il doit être un jour pour vous, je vous le donne d'ores et déjà pour que vous en fassiez ce que vous voudrez ; un conseil cependant : laissez-le tomber, cela fera une belle ruine ; si vous vous obstinez à le maintenir, c'est lui qui vous ruinera. »

Laisser tomber Ansouis, la demeure de saint Elzéar et de sainte Dauphine, Ansouis que depuis mille ans dore le soleil de Provence, Ansouis qui a résisté vaille que vaille aux sièges, aux intempéries, à la Révolution, Ansouis, berceau, tombe, retraite, d'une longue chaîne familiale dont notre couple forme le nouveau maillon ! Comment songer à l'abandonner, cet Ansouis que j'aime déjà ! !

C'est en touriste, amenée par un ménage ami, que j'y suis venue la première fois. Pauvre Ansouis, déserté depuis trois générations... L'arrière-grand-père, Léonide, veuf inconsolable d'une jeune femme propriétaire en Gascogne d'un vaste domaine, a dû sacrifier le vieux château pour mieux veiller aux intérêts de ses enfants. Guillaume, son fils, a épousé une héritière de grand mérite mais au cœur sec. Incapable de comprendre le charme d'Ansouis, elle a voulu le mettre au goût du jour en le faisant créneler par un émule de Viollet-le-Duc, et une chapelle de style saint-sulpicien — pierre froide et blanche — vient alors flanquer la grande façade. Le fantôme de garde s'en désole mais, en bon Provençal, dédaignant cliquetis de chaînes et sanglots, poursuit l'intruse sacrilège de ricanements sardoniques. Celle-ci n'y tient pas et quitte la place. Son fils enfin, mon beau-père, Elzéar, a fait un mariage brillant : une Sérénissime Princesse, venue des brumes du Nord, que la lumière méridionale a irritée. Aussi Ansouis sommeille-t-il derrière ses volets clos, donnant au visiteur l'impression de pénétrer dans le Palais de la Belle au Bois dormant.

Privés de l'œil du maître, la cour et les jardins sont envahis d'herbes folles ; on pourrait « faire les foins » sur l'esplanade. Quant à la belle façade classique, blessée par des clous rouillés auxquels s'accrochent des fils de fer, un séchoir la déshonore.

A l'intérieur, même impression d'abandon : parcimonieusement entrebâillées les lourdes persiennes, on aperçoit dans un rai de lumière tapisseries, buffets, pièces d'argenterie, vestiges d'un passé brillant. Dans la chambre dite des saints, mon ami Henri s'inquiète : « Mais le jeune Comte, on ne le voit jamais ?
— Oh si ! Il vient avec des amis... et on ne s'ennuie pas... »

Le jeune Comte auquel est attachée une solide réputation de légèreté et de joyeux vivant est, dit-on, charmant. Une voix intérieure murmure soudain : « C'est lui que tu épouseras. »

Je suis une jeune fille sans dot — la pire des tares à l'époque. Les « sages » me conseillent donc soit d'épouser un homme d'un autre milieu mais carré sur des sacs d'écus, soit un être dégénéré mais nanti auquel j'apporterai ma robuste santé, garantie d'enfants sains.

Quant à Foulques, le « jeune Comte », comme futur chef de famille accablé d'un château, il ne peut épouser qu'une dot. Mon « pressentiment » est donc insensé, ne rêvons pas.

Un soir, au bal, le hasard nous met cependant en présence. Le Prince charmant : grand, élancé, sa taille fine servant l'habit noir plus que celui-ci ne la sert, des cheveux blonds, des yeux vifs et rieurs, un teint clair, des mains belles et fines, une grâce parfaite, il est *la race* et le charme incarnés.

Et voici que retentit de nouveau la même voix intérieure... Non, non, ce n'est pas possible ! Je prends la fuite. « Pourquoi se sauve-t-elle ? » demande-t-il dans une pirouette.

Au printemps suivant, à l'occasion d'un autre bal donné dans un hôtel particulier de la rue Barbet-de-Jouy par la princesse Henri de Polignac, Foulques a accepté de rencontrer une héritière : la tête couronnée d'un cordon de roses pompon, elle est assise à côté de lui, ils n'ont rien à se dire ! N'y tenant plus, Foulques interpelle un ami : « Je ne puis supporter de m'ennuyer ainsi. Trouve une amie et amène-la, qu'au moins cette triste partie à deux devienne joyeuse à quatre. » Et nous voici réunis derechef, dans la magie d'une soirée de printemps, dans un jardin illuminé, au son d'un orchestre lointain.

L'été suivant me conduit dans le Midi chez des amis communs. Quelles ne sont pas ma surprise et mon émotion d'y rencontrer Foulques ! Journées de joie durant lesquelles notre jeunesse et notre appétit de vivre se donnent libre cours, tandis que nous dévalons, main dans la main sous un soleil ardent, les pentes caillouteuses des Cévennes, à la recherche de sources d'eau vive où nous baigner. Puis vient la séparation — cruelle : il n'est plus possible de lutter contre un sentiment que chaque rencontre, fortuite ou non, rend plus impérieux. Enfin, le 3 janvier, j'accepte que Foulques vienne à la maison : « Je vous aime. Voulez-vous être ma femme ? — De tout cœur. Oui. » Et je me retrouve fiancée, sans avoir même consulté la seule personne dont le consentement m'est indispensable : Josaphat, cuisinière de son état, de son vrai nom Joséphine, et ainsi surnommée en faveur de sa gorge... biblique, au service de mes parents depuis mon adolescence. Issue d'une famille de paysans vendéens catholiques et monarchistes convaincus, elle est ma confidente, ma consolatrice : une douce complicité s'est établie entre nous. Un jour, je l'ai interrogée sur le bien-fondé d'un projet de mariage : elle a prié l'un de ses frères mort en odeur de sainteté et obtenu la réponse en songe : elle m'a vue, dit-elle, assise au bord d'un ruisseau près d'un jeune homme blond, tous deux si heureux qu'il faut attendre celui-là et écarter tout autre prétendant. « Non, dit-elle chaque fois que je lui soumets un candidat : ce n'est pas lui. » Foulques, en revanche, elle le reconnaît aussitôt. Quel soulagement pour moi !

Bonheur de deux êtres qui, répondant à un appel mystérieux, se sont promis l'un à l'autre. Il nous semble que personne n'a tant aimé. Et pour mieux préserver notre paradis, nous décidons d'en garder le secret durant une semaine. Cependant, un tel changement est survenu en nous que ce que nous voulons cacher devient manifeste. Il faut l'avouer avant le terme. Mais alors que nous espérions trouver enthousiasme et compréhension, nous nous heurtons à des murs : tout un monde de préjugés nous maltraite aussitôt : « Sais-tu ce que signifie pour toi ce mariage avec une jeune fille sans fortune ? — Je travaille et j'affermirai ma situation, je la ferai vivre. — Tu seras le premier de la famille, ajoute un oncle. Travailler pour gagner sa vie ! C'est impensable ! »... « Ma pauvre enfant, tu dis qu'il te fera vivre, mais sais-tu qu'il est léger, inconstant ? Vous vous aimez ? Alors renoncez à ce projet insensé. »

Dans le concert de reproches, quelques dissonances, heureusement. Il est vrai qu'on peut compter nos alliés sur les doigts d'une main. Tante Claire, tante Marcelle, tante Gersende qui, charmante, romanesque et sans enfants, a décidé de longue date de léguer sa fortune à Foulques. Tante Slany, dont l'époux est l'administrateur de la compagnie d'assurances pour laquelle travaille mon fiancé, enfin une parente éloignée, si laide que son jardinier lui a dit un jour : « Il n'y a plus un épouvantail qui fasse peur aux oiseaux, si seulement Madame la Baronne voulait bien se montrer... » Femme d'esprit elle a, malgré son terrible physique, épousé le plus beau des enfants des hommes et nous encourage : « Les mariages d'amour suscitent des miracles. »

Nos familles pourtant se sont vues en terrain neutre. Dans l'espoir que le temps viendra à bout de nos volontés, elles ont décidé de ne pas publier nos fiançailles. De plus, on nous interdit de nous rencontrer dans nos maisons respectives ; reste la rue. Chaque soir, le cœur battant, j'attends Foulques à la sortie de son bureau, et nous déambulons tendrement enlacés jusqu'à la gare de la Bastille où il saute dans le train qui l'emmène à Villecresnes.

Au terme de son service militaire, Foulques est entré aux Assurances Générales dont le père d'une grande amie a été nommé directeur au moment de nos fiançailles — nomination où nous avons vu un premier signe du ciel.

Pour sa famille, cette situation n'est que provisoire, dans la mesure où Foulques doit, en se mariant, s'assurer une belle aisance... Mais ses chefs l'apprécient et lui prédisent un avenir dans la Compagnie, à la seule condition qu'il termine sa licence en droit. Courageusement, il se remet à l'étude après ses heures de bureau. Finies, nos promenades dans Paris, plus rares, nos rencontres... Nous en souffrons, les familles, elles, se frottent les mains, mais notre amour finit par vaincre les obstacles et, bon gré mal gré, force est enfin d'annoncer nos fiançailles au printemps. Il nous est alors loisible d'accepter ensemble les invitations et, durant les vacances, de séjourner sous le même toit, par exemple, près de Carpentras, au Martinet, chez le marquis et la marquise des Isnards. Ansouis n'est qu'à soixante kilomètres : nous y passons une journée. Tandis que Foulques s'occupe des affaires courantes de la propriété, seule et livrée à moi-même, je découvre les secrets du vieux château : portes et escaliers dérobés, différences de niveaux, puisque la demeure féodale subsiste au nord, avec ses cheminements tortueux autour du donjon, tandis que la façade Sud dont le soleil a été le maître d'œuvre offre la belle ordonnance des palais florentins. Je monte, je redescends, je me perds au cœur de la citadelle, dans l'obscurité des pièces aveugles... Gare aux oubliettes ! Mais non, demeure de saints, Ansouis n'a rien de redoutable ; même ce puits mystérieux et profond au-dessus duquel il vaut mieux ne pas se pencher n'était destiné qu'à évacuer la garnison lorsque l'ennemi avait forcé la résistance de la première défense... On n'y a jeté *presque* personne !

De longs tâtonnements, enfin un escalier qui m'amène au second étage du château Renaissance. Par ses larges fenêtres, on découvre une vue admirable sur des collines boisées. Sont-ils délabrés toutefois ces gypseries ravissantes, ces papiers aux couleurs sombres ! Que d'araignées dans leurs toiles, que de chauves-souris suspendues au plafond, quels entassements de mobilier poussiéreux... Derrière une psyché, j'aperçois une porte qui ouvre sur des pièces entresolées : la demeure d'un énorme rat qui fonce sur moi ! Je me sauve, et parviens ainsi, à toutes jambes, dans la pénombre d'un grand corridor. Afin de surmonter ma frayeur, j'ouvre volets et fenêtres et, devant mes yeux émerveillés, surgit, sur le même plan mais séparée par une cour intérieure qu'elle surplombe, une vaste terrasse plantée de buis.

Dans un torrent de lumière, des insectes de toutes sortes dansent leur ronde effrénée. Contraste singulier que cette débauche de vie et de sève après l'obscurité de l'étage mystérieux. Au bout de la terrasse, une maison aux persiennes closes, de proportions plus humaines, forme un tout avec le jardin secret.

A nouveau je me lance à l'aventure, d'escalier en escalier. Enfin une porte : c'est la bonne, me voici dans une chambre octogonale dont les panneaux garnis de perse à fleurs ont conservé leur fraîcheur. Même fraîcheur dans la galerie longue dite « des quatre saisons » et la pièce « à coiffer » dont la décoration évoque la toilette enfantine.

La chambre donne de plain-pied sur la terrasse. Il semble que rien n'ait bougé depuis le règne du Bien-Aimé, et que, séduits par tant de raffinement et d'élégance, les gardiens aient eu un soin particulier de cette oasis dans le délabrement général.

Foulques m'y rejoint :

« Comment trouvez-vous Ansouis ?

— Merveilleux.

— Voulez-vous qu'en y mettant toutes nos ressources nous le sauvions de la ruine qui le menace ?

— Oui. De tout cœur une fois encore.

— Maintenant que vous avez souscrit à ce pacte et que me voilà heureux car je sais que l'œuvre sera celle de nos vies, laissez-moi vous dire une chose : je vous aime tant que j'aurais même sacrifié Ansouis si vous aviez refusé de vous y consacrer. »

Nous pouvons nous marier à présent ! La cérémonie religieuse aura lieu à Saint-Eustache dont mon père est maître de chapelle, la réception rue de Villejust, dans l'hôtel de sa sœur, la comtesse Lafond. Préparatifs fiévreux. Discussions interminables sur la composition du cortège : vingt couples sont invités à nous suivre, et il faut tenir compte des préséances, éviter de heurter les susceptibilités. Pour nous, bagatelles que tout cela ! Insouciants et heureux, nous découvrons ensemble les cadeaux de noces. Car si les mariages d'amour n'enchantent pas les familles, ils ont le mérite d'éveiller de chaudes sympathies qui s'ingénient à faire plaisir.

Le matin tant attendu arrive enfin. Intense activité rue de Grenelle. Toute vêtue de taffetas et de velours bleu Nattier, ma mère arbore un chapeau qui ferait pâlir d'Artagnan lui-même ! « As-tu vu le chapeau de Maman ? » ne cesse de répéter dans un grand éclat de rire mon frère Jean, tandis qu'un chaton noir déchire, par jeu, la traîne de ma robe.

La voiture me dépose devant Saint-Eustache. Le parvis est noir de monde, noblesse de la halle avec ses forts en grands chapeaux et ses dames porteuses de bouquets, tous venus pour honorer mon père. Une admirable familiarité existait entre ce petit monde pittoresque et lui. A ma descente de voiture, je suis accueillie par de longs applaudissements tandis que les gamins crient : « Vive la mariée ! C'est la fille du sacristain qui se marie ! » Mon père est un peu gêné devant eux de son habit.

Enfin Joseph Bonnet ayant attaqué à l'orgue un prélude de Bach, c'est au bras de mon père, derrière le Suisse en grande tenue et passablement « bu » que je remonte la nef. L'église est comble. Seule au milieu de la foule, Josaphat pleure plus qu'à l'enterrement de son pauvre frère, l'artisan de notre bonheur.

Et c'est ainsi qu'unis devant Dieu, nous entrons dans la vie, avec pour perspective des rires d'enfants et le sourire d'Ansouis.

II

Les des Cars

Ce nom nous était familier : la duchesse de Vallombrosa, ma grand-mère paternelle, était née Geneviève de Pérusse des Cars.

Race forte issue de la Marche, aux confins du Périgord et du Limousin, les des Cars avaient, au travers des siècles, conservé dans leurs manières rudes l'empreinte de leur pays d'origine.

Le village des Cars se trouve au sud de Limoges, dominé par la forteresse puissante de Jadis dont ne subsistent plus qu'un donjon, quelques pans de murailles entourés d'herbes folles et gardés l'été par des vipères... A l'écart des grandes voies, il n'a guère évolué : au lavoir, des femmes agenouillées battent le linge, les maisons en pierres grises, portes et fenêtres closes, sont étroites, et les rares villageois rencontrés semblent peu accueillants. Les rues ? Plutôt des chemins bourbeux où s'ébattent volailles et cochons.

Qualifiés d'« illustres » par les généalogistes, les seigneurs du lieu sont attestés dès le XIe siècle. Sans exercer de souveraineté, ils faisaient néanmoins figure de grands suzerains et pouvaient se flatter d'alliances avec les maisons royales d'Albret, de Foix, de Bourbon. L'un d'eux, Hardouin, fidèle à leur fière devise : « Fais ce que dois, advienne que pourra », s'était croisé en 1248.

A l'époque féodale, ses successeurs exercent à leur tour, sans jamais faillir, de hautes charges : maréchal d'Eglise, gouverneur d'Avignon, sénéchal puis lieutenant général du

Limousin, chambellan du roi de Navarre, gouverneur du Périgord, ou grand sénéchal de Guyenne... qui, les retenant au sud de la Loire, les éloignent de la cour. Mais au XVIIe siècle, il faut y paraître si l'on veut tenir son rang : or ces seigneurs de langue d'oc, attachés à leur terroir, préfèrent l'enlisement au déracinement. Plus hardie qu'eux, une femme, Sarah d'Escars, tente l'aventure. Avec son parler haut, son accent pittoresque, ses toilettes tapageuses de provinciale, elle fait à Versailles une entrée fort remarquée. Bigote et procédurière, elle s'attaque à tous, même à Molière, dont elle juge le théâtre licencieux. Il se venge — et l'immortalise sous le nom de comtesse d'Escarbagnas. Plus indulgente, Madame de Sévigné annonce à sa fille le 6 mai 1676 que si « la bonne d'Escars » l'accompagne à Vichy, elle en est « fort aise ». Au demeurant, quoi qu'on pense d'elle, la dame vient d'ouvrir la brèche par où ses neveux vont pénétrer à la Cour, y faire valoir leurs mérites et, nantis de grands commandements aux armées, prétendre aux plus belles alliances. Ainsi Louis, lieutenant général aux Armées du Roi, est-il en 1672 admis aux honneurs de la Cour. Combiné de philanthrope et de physiocrate, son fils François, lui, après avoir accueilli, pour défricher les brandes poitevines, 362 familles d'Acadiens qui ont refusé de se soumettre à l'autorité anglaise, est élu en 1789 député de la noblesse du bailliage de Châtellerault. Mandat de courte durée car, opposant déclaré le 21 juin aux décrets de l'Assemblée nationale sur l'abolition de la noblesse, il donne sa démission et part avec sa jeune femme rejoindre en Savoie le comte d'Artois. C'est à Chambéry, terre alors étrangère, que naît leur fils Amédée en 1790.

Deux voyages secrets à Paris donnent la mesure du courage de François. Emigré, risquant à chaque instant sa vie, il parvient en 1792 à pénétrer dans la cellule du Roi qui lui confie ses dernières volontés. L'année suivante, en pleine Terreur, c'est à Marie-Antoinette qu'il apporte à la Conciergerie même une dernière preuve de fidélité.

Aux yeux des révolutionnaires, la famille est irrémédiablement compromise. Jugé sommairement, Louis, le père de François, monte à la guillotine. On démolit son château pierre à pierre. Le curé local, un prêtre assermenté, ne sauve de la populace que les parchemins familiaux. Ceux-ci, transportés par la suite à Limoges, y sont précieusement conservés.

Ayant suivi le comte d'Artois à Londres, François n'y reste pas inactif, tantôt président du bureau des émigrés, tantôt chargé de mission auprès du roi de Prusse et du Tsar. Il ne rentrera en France qu'en 1814, devra de nouveau s'exiler pendant les Cent-Jours et ne retrouvera définitivement sa patrie qu'avec la seconde Restauration.

D'une fidélité peut-être aveugle, il demeure dans l'entourage immédiat du comte d'Artois, futur Charles X. Il est à l'Opéra lorsque Louvel frappe à mort le duc de Berry, sa chemise est tachée du sang du prince assassiné, et c'est dans les bras de son maître qu'il rend le dernier soupir en 1822, deux mois à peine après son frère aîné Jean. Celui-ci, premier maître d'hôtel de Louis XVIII, avait pour fonction de goûter les plats avant qu'ils ne fussent présentés au souverain. On connaît le généreux appétit du Roi et la longueur des menus et des services. Victime du devoir trop bien accompli, Jean périt d'indigestion.

Anéantie par la douleur, sa sœur Pulchérie ne lui survivra guère. Elle avait, sous l'Ancien Régime, épousé un financier : Paris de Montmartel, marquis de Brunoy, aussi riche qu'original. N'a-t-il pas, à la mort de son père, pris un deuil si rigoureux, que même les vaches, les cochons et les poules de sa basse-cour ont été teints en noir ? La séparation du ménage n'a pas tardé, et la Marquise est retournée dans sa famille — frères et cousins qui auront le bonheur d'assister au mariage d'Amédée, dernier rejeton de la lignée, et de voir sa descendance assurée par deux garçons bel et bien constitués.

Né en exil, Amédée n'a connu dans son enfance que l'infortune. Transplanté à Londres, il y a reçu l'éducation anglaise des fils de condition puis, entré adolescent à Sandhurst, y a acquis une solide formation militaire. Engagé dans l'armée anglaise, démissionnaire en 1814, il a rejoint le duc d'Angoulême en qualité d'aide de camp.

En 1814, si les des Cars rentrent en France « purs » parmi les « purs », ils n'en sont pas moins dans une situation financière critique. De leurs biens il ne reste rien, même pas leurs tombeaux de famille. Pour subsister, le père et le fils n'ont que leur solde d'officiers supérieurs : il leur est donc difficile de mener un train digne de ce nom.

Un des premiers salons qui s'ouvre à eux est celui de la duchesse de Tourzel. Dans ce monde de la Restauration, les cercles sont très fermés. La haute noblesse méprise la moyenne qui à son tour tient à distance la petite, et chacun n'est d'accord que pour mépriser les gens d'Empire qui les ont eux-mêmes boudés trop longtemps. Les Tourzel tiennent, eux, le haut du pavé du Faubourg Saint-Germain. N'ayant pas émigré, ils ont conservé la majeure partie de leurs terres et seigneuries et jouissent d'une fortune considérable.

Une idylle ne tarde pas à naître entre Amédée et Mademoiselle du Bouchet de Sourches de Tourzel. Sans grande beauté, Augustine-Frédérique a pour elle fraîcheur de teint, dents saines, taille élancée. Sa fidélité aux Princes, son éducation, ses principes, une très belle dot, tout serait parfait. Mais quel caractère ! « Elle était détestable », disait son petit-fils, mon père.

Sans pouvoir rivaliser d'ancienneté avec les des Cars, les du Bouchet (devenus Sourches lorsqu'entra dans leur famille, par mariage, la propriété du même nom, située dans le Maine) sont gens de cour dès le début du XVIIe siècle. En 1645, Jean, marquis de Sourches par lettres patentes, acquiert pour 450 000 francs la charge héréditaire de grand Prévôt du Roi : juge ordinaire de la Maison Royale, il appartient à lui seul de statuer sur les affaires civiles et criminelles, et seul il a le droit d'apposer au Louvre des scellés. L'un de ses descendants, sixième titulaire de la fonction, aura la pénible tâche d'instruire le procès du « régicide » Damiens, piètre agresseur de Louis XV.

Au moment où Jean de Sourches accède à des honneurs si enviés, son frère Jacques, cadet donc homme d'Eglise, achète près de Dreux le château d'Abondant qu'il léguera à ses neveux et dont le chef-d'œuvre du peintre Drouais *Le Concert champêtre* va immortaliser les frondaisons. Bâti sous Henri IV, il annonce déjà l'ère classique par l'aimable disposition de ses pièces. Son intérieur, sans cesse embelli pour les visites royales, ses boiseries, son mobilier, ses porcelaines des Indes, ses tentures de soie lui confèrent une extrême élégance, un grand raffinement. Aussi les Sourches le préfèrent-ils bientôt à leur demeure d'origine, mi-forteresse, mi-ferme, qui, sur sa butte, n'a pas été remaniée depuis le Moyen Age. Cependant de riches alliances, qui leur permettent d'ajouter à leurs titres précédents ceux de comtes de Montsoreau, marquis de Maillebois, d'Alègre, de Tourzel, et de consolider leur prospérité, leur donnent enfin les moyens de songer à leur vieux château. A peine démoli, le voici remplacé par celui qu'on voit aujourd'hui : longue façade classique à deux étages surmontés d'un attique, lui-même coiffé d'un belvédère. Fermé au nord par une cour d'honneur ceinturée de balustres, ouvert au sud sur une longue terrasse dominant un parc à la française aux charmilles taillées, parfait de lignes et de proportions, Sourches s'impose comme l'un des grands châteaux de France.

Aussitôt les travaux achevés, le propriétaire amène une toute jeune femme de seize ans, Louise de Croÿ, fille du duc d'Havré et de Cunégonde de Montmorency — la fine fleur du Saint-Empire, noblesse européenne. Le jeune ménage, par extraordinaire, se plaît à la campagne plus qu'à la Cour : il se partage entre Sourches et sa résidence habituelle, Abondant.

Quatre filles et un fils égaient déjà leur foyer, lorsque Louis meurt brutalement lors d'une partie de chasse. Pour témoigner son attachement à la famille, le roi Louis XVI, contrairement à l'usage, confirme son fils encore mineur dans la charge de grand Prévôt.

C'est à Abondant que Madame de Tourzel reçoit l'appel de la reine Marie-Antoinette qui a dû exiler Madame de Polignac, de plus en plus impopulaire. La charge de gouvernante des Enfants de France est donc vacante : « Madame, j'avais confié mes enfants à l'amitié, je les confie maintenant à la vertu. »

Les espérances de la Reine ne sont pas déçues : fidèle à son devoir, Madame de Tourzel ne quittera plus les souverains. Les 5 et 6 octobre 1789, elle fait partie du cortège que ramène à Paris la populace déchaînée. Dans la berline de Varennes, elle tient le rôle de la baronne de Korff et au retour, admise à rester auprès de ses maîtres, reprend ses fonctions : le jeune Dauphin l'appelle en riant « Madame Sévère ». Le 10 août, elle se trouve dans la loge du logographe où se sont réfugiés les souverains, puis les accompagne dans la voiture qui les emmène au Temple sous les quolibets. En septembre, on la retire de la prison avec la princesse de Lamballe et sa fille Pauline de Béarn. La populace massacre la première sous ses yeux puis promène sa tête au bout d'une pique. Le même sort l'attend, elle ne faiblit pas. Emu par son courage, un soldat la prend sous sa protection et la sauve ainsi que sa compagne.

Au moment de mourir, Louis XVI s'inquiète encore d'elle : « Je voudrais que vous puissiez me donner des nouvelles de Madame de Tourzel. Elle m'a tout sacrifié et j'éprouverais une grande consolation si vous pouviez lui faire savoir à quel point je suis sensible à son attachement. » Attachement qui lui vaut d'être emprisonnée à La Force jusqu'au 9 Thermidor.

Après la tourmente, elle se consacre à sa famille et à des œuvres de charité. Elle porte alors un demi-deuil sévère, pleine de gravité sous son bonnet tuyauté, elle n'oublie rien. En récompense de ses services, Louis XVIII la fait duchesse de Tourzel, premier titre héréditaire français décerné à une femme et transmissible par ordre de primogéniture.

Victime comme son père d'un accident de chasse, son fils n'est plus là pour mener à l'autel Augustine-Frédérique lorsqu'elle épouse Amédée des Cars. Sa dot comporte, entre cour et jardin, rue de Grenelle, au cœur du Faubourg Saint-Germain, l'ancien hôtel d'Estrée (ambassade actuelle d'URSS). Le jeune ménage s'y installe bientôt.

Pair de France, puis duc héréditaire, Amédée fait carrière dans l'armée. En 1830, lors de la conquête d'Algérie, il commande avec distinction la troisième division. Mais la chute des Bourbons interrompt son service : refusant de prêter serment à un Orléans, il brise son épée. Il mène, dès lors, en apparence du moins, l'existence d'un gentilhomme fortuné : à Paris, le cercle et les réunions mondaines, à Sourches comme à Abondant, l'élevage des pur-sang. En fait, il exerce des activités clandestines, tels ces émigrés qui n'ont « rien appris et rien oublié » et pour qui le trône appartient de droit divin à la branche aînée.

Amédée conspire donc contre Louis-Philippe en puisant largement dans les revenus de sa femme qui proteste vainement. Il fait également transformer l'hôtel de la rue de Grenelle : plaques tournantes au fond des cheminées, doubles fonds, caches et cachettes. Il élabore de minutieux plans d'attaque qu'il transmet en Vendée où se recrutent chefs et soldats du futur soulèvement. La nuit, des agents de liaison viennent frapper à sa porte, les légitimistes se rassemblent chez lui. Ses enfants apprennent aussi leur rôle : en cas de perquisition, ils feront disparaître les papiers compromettants. Un timbre strident les réveille de temps à autre : c'est leur père qui donne l'alerte pour s'assurer de leur vigilance et de leur rapidité de manœuvre ! ! ! Il a ainsi enrôlé jusqu'à la dernière-née, Geneviève, dont les nuits seront longtemps peuplées de cauchemars et d'ombres furtives... A la chute de Louis-Philippe, le calme revient enfin dans la maison : les filles du Duc mènent alors une existence mondaine « normale » en cultivant les « arts d'agrément ». Avec ses cheveux blonds, ses yeux d'un bleu profond, son teint clair, son visage à l'ovale parfait, sa taille fine, Geneviève est une fleur parmi les fleurs. Tous ceux qui l'approchent sont sous le charme de sa beauté et de son esprit romanesque ! Ne change-t-elle pas, le soir où elle entend chanter le célèbre ténor Mario, l'e final de son scapulaire en o, de sorte qu'elle porte désormais sur le cœur non pas « j'aime Marie », mais « j'aime Mario » ?

Un grand seigneur italien, Richard Manca de Vallombrosa et de l'Azinara, fait vers cette époque son apparition dans les salons parisiens. Français par sa mère, Claire de Galard de Béarn, elle-même très « Faubourg Saint-Germain », il a naturellement ses entrées dans ce milieu fermé. Orphelin de bonne heure, nanti d'une immense fortune, il a beaucoup voyagé. En Egypte, en Perse, aux Indes où il a partagé la vie fastueuse des maharadjahs et celle (très rude) de Nana Sahib, chef de l'insurrection contre les Anglais. Il est aussi brun que Geneviève est rose : coup de foudre réciproque. Marie des Cars, par la suite marquise de La Ferronays, me racontait que, petite fille, elle avait assisté, tapie sous le piano du grand salon de l'hôtel des Cars, le 26 mai 1857, à la soirée de contrat. Les fiancés, disait-elle, étaient éblouissants : Geneviève blonde et diaphane, la taille bien prise dans une robe de tulle blanc, Richard, cheveux d'ébène, regard de jais, teint mat, haute taille. Rien n'avait été assez beau : le fiancé avait déposé dans la corbeille des émeraudes fabuleuses, des rubis sang de pigeon, des saphirs de Birmanie, des diamants de l'eau la plus pure et cinq rangs de perles du plus bel orient, montés par les meilleurs joailliers de Paris. C'était le printemps, les salons fleuris à profusion ouvraient sur le jardin non moins fleuri et, dans ce grand bouquet blanc, des hommes en habit, des femmes largement décolletées et couvertes de bijoux se promenaient avec une étrange désinvolture. C'est qu'au protocole rigide de la Cour avait succédé le carcan du Faubourg Saint-Germain : admirer, élever la voix eût paru *de basse extraction.*

Soudain, la porte du grand salon s'ouvre à deux battants : le shah de Perse ! En costume rouge enrichi d'émeraudes, avec son turban surmonté d'une aigrette retenue par un diamant prodigieux, il vient, accompagné d'une suite nombreuse en costumes rutilants, honorer la fête de sa présence.

L'étonnement réveille comme d'un coup de baguette magique ce monde compassé qu'éblouissent les splendeurs de l'Orient. « Une soirée des mille et une nuits », déclare chacun le lendemain, à la sortie de la messe de mariage célébrée à minuit en l'église Saint-Thomas-d'Aquin : l'existence de la ravissante mariée promettait d'être un vrai conte de fées.

III

Les Manca de Vallombrosa

LE bureau de mon père a fasciné mon enfance : « Capharnaüm », disait ma mère avec humeur. Et de fait, l'entassement de papiers défiait l'imagination dans cette pièce où les rideaux à moitié tirés entretenaient un clair-obscur propice au mystère et au désordre : un désordre organisé d'ailleurs, car mon père allait sans hésiter du meuble anglais, réservé aux documents importants, au piano sur lequel s'empilaient partitions jaunies, feuilles de musique manuscrites, bandes de journaux, enveloppes déchirées sur lesquelles son inspiration avait noté des bribes de mélodies. Dans un angle s'amassaient au fil des ans les annuaires périmés : « J'en fais une colonne ; lorsqu'elle aura atteint la hauteur voulue, je la couronnerai d'une potiche. »

L'accès du saint-des-saints était d'ordinaire interdit, fût-ce pour le ménage : « Je ne veux pas, disait-il, que l'on dérange mes affaires. » Parfois cependant, sur les instances de ma mère, la caverne s'entrebâillait : je ne manquais pas alors de suivre en tapinois la femme de chambre. Mon objectif : le placard dissimulé dans le mur. Nullement tentée par les nécessaires de toilette poussiéreux de ma grand-mère (coffrets de bois précieux garnis d'objets de cristal, d'argent ou de vermeil), je m'emparais de deux grands albums aux reliures sombres : le Journal de ma grand-mère, peuplé d'aquarelles, de photographies, et le livre de raison de Richard, épais cahier noirci de caractères filigranés. Les deux témoignages, en se complétant, ressuscitaient pour moi le passé : et d'abord leur voyage de noces en Sardaigne où les Manca, originaires, disait-on, de la Rome antique, et descendants prétendus de Mucius Scaevola, s'étaient réfugiés quand l'empire s'écroula sous les coups des envahisseurs.

Vêtue du costume local (corselet ajusté, jupe longue froncée à la taille), Geneviève traverse l'île du nord au sud et visite les palais familiaux d'époque Renaissance. Des portraits d'ancêtres ornent les salons successifs — qui cuirassé, casqué, qui en habit de cour et perruque poudrée. Sont-ils laids, tous ces ancêtres ! Teints bilieux, yeux bigles, nez interminables... Mais d'admirables parchemins revêtus de signatures illustres attestent que, sous la domination espagnole, ils ont glorieusement combattu les Barbaresques. A Lépante, tel d'entre eux, du vaisseau amiral de Don Juan d'Autriche, a entraîné à l'abordage deux cents arquebusiers et coulé la galère de Soliman Pacha.

Après le traité d'Utrecht qui crée le royaume de Sardaigne en rattachant l'île au Piémont et à la Savoie, ses descendants servent sans hésiter leurs nouveaux maîtres. Grandesse d'Espagne, marquisat de Morès, duchés de l'Azinara et de Vallombrosa les en récompensent. Cependant, mon arrière-grand-père Vicenzo, premier gentilhomme de la Cour de Victor-Emmanuel Ier, a été contraint de s'exiler : injustement compromis dans une conspiration, il préfère à l'existence très primitive de la Sardaigne l'élégance raffinée de Paris dont il a découvert l'agrément auprès de sa femme Claire de Béarn. Sa belle-fille et son fils n'ont pas les mêmes répugnances : le dépaysement de la Sardaigne enchante Geneviève qui accompagne volontiers son mari jusqu'au cœur de l'île où se trouvent ses domaines, vastes herbages balayés de mistral, bosquets de chênes verts que parcourent en liberté chevaux sauvages et troupeaux de moutons. Elle gravit avec lui, par des routes en lacet, la ceinture rocheuse de l'île et franchit des cols d'où l'on découvre soudain la mer qui monte jusqu'au ciel. Les paysans, héritiers lointains des colons grecs, phéniciens, romains, numides, ont la rudesse de leur terre. Depuis des siècles, ils luttent contre l'envahisseur et préservent farouchement leur dialecte, leurs coutumes, leur religion, leur code d'honneur et leur indépendance administrative.

Hardis cavaliers, excellents navigateurs, rompus à tous les exercices physiques, les hommes détiennent le pouvoir. Soumises en apparence, les femmes sont capables de les relayer au combat. En ce peuple fier, Geneviève reconnaît les traits, le caractère de Richard.

Autres photos : Voici maintenant le nord de l'Italie : à Stresa, sur le lac Majeur, Richard possède une villa qui porte son nom. Il s'agit en fait d'une forteresse médiévale bâtie sur la presqu'île rocheuse. L'architecture toute militaire, le donjon, les remparts, les courtines en sont sévères. Mais, très sensible à la beauté du site, Geneviève ne se lasse pas de peindre les montagnes enneigées qui se reflètent dans les eaux transparentes du lac, les voiles blanches, le vol des mouettes. Puis, 14 avril 1858, naissance d'un premier fils, Antoine, en l'hôtel des Cars : yeux noirs, cheveux noirs. Un petit Africain sous un flot de dentelles ! Mais la santé de Geneviève se ressent de ces couches : son mari achète à Cannes, pour deux cent cinquante mille francs, le château des Tours. Dans un panorama ouvert au nord sur les Alpes, au sud sur l'Estérel, bâti dans le « style Tudor » par un Anglais nostalgique ou maniaque, celui-ci dresse fièrement sur le ciel du Midi neuf tours crénelées reliées entre elles par des façades percées de fenêtres ogivales. Pins parasols, palmiers, mimosas, plantes rares à profusion l'entourent.

Dans *La Côte d'Azur,* Stéphane Liégeard (le « sous-préfet aux champs » d'Alphonse Daudet) le décrit comme « un poème ». Par un grand vestibule en pierres nues, voûté d'arcs portés par de gros piliers et décoré de plantes vertes, tel un prolongement du parc, on pénètre dans la villa d'inspiration vénitienne. Richard et Geneviève y donnent de grandes réceptions en l'honneur de visiteurs illustres, de souverains étrangers, la reine Victoria, le Prince de Galles, etc., tous photographiés devant la porte d'entrée. « Souriez ! » Ils sont pourtant bien sérieux, ces messieurs en habits sombres et gilets blancs debout ou agenouillés aux pieds de dames en toilettes claires et petits chapeaux emplumés, très Second Empire !...

« La villa des Tours : quelle évocation dans ces quatre mots ! Sa silhouette crénelée se profile au sommet d'un jardin féerique, et la duchesse de Vallombrosa y tient le sceptre d'Armide. Tout est de grande race dans cette grande maison : tout y est aussi enchantement suprême. Nul n'ayant nom en Europe n'est sans avoir traversé cet Eden où les meilleures inspirations de l'art se retrempent et s'élèvent au contact des plus aristocratiques beautés », écrit encore le thuriféraire Liégeard qui, décidément, a la digestion dithyrambique.

La pieuse et noble châtelaine aux armes de laquelle la charité pourrait suspendre une aumônière n'oublie pas non plus les déshérités. Sa charité lui vaut dans les petits quartiers de Cannes le surnom de « Sainte-Duchesse ». Son fils l'accompagne souvent au chevet des malades, apprenant ainsi dès l'enfance que la misère n'est pas seulement matérielle et physique, mais morale. De son côté, Richard ne demeure pas inactif : aux côtés de lord Brougham, fondateur de Cannes, il crée champ de courses, yacht-club, contribue à la réputation d'élégance de la cité.

1867 : dix années déjà depuis la première rencontre, dix années d'amour mutuel. La santé de Geneviève s'est si bien rétablie qu'on envisage de passer le printemps à Paris. On donnera une grande soirée rue de Grenelle pour célébrer l'heureuse décennie et les noces d'or du duc et de la duchesse des Cars qui, répondant à l'invitation de leurs enfants, sont venus tous deux à Cannes oublier les rigueurs de l'hiver parisien et préparer la double célébration. Or, un matin, le valet de chambre venu réveiller le général le découvre mort. Voici donc les joyeux projets remplacés par les pompes funèbres. Le valeureux soldat quitte la villa Vallombrosa au son d'une marche militaire dans un corbillard traîné par quatre chevaux caparaçonnés. Les femmes sanglotent sous leur voile de crêpe épais.

Viennent les partages : Abondant échoit à Geneviève. Cet héritage transforme sa vie. Désormais, toute la famille, la maisonnée, les équipages gagnent à Pâques la Normandie pour ne revenir à Cannes qu'après la Toussaint, voyage long et fatigant que coupe, à l'aller comme au retour, un séjour à Paris. C'est durant une de ces haltes dans l'hôtel familial que Geneviève met au monde en 1868, pour la plus grande joie de Richard, une fille baptisée Claire en souvenir de sa grand-mère Béarn. Antoine n'en demeure pas moins le centre de l'affection maternelle qui ne se penche guère sur le berceau où sourit en quête de tendresse une petite fille blonde comme les blés.

La guerre de 1870 surprend la famille à Abondant. Deux aquarelles représentent des soldats français en patrouille dans un chemin creux. Page suivante, c'est le même chemin, mais d'autres uniformes, ceux des uhlans. L'ennemi s'est installé dans le château et les dépendances, Richard obtempère par force aux réquisitions : sa jument préférée, force vivres, force fourrage. L'acquit est signé Ribbentrop.

Les douze ans d'Antoine tolèrent fort mal cette humiliation. Nourri de romans et de chevalerie, il rassemble la nuit les gamins du village, les arme de piques en bois et, dans l'obscurité, prend la tête de sa troupe enfantine afin de surprendre et de chasser les intrus !

La paix revenue, la vie reprend son cours habituel. Apparemment rien n'est changé, mais les enfants grandissent et leur croissance seule permet de dater les images.

Ici, le Duc conduit son phaéton, au trot enlevé d'une paire de chevaux bais, sur la plage de Cannes. A sa gauche, très droite, une petite fille de six ans, coiffée d'un chapeau rond, tient l'ombrelle blanche qui la préserve du soleil.

1874 toujours, l'été à Abondant. Devant le château, toute la famille réunie par un photographe professionnel à l'occasion d'un « départ pour la promenade en forêt de Dreux ». Les cheveux noués en catogan, la Duchesse conduit deux poneys attelés à la « petit-duc ». En robe à volants et chapeau garni d'un ruché, Claire semble désireuse de s'emparer des rênes, tandis que le groom assis à l'arrière, à la place du laquais, paraît tout fier de sa livrée, de son haut-de-forme, et sourit. Richard et Antoine montent deux superbes chevaux blancs.

De page en page, Geneviève s'attriste visiblement : c'est qu'Antoine, qu'on avait espéré voir succéder à son père dans les sinécures d'une existence d'aristocrate cosmopolite, montre une nature rebelle. Aux leçons de son précepteur, l'abbé Raquin, il préfère Jules Verne et, penché sur de grands atlas, rêve de voyages et de terres inconnues où planter le drapeau français. L'appel irrésistible du large vient probablement de ses lointains ancêtres — pirates ou seigneurs de la mer? on ne sait plus. Le choix d'une carrière au demeurant se complique pour le jeune homme d'une question de nationalité. Né de père italien, la loi lui interdit d'opter pour la France avant sa majorité accomplie, mais alors, toutes les écoles du gouvernement lui seront fermées !

S'inclinant devant une vocation aussi nette et son désir d'être Français, son père l'inscrit à Sainte-Marie-de-la-Seyne, véritable pépinière d'officiers de marine, où sa mère lui rend visite tous les jeudis, malgré sa santé délicate, par des chemins raboteux, lui apportant de délicieuses pâtes truffées qu'il dévore en cachette des pions.

Inlassablement, le père multiplie démarches et pétitions pour obtenir la naturalisation de son fils. Hélas, lorsque intervient l'amendement qui le fait Français, Antoine a dépassé l'âge limite d'entrée à l'Ecole Navale. Cette déception ne l'abat pas : il ne peut servir sur mer? il servira sur terre en préparant Saint-Cyr, où il entre brillamment. Il en sortira de même parmi les premiers de la promotion Plewna. Une promotion qui marque dans les annales de l'Ecole puisqu'elle compte parmi ses membres le futur maréchal Pétain et Charles de Foucauld.

1879. A leur sortie de Saint-Cyr, Antoine et son ami Foucauld choisissent la cavalerie. Comme tous les officiers destinés à servir dans cette arme, ils vont passer une année à Saumur pour obtenir leur maîtrise d'équitation. Ce printemps-là, Antoine a vingt et un ans accomplis. Il prend alors le titre de marquis de Morès, titre que porte l'aîné des Vallombrosa du vivant de son père.

A Saumur, Antoine et Charles n'étant pas casernés sont libres de vivre à leur guise après les heures d'études et d'exercices. La faible distance qui sépare Saumur d'Abondant leur permet d'y faire de nombreuses visites au cours de l'été. Leur présence égaie la maison attristée par l'état de santé de Geneviève.

Par quel miracle sont-ils toujours en avance sur l'heure prévue ? Ils sautent du train en marche lorsque celui-ci passe à proximité du château ! Claire admire ce grand frère sportif, svelte, souriant, à l'allure martiale, au visage régulier qu'orne conquérante une moustache relevée en crocs : sanglé dans son uniforme noir, il est superbe. Le futur apôtre du Hoggar l'éblouit moins, alourdi qu'il est par sa gloutonnerie. Le jour, il engloutit l'ordinaire de trois personnes et la nuit, un poulet entier que la maîtresse de maison a eu la prévenance de faire déposer sur sa table de chevet.

Photo : les voici tous sur le *drog mail coach* attelé en arbalète. Amateur de driving — c'est la mode —, Richard avec Geneviève à son côté a supplanté le cocher sur le siège avant, tandis qu'Antoine, Charles de Foucauld et la petite Claire occupent la place des laquais.

A l'automne, c'est la séparation. Comme à l'accoutumée, les Vallombrosa regagnent Cannes alors que les cavaliers mènent joyeuse vie à Saumur. Orphelin et disposant d'une fortune considérable, Charles de Foucauld a une maîtresse en titre qu'il couvre de cadeaux. Antoine, à qui ses parents versent une pension modique doit, lui, se contenter de « rencontres » qui coûtent également fort cher ! A ses appels de fonds, Richard fait la sourde oreille mais Geneviève, à son insu, vend des bijoux qui alimentent son cher panier percé. Ils semblent d'ailleurs bien soucieux, ces malheureux parents ! C'est que Geneviève s'alourdit d'étrange façon, paraît gênée, pendant cet hiver morose, de plus en plus dolente, puis ce sont les tempêtes d'équinoxe de printemps qui l'éprouvent... et puis grand branle-bas ! le vieux médecin de famille en redingote noire et chapeau haut de forme arrive au pas de course, les femmes de chambre s'affolent dans les corridors, on cloître Claire dans sa chambre avec sa gouvernante et, soudain, un cri lui déchire l'âme, puis d'autres, de plus en plus fréquents, puis un hurlement auquel succède un silence terrifiant : « Maman est morte ! » Un autre cri… Ce n'est pas elle, cette fois.

Richard entre, tout ému, et prenant sa fille dans ses bras, murmure : « Tu as un petit frère. Nous l'appellerons Amédée, en souvenir de ton grand-père des Cars. »

Claire a douze ans, l'âge trouble où, délaissant les poupées, les petites filles rêvent de vrais poupons : ce frère tardif, mon père, sera son enfant et le demeurera toujours.

Antoine, lui, a vingt-deux ans. Que lui importe ce nouveau-né ! Il ne s'y intéressera jamais et feindra même d'ignorer jusqu'à son existence lorsqu'il jouera avec ses enfants.

IV

Les jours sombres

Le drame de Morès, en fait, est d'être venu au monde quatre cents ans trop tard, dans un siècle où son tempérament de condottiere ou de conquistador est foncièrement déplacé : ne le voilà-t-il pas, après Saumur, condamné à la grisaille de Maubeuge ? astreint à des exercices monotones, appels, revues ? Il y apporte cependant un tel sentiment du devoir, de telles qualités de cœur qu'il gagne rapidement l'estime et la sympathie de ses hommes. Son mérite est d'autant plus grand qu'il ronge son frein. Les journées interminables, les soirées au Café du Commerce ou au mess, les dimanches devant le kiosque à musique lui sont insupportables. Son rêve d'action s'englue dans la routine, son désir de sacrifice s'empâte à la popote de la médiocrité.

Un soir, le tocsin sonne : le feu ravage une modeste épicerie. Morès se précipite et, bouleversé par l'angoisse des propriétaires, tente à plusieurs reprises d'arracher aux flammes ce qui peut être sauvé. Emu par la gratitude des braves gens, il devient peu à peu un familier de leur maison et, par leur intermédiaire, découvre la misère du monde ouvrier. Il en vient progressivement à penser qu'en cette période de mutation l'aristocratie se doit à elle-même de prendre la défense de ceux aux dépens de qui s'édifient d'énormes fortunes, d'être aux côtés des opprimés contre leurs nouveaux oppresseurs.

A sa mère, sa confidente, il fait part de sa désillusion, de ses réflexions, de son désir de combattre les féodalités d'argent :

son temps de service fini, il donnera sa démission pour se consacrer à cette lutte qui, selon lui, pourrait bien être la croisade des temps modernes.

Geneviève connaît son fils : ivre de servir, généreux, fougueux, certes, mais aussi téméraire, imprévoyant, brusque, incapable de tirer la leçon de ses échecs, homme à foucades, cœur ardent mais tête brûlée. Elle sait d'avance à quels risques l'expose sa passion de la gloire. Mais Richard, las de ce fils prodigue dont il pressent peut-être la destinée, préfère éviter le sujet. Elle confie donc à ses amies son intention de « le marier richement », afin de le fixer, de le « normaliser ». Un banquier américain, le baron de Hoffmann, dont on dit la fortune considérable, s'est installé à Cannes, au château de La Bocca. D'origine allemande, baron par Dieu sait quelle grâce, il souhaite unir l'une de ses héritières à quelque aristocrate authentique. Les marieuses, tout en croquant des petits fours à l'heure du thé, évaluent dot, mérites, avantages : « Morès est superbe, intelligent, racé, de grande naissance et très bien allié, mais si dépensier ! N'oublions pas que la fortune Vallombrosa sera partagée en trois. Le monde où vivent ses parents est trop étroit, il trouverait en Amérique les possibilités que le vieux continent ne peut lui offrir. Médora, la jeune fille, est une beauté : cheveux cuivrés, teint de lait, yeux vifs et rieurs, taille fine et élégante. Sportive, rompue à de longues chevauchées, rien ne l'effarouche : on la dit habile à manier le fusil comme à jouer du lasso. On dit aussi que le baron de Hoffmann intéresserait son gendre à des affaires et que la voie serait toute droite pour celui à qui sa fille accorderait sa main. »

Les marieuses l'emportent et, le 15 février 1882 , les cloches sonnent à toute volée. L'archevêque bénit les époux en présence du comte et de la comtesse de Paris qui ont pris place dans le chœur. Ensuite, réception fastueuse au château de La Bocca. Tout le Gotha s'y bouscule. Amédée est de la fête dans les bras de sa nourrice. Le soir on l'a oublié, un jardinier le trouve endormi sur un banc du jardin, blotti contre sa nounou.

A la fin de leur voyage de noces, Antoine et Médora débarquent à New York où le baron de Hoffmann les a précédés pour tout organiser — mais dans un sens contraire aux vœux de Morès : pas la moindre responsabilité. Prudemment, son beau-père le tient à l'écart des affaires et constitue un trust destiné à préserver la fortune de sa fille. Une « rente » confortable achève de désenchanter l'ami des humbles, qui se sent isolé dans une société qui méprise la pauvreté et spécule à qui mieux mieux. Les parades en landau à heures fixes dans les allées de Central Park, les dîners somptueux, la valse des chiffres d'affaires, le décompte permanent de fortunes fondées sur la ruine d'autrui ! Morès se cabre : il sera le *farmer* d'un vaste domaine rural où de larges rétributions récompensent le travail. Le voilà donc plongé dans des traités d'agronomie, faisant des études géographiques pour déterminer l'implantation correcte d'un domaine où pratiquer l'élevage en grand. C'est au bord du petit Missouri, dans la vallée limitrophe des Etats du Montana et du Dakota que, malgré les observations de son entourage, il achète enfin plusieurs milliers d'hectares infestés de serpents, où Sioux et cow-boys ne cessent de s'entre-tuer. Peu lui importe. Il se prépare à partir avec sa femme — départ qu'il souhaite définitif. Bagages personnels, meubles, munitions, selles, outils, produits alimentaires et pharmaceutiques s'entassent dans les fourgons du Northern Pacific Railroad. Au-delà du terminus, les *mail coaches* du Far West, sortes de tombereaux suspendus sur deux paires de roues très hautes et recouverts d'une toile de bâche grossière, prennent la relève.

Depuis le traité de 1877, les territoires qui commencent aux rives du Missouri appartiennent aux Sioux Dakota, c'est-à-dire « coupe-gorges ». Mais afin de prolonger la ligne du Northern, les Américains ont repris arbitrairement, sans indemnité aucune, une partie de leur réserve. Naguère les plus puissants des Indiens de l'Ouest, les Dakotas, décimés par la maladie et l'alcoolisme, sont désormais clairsemés dans les immenses savanes qui vont jusqu'à la frontière du Canada ; ils assistent impuissants à l'invasion de leur territoire par les pionniers. C'est là, dans les *bad lands,* que Morès plante sa tente en 1883. Limitrophe de celui de Teddy Roosevelt, entouré de hautes falaises, son domaine est préservé des vents par les montagnes Rocheuses, mais l'eau est rare. Cependant Morès s'entête et construit au-dessus de la route un chalet de bois. Une petite ville, baptisée Médora comme il se doit, l'entoure bientôt : chapelle, école, infirmerie, maisons d'ouvriers, étables, logis d'accueil pour les nouveaux venus en quête d'embauche.

Vêtu à la Buffalo Bill (grand chapeau de feutre et chemise à col ouvert), Morès parcourt à cheval ses vastes domaines : ses lettres respirent l'enthousiasme, et la naissance d'une fille, puis celle d'un fils semblent mettre le comble à son bonheur.

Pendant ce temps, le calme est revenu dans la villa de Cannes. Claire grandit tandis qu'Amédée, devenu un petit garçon charmant, porte le bleu ciel des enfants de Marie. Aucun ami ne partage ses jeux. Chaque matin on l'emmène, pomponné, dans la chambre de sa mère pour un rapide bonjour : rongée par un mal mystérieux, enfouie dans la blancheur de ses oreillers, elle le renvoie bien vite : « Emmenez-le, il me fatigue. »

A toutes jambes, il court alors jusqu'au jardin où son père acclimate des animaux exotiques. Dans leur cage, les singes accueillent l'enfant avec mille grimaces tandis que les kangourous arrivent en sautillant et que cerfs et biches s'approchent timidement. Toutes les bêtes lui font fête, jusqu'aux oiseaux qui picorent çà et là. « Quand j'étais petit, me disait-il parfois, Cannes était la ville où l'hiver, le Gotha se donnait rendez-vous. Les princes russes arrivaient dans leurs trains particuliers. J'en ai visité un sur sa voie de garage : c'était une maison sur roues : wagon-salon, salle à manger, chambres à coucher, cuisine. Le trajet depuis Saint-Pétersbourg durait quatre jours. Leur séjour terminé, les boyards repartaient avec leurs invités. Je me souviens aussi du grand dîner que donna mon père en l'honneur du Prince de Galles, futur Edouard VII. Admis dans la salle à manger pour contempler le couvert, je m'étais glissé sous la table surchargée de cristaux, de porcelaine, d'argenterie, et j'avais ôté les crochets qui maintenaient les rallonges. Au lieu du dîner, le maître d'hôtel dut annoncer la catastrophe ! Désireux que je n'oublie de ma vie la fessée qu'il allait m'administrer, mon père réunit dès le lendemain toute la maisonnée : cuisiniers et marmitons en toques, maîtres d'hôtel et valets de pied, lingères en tablier blanc, jardiniers en tablier bleu sous leur chapeau de paille, la dynastie d'Anglais qui régnait aux écuries : la main douce de mon père me meurtrit bien moins la chair que la pompe du cérémonial ne me mortifia l'esprit. »

Une autre fois, son père, invité chez le Prince régnant de Monaco, tient à faire son entrée au palais dans son propre équipage. Et voici qu'au moment où le coupé amorce l'élégant virage qui doit l'amener au bas du perron, le plancher soudain s'effondre et Richard se voit contraint de faire au pas de course à l'intérieur de la voiture sa brillante entrée : quelle humiliation !

En Amérique, Morès mène une lutte inégale. En butte aux incursions des cow-boys, il a fait ceinturer sa propriété de barrières et de fils de fer. Fléau du Far West, terreur des Sioux contre lesquels ils guerroient sans cesse et des villages dont leurs beuveries troublent l'existence paisible, ceux-ci n'admettent pas qu'un nouveau venu les brave. Premier avertissement : une tête de mort et deux tibias en croix, griffonnés sur un méchant papier. Antoine refuse de se laisser intimider, mais c'est dorénavant sous les armes que s'édifie sa ville. Son principal ennemi, le chasseur d'ours O'Donald, de peur de l'aborder de front, engage un tueur et deux acolytes. A la tombée de la nuit, ils tendent leur embuscade. Morès fait face, tue le chef de bande et blesse les autres.

Mort d'homme ? Le shérif de Bismarck se déplace et touche Morès de son bâton de justice. Prisonnier d'honneur, il ne peut plus quitter les Etats-Unis et doit répondre à chaque convocation. Il donne sa parole.

Après cette chaude alerte, une paix relative règne à Médora : les difficultés matérielles commencent. Morès, à grands frais, fait venir quinze mille moutons qu'il compte acclimater. Confié à des bergers malhonnêtes ou inexpérimentés, ce cheptel fond rapidement. Dans l'espoir d'échapper aux tracasseries des cow-boys, Morès abandonne l'élevage et se fait exportateur de viande vers les grandes villes : dans ce dessein, il construit abattoirs et usines frigorifiques. C'est tomber de Charybde en Scylla : courtiers marrons, accapareurs ont la haute main sur le marché. Il décide alors de se passer de tout intermédiaire et de vendre directement au consommateur. A cet effet, il ouvre à New York de grands comptoirs sous la raison sociale « Marquis de Morès and Co » : ses prix défient toute concurrence. Cette initiative sème la panique parmi les spéculateurs, et c'est le moment que, cédant sans doute à leur pression, choisit le shérif de Bismarck pour assigner son prévenu à comparaître devant une cour d'assises réunie en session extraordinaire : cow-boys, trappeurs, tous les ennemis sont là. Est-ce l'hallali ? Pas encore : l'accusé étant en état de légitime défense, on l'acquitte à l'unanimité. Le verdict provoque une telle fureur, de telles menaces (« Nous allons le lyncher ») qu'un des juges tend à Morès un revolver chargé. Prêt à faire feu, il se fraie un passage au milieu de la meute.

Il est libre, mais craint d'exposer sa femme et ses deux enfants à des représailles s'il persévère dans son entreprise. L'aventure a déjà coûté une fortune — au gendre comme au beau-père — mais que sont les déboires financiers auprès des nouvelles de France ? Sa mère est morte le 17 octobre 1886, au château d'Abondant. Son père s'enferme dans son chagrin. N'a-t-il pas écrit dans son livre de prières : « Ma sainte Geneviève est morte. Elle nous laisse une lourde tâche et des regrets éternels » ? A peine s'il se doute que Claire a déjà plus de dix-huit ans, et Amédée sept. Pour assurer leur avenir, une installation à Paris s'impose. C'est là que Morès, liquidé son rêve américain, les rejoint bientôt. En apparence, il n'a pas changé, mais son antipathie pour les mondanités s'est encore aggravée, et il échafaude déjà de nouveaux projets... plus hardis encore que les précédents ; après son échec du Missouri, il songe à la mise en valeur des territoires d'Extrême-

Orient que l'héroïsme de ses soldats vient de conquérir à la France : l'héritage récent de sa grand-tante, la marquise de Caraman, lui permet d'envisager cet investissement.

Son père l'écoute patiemment, mais il souhaiterait que la nouvelle expédition fût plus sérieusement préparée : en acceptant par exemple l'invitation du vice-roi des Indes, lord Dufferin ? Morès saurait ainsi, tout en voyageant agréablement, s'il résiste au climat ; il étudierait aussi les méthodes anglaises de colonisation ; Médora l'accompagnerait. Bref, voici le couple à Calcutta en janvier 1888, magnifiquement reçu, mais prié de ne pas s'ingérer dans les affaires de Sa Gracieuse Majesté britannique ! Morès est donc tenté de plier bagage mais le prince Henri d'Orléans, que ses explorations ont rendu célèbre, le convie à chasser le tigre dans les Sunderbanks, îlots situés dans le delta du Gange, peuplés de fauves, et où ne s'aventurent guère que des fakirs dûment équipés de charmes magiques, des bûcherons et des sauniers qui tôt ou tard finissent dévorés. Le Prince et son hôte s'engagent dans ce paradis. Un tigre royal blessé parvient à s'enfuir ? Morès le poursuit dans les fourrés, tarde à reparaître, il est perdu. Un cri déchirant, et le voici de retour : « C'est fait, je l'ai achevé. La belle affaire que d'affronter un tigre blessé ! »

Dans cette expédition comme dans la suivante qui mène les deux hommes et Médora jusqu'aux frontières du Népal, Morès étonne ses compagnons par sa chance plus encore que par sa témérité et son imperturbable sang-froid. En réalité, il respire plus librement dans la jungle que sur les boulevards. Mais un heureux événement le rappelle à Paris : les fiançailles de Claire et du comte Lafond. Dès son entrée dans le monde, elle a conquis tous les cœurs : « Pourquoi, chère tante Claire, avez-vous élu l'oncle Louis, parmi tous vos soupirants ? Il était veuf, beaucoup plus âgé que vous, d'un caractère incommode, et il avait un fils du premier lit. — L'amour, me répondait-elle, s'attrape comme un microbe : je trouvais la sécurité auprès de ton oncle qui cachait un cœur d'or sous ses dehors rugueux ; il savait tempérer mes ardeurs Vallombrosa. »

Morès assiste au mariage, mais son esprit est absent : il mûrit son projet d'Extrême-Orient. Là-bas, deux lignes de chemin de fer relieront le Tonkin, l'une à la province méridionale de la Chine, le Yunnan, l'autre à la Birmanie. Elles draineront la majeure partie des échanges commerciaux des deux pays vers les ports de la colonie française.

Le ministre des Affaires étrangères Buisson, à l'intention de qui il a rédigé une brochure (« Pour pénétrer en Chine »), l'incite à partir. « Sur place, nous vous aiderons ; vous rendrez à notre patrie des services inappréciables. » Et voilà le naïf, dont la foi n'a d'égale que la présomption, en route sur ces promesses en l'air.

Au Tonkin, un homme intègre, le gouverneur Richaud, a succédé au fossoyeur du boulangisme, le Résident Général Constans, plus soucieux de ses propres intérêts que de ceux de la France, et dont les malversations font l'objet d'un rapport édifiant. Bon administrateur, Richaud étudie les projets de Morès avec le plus vif intérêt. Dans un pays que les brigands désolent, où le ravitaillement des postes militaires se fait à dos d'homme, la création de voies ferrées lui paraît urgente. Egalement sensible à la personnalité de son interlocuteur comme à ses motivations, il lui donne toute liberté d'action en attendant que la métropole réponde à son rapport favorable par des contrats, des instructions, des capitaux.

Hâtif comme un adolescent, Morès se met aussitôt à l'œuvre et, confiant à un ingénieur le chantier d'Hanoi ouvert à ses frais et où travaillent mille pirates métamorphosés en défricheurs, entreprend le 18 décembre avec trente coolies un voyage de reconnaissance. Tantôt à pied, tantôt sur des radeaux de fortune, il traverse en douze jours le territoire des sinistres « Pavillons noirs ». Le 30 décembre il est en Chine à Ban Guyen, capitale du Kuang-Si. La xénophobie des mandarins chinois s'inquiète : « Que vient faire dans le Céleste Empire cet aventurier qui parle de chemin de fer ? Qu'il s'en retourne aussi vite qu'il est venu. »

Une fois de plus, la fatalité s'acharne : de retour à Hanoi, il apprend que l'ancien Résident Général Constans, nommé ministre de l'Intérieur, a révoqué Richaud et rejeté les projets. Richaud contre-attaque en envoyant au ministre des Colonies son rapport sur les agissements de son prédécesseur et promet de prouver ses assertions dès son arrivée à Paris... Il n'y parviendra jamais : embarqué en excellente santé, on le trouve un matin mort dans sa cabine. Cousu dans un sac, le gêneur est jeté à la mer, les documents accusateurs disparaissent chez le ministre accusé !

C'est ulcéré que Morès lui-même regagne la France : son projet (il y a englouti l'héritage de sa tante) torpillé, son ami Richaud assassiné, voilà que de surcroît, soufflé par Constans, paraît dans *Le Matin* un article venimeux contre le disparu. Dès le lendemain, Morès publie dans les colonnes du même journal, sous le titre : « J'accuse Constans, Gouverneur Général de l'Indochine », une riposte d'autant plus cinglante qu'elle évoque le double des documents interceptés : la guerre est ainsi déclarée sur le plan politique, et cette lutte à mort contre l'imposture n'est pas pour déplaire au champion des causes perdues.

Mais il faut de l'argent pour, selon ses propres termes, « nettoyer les écuries d'Augias ». Il s'adresse alors à son père et réclame sa part de l'héritage maternel. La succession n'étant pas réglée, Richard ne peut consentir aucune avance, et le ton monte.

Or, en ce printemps de l'année 1889, l'Exposition Universelle amène le Far West à Paris.

Frederick Cody dit Buffalo Bill est annoncé avec ses deux cents Sioux, ses chevaux, ses bisons, ses mules, ses chiens. Sous un immense chapiteau dressé au Bois de Boulogne, il donnera sa célèbre « attaque de la diligence de Deadwood », spectacle qui a conquis l'Angleterre deux ans plus tôt. La reine Victoria qui célébrait son jubilé à Windsor est venue le voir à deux reprises à Londres et, dans son enthousiasme, a commandé une représentation privée pour ses visiteurs : quatre rois ont même pris place dans le *mail coach,* et le Prince de Galles s'est installé sur le siège du cocher à côté de Buffalo Bill. Paris ne parle d'autre chose. On dit aussi que la diligence a appartenu au marquis de Morès lors de son équipée américaine. Ce coach *fashionable* est la diligence authentique qui reliait ses domaines à la ville de Deadwood, et Buffalo Bill l'a achetée au moment de la faillite : il s'en souvient d'ailleurs et, à peine arrivé à Paris, désireux d'honorer celui qui, dans son lointain pays, est devenu un personnage de légende, invite toute la famille à tenir le rôle des voyageurs lors du spectacle le 29 mai. Un déjeuner pittoresque : filets de renne à la brésilienne, filets de paon, glace Buffalo Bill, le tout fort arrosé, prélude à cet après-midi mémorable. Puis, dans les coulisses, aussi sérieusement que s'ils montaient dans le carrosse du Roi à Versailles, Antoine, Médora et leurs deux aînés, plus Richard et Amédée, s'installent dans le *stage coach* : poussant alors des cris gutturaux, des hommes emplumés arrivent au grand galop de leurs chevaux. Combien sont-ils dans ce tourbillon de poussière ? Impossible à dire. Au moment où tout semble perdu, Buffalo Bill, avec une habileté déconcertante, leur échappe, en virant à droite, à gauche, en stoppant brusquement l'attelage afin de se laisser dépasser par les assaillants qu'emporte leur élan.

Cramponnés, ballottés, les invités d'honneur trouvent le *show* interminable ! Enfin les voilà de retour dans les coulisses où, abasourdis, sains et saufs contre tout espoir et passablement tuméfiés, ils se remettent tant bien que mal sur leurs jambes et s'embrassent tandis que Buffalo Bill sur la piste recueille les ovations d'un public enthousiaste.

Après les effusions, on se heurte à nouveau : dès le lendemain, Morès frappe à la porte de son père en solliciteur. Le ministre Constans se présente à la députation de la Haute-Garonne : il faut de l'argent pour le contrer. Débouté, il se précipite néanmoins dans la mêlée. Battu, menacé, il ne lâche pas son ennemi juré qui, mis en ballottage, passe au second tour : le « gibier faisandé » a quand même du plomb dans l'aile. Encore s'il était seul de son espèce ! Mais nombreux sont ceux qui font passer leurs intérêts avant ceux de la classe laborieuse : les travailleurs sont toujours exploités, leurs salaires toujours dérisoires et leurs logements toujours malsains.

Les humbles : prêt à toutes les rixes, toutes les bravades, Antoine prend leur cause en main. En habit noir, un gardénia à la boutonnière, il proclame en plein Paris, devant cinq mille personnes : « Pour faire une révolution, il faut un soldat qui ait sacrifié sa tête. Personne ne paraissant m'envier cet honneur, me voulez-vous comme porte-drapeau ? J'essaierai de faire mon devoir, et à la fin du XIXe siècle un noble aura, à face découverte et pavillon flottant, tenu sa place dans l'organisation sociale et renouvelé son aristocratie par services rendus. »

Tandis qu'il tient ce langage à toutes les tribunes et défend ses idées, son père, navré, écrit dans son livre de raison : « Jamais plus grand chagrin ne pouvait m'être donné : il a fallu que ce malheureux enfant, oublieux de toutes les traditions paternelles et maternelles, se soit fait une plate-forme pour les doctrines anarchistes les plus violentes et les plus dangereuses : je n'oublie pas la parabole de l'enfant prodigue. » Puis, pour régler les dettes les plus criardes, il vend la villa de Cannes et cède Abondant au mari de Claire.

Antoine, lui, dénonce ce que ses « pairs » nomment tradition : affadis par la vie mondaine, les aristocrates oublient que toute propriété implique le devoir d'administrer pour le bien commun, et que l'exploitation des faibles est une lâcheté. De plus, grisé par les acclamations, il se veut le chef de ce petit peuple dont il est devenu l'idole et se met d'autant plus joyeusement à sa tête que ses créanciers ne le harcèlent plus. Pour dénombrer ses troupes, il lance une invitation à déjeuner le 1er mai, sur les gazons du Champ-de-Mars : « Chacun de vous, messieurs, recevra une trique et, au bout de cette trique, un panier contenant un pain, un saucisson, un litre de vin et un mirliton. »

Insensible à cet humour, le ministre de l'Intérieur Constans l'inculpe alors pour « délit de provocation et d'attroupement ». Menottes aux mains, Antoine est conduit au dépôt. Traduit en correctionnelle, il est condamné à trois mois de prison. Nouveau cri du père : « Jamais je n'eusse supposé pareille honte. » Et de signifier à son fils qu'il doit choisir entre sa famille et le rebut de la société.

De Sainte-Pélagie, le prisonnier répond : « Abandonner ne fera qu'accroître l'ardeur de mes revendications. Je crois devoir ajouter que je suis convaincu de la justesse de ma cause et que je ne sais pas reculer. Dans la vie d'après le monde, mon cheminement était tracé. J'en ai pris un autre. »

Quand il sort de prison, tête haute, il se heurte à des portes fermées : la presse dite bien-pensante refuse ses articles, son milieu le repousse. Encadré par ses gardes du corps, quatre bouchers de La Villette, il reprend alors le combat à la ville et à la campagne.

Autre solitaire, un écrivain, parvenu à la notoriété depuis la publication de son pamphlet *La France juive,* mène au fil de la plume une lutte comparable. De souche paysanne, Edouard Drumont rêve de grouper autour de la vieille noblesse non contaminée les opprimés — tous ceux qu'exploitent les puissances d'argent. Il vient de fonder un journal, *La Libre Parole.* Et voici que vient à lui, épris du même idéal, ce grand seigneur aventureux. Le scandale de Panama vient d'éclater, ruinant la petite épargne. Morès brûle de livrer les responsables à la vindicte publique et d'œuvrer ainsi au redressement national. « Guerre aux Juifs ! » « La France aux Français. » Ces cris schématisent un peu vite la gangrène... Trop exalté pour être équitable, il passe chaque matin au journal de Drumont, et sous le titre « Les officiers juifs dans l'armée » entreprend une campagne féroce qui s'achève dans le sang.

Calvaire du père : « Antoine continue à me donner tous les chagrins et à me rendre le père le plus malheureux. » Car non content de collaborer avec Drumont, Morès fomente la grève de « L'Urbaine », tient dans ses réunions publiques à Paris et en province les propos les plus subversifs. Il provoque en duel un certain capitaine Isaac qu'il blesse et le capitaine Maïer qu'il tue. Enfermé à la prison de Mazas, il passe aux assises, est acquitté en août 1892. « Puisse-t-il, écrit son père à cette occasion, se rappeler l'étendue de ses devoirs envers les siens et oublier cette triste campagne de haine et de violence ! »

Hélas ! Morès n'entend toujours pas la voix de la sagesse : accueilli à sa sortie du Palais de Justice par le petit peuple venu en masse l'acclamer, il fonce à nouveau sans discernement. Pour lui, l'ennemi s'appelle Cornelius Herz, c'est-à-dire la finance juive internationale, l'Angleterre et Georges Clemenceau, leur homme lige.

Hors de lui, Drumont hurle dans les salles de rédaction : « C'est intolérable. Morès est l'imprudence même » puis, radouci dès qu'apparaît l'enfant terrible, ronchonne : « Vous croyez-vous à Crécy ou à Azincourt ? »

La suite n'est pas moins pitoyable : Morès, qui a perdu au jeu vingt mille francs, doit acquitter sa dette dans les plus brefs délais : faute de quoi, c'est l'interdiction au Cercle, le déshonneur. Dans son entourage, personne ne peut venir à son secours. C'est alors que Cornelius Herz, en fin joueur, propose d'avancer la somme, à condition que Drumont vienne la chercher en personne. Quelle humiliation ! « Je dis à Morès : “ J'aimerais mieux être fouetté que d'aller là-bas, je n'en ferais pas autant pour mon frère, si j'en avais un, mais enfin, puisque vous vous êtes dévoué pour notre cause, je vais me dévouer aussi. ” Je me transportai chez Cornelius Herz, et je dois dire qu'il fut très bien, et moi aussi : il avait éloigné les domestiques et les portes s'ouvraient toutes seules. »

Tapi dans l'ombre, le « Tigre » veille : il tient enfin sa proie. A l'occasion d'un procès, en pleine audience, il raconte tout par le menu. Touché en pleine poitrine, l'adversaire de Clemenceau doit rompre avec *La Libre Parole* : « J'ai reçu dans le flanc plusieurs flèches avec lesquelles je ne puis vivre. J'ai besoin de repos pour fermer mes cicatrices et puis j'irai vers l'inconnu. J'en sortirai plus fort ou n'en reviendrai pas. »

Afin de rassurer sa femme, il feint de se résoudre au silence, à l'inaction, à la douceur de la vie familiale. Mais son démon familier lui murmure sans cesse à l'oreille : « Au tour de l'Angleterre, maintenant ! » Il échafaude en secret un projet mirifique, à la mesure de ses rêves : rallier sous la bannière de leur père spirituel, le Mahdi d'Anderman, chef incontesté des Senoussis du Soudan, toutes les tribus nomades du désert, afin de constituer un immense empire musulman allié de la France. Les possessions françaises autour de la

Méditerranée s'en trouveront fortifiées et il sera possible de frapper les Anglais dans le dos en remontant jusqu'aux sources du Nil...

A Paris, le ministère des Affaires étrangères, déjà rétif, finit par refuser. Fanatisés par des préceptes du genre : « Plus tu massacreras de juifs et de chrétiens, plus tu seras digne du Paradis », les Soudanais sont les ennemis les plus acharnés de la France. Par ailleurs, une telle entreprise risquerait de rallumer la guerre sainte. Peut-être aussi, en haut lieu, ne veut-on pas compromettre les chances d'une entente cordiale avec l'Angleterre. De son côté, son père a beau joindre ses prières à celles de sa femme, rien n'ébranle Antoine : il partira seul à la tête d'une caravane, sous couleur d'ouvrir une voie commerciale de Gabès au Niger. A Marseille, c'est le cœur serré que Médora voit s'éloigner le navire ; très droit à l'arrière du bâtiment, Morès la salue une dernière fois — la dernière : il a rendez-vous avec la mort, une mort qu'il semble lui-même provoquer.

Car comment expliquer la suite ? « Il parle trop », disait son interprète, un jeune Tunisien, qui porte le beau nom d'Abd-el-Hack (esclave de la vérité). Pourquoi, dès son arrivée à Tunis, lors d'une conférence publique au Grand Théâtre, déclarer la guerre à l'Angleterre ? Pourquoi faire étalage d'un capital de cinquante mille francs transformé en cadeaux ? Pourquoi révéler que son itinéraire passe par Beressof ? Sinon pour défier le destin ? Ses ennemis sont immédiatement avertis : « Allez à Beressof pour y tuer un Français qui a beaucoup d'argent ; il est parti sans escorte officielle. Celui qui le tuera ne sera pas poursuivi : il recevra l'aman (le pardon). » Les Touareg, quant à eux, sont *informés* qu'un officier déguisé vient conquérir leurs domaines. Le conseil de guerre des différentes tribus décide de le faire assassiner.

Aux confins du désert, le lieutenant Lebœuf, commandant du poste de Kebili, dernière sous-juridiction française, reçoit, quant à lui, deux plis : l'un signé par l'attaché militaire de Tunis : « Vous n'oublierez pas que l'expédition Morès est une entreprise privée et que vous ne devez la faciliter en rien.

Vous veillerez à ce qu'il tienne sa parole de passer par Beressof et vous me tiendrez au courant. » L'autre, en revanche, du commandant Caudemets, installé à Gabès, est chaleureux : « Vous me ferez plaisir en recevant Morès comme un ami et en l'aidant de votre mieux : la main gauche doit ignorer ce que fait la main droite. »

Morès, le voici d'ailleurs, superbe sur son méhari blanc, couvert du chapeau qu'il a inventé — un feutre gris à larges bords — avec sa troupe : Tunisiens, Algériens, Nègres robustes armés de fusils à tir très rapide, chameliers qui assurent le transport des bagages, rompus aux traversées du Sahara.

A Kebili, télégramme : un jeune officier français, le lieutenant de La Roque, prévient qu'une souricière est tendue à Beressof. On prendra donc la route de Ghat.

Or, si l'on change d'itinéraire, il faut changer de guide. En dépit des avertissements qu'on lui donne, Morès engage Brahim-El-Hacheia, le pire des brigands : « J'ai toujours préféré les bandits aux assassins masqués. » Le 21 mai, prêt à partir, il écrit à son fils Louis qui va faire sa première communion : « Souviens-toi que dans le Notre Père tu trouveras l'essence de tout. Sois bon. » Ce sont des adieux, la trahison a pris la relève des bavardages intempestifs. Celui des meurtriers qui le premier sera posté à El-Ouatia s'appropriera le fabuleux butin : treize millions-or, dit-on, et un sabre à poignée de diamants...

Le Sahara apparaît dans sa lugubre sévérité : longues étendues de sable coupées par des dunes ponctuées çà et là de chênes verts, de touffes de jujubiers, de palmiers noirs. On avance d'un puits à l'autre, sans jamais rencontrer âme qui vive. Si pourtant, un vieil indigène, Ali Ben Bessis, réputé dans tout le désert pour son courage et sa loyauté : « Retourne, tu es trahi », lui dit-il. Alors, comme Morès refuse, il sollicite la permission de se joindre à la caravane : « Je te protégerai parce que tu es menacé et que tu es l'homme le plus noble et le plus brave que j'aie jamais rencontré sur les pistes du Sahara. — Si je suis menacé, tu te condamnes avec moi. — La miséricorde d'Allah soit sur nous ! »

Autour du puits de Djencen, que Morès atteint le 31 mai, règne une agitation insolite : des chameaux broutent les rares herbes ; une trentaine d'hommes en noir aux visages voilés et, grouillant autour du point d'eau, des femmes et des enfants. Les chameliers poussent un grand cri : « Les Touareg ! » Ce sont les conjurés de Beressof. Mais ils paraissent si cordiaux que Morès invite leur chef à partager ses repas. Il lui parle de son désir d'entrer en relations de commerce et d'amitié avec les tribus sahariennes. On échange des vœux dans ce sens, et le piège peu à peu se referme, grâce au nouvel interprète, El Hadj Ali. Les intentions du chef Ben Chaoui sont, dit-il, pacifiques. Familier du désert, il mènera le grand seigneur, si celui-ci le désire, jusqu'à Ghat en passant par El Ouatia. Sous sa conduite, la caravane reprend donc sa route vers le Sud : longues marches coupées de haltes nocturnes et de palabres qui se prolongent fort tard. Ben Chaoui, qui veut séparer Morès de son escorte, obtient que les chameliers gabésiens soient congédiés à El Ouatia et remplacés par des Touareg.

Le 3 juin, on parvient à El Ouatia, large cuvette encerclée de collines et coupée de talus concentriques auxquels s'accrochent des arbustes malingres.

Dès le lendemain, en dépit des objurgations de Ben Bessis, les Gabésiens sont renvoyés. Optimiste, Morès compte atteindre Ghat le 25 juin. Or la journée du 5 se passe à attendre les chameaux promis qui n'arrivent pas. Pour calmer son protégé, Ben Chaoui amène sa dernière fille âgée de huit ans. Attendri par la douceur de ce visage innocent qui lui rappelle sa propre fille, Morès la comble de présents : les hommes voilés se rapprochent. Il circule de groupe en groupe : « Alors, ces chameaux, c'est pour demain ? », puis fait une démonstration de son adresse : on jette en l'air une bouteille vide qu'il brise d'une seule balle. Fascination des indigènes.

Le 6 juin, toujours rien, l'attente est longue !... Soudain, le soir, on donne l'alerte : nuage de poussière à l'horizon. Mais ce ne sont pas les chameliers. Voici, en compagnie de cinq dissidents de la tribu Chamba, un individu sinistre : « Prends garde à El Kheir, murmure Ben Bessis, c'est le mal incarné. » Morès a beau tenir compte cette fois de l'avertissement, l'étau se resserre encore. Le soir même, « alliés » et « suspect » dressent des plans communs.

Au matin du 7 juin, El Hadj se glisse sous la tente de Morès : « Il faut renvoyer Ben Bessis. Les Touareg le soupçonnent d'intelligence avec les Chamba, ils le tueront. »

Morès, perplexe, note dans son Journal : « Les Chamba jouent un drôle de rôle. Je ne serais pas étonné qu'ils soient envoyés par quelqu'un... il y a là-dessous quelque chose de louche. « Mais, ne pouvant croire à la duplicité des Touareg, il renvoie Ben Bessis : « Sauve-toi, dès ce soir, on te ferait un mauvais parti. — Et toi, tu resteras seul avec Hadj Ali ? Crois-moi, méfie-toi de ce chien. Il te trompe. Je ne m'en irai que si tu l'ordonnes. » Morès ordonne. Il persiste à voir dans ses ennemis jurés « une race militaire admirable » qu'il espère « conduire dans une voie utile pour la France ».

Le 8 juin, les chameliers paraissent enfin, sur des bêtes incapables d'atteindre Ghat : nouveau changement d'itinéraire. A l'oasis de Sinaoun, on trouvera une merveilleuse escorte. Rien que de banal, somme toute, dans ce genre d'expédition, lorsqu'on n'est pas entouré de traîtres... Partir ? Il n'y faut pas encore songer : faute de bâts adéquats, cette fois-ci, impossible de charger les bêtes... Demain, on verra.

Le moment des assassins est venu. Qui osera porter la main sur celui que chacun nomme tout bas El Saïd, « le Cid » ? Durant la nuit, trois conjurés se glissent sous sa tente. Proie facile, il dort paisiblement sur le dos, la gorge offerte. Personne cependant n'a le courage de frapper. El Kheir se contente de voler la sacoche censée contenir le trésor prétendu.

A l'aube du 9 juin, lorsqu'il sort de sa tente après avoir constaté le larcin, Morès s'aperçoit que son méhari a lui aussi disparu. « Ne t'inquiète pas, dit Ben Chaoui, on le retrouvera tôt ou tard. » Ne pas s'inquiéter ! Deux heures passent, Morès s'aperçoit seulement qu'il s'est jeté dans la gueule du loup.

Seul espoir de salut, atteindre rapidement l'oasis de Sinaoun. Dix heures, toujours rien... Sans attendre le retour de son « guide », il donne le signal du départ. En tête marchent les quarante chameaux menés par les Nègres, Morès suit, monté sur une bête boiteuse. A ses côtés, derrière lui, des ennemis qui guettent sa première défaillance... On avance lentement, au rythme cadencé des montures, et soudain, c'est l'attaque : El Kheir et deux Touareg désarçonnent Morès, l'un d'eux lui assène un coup de yatagan et le blesse au front. Morès cependant se relève d'un bond : autour de lui ce ne sont que fusils et sabres au clair. Dégainant son revolver, il tire et tue trois des assaillants. « C'est un Djinn », crie El Kheir. Profitant de la confusion, trois serviteurs fidèles accourent, on les abat l'un après l'autre.

Morès est seul, désormais : la crainte qu'il inspire est telle pourtant qu'il reste maître du champ de bataille. Pas pour longtemps. Peu à peu, le cercle se reforme autour de lui. Assis en tailleur sur le sable, les ennemis guettent. Le supplice va durer trois heures, sous un soleil de plomb. Dévoré par la soif, épuisé, Antoine vacille enfin. Le voici à genoux, la tête dans ses mains. Tel un serpent, El Kheir se glisse derrière lui et, à dix mètres, tire, l'atteignant à la nuque. Morès ne bouge plus. Le meurtrier s'approche et lui enfonce au défaut de l'omoplate un long poignard dont la pointe ressort par la poitrine. C'est la curée. El Kheir s'empare des vêtements et de la ceinture alourdie de pièces d'or, les autres s'acharnent sur le cadavre, le dépouillent, se partagent le butin. Aventurier, héros, visionnaire ? Morès est mort.

Si la France ne l'a pas compris, en revanche, le futur Edouard VII lui rendra un hommage éclatant : « S'il avait été Anglais, je l'aurais fait vice-roi. »

A Paris, temps radieux en cette fin d'après-midi du 11 juin. Au sortir du Cercle, Richard regagne en flânant son domicile. Soudain, dans le brouhaha de la ville, il distingue le cri d'un marchand de journaux : « Le mar... le marquis de Morès assassiné ! » Non, non, ce n'est pas possible. Ni lui ni personne en France n'admet pareille nouvelle, chacun se cramponne à l'espoir. Hélas ! il faut bientôt se rendre à l'évidence.

Cette mort jette sur le pays comme un voile de deuil. Dans toutes les villes où il passe, le cercueil, recouvert du drapeau tricolore, est escorté par les forces vives de la nation. Derrière lui, de Marseille à Paris, marchent confondus dans un même élan des hommes de tous bords, de toutes croyances, de toutes classes, de toutes conditions.

Depuis la sortie de Notre-Dame où l'on célèbre un service digne de lui jusqu'à l'entrée du cimetière Montmartre où l'attend une sépulture provisoire, la foule silencieuse lui fait la haie comme jadis à sa sortie du Palais de Justice.

Respectant ses dernières volontés, c'est à Cannes que Médora le ramène ensuite.

Dans le cimetière fleuri, ses admirateurs ont érigé un superbe mausolée : une grande dalle surmontée d'un obélisque de porphyre rouge. Ils ont fait graver sous la couronne ducale et le blason l'épitaphe suivante :

> « Antoine Amédée Vincent de Vallombrosa
> Marquis de Morès et de Montemaggiore
> traîtreusement assassiné à El Ouatia, Sahara,
> victime de son dévouement pour la France. »

Traîtreusement assassiné, comment en douter devant le silence qui suit ? Pas question d'enquêter. Les assassins sont libres, El Kheir parade dans les vêtements de sa victime.

Le cœur brisé de chagrin, d'indignation, de colère, Médora jure que justice sera rendue.

Après avoir vainement frappé à Paris à toutes les portes, elle part pour Tunis. Intrépide comme au temps où elle chevauchait seule dans les *bad lands,* elle harcèle les autorités puis s'enfonce dans le désert afin de rencontrer les témoins dans leurs douars et de traquer les meurtriers dans leurs repaires.

Confondus, El Kheir et Ben Chaoui avouent, et c'est alors, devant la cour d'assises de Tunis, un procès retentissant qui passionne l'opinion publique enfin réveillée. Ben Chaoui est condamné à la prison à vie et El Kheir à la peine capitale. En digne épouse du héros, Médora sollicite et obtient leur grâce.

Cette page magnifique est ternie par la lutte qu'elle mène en même temps contre son beau-père. Il lui faut coûte que coûte de l'argent. Or, son propre père se retranche derrière le *trust.* Et puis n'appartient-il pas aux Vallombrosa de faire œuvre de Vallombrosa ?

Excessive et passionnée, elle ne comprend pas que Richard se refuse à spolier Claire et Amédée, qu'il a d'ailleurs fait le maximum en vendant, pour l'aider, le palais ducal de Sassari. Nouveau procès, nouvelles brouilles. Sans les joies que lui donnent Claire et ses enfants, sans Amédée, Richard n'aurait en fin de vie que de cruelles déceptions.

Son fils cadet, « le plus parfait des fils », est un être délicieux, à part, qui traduit toutes ses impressions en musique. Exceptionnellement doué, il ferait une carrière brillante de compositeur si les tabous de la société ne s'y opposaient. Le Conservatoire ? Impensable. Sacrifiant ses goûts, sa sensibilité, il poursuit donc des études de lettres à Stanislas. Il a peu d'amis et partage chaque soir le dîner de son père puis, en silence, tous deux se plongent dans la lecture. Naguère si mondain, Richard retrouve dans ce tête-à-tête sous la lampe une espèce de sérénité. De son côté, le fils est heureux d'apporter un peu de réconfort à ce père si éprouvé. Son baccalauréat brillamment obtenu, il s'inscrit à la Faculté de Droit. Ainsi le rythme de sa vie ne sera-t-il pas modifié : en outre il pourra prendre des leçons d'orgue chez des maîtres réputés.

En 1901, la fille aînée de Morès, Athénaïs, a dix-huit ans accomplis. Faisant acte d'indépendance vis-à-vis de sa mère, elle revoit son grand-père et son oncle. L'un et l'autre sont éblouis par sa beauté. Elle est le portrait de son père : mêmes traits, même teint. Avec cela, un esprit bondissant, des idées à foison, une flamme étrange dans les yeux. A son entrée dans le monde elle fait tourner toutes les têtes.

Médora laisse entendre que sa fille saura mettre en fuite ses soupirants, fusil en main si nécessaire !

La même année 1901 voit une nouvelle fois Richard prié de se sacrifier : désireuse de s'installer à Paris où elle a fait bâtir rue de Villejust, près du Bois de Boulogne, un hôtel particulier, Claire vend Abondant, Abondant où Richard a été durant vingt ans le maître, puis dix autres années l'hôte de son gendre. Les murs, passe encore, puisqu'elle enlève les boiseries, mais les corps des grands Prévôts de France, de la duchesse de Tourzel ? « Ah ! ces Vallombrosa, ils n'aiment que ce qui brille ! » clame le clan familial. Les ancêtres, eh bien ! que le duc des Cars, propriétaire de l'autre pôle familial, les prenne à Sourches ! Un grand char funèbre se présente un jour, avec autant de cercueils qu'il y a de noms dans la chapelle. Mais une fois remplies les bières, il reste encore des ossements ! du menu fretin, des femmes et des enfants sans doute. Qu'en faire ? On les jette pêle-mêle dans des valises vidées de leur contenu et, sous une pluie fine, c'est un cortège pour le moins pittoresque qui s'ébranle, précédé d'un prêtre, de deux marguilliers qui chantent les psaumes de la Résurrection, et suivi du rejeton qui, tête nue, porte ses deux valises !!

Me voici, dans le bureau de mon père, au terme des deux albums... Avant de les refermer définitivement, une page mélancolique de Richard, l'une des dernières :

« Amédée, ce fils admirable, a obtenu sa licence en droit. Appelé sous les drapeaux, il va durant trois ans servir à Cherbourg dans la territoriale. Pour moi, ce seront trois années de redoutable solitude. Je refais mon bail rue Saint-Honoré où j'entasserai ce qui me revient d'Abondant. Après avoir eu villas, château, palais, les rigueurs du sort m'ont réduit à un appartement banal. Amédée me fait part de la place que tient dans sa vie l'idée religieuse. Il pense entrer dans les ordres après son doctorat. Je doute que le monde ait jamais pour lui de grandes attractions. A la grâce de Dieu. »

Cette grâce qu'il invoque le touchera dès l'été suivant, au château du Nozet, chez son gendre, dans les bras de sa fille.

Amédée est encore trop jeune pour reprendre le flambeau D'ici là Claire sera le vrai chef de famille.

Et Médora me direz-vous, et ses enfants ?

Médora ? Elle rend sa belle-famille responsable des malheurs d'Antoine et poursuit de sa vindicte tout ce qui est Vallombrosa. Son père mort, héritière du *trust,* elle dispose d'une grande fortune dont elle ne profite guère puisque, emmurée volontaire, elle ne sort plus de l'hôtel particulier du boulevard Suchet où elle a rassemblé dans une sorte de chapelle les souvenirs du héros.

Quant à ses fils, pour mieux les déraciner, elle en fait des Américains. Un mode d'éducation qui, d'ailleurs, permet aux garçons d'échapper au culte funèbre. Athénaïs l'indomptable, elle, se fait enlever par le baron Pichon, propriétaire de l'hôtel Lauzun, qu'elle épousera par la suite. Contre la volonté de sa mère : ne bride pas qui veut le sang Vallombrosa.

Au fur et à mesure que les années passent, la haine de Médora contre sa belle-famille s'exacerbe à tel point que, pour éviter de reposer sous le nom honni, elle rédige elle-même son épitaphe :

> « Médora-Marie de Hoffmann
> Epouse d'Antoine, marquis de Morès
> au souvenir duquel elle consacra sa vie. »

V

Rue Barbet-de-Jouy

SITUÉ entre cour et jardin, l'hôtel Montebello semble retranché du monde. Franchies les deux lourdes portes cochères vert sombre que relient des guirlandes de vigne vierge, on pénètre dans un monde à part, véritable microcosme puisque autour de mes grands-parents gravite un nombreux personnel, fortement hiérarchisé, et que la maîtresse de maison n'a point besoin de quitter son fauteuil pour que les rouages de la vie tournent avec une précision admirable. Dans la cour pavée se font vis-à-vis deux pavillons bas, perpendiculaires à la rue : celui des portiers, de la buanderie, des remises, et celui des cochers, des écuries. Ici se blanchit le linge, se fourbissent, s'astiquent les coupés, les victorias, là hennissent les chevaux auxquels répond le cocorico d'un coq déplumé : ma grand-mère ne veut à son petit déjeuner qu'un *œuf du jour* et, pour la satisfaire, Monsieur le coq règne sur de pauvres cocottes à crête anémiée. Il lui faut être vigilant pour que les rats familiers ne soient pas les premiers servis !

Bâti sous le Second Empire dans un style Louis XVI très élégant, l'hôtel à proprement parler ferme la cour. Par un large perron, on accède à l'étage de réception, sorte de rez-de-chaussée surélevé. Dans le vestibule, comme de coutume dans le Faubourg Saint-Germain, un escalier de larges proportions, à rampe de fer forgé, où deux hommes se tiennent en permanence : le maître d'hôtel en habit noir, le valet de pied en livrée, chargés qui d'accueillir les visites, qui de les introduire dans les pièces où, chaque après-midi, ma grand-mère offre le thé.

Les deux salons, l'un tendu de reps bleu bleuet, l'autre lambrissé blanc et or, donnent sur le jardin. Très habilement dessiné avec son large tapis vert, ses plates-bandes plantées de rosiers, ses allées dont le gravier crisse sous les pas, ses vases Médicis débordant de fleurs, ses marronniers taillés, et surtout ses murs peints en trompe l'œil vers des perspectives infinies, il donne l'impression d'être un véritable parc à la française. La salle à manger est en retour sur la cour, de sorte que, les jours de réception, lorsque toutes les portes sont ouvertes à deux battants, un mouvement tournant permet aux invités d'évoluer sans jamais se bousculer.

Mes grands-parents habitent le premier étage : leurs appartements, véritables suites séparées par un corridor, se trouvent entre cour et jardin. Au second étage, nous sommes plus à l'étroit, puisqu'il faut ajouter, aux chambres de mes parents et de ma tante maternelle, la nursery : nom pompeux pour une grande pièce au plancher délavé ; tout y est affreux, depuis les lits de fer de la nurse et des enfants, jusqu'au mobilier en pitchpin et à la table de toilette dissimulée par un paravent japonais éventré. Tant de laideur m'est insupportable, et je cherche toujours à m'y soustraire en grimpant au dernier étage, celui de la lingerie où l'atmosphère est plus douce. Delphine, la vieille femme de chambre de ma grand-mère, y règne sur trois jeunes filles joyeuses. Devant la cheminée, un poêle à six pans coupés, coiffé d'une bouilloire sous pression, et contre lequel s'appuient six fers à repasser, assure une température agréable. Une grande table recouverte d'un drap blanc occupe le centre de la pièce. Trois corbeilles où l'on dispose chaque jour, soigneusement lavé, repassé, parfumé, le linge que ces dames porteront le lendemain. Dans de grands placards s'empilent draps, serviettes. Enfin, sur des planches formant étagères, s'alignent des boîtes de fer multicolores pour bobinettes de soie, paillettes scintillantes, agrafes, pressions, boutons de nacre, etc.

On sert le thé, là aussi, mais aux maîtres d'hôtel du voisinage, et tandis que les femmes, les pieds sur des chaufferettes, tirent des points, que les hommes sirotent le breuvage sucré, les langues vont bon train : « Madame la Duchesse, commence un homme superbe aux favoris grisonnants... — Ta singesse de patronne », coupe un serviteur méridional, dont l'accent pittoresque colore l'irrévérence. On baisse le ton, et moi, j'apprends le beau langage !

D'origine poitevine, Delphine préfère le fantastique aux cancans d'office : « J'avais huit ans, je vous dis, une taie me pousse sur l'œil. Ma mère m'emmène au fond du bois, chez la sorcière : “ Il faut, dit celle-ci, la faire toucher par la main d'un mort et, lorsque le corps sera décomposé, la taie disparaîtra. ” Je n'oublierai jamais mon horreur à ce contact glacé. N'empêche qu'au bout de six mois la taie est bel et bien tombée ! » Passionnément, je me fais toute petite sous la table mais, au moment où je désire le plus qu'on m'oublie, cette diablesse de Moumoute, la chatte noire aux yeux verts, ne manque jamais de se jeter sur moi toutes griffes dehors. « Bébé Roselyne, que faites-vous là ? Voulez-vous vous en aller ! » Dommage. Je me sens bien ici. En revanche, je ne me risquerais pas au sous-sol du côté des cuisines où, avec deux aides, la vieille Louise (dont le « coq » de Napoléon III a fait l'initiation aux Tuileries) élabore dans de grandes casseroles de cuivre fumets, appareils, pièces montées. Sûre d'y être mal accueillie, je retourne à la nursery où mon frère m'attend.

Le jeudi nous sommes les hôtes de nos grands-parents et, telle Alice, nous pénétrons au pays des merveilles. Colorés, les vases de Chine, collection de la maréchale Lannes, les meubles aux marqueteries brillantes, colorés, les sièges recouverts de soie brochée, de velours frappé, colorés les tableaux d'ancêtres. Pas de barbons en cuirasses, puisque les Lannes ne sont pas allés aux croisades, mais des femmes ravissantes, des enfants heureux et bien habillés et un seul homme, le Maréchal en personne, brillant uniforme et baudrier.

Comme pour graver dans notre mémoire le souvenir des êtres chers qu'il a tous connus — sauf le Maréchal —, mon grand-père nous raconte inlassablement leur histoire. Et ses récits forment un canevas sur lequel viendront par la suite, point par point, comme dans une tapisserie, s'ajouter d'autres témoignages, d'autres événements.

« Cette petite fille, dit-il, qui régale son King Charles d'une pâtisserie, est mon arrière-grand-mère, la duchesse de Vicence née Adrienne de Canisy. »

Normands de haut lignage, attachés depuis des temps immémoriaux à leurs domaines dans cette province, les Canisy naissaient là, s'y mariaient, y mouraient. François-René, le père d'Adrienne, est le premier qui paraît à la Cour. Dans l'entourage de Marie-Antoinette, il s'éprend de l'une des dames du palais, la belle Anne-Charlotte de Loménie de Brienne, que Madame Vigée-Lebrun dit « faite comme un modèle », et l'épouse. De père en fils grands commis de la France, les Loménie de Brienne sont, peu après ce mariage, investis de hautes responsabilités. Au père, Athanase, Louis XVI confie le portefeuille de la Guerre, à l'oncle, Etienne-Charles, archevêque de Sens, le contrôle des Finances et la tête du gouvernement. Incapable, en lutte incessante contre le Parlement, impopulaire par ses mesures comme par ses atermoiements, ce dernier doit céder la place à Necker en 1788 et retourner dans son archevêché avec un chapeau de cardinal. Ami des philosophes, homme d'Eglise à la foi chancelante, il accepte en 1791 la constitution civile du clergé et jette la pourpre aux orties. Cette complaisance aux idées de la Révolution ne le sauve pourtant pas. Arrêté en 1793 puis relâché, il s'empoisonne lorsqu'on vient l'arrêter à nouveau en 1794.

D'une tout autre trempe, son frère fait face. Tandis que son gendre Canisy, cœur timoré, ne craint pas de compromettre les siens en émigrant des premiers, lui s'installe à Paris dans son hôtel de la rue Saint-Dominique avec sa fille et ses deux petites-filles, Adrienne et Constance. La première aussitôt demande le divorce : que lui est cet époux volage et qui, de surplus, l'abandonne ? Son devoir l'appelle auprès de la Reine, et ses deux fillettes jouent aux Tuileries avec le Dauphin.

Après les Massacres de Septembre, la prudence conseille un séjour loin de Paris, à Brienne, où la famille se réunit peu à peu. Dans ce pays où ils sont aimés et respectés, ils chercheront à se faire oublier en vivant le plus simplement du monde parmi leurs serviteurs et les paysans.

Sont-ils dénoncés, ou bien se souvient-on de ces ci-devant dont les terres sont trop proches de la frontière ? De là, ils peuvent faciliter les émigrations, voire envoyer des fonds aux ennemis de la Révolution. Adrienne a dix ans, Constance huit lorsque le drame éclate, un drame que l'aînée n'évoquera jamais ensuite sans une horreur intacte. Un jour de février, la famille qui déjeune voit soudain surgir des individus hirsutes, débraillés, armés de piques et de bâtons. Ils parlent en maîtres, injurient, menacent puis jettent dans une charrette le chef de famille, ses frères, leur mère. Au moment du départ, Athanase, impassible, exhorte les siens au courage, tandis qu'Anne-Charlotte, en larmes, confie ses enfants à leur vieille gouvernante, à l'abbé Patrault, ami de la famille, à ses serviteurs éplorés.

Impliqués dans l'affaire d' « Elisabeth Capet », sœur du « tyran », ils sont vingt-quatre, dont cinq Loménie, à comparaître devant le tribunal révolutionnaire le 21 floréal 1794 (10 mai). Sans se connaître personnellement, les inculpés répondent tous du même chef d'accusation. Convaincus d'être auteurs et complices des complots de la « famille Capet », ils sont tous condamnés à mourir le soir même.

En tant que fille de France, Elisabeth sollicite et obtient la grâce d'être exécutée la dernière. Lorsque la charrette s'immobilise, les abbés de Chambertrand donnent l'absolution générale ; puis, une à une, en passant devant la Princesse, les dames font une profonde révérence comme si elles allaient au bal, et gravissent les degrés de l'échafaud. Anne-Charlotte a vingt-neuf ans. Dans deux mois seulement, Robespierre aura expié ses crimes. « Loménie de Brienne, famille décimée sous la Révolution », dira-t-on plus tard : ces termes pudiques masquent la réalité vraie...

Deux enfants restent seules. Leur père a émigré, et l'on

n'ose compromettre leurs deux lointains cousins Canisy qui, en dépit des menaces, n'ont pas quitté leurs terres de Normandie. Fidèle à sa promesse, la gouvernante s'emploie donc à sauver les petites filles. La secondent l'abbé Patrault et les gardiens, Jacques et Emilie, dont les fils sont leurs compagnons de jeux. Mais avant tout, qu'elles disparaissent : la prison guette même les enfants, à cette époque. On change sans cesse de cachette jusqu'à la fin de la Terreur. Alors, grâce au dévouement de leurs serviteurs, les orphelines recouvrent et leur liberté et leur patrimoine intact. Nombreux, plus nombreux qu'on ne pense, ont été ces dévouements-là... mais pas toujours désintéressés. A certains regards et sous-entendus, la gouvernante comprend que les gardiens convoitent la fortune préservée : un double mariage avec leurs propres fils leur permettrait d'administrer les domaines — c'est-à-dire de régner à Brienne !

Comment déjouer ce plan ? L'abbé Patrault, malgré leurs protestations, enferme les sauvageonnes au couvent de Chaillot ; elles y recevront une bonne éducation.

1798. Adrienne a treize ans accomplis. Un matin, son père, revenu en France, vient la chercher : il l'emmène chez un vieil homme vêtu de noir et portant besicles. Un tabellion, lui dit-on. Est également présent son oncle Louis-Emmanuel de Canisy de La Paluelle. De là, on se rend chez le curé qui expédie la bénédiction et le soir, le vieil oncle pour lequel elle n'éprouve qu'antipathie la met sans préambule devant les réalités du mariage : elle ne le connaissait pas la veille et ignore tout de la vie.

Cette union par force ne pouvait conduire qu'à l'échec. « Brave, balourd et ennuyeux », peut-être intimidé par la jeunesse, la grâce et l'esprit de l'adolescente, Louis-Emmanuel retourne à ses amours ancillaires, tandis que la délaissée cherche à s'étourdir en jouant sa vie au bal chez Madame Bonaparte.

En 1800 naît une fille, Emma et, deux ans plus tard, un fils, Ernest. Malgré ces naissances, le fossé s'est tant creusé entre les conjoints qu'Adrienne demande à se séparer d'un époux qui ne lui a jamais témoigné la moindre tendresse.

A la proclamation de l'Empire, Louis-Emmanuel est nommé Ecuyer de l'Empereur, Adrienne Dame du Palais de l'Impératrice et c'est dans un face-à-face indifférent que les époux se retrouvent de toutes les festivités.

Dès sa première apparition à la Cour, elle a fait sensation. « Grande, faite au moule, avec des yeux de jais, des cheveux noirs, le teint mat, elle fixe tous les regards par son éclat et sa beauté », nous dit un contemporain ébloui. Et voici le jugement d'une femme portée naturellement à la sévérité : « Elle est d'un caractère charmant et d'une bonté encore plus séduisante que sa beauté et son esprit. En outre, elle est malheureuse et blessée dans sa vie affective, et on lui sait gré d'être aussi charmante et enjouée malgré un cœur meurtri. » L'inévitable ne tarde guère. Au côté de l'Empereur qu'il domine de sa haute taille, superbe dans son habit de Grand Ecuyer bleu barbeau brodé d'argent, apparaît un soir de bal aux Tuileries Armand de Caulaincourt. « Une belle figure, une noble tournure, il est homme de bonne compagnie autant qu'homme de France », selon Madame d'Abrantès.

De souche féodale, il est auréolé d'une gloire acquise sous les drapeaux tricolores ; la noblesse d'Ancien Régime, même ralliée, ne lui pardonne pas ses sentiments républicains et l'accuse à tort d'avoir pris part à l'enlèvement du duc d'Enghien. Blessé par cette hostilité, son visage fin et racé exprime la tristesse. L'idéal masculin pour Adrienne, d'où coup de foudre, et partagé puisque, vingt ans plus tard, Armand écrira dans son testament : « Je recommande à mes enfants respect, soumission et dévouement à la meilleure des mères. Elle a tout fait pour mon bonheur. Je l'aime aujourd'hui comme au premier jour. » A sa nièce Caulaincourt, il constitue une dot de cinq cents francs, à charge pour elle d'offrir à Adrienne pendant dix ans, au jour anniversaire de leur mariage, une rose et une pensée.

Mais, avant qu'ils ne soient heureux ensemble, que d'épreuves !

A cette femme de vingt ans, Napoléon dénie le droit de refaire sa vie et s'oppose au divorce. Les amours romanesques l'irritent d'autant plus que, dans son système d'alliances, il destine une princesse étrangère au Grand Ecuyer, et qu'il se méfie des passions trop violentes pour durer.

En 1807, fait duc de Vicence, Caulaincourt est nommé ambassadeur à Saint-Pétersbourg ; il y servira la France avec un faste inégalé. Mais ni l'éloignement ni le charme des beautés slaves n'atténueront ses sentiments, et, dans chacune de ses lettres à Talleyrand, il prie le bon apôtre de plaider sa cause auprès du Maître.

Cynisme ? Inconscience ? Le Maître charge celui dont il bride la vie sentimentale de négocier son propre mariage avec la sœur du Tsar, la grande-duchesse Anna Pavlovna : « Niet ! » Il porte alors son choix sur l'archiduchesse Marie-Louise d'Autriche. Raison d'Etat, clament les courtisans serviles, lorsque l'Empereur répudie Joséphine après que le Sénat a proclamé la nullité de son union. Raison de cœur malmené, songe Adrienne lorsqu'elle demande et obtient son divorce, puis l'annulation de ses chaînes par l'officialité de Paris pour clandestinité et vice de forme.

Or, malgré le verdict de l'Eglise et le dévouement sans réserve de son Grand Ecuyer — ne s'est-il pas, lors de la retraite de Russie, dépouillé de son manteau pour l'en couvrir ? — Napoléon demeure inflexible. Adrienne l'a bravé ? Elle quittera sa charge de Dame du Palais, on la déclare indésirable à la Cour. Cependant, les événements se précipitent, et les Alliés, malgré les démarches de Caulaincourt, refusent de traiter avec le vaincu qui, trahi, bafoué, injurié, n'a plus qu'à abdiquer. Le duc de Vicence n'en est pas moins à ses côtés lors des adieux de Fontainebleau. Emu par cette fidélité, Napoléon autorise alors le mariage.

Le couple va-t-il enfin connaître le bonheur ? Hélas non. Les légitimistes n'ont pas désarmé, loin de là, et lorsque Caulaincourt paraît à la Cour, les plus intransigeants sont ceux-là même qui ployaient l'échine naguère devant l' « usurpateur ». Ils murmurent sur son passage : « Le duc de

Vincennes », croyant ainsi s'attirer les bonnes grâces des Princes. C'est trop de bassesse et de lâcheté. Il rompt avec ce milieu méprisable.

Retiré du monde avec sa bien-aimée Adrienne, il partage son temps entre Paris et son magnifique château de Caulaincourt.

Deux fils naissent de leur union, sans préjudice pour Emma de Canisy que son beau-père nomme tendrement « Emma ma bonne enfant ». Certes, il est comblé dans ses amours et sa vie familiale, mais sa détresse morale s'accroît des odieuses accusations dont il est sans cesse la cible. Elles l'atteignent si cruellement que sa santé s'altère gravement. En soldat, il envisage la mort à plus ou moins brève échéance et, pour éviter à ses enfants de rougir de leur père, rédige dès 1821, en termes solennels, un testament dont voici l'essentiel : « J'ai le sentiment de n'avoir jamais nui à personne, et d'avoir fait autant de bien que j'ai pu, et souvent empêché le mal. J'ai fait des ingrats et je ne l'ai jamais été. Par malheur, la haine d'un parti qu'il a été de mon devoir de combattre m'a fait calomnier. On ne ment pas à Dieu en présence de la mort. Je jure que je n'ai été pour rien dans l'arrestation du duc d'Enghien. Je dois cette déclaration à mes enfants. Méconnu, calomnié, la postérité me rendra justice. »

Durant six années, la mort se joue encore de lui, six ans de grandes douleurs et de brèves rémissions : « Mal passé, dit-il, n'est que songe. » Il a la joie de voir grandir ses fils et d'assurer le bonheur de sa belle-fille en la mariant à un brillant préfet de la Restauration, le vicomte Alban de Villeneuve-Bargemon. Mais sa fin est proche. La tendre Emma l'assiste, et l'Archevêque de Paris qu'elle a prévenu accourt afin de donner l'ultime absolution. « La calomnie porte ses fruits, je meurs de chagrin », lui dit-il, et à la demande du prélat : « Pardonnez-vous à vos ennemis ? », il répond avec force avant de rendre le dernier soupir : « De tout cœur. »

Adrienne lui survivra un demi-siècle : fidèle à sa mémoire, elle refuse d'avoir l'air de pactiser avec ses ennemis et demeure hors du monde. Nombreux pourtant sont ceux qui, attirés par sa grande beauté, son esprit supérieur et son charme, l'entourent, rendent hommage à son mérite exceptionnel.

« J'allais souvent la voir dans l'appartement des Champs-Elysées où elle s'était installée après son deuil, raconte mon grand-père, et j'avais toujours l'impression de rendre visite à une bonne fée, tant elle était belle, souriante et sereine. Sereine, bien que la vie ne l'eût pas épargnée. Elle avait vu mourir ses fils Canisy et Caulaincourt, son gendre Villeneuve-Bargemon, son arrière-petite-fille Sophie de Montebello, ma sœur et enfin ma mère. Une trop longue existence n'est pas un bienfait. Elle était encore de ce monde lors de la naissance de ma fille Adrienne, votre mère ; heureuse qu'en témoignage d'affection et d'admiration l'enfant portât son prénom, elle est venue ici même féliciter l'accouchée et a souri à l'avenir en prenant le bébé dans ses bras. Sa fille Emma lui a fermé les yeux, des yeux qui ont illuminé mon enfance. »

« Quant à cette jeune femme en grand décolleté, la tête couronnée de bouclettes, c'est précisément Emma de Villeneuve-Bargemon, ma grand-mère. Elle a vécu dans le sillage de sa mère et de son mari, et cet effacement, ce dévouement n'ont pas peu contribué à l'épanouissement de leurs fortes personnalités. »

Chrétien convaincu à l'âme chevaleresque, Alban de Villeneuve-Bargemon est, lui, entièrement dévoué à l'idéal de sa famille, celui du bien commun. S'il avait aimé l'argent, ses ancêtres se seraient retournés dans leur tombe.

De haut lignage, premiers Marquis de France, les Villeneuve sont restés attachés à leur terre rude et pauvre de Provence où s'était fixé en 1226 leur grand aïeul Romée.

D'où venait-il, nul ne le sait — il avait laissé planer le mystère sur ses origines. Le petit peuple assurait que, vêtu de la bure du pèlerin, il avait un soir frappé à la porte du palais de Raymond-Bérenger, et que le Souverain, séduit par son clair bon sens et son jugement sûr, l'avait retenu à sa Cour où le désordre était partout, les responsabilités nulle part.

Investi très rapidement en tant que Sénéchal et Connétable des plus hautes charges civiles et militaires, il remet de l'ordre : les villes d'Aix et de Marseille, alors républiques, reviennent à leur Souverain et, soumis à l'autorité royale, les grands féodaux perdent certains droits abusifs. Ainsi émerge de la gangue féodale un gouvernement reposant sur l'intérêt public.

Unie et prospère, terre de liberté, la Provence attire les artistes, les marchands et de nombreux réfugiés venus de l'Italie déchirée. L'argent circule, les caisses sont pleines, et Romée songe à établir les filles de son maître : Marguerite, Eléonore, Sancie et Béatrix, quatre princesses charmantes qui, grâce à sa politique, vont ceindre les couronnes des plus beaux royaumes d'Occident.

Mais une si belle réussite, fruit d'une administration inflexible, n'est pas sans susciter de nombreuses inimitiés : les grands seigneurs ne songent qu'à se venger... Raymond-Bérenger reste sourd à leurs insinuations, mais son successeur Charles d'Anjou, le mari de Béatrix, espérant peut-être se libérer d'une tutelle qui lui pèse, y prête l'oreille : « On dit que ce grand coffre que vous gardez jalousement fermé est rempli de l'or de la concussion. » Or, le coffre ouvert ne révèle que la robe de bure et le bâton du pèlerin. Mais blessé du procédé, trop âgé pour reprendre la route, le Grand Sénéchal se retire dans son château des Arcs où, entouré de sa famille et de la vénération des humbles, il termine ses jours.

Dans sa descendance, une sainte, Roseline de Villeneuve, un Grand Maître de Malte, des sénéchaux, des amiraux et, parmi les cadets, des gens d'épée, d'Eglise, des Chevaliers de Malte, etc.

Trop peu fortunée pour y briller, orgueilleuse de ses quartiers, ne supportant pas de céder le pas à des gens parvenus récemment par la faveur, l'intrigue ou les mésalliances, la noblesse de province et de Provence se tient à l'écart de la Cour. Après avoir servi dans l'armée, l'aîné, son père mort, rentre au bercail pour reprendre le flambeau et assurer la descendance. Marié à une jeune fille de rang égal, le plus souvent pauvre, il y assure avec des moyens limités les obligations du droit d'aînesse : la moindre n'est pas d'entretenir, outre sa propre famille, les « demoiselles » sorties du couvent sans avoir épousé ni Dieu ni homme et qui viennent grossir le nombre des tantes vouées à d'humbles tâches autour de la maîtresse de maison.

Les soirées d'hiver sont longues dans ces nids d'aigle ouverts à tous les courants d'air. Tandis que les vieilles filles dont les ombres falotes hantent encore aujourd'hui les châteaux et dont seuls de grands fauteuils de tapisserie perpétuent la mémoire, penchées autour de la cheminée, tirent l'aiguille, leurs hôtes forcés procréent !

Cinquième fils d'une lignée qui devait plus que doubler au fil des ans, Alban naît en 1784 en Haute-Provence dans le fief familial de Saint-Auban.

Son père, le marquis de Villeneuve-Bargemon, bel homme froid et réservé, un peu borné, a épousé la charmante Anne-Sophie de Beausset de Roquefort qui, âgée de seize ans au sortir du couvent (soit le jour de ses noces), a mis au monde neuf mois plus tard son premier rejeton.

Le jeune ménage se partage entre Saint-Auban et la terre du Reclos, située à un quart de lieu du château de Bargemont. S'il faut appeler château un corps de logis planté au sommet du village, agrandi peu à peu des maisons adjacentes, et auquel seule une terrasse au midi, cent pieds au-dessus d'un grand jardin orné d'une superbe plantation de cyprès, donne un semblant d'unité.

Veuf, l'aïeul, le baron de Valclauze (c'est le titre qu'il porte), y demeure seul, sourd comme un pot, sous la coupe de son régisseur, et n'en sort qu'une fois l'an pour se rendre aux Etats de Provence. Rêvant des fastes de Versailles dont les échos lui parviennent par *Le Mercure de France,* il a tapissé les pièces habitables de miroirs censés faire un palais de sa baraque ! Entêté de droits féodaux, il est sans cesse en procès soit avec le curé qui a négligé de lui offrir l'encens, soit avec les consuls qui lui ont fait une révérence trop courte. Les enfants ont très peur de leur grand-père et ne viennent au château que dûment priés à dîner.

Tout autre est l'existence au Reclos. Miracle de tendresse et de dévouement, la maîtresse de maison y maintient, malgré une aisance fort relative, des apparences seigneuriales dans une atmosphère joyeuse. Sans cesse enceinte, aidée seulement d'une servante bourrue et acariâtre, la vieille Marion, elle ne s'arrête que pour accoucher, et si dans la maison tout est mesuré, compté, lorsqu'on sort pour se rendre à la messe ou aux « bravades » c'est en habit, culotte courte et bas de soie, l'épée au côté, les cheveux pommadés et poudrés ; les enfants même font figure de « petits messieurs ».

Merveilleuse Anne-Sophie ! « Il fallait la voir, nous dit son fils Joseph, dans ses voyages périodiques de château en château, chevauchant une jument de labour, surveillant dans des chemins affreux la marche de son troupeau d'enfants, deux par deux dans les paniers d'un mulet ! Cette façon de voyager, fort commune alors, m'a laissé d'horribles souvenirs. J'éprouvais une sainte frousse chaque fois que notre monture, longeant des précipices, mettait mon panier à-pic sur l'abîme. »

Est-ce en raison de l'éloignement de Paris ou d'une formidable inconscience ? Toujours est-il qu'en 1789 la Provence persiste à vivre comme si de rien n'était. Christophe et Ferdinand, les deux aînés, sont au service et, afin de dégrossir les cinq autres fils destinés, qui à l'Eglise, qui à Malte, le marquis de Villeneuve engage un jeune abbé pour leur enseigner les quatre règles, les rudiments de la religion et du latin. Lui-même les initiera à la musique, à la poésie et aux jeux de société, toutes choses dans lesquelles il excelle et qui doivent faire d'eux d'aimables convives dans la « meilleure société » !

Soudain, roulements de tonnerre dans ce ciel serein : c'est le 4 août, jour de la fête patronale à Bargemont. Seigneurs et villageois sont rassemblés sur la place quand accourt un individu essoufflé. Des brigands, dit-il, stipendiés par les aristocrates, arrivent, qui mettent tout à feu et à sang sur leur passage. Le peuple court aux armes, la garde nationale s'organise. L'existence des châteaux devient cruellement précaire. Afin d'échapper au péril croissant, nombre de châtelains émigrent et, de Nice où ils se sont réfugiés, pressent les Villeneuve de les rejoindre. Mais, outre qu'il est profondément attaché à ses domaines, le Marquis ne se soucie pas de faire voyager la nuit, à dos de mulet, par des chemins dangereux, dix enfants dont le dernier tète encore, plus sa femme, Marion, l'abbé et l'aïeul ! Agé de plus de quatre-vingts ans, ce dernier ne veut d'ailleurs pas quitter la maison. On restera donc au Reclos.

Suite logique de ses multiples chicanes, l'aïeul est le premier à subir la vindicte populaire : on enfonce sa porte, on le saisit au collet, on le somme d'abandonner ses droits féodaux. Affolé, le malheureux supplie ses enfants de venir partager ses risques et ses malheurs. Devant l'hostilité croissante, la vie s'organise en vase clos : l'ancêtre se confine dans sa bibliothèque, une grande salle se transforme en dortoir, la vieille Marion préside, l'abbé fait la classe dans une autre pièce ! Les déjeuners sont modestes : viande bouillie, légumes grossiers, et force figues, sèches l'hiver, fraîches l'été. Suit une récréation au cours de laquelle les enfants s'égaillent dans la campagne, s'ébattent comme une volée d'étourneaux, non sans prendre garde aux villageois hostiles.

Le soir, maigre dîner, puis le Marquis prend sa troupe en main. Inlassablement, il raconte le passé, son unique voyage à Paris, son admission aux honneurs de la Cour en 1788, évoque le prestige du Roi, de la Reine, ou bien il enseigne la musique et la poésie à ceux qui sont capables de tenir un violon ou d'apprendre des alexandrins.

Avec le temps, les fureurs révolutionnaires vont croissant, l'orage gronde sans cesse. Accusés du péché originel d'aristocratie, les reclus subissent des brimades odieuses : le jardin, annexé, devient une place publique ; les beaux cyprès sont coupés sous prétexte de féodalité persistante ;

on viole les sépultures de la famille pour trouver du salpêtre et l'on force l'aînée des Villeneuve à charrier les ossements.

A tout bout de champ, ce sont visites domiciliaires, farandoles qui envahissent la maison en chantant « Ça ira, ça ira, les aristocrates à la lanterne ! »

Un soir, la porte étant barricadée, les émeutiers la font sauter à la poudre, ils crient : « A mort » et chacun croit sa dernière heure venue. Marion fait mettre les enfants en prières : jamais ils n'ont paru si pieux !

Une extrême pauvreté succède à la gêne. Parents d'émigrés ? Séquestre de leurs biens. Lorsque la dernière récolte sera épuisée, comment se nourrir ? Plus de beaux habits ; de l'aïeul au dernier-né, tous sont vêtus comme des paysans, coiffés de bonnets de peau de mouton, chaussés de souliers ferrés. Anne-Sophie se lamente : ces vêtements grossiers une fois usés, comment les remplacer ?

L'ordre arrive de les garder à vue dans le château et à chaque instant il faut s'attendre au pire. On brave la mort : les enfants se faufilent jusqu'à la cachette d'un prêtre réfractaire qui les instruit dans leur religion et leur fait faire leur première communion. Le Marquis, de son côté, décide de se rendre à Draguignan chez Robespierre-le-jeune qui commande le Var, et de lui demander la restitution de ses biens. Folie ! la seule chance de survie est alors de se faire oublier. Les adieux à Bargemont sont d'autant plus déchirants que chaque jour les gazettes détaillent les exécutions de proches, d'amis. Toute la famille s'effondre en prières, prières qui seront une fois encore exaucées :

« Citoyen Villeneuve, aimes-tu la République ?

— Marchand qui perd ne peut pas rire. La Révolution m'a enlevé ma fortune, l'état de mes enfants : si je te disais que je l'aime, tu ne me croirais pas, mais je suis un bon citoyen qui ne fait et ne fera jamais rien contre la République. »

Ce courage est récompensé : on lève le séquestre.

Après la chute de Robespierre, la vie n'en est pas moins difficile, et lorsque le Marquis, trop pauvre pour s'offrir une monture, se rend à Marseille une fois l'an avec l'un de ses fils, il fait la route à pied.

Profondément marqué par son enfance démunie, Alban ne s'endormira pas dans la quiétude quand à force de travail il aura conquis fortune et sécurité : hanté par la misère d'autrui, il cherchera par tous les moyens à en connaître les causes et à les combattre.

Entré sous l'Empire dans l'administration, il sert d'abord dans les régions annexées. Au retour des Bourbons, il se retrouve à Montauban. En 1828 sa carrière est à son apogée lorsqu'il reçoit le plus beau et le plus riche département de France, celui du Nord. Auparavant il a épousé Emma de Canisy qui, non contente de le suivre à Nantes où il est alors en poste, élève en mère les trois enfants d'un premier lit. Viennent bientôt s'y ajouter Adrienne (mère de mon grand-père) et Elzéar : le nouveau préfet de Lille est un père, un époux comblé. Mais une nouvelle révolution point à l'horizon : la révolution industrielle.

En quête d'emploi, les populations rurales émigrent vers les villes où, contrairement à leurs espérances, elles ne trouvent que l'enfer, un enfer moins perceptible dans les départements ruraux que dans les zones urbaines. A Lille, sous un ciel de grisaille que le soleil égaie rarement, c'est la misère noire.

Alban multiplie les enquêtes et les bilans : alors que s'édifient très rapidement des fortunes considérables, un rapport officiel de 1828 constate que plus d'un dixième de la population française souffre horriblement. Les enfants sont au travail dès l'âge de six ans, et quel travail ! debout quinze heures par jour dans des conditions inacceptables, rachitisme, insalubrité, mauvais traitements les vouent à une mort prompte.

Les adultes ne sont pas mieux lotis : logés dans des courées, sortes d'impasses où la lumière ne pénètre jamais, astreints à des journées de dix-sept heures, sous-payés (les machines sont si chères, vous comprenez ?), ils sont incapables de subvenir au plus strict nécessaire et, durant les mortes-saisons ou les périodes de chômage, n'ont d'autres ressources que le vol ou la mendicité. Dans le Nord, département privilégié, le quart de la population est indigent. Devant cette abomination, Alban formule l'axiome terrible : « Plus un pays possède d'entrepreneurs riches, plus il renferme d'ouvriers pauvres. »

Dans un pareil contexte, la philanthropie n'est qu'un palliatif : les seuls remèdes, puisqu'il s'agit de questions économiques, seraient une législation nouvelle, une refonte sociale et un réveil de conscience de la part des nantis. Le chrétien peut-il se taire sous prétexte qu'il représente le gouvernement ? Le légitimiste fidèle a-t-il le droit de cacher à son Roi la vérité ? La chute des Bourbons, l'avènement des Orléans résout sinon la question, du moins le déchirement personnel. Alban démissionne et se retire à Bargemont. Il y compulse les ouvrages des Pères de l'Eglise et de son maître à penser Sismondi afin d'élaborer une doctrine, qui lui permettra le moment venu de se jeter dans la mêlée politique et d'apostropher publiquement ceux qui ne veulent rien voir ni rien entendre. Mais il n'y a pas de paix ici-bas : en 1832, se croyant prédestinée à reconquérir le trône de son fils, la duchesse de Berry fait appel aux légitimistes. Chargé d'étudier l'état d'esprit de l'opinion en Provence, Alban accepte le titre de Commissaire royal dans le Var et abandonne ses travaux. Très vite, il fait parvenir en Italie, où la Princesse réside, une mise en garde sévère : toute tentative serait prématurée ; elle risque même de compromettre à jamais l'avenir de la cause. Tel n'est pas l'avis des ultras et parmi eux du bouillant duc des Cars qui prétend disposer de deux mille hommes de troupe, de trois cents marins bien encadrés, affirme l'heure d'agir arrivée, et supplie la Princesse de ne pas écouter les pessimistes. Elle débarquera en Provence, et sa chevauchée épique ralliera la foule des vrais patriotes...

Dans les salons d'Aix, on conspire à voix basse tout en cousant fébrilement les cocardes blanches que les dames de la criée de Marseille, dans l'ivresse du triomphe, épingleront sur la poitrine des beaux gardes nationaux. Il suffira que Madame se montre pour cueillir son royaume comme on cueille une fleur.

Dans la même ville, Alban, Emma et la duchesse de Vicence qui a fui l'épidémie de choléra, tentent en vain de chapitrer les écervelés, puis préparent en désespoir de cause une position de repli : un passeport de complaisance, revêtu de la signature de la duchesse de Berry mais au nom de Madame de Villeneuve. En cas d'échec, la Princesse pourra passer la frontière sous une identité d'emprunt.

Un échec ? Un fiasco plutôt. Au matin du 29 avril, le tocsin sonne bien à Marseille, le drapeau blanc est bien hissé au clocher de Saint-Laurent, mais les troupes ne suivent pas, et ceux des conjurés qui ne s'échappent pas à temps sont arrêtés et incarcérés. A peine débarquée, Madame doit se cacher — et seul Villeneuve est en mesure de la sauver. C'est donc à lui que le duc des Cars fait appel : la Princesse refuse de quitter la France, qu'il l'accompagne en Vendée où elle sera en sûreté, au milieu de ses nombreux partisans. Alban est prêt à donner sa vie.

Cette fois-ci les préparatifs se font dans le plus grand secret. Le baron de Vitrolles prête sa calèche de voyage dont les coffres sont bourrés de vivres. Monsieur de Lavison offre ses chevaux et son cocher qui amènera les fugitifs jusqu'au premier relais de poste, Pont-Royal.

Rendez-vous est pris à la sortie de Lambesc, pour le vendredi 4 mai à minuit. A l'arrivée d'Alban, six bergers vêtus de vestes rondes et coiffés de chapeaux de feutre gris sortent de l'ombre. Ces étranges Provençaux qui « parlent pointu » entourent une femme enveloppée d'un manteau bleu à raies noires, dont le visage est dissimulé par un chapeau de paille à larges bords recouvert d'un voile blanc, la mère d'Henri V.

« Monsieur de Villeneuve est-il là ? » demande-t-elle.

Il s'approche et, en lui baisant les mains, l'assure qu'il la suivra jusqu'au bout du monde. Il ne croit pas si bien dire : le château du marquis de Dampierre que la Princesse désire atteindre dans les plus brefs délais est distant de huit cents kilomètres environ ! Il n'y a pas un instant à perdre. En hâte, on s'installe dans la calèche : dans le fond Madame avec Monsieur de Mesnard qui a quitté ses habits de berger, en face d'eux Alban. Le marquis de Lorge, transformé en valet de chambre de bonne maison, grimpe à côté du cocher.

La première épreuve à subir est celle de l'échange des chevaux de maître contre un équipage de poste : elle décidera du succès de l'expédition, car si le maître de poste consent à donner aux fugitifs, bien qu'ils n'aient pas d'autorisation officielle, postillons et chevaux, cela dispensera de toutes formalités par la suite.

Le maître de poste de Pont-Royal est un brave homme : peut-être reconnaît-il la voyageuse, mais il donne son meilleur attelage en souhaitant un bon voyage au « couple Villeneuve ». Fouette cocher !

Alban s'inquiète : « Madame pourra-t-elle supporter la fatigue de quatre journées et quatre nuits de route ? — Vous verrez combien je suis commode en voyage. Je dors très bien, du pain et de l'eau me suffisent. Me voilà guerrier (elle a dissimulé dans sa ceinture un poignard et une paire de petits pistolets), je vivrai à la guerre comme à la guerre. »

Dormir, il n'en peut être question : les bords du maudit chapeau sont si raides, si encombrants, qu'elle ne peut ni s'appuyer ni trouver de position confortable. Ah ! elle le jetterait volontiers par la portière !! La fatigue la gagne à tel point qu'elle n'a plus la force de s'intéresser aux belles provinces méridionales qui défilent sous ses yeux. A Toulouse, enfin, le marquis de Lorge aperçoit de son perchoir une boutique de modes : il en revient avec une capote de nuit en soie noire, grâce à laquelle ayant enfin retrouvé confort et sommeil, Marie-Caroline dort comme un enfant douze heures d'affilée.

Le 6 mai, elle s'éveille devant l'admirable paysage de la vallée de la Garonne. Mais c'est dimanche, pas question de manquer la messe. Les châtelains du bourg voisin de La Magistère qu'ils atteignent en début de matinée, le comte et la comtesse de Dampierre, sont proches parents du marquis du même nom, lointains alliés d'Alban. Ils sont très heureux de faire la connaissance de leur cousin et de sa charmante « épouse ». Dans leur paroisse, c'est le jour de la Première

Communion. Chance et malchance, car si la cérémonie est interminable, du moins passent-ils inaperçus. Après que leurs hôtes les ont régalés d'un excellent foie gras, le faux ménage reprend la route.

Pour éviter Bordeaux, on traverse le Périgord : Coqueladre, Agen, Bergerac, Castillon-la-Bataille où, ce lundi 7, c'est le marché. Nonobstant, on prend le petit déjeuner dans la salle commune. Madame y lit, répétée sur les lambris, l'inscription : « Vive Henri V. » C'est de bon augure, et la journée se poursuit gaiement en projets. Vers la fin de l'après-midi, voici la forteresse de Blaye, et Madame veut mettre pied à terre pour voir la mer : son visage soudain se rembrunit : pressentiment ?

Enfin on atteint Plassac, en Saintonge, à la nuit close : Alban n'a plus qu'à remettre sa protégée en bonnes mains.

On connaît le triste épilogue. L'épopée tourne à l'aventure. Nul doute qu'Alban n'en fut désolé. Cependant, dans ses souvenirs, il se garde de juger celle qui l'appelle toujours « mon mari » ! Il a pu découvrir, pendant ces quatre jours de vie commune, que sous la cuirasse de l'amazone se cachait le faible cœur d'une femme seule...

Lorsqu'il retrouve, dix jours plus tard, Bargemont (et sa véritable épouse), Marie-Caroline y a fait parvenir le fameux chapeau. Et toute la famille de s'extasier devant cette largesse princière, de commenter l'échec de Marseille : que de si, que de mais devant la relique !

Mais Alban ne se complaît pas dans ces étranges souvenirs. Désormais, c'est en tant que chrétien libéral qu'il compte lutter sur le plan social : il ne s'agit pas de concéder aux adversaires l'exclusivité de la classe ouvrière.

En 1834 il pousse un cri d'alarme :

« Les masses prolétaires privées d'aliments moraux et de bien-être physique demandent à entrer à leur tour, de gré ou de force, dans le partage des biens de ce monde. Ce qui paraît certain, c'est que les temps de monopole et d'oppression sont accomplis sans retour, et qu'une transition approche. »

Ce cri est le prélude de son ouvrage magistral, *L'Economie politique chrétienne,* dans lequel il s'efforce de traiter du paupérisme et d'y apporter remède. Avec courage il dénonce « l'état d'abandon dans lequel la société livre les ouvriers aux chefs et aux entrepreneurs de manufactures », et « la faculté illimitée laissée à des capitalistes spéculateurs de réunir autour d'eux des populations entières pour en employer les bras suivant leur intérêt, pour en disposer en quelque sorte à discrétion sans qu'aucune garantie d'existence, d'avenir, d'amélioration morale et physique soit donnée de leur part ni à ces populations, ni à la société qui doit les protéger ».

En conclusion, il demande que l'ouvrier perçoive un salaire suffisant pour pouvoir faire vivre dignement sa famille, aider au besoin ses parents âgés, épargner en perspective de la maladie, du chômage et de la vieillesse.

Elu député d'Hazebrouck en 1841 après la parution d'un nouveau livre : *Les affligés,* Alban peut enfin parler haut de la détresse comme il en parlera dans son discours de réception à l'Académie des sciences morales et politiques. De nombreuses récompenses couronnent l'économiste et son œuvre : Commandeur de la Légion d'Honneur et de nombreux ordres étrangers, Prix Montyon — babioles pour un homme de cœur que la justice sociale seule préoccupe.

Son portrait, celui d'un homme vêtu de noir, au visage grave, au front haut et intelligent, regard triste et lointain, honore la bibliothèque de mon grand-père : « Il a marqué dans son époque, nous dit-il, vous pouvez en être fiers. »

On peut s'étonner que les ouvrages de ce précurseur dont l'Evangile était le livre de chevet fassent encore autorité dans de nombreux pays étrangers — même au-delà du rideau de fer — et que la France les ignore.

VI

Lannes

Pour nos imaginations d'enfants, les mots « misère » et « maladie » dont nous comprenions mal le sens bourdonnaient autour d'Alban comme des insectes sombres. Aussi préférions-nous au portrait de l'homme vêtu de noir ceux, éclatants, du maréchal Lannes ou de la Maréchale entourée de ses enfants. Est-il beau notre Maréchal, détaché sur un arrière-plan de fumée, de flammes et de canons, et prêts à bondir ! Ses jambes longues et musclées, mises en valeur par les bottes noires et la culotte de peau blanche, le buste pris dans l'habit bleu brodé de lauriers d'or et le visage ovale couronné de cheveux châtains bouclés et illuminé par le regard. Allait-on à la guerre ceint du baudrier et les mains gantées ? Non, si l'on en croit les récits.

Fils de paysans-artisans établis depuis toujours dans l'évêché de Lectoure, en plein terroir gascon, c'est de son frère aîné, destiné à la prêtrise, que notre Jean Lannes apprend à lire et tient quelques rudiments de latin et de calcul. Mais leur père veille : un bon métier vaut mieux, selon lui, qu'une cervelle encombrée. Coupant court à ces études de songe-creux, il place le cadet comme apprenti chez un teinturier d'Auch, ce qui met l'adolescent en mesure de fréquenter les clubs et d'y suivre les progrès de la Révolution.

Le 20 avril 1792, l'Assemblée législative déclare la guerre et proclame la patrie en danger. Exalté par la levée en masse, Lannes rompt les amarres et s'engage dans le corps des volontaires du Gers. Elu lieutenant grâce à sa forte personnalité, affecté au bataillon des grenadiers d'Augereau, il est envoyé à Toulouse pour apprendre le métier des armes.

Mars 1793 : la France, déjà menacée sur toutes ses frontières, doit ouvrir un nouveau front du côté de l'Espagne qui vient d'envahir le Roussillon et risque d'investir Perpignan. Il faut voler au secours de l'armée des Pyrénées.

Le 21 octobre 1793, Lannes reçoit le baptême du feu, sa première blessure et le grade de capitaine pour sa conduite. A peine convalescent, il affronte à nouveau le feu le 23 décembre et, après trois jours de corps à corps, enlève une redoute ennemie : le voici colonel. Il a vingt-quatre ans : de quoi faire tourner toutes les têtes. La fille d'un riche banquier de Perpignan, la ravissante Polette Méric, succombe et, après avoir soigné le repos du guerrier, consolide la cure par un bel et bon mariage, civil comme il se doit, le 17 mars 1795. Lune de miel bien courte : dès le 4 avril, Lannes emporte sabre au clair une position ennemie. Première citation officielle : « Le chef de bataillon Lannes, depuis les preuves de la plus grande valeur qu'il a données depuis le commencement de la guerre, n'a pas cessé de continuer à donner à ses frères d'armes l'exemple des actions les plus intrépides et les plus sagement combinées. »

Après la paix (juillet) il emmène tout joyeux sa jeune femme à Lectoure afin de la présenter à ses parents. Seulement, en vrai Gascon il a, dans ses récits, transformé en château la modeste maison familiale au bas de sa ruelle ! Polette en est si dépitée que lorsque son mari la quitte pour rejoindre l'armée, elle retourne à Perpignan où, sans nulle ladrerie, elle fait le bonheur de tout ce qui soupire.

Son mari, cependant, poursuit au loin sa carrière fulgurante. A Loano près de Gênes, il prouve encore sa valeur le 23 novembre 1795 contre les Autrichiens en enfonçant leur flanc droit. Rapport immédiat d'Augereau : « Le chef de bataillon Lannes a parfaitement exécuté tous les mouvements [...], il s'est conduit avec autant d'intelligence que de bravoure. Cet officier a mérité les plus grands éloges et la reconnaissance nationale. »

Ce brillant succès n'a pourtant pas de suite. A l'avènement du Directoire, la France est déchirée de querelles intestines, mal en point sur le front de l'Est, les caisses de l'Etat sont vides. Comment, aux approches de l'hiver, poursuivre la guerre sans munitions, sans vivres et sans argent ? Les troupes d'Italie, désorganisées, prennent leurs quartiers d'hiver à Nice en vivant sur l'habitant. Croyant leur moment venu, Autrichiens, Piémontais et Anglais reprennent l'offensive au début de 1796. A la mi-février, tout semble perdu lorsque Carnot fait adopter le plan que lui a soumis, trois ans auparavant, un général obscur : Bonaparte. Il s'agit de violer la neutralité de la république de Gênes et d'attaquer l'ennemi sur son propre terrain, la Lombardie. Folie ! déclare le Commandant en chef, Scherer : que le jeune présomptueux s'en charge, s'il veut. Ne s'est-il pas déjà illustré lors du siège de Toulon et en mitraillant à Paris, le 13 Vendémiaire, les insurgés royalistes ?

Nommé Général en chef de l'Armée d'Italie le 3 mars suivant, Bonaparte harangue le 27 en présence de ses brillants aînés Masséna, Sérurier, La Harpe et Augereau, 35 000 hommes affamés, vêtus de haillons et chaussés d'espadrilles de paille :

« Soldats, vous êtes mal nourris, le gouvernement vous doit beaucoup ; il ne peut rien vous donner. Votre patience à supporter toutes les privations, votre bravoure à affronter tous les dangers excitent l'admiration de la France : elle a les yeux tournés sur vos misères. Vous n'avez ni souliers, ni habits, ni chemises, presque pas de pain, et nos magasins sont vides ; ceux de l'ennemi regorgent de tout : c'est à vous de les conquérir. Vous le voulez ? Vous le pouvez. Partons. »

A cette proclamation répondent des vivats enthousiastes. Lannes est subjugué : il a vingt-six ans, comme Bonaparte, et ne doute pas que la victoire n'appartienne à la jeunesse, au courage, à l'audace. Le 12 avril, en effet, c'est Montenotte, le 14, Millesimo, le 15, Dego et l'armée autrichienne coupée en deux ; Lannes pénètre le premier dans la ville ; le 21 avril, Mondovi, puis bref armistice de Cherasco qui permet aux belligérants de dénombrer morts et blessés. Ensuite, c'est l'écrasement des Autrichiens à Fombio (8 mai). Le 9, Bonaparte, dans son rapport au Directoire, rend un hommage spécial à la bravoure de Lannes qui, le 12, véritable cible vivante, est le premier à franchir le pont de Lodi que défendent seize mille hommes. Les Français entrent en triomphateurs le 15 à Milan où les acclame une population lasse de l'hégémonie autrichienne.

En l'espace d'un mois, six victoires, quinze mille prisonniers, mais à quel prix ! dix mille morts et blessés... Lannes n'en est pas moins ébloui par l'activité de Bonaparte : hier à Pavie pour écraser les rebelles, demain à Mantoue pour bloquer la ville... aussi habile politique que grand capitaine et organisateur, il tient tête au Directoire, séduit les populations, maintient la discipline et perçoit des contributions régulières dont bénéficie l'armée.

De son côté, il jauge Lannes : il apprécie sa témérité, sa rapidité de coup d'œil, son intelligence tactique et sa fermeté de caractère : il est violent et emporté ? son langage ferait rougir un corps de garde ? ce sont là défauts de jeunesse. L'estime réciproque se transforme rapidement en une amitié si confiante que le Général, après la bataille de Castiglione, place sous les ordres du Colonel les deux bataillons de grenadiers chargés de veiller sur sa sécurité personnelle.

En septembre, nouvelle offensive autrichienne. A Bassano, Lannes emporte deux drapeaux ennemis et, malgré une blessure grave, entre le premier dans la ville : nouvelle citation. Encore mal remis, il est le 15 novembre à Arcole, ses hommes l'ont surnommé le Roland de l'Armée d'Italie. Au passage du pont, il tombe, frappé de deux balles en pleine poitrine. Ses grenadiers l'emportent évanoui jusqu'à l'ambulance la plus proche. Il revient à lui, s'échappe, saute à cheval et, couvert de sang, retourne en première ligne jusqu'à ce qu'une nouvelle balle l'abatte. Bonaparte lui offrira plus tard le drapeau d'Arcole avec ces lignes : « Le Corps législatif, citoyen Général, me donne ceci en mémoire d'Arcole. Il a voulu honorer l'Armée d'Italie dans son général. Il fut un instant au champ d'Arcole où la victoire incertaine eut besoin de l'audace de ses chefs. Plein de sang et couvert de trois blessures, vous quittâtes l'ambulance, résolu de mourir ou de vaincre. Je vous vis constamment dans cette journée au premier rang des braves. C'est vous qui arrivâtes le premier à Dego, passâtes le Pô et l'Adda, c'est à vous à être dépositaire de cet honorable drapeau qui couvre de gloire les grenadiers que vous avez constamment commandés. Vous ne le déploierez désormais que lorsque tout mouvement en arrière sera inutile et que la victoire consistera à rester maître du champ de bataille. »

Au bout d'une année de guerre, après quatorze grandes batailles victorieuses, les armées autrichiennes, deux cent cinquante mille hommes, cèdent à cinquante mille Français ; le dernier espoir des Impériaux, l'archiduc Charles, capitule à Leoben, et le traité de Campoformio est signé le 17 octobre 1797. Hormis les Anglais invaincus (grâce à leur refus de tout engagement), chacun des coalisés a imploré la paix.

Lectoure délire en décembre au retour du héros : arcs de triomphe dressés depuis l'entrée de la ville jusqu'à l'ancien évêché dont il s'est rendu acquéreur, jeunes filles qui le couronnent de lauriers au son d'hymnes guerriers, compatriotes qui s'époumonent à l'envi. Revenue de Perpignan, Polette parade en superbes atours d'épouse irréprochable tandis que, perdue dans le cortège, une vieille mère en habits de paysanne pleure de joie.

Au printemps 1798, Bonaparte rappelle Lannes à Toulon. Soucieux d'écarter du pouvoir l'ambitieux général dont la popularité les inquiète, les Directeurs ont accepté son nouveau plan : faire de la Méditerranée un lac français, conquérir l'Egypte et de là, atteindre l'Angleterre dans ses possessions des Indes. L'Orient, rêve éternel des grands conquérants.

Tous les plus braves, Desaix, Kléber, Lannes, Marmont, Berthier, Murat, sont là lorsque le corps expéditionnaire débarque à Alexandrie le 30 juin. Malte l'inexpugnable a été prise au passage et, sous d'aussi bons auspices, la conquête de l'Egypte ne sera qu'une promenade ! En fait, ce sont des damnés qui marchent jusqu'au Caire dans un désert torride où la soif tue, où l'ennemi invisible surgit à chaque instant comme un djinn, où le serpent-minute, maître des sables, sème la mort. La victoire des Pyramides ouvre pourtant les portes du Caire, ranimant du même coup le courage et la confiance.

Mais ensuite, les revers se succèdent : la flotte française est anéantie par les Anglais devant Aboukir ; ainsi coupée de ses bases, sans espoir de renfort ni de ravitaillement, l'armée se trouve prisonnière des Anglais et de leurs alliés turcs. Cela n'empêche pas Bonaparte de poursuivre l'ennemi jusqu'en Syrie. Nouvelles marches harassantes, nouvelles victoires, mais la peste attend les Français : épuisés, affamés, décimés, ils arrivent devant Saint-Jean-d'Acre pour l'assiéger. C'est une hécatombe. Bien défendue, la ville résiste. Le 6 mai une balle traverse le cou de Lannes. On annonce sa mort, la nouvelle en parvient à Lectoure. Sa mère en meurt de saisissement tandis que Polette, entrant dans le rôle de veuve inconsolable, publie que le héros survit dans l'enfant qu'elle porte !

Mort, Lannes ? Pas du tout. Au moment de l'ensevelir, on s'aperçoit qu'il respire. Et lorsque sonne la retraite, c'est sur un brancard et porté par ses hommes qu'il fait le chemin du retour vers l'Egypte.

En arrivant au Caire, Bonaparte apprend les désastres qui durant son absence ont fondu sur la France : l'Italie perdue, la Suisse envahie, les ennemis à nouveau coalisés, le Directoire agonise.

Plantant là mirages d'Orient et Armée d'Egypte, il s'embarque en secret avec Lannes, débarque à Saint-Raphaël et, salué sur la route par une foule enthousiaste, arrive à Paris le 16 octobre. Nommé Premier Consul après le coup d'Etat du 18 Brumaire, il devient le maître du pays.

Le retour de Lannes à Lectoure est moins brillant : Polette lui attribue la paternité d'un nouveau-né… quand depuis dix-huit mois, il n'a eu avec elle que des rapports épistolaires ! Il répudie l'adultère et son fruit… postal !

Dans la solitude de sa retraite, il médite sur le bien-fondé de ces guerres interminables qui fauchent tant d'hommes et fondent la puissance sur la destruction. Courageusement, car il faut du courage pour affronter Bonaparte, il adresse un premier avertissement : « Ceux qui vous aiment de cœur, qui ne vous nomment qu'avec enthousiasme, hommes qui vous idolâtreront si vous leur donnez la paix, sont les paisibles, les propriétaires, la masse de la nation, tous victimes de mouvements politiques suscités par des ambitieux. »

En 1800, nouvelle guerre éclair. Pour en finir avec la deuxième coalition, Bonaparte prend la tête des armées, rappelle tous ses lieutenants début mai afin d'attaquer sur tous les fronts et de chasser d'Italie les Impériaux.

A Lannes, revient le commandement de l'avant-garde, chargée de prendre à revers les Autrichiens qui attendent au Mont-Cenis. Arrivé le 16 mai devant le monastère du Grand-Saint-Bernard avec dix mille hommes et douze canons, il tourne le 18 la forteresse de Bard que défendent six cents Croates, gravissant avec hommes, armes et bagages, un sentier qu'il fait ouvrir dans le roc, puis dévalant à l'improviste sur l'ennemi. Grâce à cet exploit, il peut, le 19, anéantir les Autrichiens à St-Martin, le 22, prendre Ivrée à la baïonnette et le 26, défaire à Chiusella les troupes du général Haddick, s'emparer le 3 juin de Pavie et de ses richesses. Mais la guerre n'est pas finie et Bonaparte adresse aux vainqueurs un fier ordre du jour :

« Le Premier Consul a donné pour preuve de sa satisfaction de la bonne tenue de la 28e demi-brigade qu'à la première offensive elle marchera en tête de l'avant-garde. »

Galvanisés par cet appel à l'héroïsme, Lannes et ses grenadiers se jettent, le 9 juin, sur l'ennemi et, après une atroce mêlée, l'anéantissent à Montebello. Le 14, à Marengo, l'issue de la bataille est incertaine mais ils contiennent le front jusqu'à l'arrivée de Desaix qui décide de la victoire. A Sainte-Hélène, Napoléon dira :

« S'il est quelqu'un à qui le succès de Marengo puisse être attribué, c'est à Lannes qui, seul à la bataille de Montebello, défit avec des troupes inférieures (huit mille hommes) la division d'élite commandée par Ott : dix-huit mille grenadiers qui avaient remporté tous les succès d'Italie. C'est lui qui fit la retraite en échelons à Marengo et donna à Desaix le temps d'arriver. »

Dans son paradis de Malmaison, Joséphine aime à s'entourer d'un essaim de jeunes filles ; leur grâce et leur beauté égaient le Premier Consul lorsqu'il vient, entouré de ses officiers, se détendre sans protocole. Lannes s'y éprend de la plus jolie, Louise de Guéhenneuc. De petite noblesse bretonne, fille de sénateur, elle a été élevée dans les formes de l'Ancien Régime. Sa retenue, ses manières réservées plaisent au rude soldat qui, après avoir tant bourlingué, rêve d'entrer au port. D'où mariage, mais célébré cette fois devant Dieu. Cette concession aux principes de sa jeune femme n'implique pas qu'il ait changé : républicain, il s'insurge contre le retour des émigrés. Les grands airs du Premier Consul ne l'offusquent pas moins, et il le tutoie ostensiblement. Anticlérical, il blâme le Concordat et, lorsqu'on l'entraîne par surprise à Notre-Dame où retentit le Te Deum de la Paix d'Amiens, il chahute comme un écolier.

« Lannes, si l'on en croit le baron Chaptal, est le seul qui ait gardé sa franchise et son indépendance passionnée vis-à-vis de Napoléon. Il n'a jamais souscrit aux caprices de son maître, ni caché sa manière de voir. »

Il devient encombrant ; on cherche à le compromettre en l'accusant d'avoir détourné des fonds destinés à l'entretien de la garde consulaire. Il défend son honneur en soldat jusqu'à ce que la lumière soit faite. Est-ce pour s'en débarrasser ? Bonaparte le nomme alors ambassadeur au Portugal. Très apprécié par le Roi et la Reine, il y fortifie la position de la France, aidé en cela par la jeune ambassadrice qui, entourée de ses enfants, attendrit tous les cœurs.

Au moment de la proclamation de l'Empire, *fournée* de quatorze maréchaux : Lannes en fait partie mais, retenu à Lisbonne par les devoirs de sa charge, il n'est là ni pour recevoir le bâton ni pour assister au Sacre. On l'imagine mal en tenue de courtisan, l'ancien sans-culotte !

Malgré son horreur grandissante de la guerre, le voici de nouveau à la tête de ses grenadiers d'élite à Strasbourg, lorsque l'Angleterre, la Russie et l'Autriche reprennent les hostilités : « Vous vous trouvez toujours dans les bonnes circonstances. Il est vrai que vous vous en tirez fort bien. Je vous embrasse de cœur », lui écrit Napoléon le soir de la victoire de Donauwerth qui permet aux Français de franchir le Danube, d'occuper Munich, Augsbourg, et de couper la route de Vienne. Ensuite, c'est Ulm où trente mille vaincus qui défilent devant l'Empereur, Lannes et Ney, déposent deux cents drapeaux et quatre-vingt-dix canons. Magnifique succès qu'attriste Trafalgar : désormais si la France maîtrise le continent, l'Angleterre maîtrise les mers.

Pendant ce temps, le roi de Prusse et le Tsar ont regroupé leurs forces en Moravie, où l'archiduc Charles doit les rejoindre. Il faut le gagner de vitesse. A marches forcées de cinquante kilomètres par jour, les maréchaux entraînent leurs hommes mal nourris, mal équipés et mal chaussés (« C'est avec nos jambes que l'Empereur fait la guerre ») jusqu'à Brunn où l'on parvient dès le 1er décembre 1805. Le soir, lorsque Napoléon inspecte les bivouacs, les soldats le reconnaissent, fabriquent des torches avec la paille qui leur sert de couchage et, enthousiastes, illuminent en prévision de la victoire : ce sera Austerlitz où Lannes, chargé de contenir la cavalerie russe, bat le général Bagration. Le soir, l'Empereur s'adresse à ses troupes :

« Soldats, je suis content de vous. Vous avez couvert vos aigles d'une immortelle gloire. Lorsque tout ce qui est nécessaire pour assurer le bonheur et la prospérité de notre pays sera accompli, je vous ramènerai en France. Là, vous serez l'objet de mes plus tendres sollicitudes. Mon peuple vous reverra avec joie et il vous suffira de dire : j'étais à la bataille d'Austerlitz pour que l'on vous réponde : voilà un brave. »

Victoire du génie, certes, mais sur quel cimetière ! Vingt mille morts, un horrible charnier. En le montrant à Talleyrand, Lannes défaille et comme, hanté par l'Angleterre,

Napoléon n'envisage pas de paix immédiate, il apostrophe le Maître : « C'est de la folie, tu nous as trompés. Tu vas nous faire tuer, et pour rien. »

L'Empereur déteste les éclats. Brouillé avec son meilleur ami, il s'en sépare. En quasi-disgrâce pendant dix mois, Lannes passe alors en famille les moments les plus heureux de son existence.

Mais lorsque, à l'automne 1806, la guerre se rallume, que poussés par l'Angleterre, Prussiens et Russes se mobilisent à nouveau, il faut bien rappeler tous les officiers, et Lannes, en dépit de sa préférence pour des négociations saines et définitives, rejoint Ney, Augereau et Soult à la tête de l'armée qui, le 14 octobre, écrase la Prusse à Iéna. Reste la Russie... Marche infernale vers le Septentrion. Jamais la troupe n'a tant souffert. Les soldats avancent péniblement au travers de forêts impénétrables, détrempées par la pluie, sous un ciel glacé. Ils campent la nuit dans un pays sauvage sur un sol humide et froid.

La Pologne, certes, accueille les Français en libérateurs, mais la botte russe l'a si durement appauvrie qu'elle ne peut assurer le ravitaillement.

« Impossible, écrit Lannes à sa femme, de trouver du pain, et beaucoup de soldats sont chaussés de souliers de femmes. »

La mort sans combat, la faim, la détresse, et au bout, de nouvelles victoires. Le 25 décembre par exemple à Pultusk. Voici le commentaire de Napoléon :

« Le maréchal Lannes a été touché d'une balle. Le cinquième corps d'armée a montré dans cette circonstance ce que peuvent des braves, et l'immense supériorité de l'infanterie française sur celles des autres nations. Le maréchal Lannes, quoique malade, avait voulu suivre son corps d'armée. »

Malgré la fièvre qui le tenaille, Lannes est à Eylau le 8 février 1807, Eylau, l'une des plus sanglantes batailles de l'Empire, une victoire ; longtemps indécise... Lannes est à bout de forces lorsque l'Empereur, inquiet de son état, l'envoie se faire soigner à Varsovie. Louise l'y rejoint. La société les accueille admirablement, les entoure, les choie si bien que lorsque la Maréchale repart, son mari a repris des forces et le goût de la vie — sinon celui de la guerre. Pourquoi tant de fatigues, tant de morts, tant de larmes, tant de dépenses ? Pour servir l'ambition d'un potentat ?

« Je prie Votre Majesté de me faire savoir si Elle veut qu'à l'avenir j'adresse mes lettres à l'Empereur d'Occident. Je le lui demande au nom de mon corps d'armée. » « Il m'aimait comme une maîtresse », dira Napoléon. Ce sont entre eux, sans cesse, bouderies et réconciliations, mais le fossé se creuse.

A Friedland le 14 juin, ce sont les Russes qui prennent l'initiative d'attaquer. Puisqu'il s'agit de défendre des positions, Lannes retrouve l'enthousiasme de ses débuts — un vrai lion : « Nous avons eu une bataille comme il n'y en a jamais eu : je me suis battu avec mon corps d'armée depuis une heure du matin jusqu'à huit heures du soir. Enfin, ma chère Louise, nos troupes se sont couvertes de gloire. J'ai vu l'Empereur qui m'a dit : “ Lannes je vous donnerai bientôt une preuve d'amitié. ” » L'Empereur pourtant ne l'emmène pas à Tilsit lorsqu'il signe la paix avec le Tsar qui, étonné de cette absence, le fait appeler et le décore du grand cordon de l'Ordre de Saint-André.

En juillet 1808, Lannes est enfin en France. En présent de joyeux retour, Napoléon lui confère le titre glorieux de duc de Montebello, mais Louise confie à la duchesse d'Abrantès : « Cela n'est rien pour moi ; je suis sûre que Lannes n'en aura aucune joie. Vous connaissez sa façon de penser ; elle n'a changé en rien. »

Aussi prend-il à contrecœur le chemin de l'Espagne où l'appelle l'Empereur.

Toujours dans l'espoir de vaincre l'Angleterre et d'asseoir sa famille sur tous les trônes d'Europe, Napoléon s'y heurte à un peuple révolté : pour Lannes, « une guerre inhumaine, car pour conquérir une couronne, il faut d'abord tuer une nation qui se défend, et cela est triste et long. C'est une grande faute de s'attaquer aux consciences des hommes : c'est une guerre où l'on n'a jamais le dernier mot parce que la conscience est au-dessus de la force et ne s'use pas comme elle. »

Commandant l'aile droite de l'armée, il accomplit pourtant sans défaillance son devoir. Après avoir défait à Tudèle le général espagnol Castaños et passé son dernier Noël ici-bas au col de Guadarrama à poursuivre les Anglais dans des conditions climatiques terribles au milieu d'une population haineuse, il arrive le 23 janvier 1809 devant Saragosse. La ville se défend avec acharnement. Fanatisées par des moines, les autorités menacent de pendre quiconque parlera de se rendre. « Nous sommes obligés de prendre à la baïonnette ou à l'assaut toutes les maisons, Sire, c'est une guerre qui fait horreur. » Le 21 février, la cité héroïque capitule et, sa mission terminée, Lannes regagne Paris.

Si, avec la chute de Saragosse, la guerre marque une pause, elle n'en est pas terminée pour autant. Le feu couve dans toute la péninsule et, privés de leur chef, sans ressources suffisantes, les généraux ne peuvent triompher ni des armées ni de la guérilla. On s'enlise.

Encouragé par ces premiers revers et assuré que l'or anglais ne lui fera pas défaut, l'empereur d'Autriche tente au printemps de venger Austerlitz. Deux mois ne se sont pas écoulés depuis que Lannes, ayant retrouvé sa famille dans son bel hôtel de la rue de Varenne, s'abandonne aux joies du foyer, qu'il reçoit l'ordre de rejoindre l'Empereur.

Il est parfois plus difficile de s'arracher à ceux qu'on aime que de monter à l'assaut ; les quatre garçons s'accrochent à leur père, Louise et sa petite fille sont en larmes, et tous s'embrassent comme s'ils ne devaient jamais plus se revoir.

De victoire en victoire, la nouvelle campagne est menée tambour battant. Parti de Paris le 13 avril par une route qui traverse Abensberg, Landshut, Eckmühl, Ratisbonne, Napoléon, constamment avec ses hommes, entre le 15 mai à Vienne sur la rive droite du Danube. De l'autre côté, l'archiduc Charles et cent mille hommes retranchés en amont de la capitale. Or le plan de l'Empereur est de traverser en aval entre les villages d'Essling et d'Aspern. Très large à cet endroit, le fleuve se divise en deux bras formant plusieurs îles dont la principale est celle de Lobau.

Dans la nuit du 19 au 20 mai s'édifie avec une rapidité déconcertante un pont de quelque 700 mètres reliant la rive droite à l'île : des moyens de fortune sur des bateaux mal ancrés en guise de piles. Le pont suivant n'est plus qu'un jeu d'enfant, et dans l'après-midi le gros de la troupe est passé sur la rive gauche. L'Empereur, Lannes (nommé Commandant supérieur) et les officiers de l'Etat-Major campent sur les pelouses de l'île. Après une journée très chaude pour la saison, la soirée est délicieuse : les officiers chantent gaiement et le plus joyeux d'entre eux, le capitaine Albuquerque, les régale des aventures les plus bouffonnes de sa vie romanesque.

Dans la nuit du 20 au 21, une crue subite disloque le fameux pont ; les Français sont coupés de leurs bases. Et voici que dans la matinée, les Autrichiens viennent les affronter. Jusqu'à dix heures du soir, la bataille est indécise, mais les Français restent maîtres du terrain — et quel terrain ! La mort, partout la mort. Albuquerque est tombé aux pieds du Maréchal, et un officier venu lui apporter un message a eu devant lui la tête emportée par un boulet.

Dans la nuit du 21 au 22, le pont est rétabli : Lannes attaque dès l'aube. Rien ne lui résiste : un bataillon est encerclé, cinq pièces d'artillerie et un drapeau sont pris à l'ennemi, les Autrichiens se débandent. Tout présage une victoire complète lorsqu'à neuf heures du matin, sous la pression des troncs d'arbres que charrie le fleuve en crue, le pont est à nouveau emporté. « A un quart d'heure près », murmure Lannes. Mis en position critique, les Français font face sur tous les fronts. De part et d'autre, les pertes sont énormes et, après trente heures de combat, les belligérants épuisés s'arrêtent et s'observent. Fatigué d'être resté aussi longtemps à cheval, Lannes a mis pied à terre pour faire quelques pas avec son ami le général Pouzet lorsqu'une balle perdue frappe celui-ci en pleine tête et l'étend mort. « Ah, s'écrie le Maréchal, cet affreux spectacle me poursuivra donc partout. » Pour fuir le cauchemar, il s'assied au bord d'un fossé, la tête dans ses mains, les jambes croisées. Un petit boulet ricoche et l'atteint ; son aide de camp Marbot se précipite : « Je suis blessé, c'est peu de chose, lui dit-il, donne-moi la main pour m'aider à me relever. » Sur un brancard de branchages on le transporte jusqu'à l'ambulance. Il souffre beaucoup. Trois chirurgiens l'examinent, trois avis différents ; il a la rotule gauche brisée et le jarret droit déchiré. Le premier voudrait l'amputer des deux jambes, le deuxième, son médecin habituel, s'oppose à une intervention qui, pratiquée dans ces conditions, le tuerait infailliblement. Le troisième, le célèbre Larrey, décide d'amputer la jambe gauche. Le Maréchal supporte stoïquement l'opération. Elle est à peine terminée lorsque l'Empereur survient. A genoux auprès du brancard sur lequel le blessé repose à demi conscient, il pleure et supplie : « Lannes, réponds-moi, mon ami, c'est moi, c'est ton ami, c'est Bonaparte » et il ajoute : « Vous vivrez, mon ami, vous vivrez. » Le Maréchal répond en lui baisant la main : « Je le désire si je puis être utile à la France et à Votre Majesté. »

Et de fait, durant les quatre jours qui suivent, l'Empereur qui vient le voir chaque matin et chaque soir reprend espoir, ainsi que son entourage. Lannes est parfaitement lucide et calme : les forces lui reviennent, et il envisage si peu la mort qu'il prie le « mécanicien » Mesler de prendre ses mesures afin de lui fabriquer une jambe de bois.

Le 27 mai, la chaleur devient insupportable, et la gangrène se déclare. La fièvre fait délirer le moribond qui, nuit et jour, sans répit, mène des combats imaginaires et ne reconnaît même plus Napoléon. Enfin, dans la nuit du 29 au 30, un grand affaissement succède à cette terrible surexcitation, le Maréchal reprend conscience, serre la main de Marbot qui ne l'a pas quitté, lui parle de sa femme… de ses cinq enfants… de son père. Enfin, la tête appuyée sur l'épaule amie, il rend le dernier soupir.

Quelques instants plus tard, venu pour sa visite matinale, l'Empereur apprend que tout est fini. En larmes, il s'avance et embrasse le corps en répétant sans cesse : « Quelle perte pour la France et pour moi ! »

Parvenu à ce point du récit, mon grand-père ne manque jamais de marquer un silence. Nous, nous sanglotons à qui mieux mieux. Un jour, mon frère murmure comme dans un rêve : « Quand je serai grand, j'irai aussi à la guerre et je mourrai comme le Maréchal sur le champ de bataille. »

« Le soir, reprend mon grand-père, l'Empereur donna l'ordre d'embaumer le corps ; on le déposerait à Strasbourg en attendant que les circonstances permissent de le ramener à Paris pour des funérailles nationales. Puis il écrivit à la Maréchale : " Le Maréchal est mort ce matin des blessures qu'il a reçues sur le champ de bataille. Ma peine égale la vôtre ; je perds le général le plus distingué de mes armées, mon compagnon d'armes depuis seize ans, celui que je considérais comme mon meilleur ami. "

A Sainte-Hélène, il lui décernera le plus bel éloge qu'un soldat puisse ambitionner :

" Il s'est trouvé à cinquante-quatre batailles rangées et à trois cents combats. C'était un homme d'une bravoure peu commune ; calme au milieu du feu, il possédait un coup d'œil sûr et pénétrant et était prompt à profiter de toutes les occasions qui se présentaient... L'esprit de Lannes avait grandi au niveau de son courage, je l'avais pris pygmée, il était devenu géant. "

Or, sans perdre un instant, lorsqu'elle apprit que le Maréchal était grièvement blessé, ma grand-mère s'était mise en route avec son frère le colonel de Guéhenneuc. Le messager de l'Empereur les atteignit à Munich. Pourquoi aller plus loin désormais ? Le cœur brisé, elle revint à Paris chercher auprès de ses enfants un semblant d'apaisement. Mais son désespoir était si profond qu'elle n'avait pas assez de larmes pour pleurer. Elle se retira du monde.

L'Empereur, à qui rien n'échappait, savait le ménage exemplaire : si le Maréchal avait apporté à sa famille gloire et richesse, l'excellente influence de sa femme, mère parfaite de surcroît, avait policé l'irascible soldat

Sensible à son élégance physique et morale, il la nomma première Dame du Palais lorsqu'il forma la maison de l'impératrice Marie-Louise.

“ Ce choix, écrira l'Empereur à Sainte-Hélène, fut très agréable à l'armée et rassura le parti national qui s'effrayait de ce mariage comme d'un pas vers ce que plusieurs appelaient la contre-révolution. ”

Chargée, en tant que dame d'honneur, d'aller au-devant de la jeune Archiduchesse aux frontières de la Bavière, la duchesse de Montebello voulut, en passant à Strasbourg, revoir une dernière fois les traits bien-aimés. Le gardien de la dépouille céda à ses instances, l'introduisit la nuit dans la crypte et ouvrit la bière. Incapable de supporter cette vision, elle tomba si longtemps évanouie que l'on craignit pour sa vie. »

Si mon grand-père n'aime guère s'étendre sur cet épisode dramatique, celui de la translation du corps dont il tient le récit de son propre père réveille son enthousiasme et le nôtre.

Le mardi 22 mai 1810, jour anniversaire de la bataille d'Essling, Strasbourg est réveillé par onze coups de canon : la salve annonce le début des honneurs funèbres qu'on va rendre au duc de Montebello, maréchal d'Empire.

A huit heures le clergé, les autorités civiles et militaires précédées de tout le corps de la garnison, aigles et musique en tête, emportent le cercueil vers la cathédrale. Pendant la marche, les cloches de toutes les églises sonnent à la volée, les troupes qui font la haie présentent les armes, et les tambours voilés de crêpe battent aux champs.

Un catafalque décoré de drapeaux pris à l'ennemi est dressé dans la nef tendue de noir où alternent musique et prières de circonstance. Le cercueil est ensuite placé sur le char funèbre qui l'amènera à Paris. Ouvert et fermé par deux détachements de cavalerie de vingt-cinq hommes commandés par un capitaine, le cortège s'ébranle tambour battant. Fanfares, honneurs l'accompagnent tout au long du parcours. Le soir, dans l'église principale de la ville où l'on fait étape, le cercueil est veillé par un ecclésiastique. Jamais le pauvre Lannes n'est tant allé à l'église ! ! L'état-major de la division de la place et des détachements de cavalerie l'attendent à la barrière de Paris le 2 juillet pour l'escorter jusqu'aux Invalides où, placé sous le dôme sur une estrade jonchée de drapeaux ennemis, il est exposé quatre jours à la vénération d'une foule silencieuse. Le 6 juillet, anniversaire de Wagram, il est enfin conduit au Panthéon dans un faste d'apothéose, après la messe solennelle célébrée à l'église Saint-Louis, et au cours de laquelle la maîtrise exécute le Requiem de Mozart. Les différents cortèges se forment, l'air retentit de coups de canon, de carillons, de piétinements de sabots. En tête, un raccourci de l'armée : cavaliers à cheval précédés d'un corps de trompettes, détachements d'infanterie avec tambours et musique, d'artillerie avec canons et obusiers, de sapeurs et de mineurs suivis de caissons chargés d'outils et de machines de siège. Enfin l'état-major, avec à sa tête un maréchal d'Empire entouré d'officiers généraux, tous en grand uniforme.

Puis vient l'Eglise avec croix et bannières, l'aumônier privé de Sa Majesté, les curés de Paris, les chantres et les marguilliers.

Puis c'est le char, dont les cordons sont tenus par quatre maréchaux. A droite et à gauche, deux aides de camp portent des étendards aux angles voilés de crêpe ; sur le cercueil, les armes, les décorations, le bâton de maréchal.

Derrière, les quatre voitures de la famille, et pour fermer la marche, un détachement de cavalerie identique au premier.

Tout au long du parcours qui mène des Invalides au Panthéon par les quais et la rue Saint-Jacques, une foule énorme — cent mille personnes dit-on — se presse, recueillie, et pleure son héros préféré. Seuls les enfants du Maréchal, éblouis par la splendeur du spectacle, contiennent mal leur enthousiasme !

N'aimant ni le monde ni l'Empereur qu'elle rend responsable de son malheur, la duchesse de Montebello n'a accepté qu'à contrecœur, et dans l'intérêt de ses enfants, la charge de Première Dame du Palais. Elle accomplit cependant sa tâche à merveille et, attendrie par la confiance de la jeune souveraine, se prend à son tour d'affection pour elle ; les deux femmes deviennent inséparables.

Cette faveur suscite des jalousies, et lorsque l'Empereur à son tour en prend ombrage et écrit : « Dis bien des choses à ces dames et à la grande Duchesse. L'aimes-tu toujours ? », la calomnie se déchaîne. On accuse la Maréchale de séparer les époux, de subtiliser des lettres et de faire le jeu d'une coterie qui déteste l'Empereur : propos de courtisans envieux mais qui cheminent dans l'esprit de Napoléon : « Si l'Impératrice avait été bien conseillée,... elle serait venue avec moi », aurait-il dit à Sainte-Hélène au général Gourgaud...

Si l'accusation d'intrigue déloyale ne tient pas, il faut convenir que la froideur et l'autoritarisme de la Maréchale ne forçaient pas la sympathie.

Autoritaire, il lui fallait pourtant l'être pour élever les quatre fils du bouillant Gascon. Se consacrant exclusivement à leur éducation après la chute de l'Empire, elle ne recule devant aucun sacrifice — pas même celui de quitter son hôtel particulier, pour s'installer pendant la période scolaire près du lycée Louis-le-Grand. Elle reçoit alors d'éminents savants dont la conversation ne peut manquer d'enrichir l'esprit de ses fils. Seule, la petite sœur trouve cette vie bien austère et ennuyeuse !

« Je n'aimais pas Bonne Maman Maréchale, nous dit mon grand-père. Froide et sévère, elle me faisait très peur. Jusqu'à sa mort, mes parents ont habité chez elle, rue de Varenne, ainsi que mon oncle Napoléon et toute sa famille. Nous étions donc nombreux à nous retrouver autour de la table familiale qu'elle présidait sombrement. Elle nous désignait tour à tour du doigt lorsque le maître d'hôtel apportait un plat : “ Vous n'en voulez pas... ni vous... ni vous... Emportez. ” Ceinture ! ! !

Pour oublier la déconvenue, nous nous sauvions dès qu'on nous y autorisait dans le jardin, véritable parc au cœur de Paris, qui s'étendait jusqu'à la rue de Babylone. C'était un enchantement : il y avait le coin des fleurs et le potager, la roseraie, la basse-cour où perchaient des pintades, et même un tertre que nous appelions la montagne ! Du sommet, armés de sarbacanes, nous bombardions les pensionnaires du Sacré-Cœur mitoyen. Ma grand-mère avait eu la faiblesse de vendre pour une bouchée de pain à son banquier, le fameux Laffitte, son magnifique château de Maisons : l'Empereur l'avait donné au Maréchal après Iéna. Lectoure était trop loin. De sorte qu'à la fin de sa vie, elle ne quittait plus sa maison. Elle y vivait au milieu des porcelaines de Chine dont elle raffolait, des fleurs et des souvenirs glorieux. Parfois elle retrouvait son activité pour fabriquer un baume souverain contre les ophtalmies, le baume dit de la Maréchale dont Corvisart, médecin de l'Empereur, lui avait donné la recette. Malheur à qui d'entre nous cherchait à y tremper le doigt ! Nous la croyions éternelle. Aussi, quelle surprise lorsqu'elle nous quitta, sans tambour ni trompette, un beau matin de juillet, pour aller rejoindre son bien-aimé Maréchal qui, depuis quarante-cinq ans, l'attendait dans le paradis des braves ! »

VII

Les Montebello

Le Maréchal menait ses affaires familiales comme il menait les batailles : quatre fils en quatre ans, Napoléon, Alfred, Ernest et Gustave, rameaux vigoureux, assurent la pérennité du nom. Si la Maréchale en est fière, elle avoue cependant que la naissance d'une fille la comblerait. Victorieuse à son tour, dix mois après Austerlitz, elle met au monde Joséphine. Le charme incarné, comme l'Impératrice dont elle porte le prénom.

Les voici tous les cinq, dans le parc de Maisons, autour de leur mère, centre d'une douce harmonie : verts des frondaisons et des pantalons galonnés d'or que portent les garçons ; blancs de leurs chemises de fine batiste et des deux robes de satin ; rouges de l'écharpe et des brodequins ; accord parfait des attitudes : la fillette pose tendrement sa tête sur la main gauche de la Maréchale dont la main droite, appuyée sur l'épaule de l'aîné, semble vouloir le retenir encore un instant avant qu'il ne prenne son essor, ou le guider vers l'avenir dont ses yeux déjà rêvent… Il sera polytechnicien, comme deux de ses frères.

La tutelle maternelle leur a-t-elle pesé ? continue mon grand-père, ils se sont mariés très jeunes contre sa volonté : Napoléon et Ernest avec des Anglaises. Les fils de Lannes, s'allier à l'ennemi héréditaire ! Quant à la femme d'Alfred, si elle est française, elle ne vaut rien : belle-mère et belle-fille se querellent sans trêve.

Bouillant comme Lannes, lui, le benjamin, mon père qui,

dans le tableau, porte des raquettes sur l'épaule, sort très vite des sentiers battus. Une fois en possession de sa part de l'héritage paternel, il referme son pupitre de bois blanc (son éducation prohibe le luxe) et prévient sa mère : « Tu ne m'imposeras plus *tes* pensums » ! C'est-à-dire la préparation aux grandes écoles. Et abandonnant aussitôt ses études, il entreprend un voyage en Europe centrale. Première étape : pèlerinage à Essling, puis Vienne et Moscou (où il assiste au couronnement de Nicolas Ier), la Pologne enfin où il noue de solides amitiés.

A son retour, la France est dans l'effervescence des préparatifs de la campagne d'Algérie. Incorporé comme simple grenadier, il marche sur les traces de son père et revient en 1830, Alger prise, avec le grade de sous-lieutenant.

Un vent d'insurrection souffle alors sur l'Europe : en France, Louis-Philippe succède à Charles X ; la Belgique, après des combats acharnés contre les Hollandais, conquiert son indépendance. Quant à la Pologne, partagée entre la Prusse, l'Autriche et la Russie, puis partiellement reconstituée par Napoléon sous le nom de Duché de Varsovie, elle est, depuis 1815, sous la botte russe. Si, pour se donner bonne conscience, les Alliés lui ont accordé une diète qui vote les lois, les impôts et une armée distincte, son autonomie n'est qu'un trompe-l'œil : le frère du Tsar, le grand-duc Constantin, en est le vice-roi absolu. Mais la révolte gronde, et le succès des révolutions française et belge incite les Polonais à se soulever : ils proclament leur indépendance. Malheureusement pour eux, leur alliée traditionnelle, la France, ne les soutient que verbalement. Tout feu tout flamme, chacun réclame certes l'envoi d'un corps expéditionnaire, mais personne ne bouge : on se contente de rodomontades de salon. Gustave de Montebello, lui, frémit à la pensée que tel ou tel de ses joyeux compagnons a déjà versé son sang. Rien ne l'empêchera de partir ! Mise dans le secret, la Maréchale, qui se souvient des jours heureux de Varsovie, vibre de concert. Il faut agir très vite et d'abord trouver un nom passe-partout : « Monsieur le Chat », voilà qui lui permettra de se faufiler !

Quant à son valet de chambre, il sera « Monsieur le Chien »... Le général Polet accorde un congé illimité, la Maréchale prévoit pour l'hiver des vêtements chauds. Ce gilet si lourd, à quoi bon ? Elle a cousu dans la doublure trente mille francs-or destinés au chef du gouvernement national !

Monsieur le Chat fait un bon voyage, traverse sans encombre l'Allemagne, atteint la Pologne en un temps record. Impossible d'y conserver l'anonymat : ses amis le reconnaissent aussitôt, et les journaux annoncent en première page : « Monsieur le Chat est arrivé à Varsovie. Il n'est autre que le comte de Montebello, le fils de l'illustre Maréchal-duc de Montebello. » Monsieur le Chat a vécu : mais l'or est parvenu à destination. D'où quittance :

« Cédant au noble élan d'un courage digne d'un Français, digne de l'illustre héros qui vous a donné le jour, vous arrivez, Monsieur le Comte, pour combattre dans les rangs de nos braves et ajouter au généreux secours de vos bras celui d'un don de trente mille francs mis à la disposition du Gouvernement National. En acceptant cette double offre, le Gouvernement m'a chargé de vous témoigner toute sa reconnaissance. »

Gustave se jette alors dans la lutte à corps perdu et à « visage découvert ». Affecté à l'Etat-Major comme aide de camp du Commandant en chef, puis du Président du gouvernement, il prend part à des charges héroïques, à des patrouilles de nuit : deux de ses chevaux sont tués sous lui, et de nombreux camarades tombent à ses côtés. Il ne faiblit jamais, et son courage lui vaut la Croix d'Or des Armées. Après dix mois de résistance désespérée, Varsovie capitule. Soumise à une répression féroce, la Pologne retombe sous le joug. De nombreux Polonais émigrent en France.

Gustave et plusieurs de ses camarades sont internés à Breslau ; démunis de tout, ils survivent tant bien que mal jusqu'au jour où parviennent de France les dix mille francs qui permettent d'acheter cheval et cabriolet et de prendre la route. A chaque frontière, perplexité des douaniers surpris que l'on voyage en voiture de poste sans bagages ! Sans bagages ? A l'intérieur dort dans sa corbeille un nouveau-né. Heureux et choyé durant son existence, Sennal — l'anagramme de Lannes — mourra sans postérité. Enfant adoptif, disait-on dans la famille : « Enfant naturel de Gustave et d'une grande dame polonaise », me dit un jour un vieil oncle bourru en riant de ma naïveté.

1845. Quinze années depuis la Pologne, quinze années d'inaction (hormis celle consacrée à lutter en Oranie contre Abd-el-Kader), quinze années de routine en garnison, d'avancement à l'ancienneté.

Le colonel de Montebello a plus de quarante ans : sa silhouette s'est épaissie, ce n'est plus le fringant officier de jadis. La Maréchale s'inquiète : l'âge des conquêtes féminines est-il passé, ou l'affection de son fils pour Sennal est-elle responsable d'un célibat volontaire ? Nullement, voilà qu'il s'éprend d'une adolescente, fille d'Alban et d'Emma de Villeneuve-Bargemon, petite-fille de la duchesse de Vicence, Adrienne de Villeneuve-Bargemon, dont il pourrait être le père. Elle est ravissante, tendre, fragile, mélancolique, rêve de protection et préfère un homme mûr à un jeune mari peu attentionné ! On s'étonne que le légitimiste ardent accorde sa fille à un bonapartiste.

Malgré les divergences politiques, les réunions familiales préliminaires seraient joyeuses sans la présence des deux duchesses. Comme naguère lorsqu'elles étaient Dames du Palais de l'impératrice Joséphine, ce ne sont entre elles que piques et coups d'épingle. La duchesse de Montebello affiche son maréchalat tandis que, veuve d'un simple général, la duchesse de Vicence se prévaut de plus nobles origines ! Le jour du mariage, elles ne désarment pas et, somptueusement parées, jusqu'au pied de l'autel se regardent en chiens de faïence.

Il n'y a cependant pas d'inimitié, si grande soit-elle, qui ne cède devant l'inquiétude causée par la santé d'un être cher. 1848 : Adrienne attend un enfant. Le médecin est soucieux. Gustave, qui a dû rejoindre son régiment à la frontière suisse, a prié Alban, Emma et les deux Duchesses de maintenir le calme requis. Or l'Europe bouillonne à nouveau, des barricades s'élèvent dans les principales capitales. Le 23 février, une échauffourée fait seize victimes à Paris ; leurs cadavres sont promenés dans les rues à la lueur des torches. La République est bientôt proclamée. Rue de Varenne, mouvements de troupes, vociférations bouleversent Adrienne au point que l'on craint un accouchement prématuré. Mais les deux Duchesses ne la quittent pas et opposent aux terribles rumeurs de l'extérieur leur force morale et leur calme rassurant. Lorsque naît en avril un superbe garçon, elles voient en lui, non sans quelque présomption, le fruit de leur réconciliation ! Née de l'émeute, fondée sur la répression sanglante, la Deuxième République bat déjà de l'aile. Elu Président au suffrage universel, Louis-Napoléon Bonaparte cherche, grâce aux dissensions des monarchistes et des républicains, à rétablir l'Empire. Le coup d'Etat du 2 décembre 1851 lui assure la Présidence durant dix ans, nouveau pas vers le pouvoir absolu. Afin de gagner l'opinion, il entreprend alors de grands voyages en France. Aide de camp chargé d'organiser les déplacements et la sécurité du Prince, Gustave atteste dans ses lettres la montée de la fièvre impériale :

« Il nous faut l'Empire et cette force irrésistible nous y pousse. »

« Il est déjà Empereur par l'acclamation de tous et par son attitude. »

Enfin, lorsqu'à Bordeaux Louis-Napoléon clame : « L'Empire c'est la paix », l'enthousiasme touche au délire.

Par un sénatus-consulte ratifié par plébiscite, l'Empire est proclamé le 2 décembre 1852.

Si les deux Duchesses sont heureuses de voir le fils de Lannes occuper sa haute charge auprès de l'Empereur, elles s'opposent à la nomination d'Adrienne comme Dame du Palais de la nouvelle Impératrice. Alban n'est plus là pour calmer ces ardeurs qui peut-être ne trahissent que l'éternel « conflit des générations » ?

Averti de leur hostilité, Napoléon III interroge directement son aide de camp : « Sire, lui répond celui-ci, ma femme sera dame d'honneur, car mon dévouement sera toujours entier. — Et mon amitié sera toujours entière », réplique l'interlocuteur.

Dévouement, intelligence, telles sont les qualités que le Général met au service de son maître. Intelligence lorsque, envoyé en mission extraordinaire à Londres, il convainc le ministre des Affaires étrangères, lord Palmerston, de la nécessité d'une alliance franco-anglaise avec la Turquie pour mettre fin à l'expansionnisme russe au Proche-Orient. Mais l'intransigeance du Tsar rend la guerre inévitable, et les hostilités s'engagent à la fois dans le Pacifique, la Baltique et la mer Noire.

Les opérations principales ont lieu en Crimée où Anglais et Français mettent le siège devant Sébastopol en septembre 1854. Les Russes défendent la ville avec acharnement et l'hiver, leur meilleur allié, sera bientôt là, un hiver particulièrement rigoureux. Décimés par le typhus, accablés et exaspérés par les souffrances du siège, las de piétiner, nos soldats demandent à en finir. C'est alors que l'Empereur fait appel au général de Montebello.

En mission extraordinaire, il se rendra à l'Armée d'Orient, porteur d'encouragements et de secours pour remonter le moral des troupes. Il a quarante-huit heures pour se préparer. Ce départ précipité lui pèse d'autant plus qu'Adrienne est encore mal remise de la naissance de leur fille Eugénie, ainsi baptisée d'après son auguste marraine.

Dictés par l'Empereur, écrits de la main de l'Impératrice, les ordres sont formels :

« Général, vous vous embarquerez le 26 à Marseille pour vous rendre en Crimée. Vous remettrez au général Canrobert les promotions, décorations, les médailles et le livret de gratifications pour les officiers. Vous vous informerez si le vin et le tabac que j'ai envoyés sont bien arrivés. Vous recommanderez au Général en chef de m'envoyer souvent un état de l'effectif des armées. Le 1er août, il m'annonçait 74 600 hommes, le 18 septembre 50 000 seulement. Le 8 novembre, il ne m'en avoue plus que 39 000. Il est clair qu'il y a eu défaut d'exactitude. » En fait, on préfère envisager l'erreur humaine plutôt que l'hécatombe... Suivent quatre pages de recommandations. Il faut s'enquérir de l'état sanitaire des troupes, du ravitaillement, des abus, des points faibles de l'ennemi, prendre contact avec le général anglais et, pour finir : « Vous reviendrez ensuite le plus promptement possible à Marseille en apportant par écrit les réponses à toutes mes demandes et le résultat de vos propres observations. »

A son retour, le général de Montebello persuade l'Empereur et le général Vaillant, ministre de la Guerre, que le seul point faible de la défense de Sébastopol est le bastion de Malakoff : le chemin de la victoire passe effectivement par là.

Entre-temps, la maréchale Lannes est morte. On ne s'apitoie pas outre mesure. L'hôtel de la rue de Varenne est vendu ; Gustave et Adrienne s'installent 33, rue Barbet-de-Jouy : leurs enfants sont beaux, bien portants, ils sont heureux eux-mêmes et, grâce à leurs fonctions officielles, sont de tous les déplacements, de toutes les fêtes, tourbillon perpétuel de soirées dansantes et de bals masqués.

Mon grand-père se souvient très bien de la robe de taffetas vert dans laquelle sa mère pose aux pieds de l'Impératrice dans le fameux tableau de Winterhalter. Il se souvient aussi que, désireuse de briller parmi toutes ces beautés, elle sanglotait d'inquiétude : que dirait son époux en recevant la note du couturier ?

Larmes futiles aujourd'hui, demain déchirantes : la petite Eugénie, naguère si rieuse et charmante, dépérit. Elle n'a plus d'appétit, ses forces l'abandonnent. L'Impératrice s'en désole comme les parents et lui envoie une petite lettre que le Prince Impérial signe d'un Loulou maladroit enjolivé d'un beau pâté :

« Ma chère petite Eugénie. Monsieur Barthet me dit que vous ne voulez pas manger du tout et ça ferait cependant bien plaisir à votre Papa et Maman, ainsi qu'à votre marraine qui vous aime bien. Moi qui suis aussi petit que vous, je viens vous prier de le faire et vous promets, dès que vous le ferez, la plus belle poupée de Paris ou toute autre chose que vous désirez ; envoyez-le-moi dire si vous êtes sage. Maman a écrit cette lettre pour moi, je vous embrasse de tout cœur. Le petit Loulou. »

La petite Eugénie ne demanderait pas mieux, mais il est des forces contre lesquelles on ne peut lutter : elle s'éteint bientôt, et lorsqu'Adrienne reparaît de nouveau à la Cour, c'est le désespoir au cœur.

L'Impératrice se montre alors sous un jour plus humain qu'on ne l'a prétendu. Elle s'ingénie à distraire son amie en l'arrachant au cadre douloureux de Paris. Elle l'emmène avec elle en Ecosse, puis obtient que l'Empereur se fasse représenter à Constantinople au couronnement du Sultan Abd-ul-Aziz par le comte et la comtesse de Montebello.

Enveloppée dans des voiles pour lutter contre les ardeurs du soleil, Adrienne n'apprécie ni le voyage ni la splendeur des fêtes. Alors, l'Impératrice se fâche :

« Je veux être la première à vous souhaiter la bienvenue à votre arrivée à Marseille et à vous gronder aussi un peu de la lettre que vous m'avez écrite avant votre départ pour Constantinople — elle était tellement triste ! Vous tâchez de deviner les malheurs avant qu'ils ne vous frappent, et cette crainte empoisonne encore le peu de moments qui devraient être heureux. Je sais bien que la sécurité est bien ébranlée quand on a été si durement frappé, mais pensez aussi que la Providence vous a laissé un fils qui fait votre joie. »

Cette fois, la leçon porte ses fruits. Luttant contre son tempérament dépressif et chagrin, c'est apparemment maîtresse d'elle-même qu'en juin 1862 Adrienne rejoint à Rome son mari qui commande les troupes d'occupation chargées depuis 1849 d'assurer la souveraineté temporelle du Pape menacée par les révolutionnaires — et dernier obstacle à la réunification de l'Italie sous l'autorité du roi de Piémont-Sardaigne. En 1862, hormis la Vénétie et le Latium, tous les Etats et provinces d'Italie, même la Romagne pontificale, ont en effet voté à une forte majorité leur rattachement au royaume et, pour répondre au consensus populaire, Victor-

Emmanuel a été proclamé roi d'Italie à Turin en mars 1862, tandis que le Pape, retranché dans ses Etats amoindris, lance l'anathème contre son « spoliateur » et l'excommunie. Mais les temps sont révolus où les empereurs venaient la corde au cou implorer du Souverain Pontife le pardon de leurs fautes et, bien assis sur son trône, apparemment indifférent à la sentence, le nouveau monarque organise son royaume en attendant que vienne le moment de lui restituer sa capitale historique.

Pour Pie IX qui pense, comme beaucoup de catholiques dans le monde entier, que la souveraineté temporelle garantit la souveraineté spirituelle, pas question de concession.

Allié au roi d'Italie, Napoléon, lui, souhaiterait rappeler ses troupes — mais leur retrait sonnerait le glas de l'Etat pontifical. L'Empereur cède aux prières de l'Impératrice, catholique ardente, mais ce faisant, après avoir rendu d'éminents services à la cause de l'unité, devient le principal obstacle à son achèvement. Les relations franco-italiennes s'enveniment.

A Rome divisée entre prélats pro-autrichiens (avec, à leur tête, le cardinal Antonelli, ministre d'Etat et Monseigneur de Mérode, ministre des Armées), libéraux pro-italiens, et fauteurs de troubles professionnels, les esprits sont en ébullition. Au bout de treize ans, la présence française n'est plus tolérée par la population. Le seul terrain d'entente est la haine de l'occupant.

Pour naviguer entre les différents écueils de l'imbroglio, il faut un soldat doublé d'un diplomate. Le général de Montebello semble à même de maîtriser la situation. A peine installé au Palais Borghèse avec sa femme, il envoie en France un rapport dont voici la teneur :

« J'ai tâté le pouls de la population : elle a la fièvre. Le parti Mazzini compte peu d'adhérents et ne trouvera de recrues que dans la lie du peuple dont la misère est facile à exploiter et qui est toujours prête à prendre part aux désordres. Ce qui domine, c'est le parti italien modéré qui ne peut consentir à vivre éternellement sous des institutions par trop arriérées, qui veut des réformes et qui les attendrait peut-être patiemment s'il entrevoyait une époque, même éloignée, où ses désirs et ses espérances se réaliseraient, mais que la prolongation indéfinie du statu quo jetterait dans le découragement et rapprocherait des partis extrêmes. Au-dehors, dans l'Italie, c'est une exaltation qui prend des proportions effrayantes et qui crée des difficultés que le gouvernement italien n'aura pas la force de vaincre, même s'il en a la volonté. Tout cela fait une position bien délicate. »

Délicate, le terme est faible : le moindre incident de frontière risque de mettre le feu aux poudres. Le général de Montebello, sachant à quel point le calme est précaire, finit par demander une audience au Pape :

« J'arrivais plein de confiance et avec la conscience que je méritais un peu de reconnaissance pour la fermeté et la modération des mesures que j'avais prises pour contenir une population de plus en plus excitée et toujours prête à fomenter des troubles. J'attendais quelques éloges pour nos braves soldats — peut-être aussi des félicitations à transmettre à l'Empereur à l'occasion de sa fête. Quel ne fut pas mon étonnement lorsque je vis que nous recevions l'accueil le plus froid (depuis que je suis là, j'entends dire que le Pape est mal entouré et qu'on ne laisse pas arriver la vérité jusqu'à lui) et que, s'animant peu à peu, le Pape répète à trois reprises différentes et presque avec colère que l'on ne pouvait être l'ami des Italiens et le protecteur du Pape. Je me contins et, avec le plus de respect possible et avec la plus grande fermeté, je répondis que je ne pouvais accepter les reproches qui m'étaient adressés, et que les Italiens étaient nos alliés et que je ne me laisserais pas entraîner à des actes d'hostilité contre eux. »

Le 26 août, nouvelle alarme : Garibaldi débarque. En hâte, Gustave met la ville en état de siège. Mais si l'alerte est chaude, elle est de courte durée : en faisant emprisonner le condottiere et ses volontaires, le gouvernement de Turin a mis fin à la marche sur Rome. Ainsi, c'est aux Italiens honnis que le Souverain Pontife doit le salut de ses Etats. Paix relative :

le cardinal Antonelli et Monseigneur de Mérode intriguent sans cesse et, encouragés par leur attitude ambiguë, les partis sèment la terreur en assassinant les Français isolés.

Chaque jour le Général s'instruit par l'examen et le règlement des affaires qui viennent l'assaillir. « C'est ainsi, écrit Gustave à son ministre, qu'en rendant compte à Votre Excellence de mon entretien avec Monseigneur de Mérode, de sa sympathie avouée pour les réactionnaires, de l'indulgence du gouvernement pontifical pour les bandits qui tombent entre ses mains, ainsi que de sa facilité à les relâcher, j'ai à vous faire partager ma conviction que le parti républicain trouve auprès du gouvernement ou un appui ouvert, ou une protection cachée. » En vertu du droit d'asile, les assassins se réfugient dans les couvents ou sont incorporés dans la garde pontificale. Trois soldats sont ainsi bâtonnés à mort par les gens du cardinal de Viterbe pour avoir cédé à la tentation de cueillir quelques raisins dorés dans sa vigne : aucune sanction n'est prise contre les meurtriers. Peut-on, devant cette hostilité et cet aveuglement, laisser couler le sang français sous prétexte d'assurer une « protection » dont personne ne veut ?

Dans ses lettres à Adrienne, l'Impératrice elle-même s'inquiète. Il faudra « que l'on comprenne à Rome que les concessions sont nécessaires ».

Afin de sortir de cette situation déplorable, Napoléon III et Victor-Emmanuel signent une convention le 15 septembre 1862 : l'Empereur s'engage à retirer ses troupes des Etats pontificaux dans les deux années à venir ; le Roi, en contrepartie, transportera sa capitale à Florence et renoncera à s'emparer de Rome par la force.

Gustave et Adrienne trouveraient ces deux premières années de leur séjour romain bien pénibles sans les fêtes religieuses et les visites officielles. Ainsi celle de l'archiduc Maximilien et de sa femme qui ont sollicité une audience du Pape avant de gagner leur empire du Mexique. Jamais audience n'a été accordée d'aussi mauvaise grâce : le Vatican n'enverra pas de voitures, les nouveaux souverains ne résideront dans aucun des grands palais romains. C'est à peine si l'on consent à leur fournir une garde. Puisqu'il en est ainsi, le général de Montebello assurera les honneurs souverains sans craindre le contraste de son comportement avec la froideur pontificale. Le 19 avril 1864, Civitavecchia est en fête, lorsque, saluée par deux bâtiments français (*L'Immaculée Conception* et *Le Grégeois*), la frégate *Novare* jette l'ancre : cent un coups de canon, hymnes nationaux.

Les troupes françaises et la garde pontificale, hallebarde en main, font la haie depuis le quai jusqu'à la gare où se trouvent rangées une compagnie d'élite et la musique.

Les visiteurs prennent ensuite place dans une voiture de gala escortée par des hussards à cheval ; heureux de cet accueil, ils sourient gracieusement à la foule qu'enthousiasment leur jeunesse et la beauté du spectacle.

Modestement, Gustave écrit à son ministre : « Tout cela avait fort bon air. L'empereur Maximilien m'a fait beaucoup de compliments sur la belle tenue de nos troupes puis, dans le train qui les menait à Rome, Leurs Majestés m'ont fait monter dans leur salon ; elles n'ont cessé durant le trajet de me parler de leur reconnaissance pour notre empereur et notre impératrice. »

A Rome, même foule et même animation à l'arrivée du train impérial.

Les souverains se rendent aussitôt chez le Saint Père puis donnent un dîner, suivi d'une réception.

« Au cours de la soirée, l'Empereur et l'Impératrice, surtout l'Impératrice, laissent voir leur contentement, leur reconnaissance et surtout leur ardeur à entreprendre la grande tâche qui leur est confiée, c'est-à-dire la régénération du peuple mexicain. »

Le lendemain 20 avril, ils communient de la main du Saint Père, puis, après qu'il leur a rendu leur visite dans l'après-midi, regagnent avec les mêmes honneurs qu'à l'aller Civitavecchia d'où ils s'embarquent vers leur tragique destin.

Les assassins, eux, ne connaissent pas de trêve ; durant la courte visite impériale, un peintre français, Allard, a eu le crane brisé à coups de marteau, au moment même où sa femme donnait le jour à leur premier enfant. Aux meurtres politiques perpétrés contre nos soldats succèdent des crimes atroces. Sûrs de leur impunité, les brigands s'attaquent aussi à leurs concitoyens. En une nuit, un seul chef de bande commet onze meurtres. Les ruelles du Transtevere sont de véritables coupe-gorge : deux banquiers sont poignardés avec la complicité de leur cocher. Même atmosphère dans les campagnes où l'on enlève des notables, accompagnant la demande de rançon d'une oreille sanglante. Si la famille ne peut réunir la somme exigée, l'otage est exécuté : l'Etat pontifical ressemble à un navire flottant sur une mer démontée et pris dans des vents contraires qui menacent de le jeter sur les récifs, sans que le gouvernement fasse rien pour le sauver ; le Souverain Pontife espère en son for intérieur que la convention du 15 septembre ne sera pas exécutée et que la présence française sera maintenue. Pourtant, la prolongation de l'occupation ne serait efficace que si elle amenait la réconciliation avec l'Italie. Or, sur ce point fondamental, Pie IX reste intraitable : le départ des Français est donc inéluctable. Lorsque l'Empereur en fixe la date extrême, les illusions dont on aimait à se bercer commencent à tomber, sans faire place à une résolution capable de conjurer le désastre.

Le 21 novembre, après le retrait d'un premier régiment, Gustave écrit à Paris :

« Le gouvernement pontifical se trouve dans le plus grand embarras, n'ayant pas assez de troupes pour une occupation efficace des provinces dont nous lui laissons la garde ; d'un autre côté ses finances sont obérées au point qu'il en est réduit aux expédients. » Le cardinal Antonelli a placé plusieurs millions de lires dans une banque qui vient de faire faillite en Angleterre. Dans bon nombre de boutiques, la monnaie pontificale n'est plus acceptée, et il est question, pour rétablir la confiance, de vendre les biens des congrégations. A Rome où personne, à l'exception de quelques ecclésiastiques ou des profiteurs, ne veut plus du régime, on ironise sur ces mesures « piémontaises ».

Mais l'affolement grandit à mesure qu'approche la date fatidique. Dans ses lettres à Adrienne, l'Impératrice prodigue en vain les bons conseils :

« Il faut abattre cette barrière infranchissable qui les tue, encourager l'industrie, multiplier les échanges, entrer en relation avec les voisins et arriver à la fusion de la banque romaine et de la banque nationale. »

Plus réaliste, l'Empereur envoie un bataillon de la Légion qui sera incorporé aux zouaves pontificaux volontaires et aux troupes régulières. Ce sont ces Français qui déferont Garibaldi à Mentana en 1867 lorsque, soutenu par l'opinion publique italienne, il tentera un nouveau coup de force sur Rome, eux qui permettront au Saint Père de conserver ses Etats jusqu'à la chute du Second Empire.

La mission romaine de Gustave se termine. Début décembre, toutes les troupes d'occupation ayant quitté Rome, il fait avec Adrienne sa visite d'adieu au Quirinal : « Sous l'apparence et avec la prétention d'un grand calme, il y avait dans l'attitude et la parole du Pape plus d'irritation que d'émotion et un ton caustique trahissant ses véritables impressions. On est furieux de notre départ dont on a douté jusqu'au dernier moment. Une fois le fait accompli, on se rendra mieux compte de la situation et on reviendra, je l'espère, à des sentiments plus calmes et conciliants. »

Enfin le 11 décembre, après une dernière visite au Pape qui se montre cette fois plus affable et modéré, le général de Montebello monte à bord d'un navire de guerre : *Le Panama.* Et tandis que celui-ci gagne le large, Gustave écrit dans un élan prophétique :

« Il n'y a rien à espérer. J'ai tenu à accumuler le plus de preuves de nos efforts constants pour sauver la papauté, mais il est dans ses destinées de disparaître momentanément pour revenir un jour épurée par le sacrifice et dans des conditions plus en harmonie avec les idées modernes. Telle qu'elle est aujourd'hui, elle est anachronique. »

Il est parfois difficile après une longue coupure dans l'existence et un changement complet d'horizon de renouer avec sa vie antérieure, mais tout semble sourire aux Montebello à Paris : leur fils Jean les y attend, et les honneurs et la joie. Sénateur, aide de camp puis commandant de la division de cavalerie de la Garde Impériale, Gustave retrouve une brillante activité. Adrienne, qui a hérité d'une vieille amie, Aménaïde de Maresle, un château en Normandie près d'Honfleur et les sommes nécessaires pour le mettre au goût du jour, consacre tous les loisirs que lui laisse sa charge de Cour à l'aménagement de son joli Blosseville. L'air marin devrait lui être salutaire et triompher de cette lassitude constante que l'on attribue à la mauvaise influence du climat romain. Et puis, Jean n'est-il pas là pour l'aider et lui éviter toute fatigue inutile ? Hélas, premier symptôme d'un mal implacable, cette langueur ne cède pas, et voici qu'en outre Jean quitte sa famille après un terrible éclat.

Victime de l'amour exclusif de ses parents et du souvenir idéalisé de la petite Eugénie, privé de tendresse, il a grandi solitaire. Jugeant que l'atmosphère romaine lui serait préjudiciable, on l'a confié, au moment du départ, à sa grand-mère, l'indulgente Emma de Villeneuve-Bargemon, et à un précepteur indigne, le sieur Cateau, qui cache des sentiments vulgaires sous une belle apparence : au lieu de préparer l'enfant à la carrière diplomatique à laquelle tout semble l'appeler, il l'entraîne dans le demi-monde et les salles de jeu. Fier de jouer à l'homme, Jean devient le héros de fêtes nocturnes où le champagne et l'argent coulent à flots. La pension que lui sert son père étant insuffisante pour mener ce train ruineux, il s'endette chez un usurier, et l'ardoise s'alourdit au point d'atteindre la somme exorbitante de trente mille francs. Pis encore, Jean tient en public des propos antibonapartistes. L'Empereur, informé, met en demeure son aide de camp d'amener le fautif à résipiscence. Mais, tel un poulain laissé trop longtemps en liberté, celui-ci se cache et fuit la rue Barbet-de-Jouy. En sa qualité de chef de famille, Alfred de Montebello tente de rapprocher le père et le fils.

On frémit en lisant les lignes que Gustave adresse à sa femme après l'entrevue :

« J'en suis sorti navré, car je n'ai pu faire vibrer aucune corde sensible dans ce cœur endurci. Il n'y a que la fermeté qui puisse le dompter. Lorsque je suis arrivé, il s'est avancé vers moi en balbutiant quelques mots que je n'ai pu entendre. Moi je lui ai froidement dit : “ Asseyez-vous. ” J'ai ensuite dit à ce malheureux enfant qui est resté debout devant la cheminée : “ Il faut des années pour racheter vos fautes. Vous ne pensez qu'à l'argent : il s'agit de votre honneur. Oserez-vous encore parler de carrière diplomatique ? ” Je lui ai demandé quel était le chiffre de ses dettes et quels étaient ses créanciers. A cela, il a répondu qu'il avait donné sa parole d'honneur de ne pas les nommer ; je lui ai demandé s'il s'imaginait que j'allais lui remettre ces quelque trente mille francs pour régler lui-même ses comptes. Il m'a opposé cette parole d'honneur en me disant que Molitor s'en chargerait. Je n'accepte pas cette transaction. J'ai donc ajouté : “ Il ne me reste plus qu'à hâter votre engagement. Aussitôt que j'aurai les pièces nécessaires, vous partirez pour l'Afrique. ” La lutte est donc engagée : lutte de fermeté dans laquelle j'aurai le dessus. Et ainsi, près de mon fils et près du monde, j'aurai su faire respecter l'autorité paternelle. Merci, ma chérie, de ta bonne lettre. Moi aussi, je t'aime plus que tout au monde. »

Véritable aveu, la phrase finale donne la clef de cette implacable dureté : entre Gustave et Adrienne il n'y a jamais eu de place pour leur fils.

Quand je songe à quel point cet homme au visage doux et grave, sans cesse en quête d'affection (« Petite Roselyne, m'aimes-tu ? »), a dû souffrir, j'ai à mon tour le cœur navré. Excellent fils, il n'a jamais laissé percer aucune rancœur mais seulement respect et admiration pour ses parents. A peine à Blida, il écrit d'une écriture enfantine :

« Mon bon et cher père, je suis arrivé ici ce matin et je veux te dire tout de suite combien je pense à toi et à ma chère mère. Le désir d'effacer autant que possible de vos cœurs le souvenir des chagrins que je vous ai causés soutiendra mon courage dans la vie nouvelle que j'embrasse. Je veux vous prouver à tous deux que mon cœur n'a été pour rien dans mes égarements et que je pourrai de nouveau me rendre digne de vous. J'ai vu de près le milieu dans lequel je vais vivre, et il ne m'a nullement épouvanté. Je serai habillé demain et je coucherai à la caserne : je le dis avec joie car j'attends avec impatience le moment où l'on pourra te dire que je me conduis bien et que je fais mon possible pour récupérer ton affection et celle de ma Bonne Mère. »

Et une autre fois, à sa mère :

« Je ne te répète pas ce que je disais à mon père, car à force d'écrire avec mon cœur, vous trouveriez peut-être que je fais des phrases, ce que j'ai toujours évité le plus possible, car sans vouloir phraser je suis tellement honteux des sommes que j'ai eu le malheur de perdre ou de dépenser que je ne puis y penser sans le plus profond regret. J'ai reçu une excellente lettre de ma grand-mère qui m'a fait le plus grand bien : je te prie de la remercier de l'affection si grande qu'elle me conserve et me témoigne malgré mes fautes. »

En effet, seule Emma a tendu une main secourable à l'enfant qui n'a pas encore vingt ans. De quel côté sont les cœurs endurcis ? C'est encore Emma qui répondra à ses appels déchirants : « Que l'on me dise la vérité sur l'état de ma Mère. Souffre-t-elle ? C'est affreux d'être rejeté par une famille entière en de pareils moments. »

Adrienne s'achemine doucement vers l'issue fatale, en pleine conscience puisque, durant une accalmie, elle rédige son testament : « Pour Jean, je le bénis, s'il en est digne. » Ainsi, ni le père ni la mère n'ont pardonné, malgré les preuves constantes de repentir qu'il donne, malgré sa conduite qui lui vaut, en Algérie, d'être décoré sur le champ de bataille.

Lorsque l'Impératrice en juin 1870 se rend une dernière fois rue Barbet-de-Jouy pour prier auprès de sa chère Adrienne, Jean n'est pas là pour l'accueillir. Seules trois personnes âgées : l'aïeule, la duchesse de Vicence, la mère et l'époux entourent le cercueil. Jean, à son arrivée, généreux du pardon qu'on lui a toujours refusé, rejoint son père à Blosseville et s'ingénie à l'entourer de soins.

Datée du 20 juin 1870, une lettre de Gustave met un peu de baume sur le cœur d'Emma :

« Chaque jour le vide est plus grand, plus cruel. C'est ici cependant, où chaque pas que je fais me la rappelle, que je sens mieux sa présence. J'y viendrai souvent. Jean est charmant pour moi ; il me soigne et m'aide avec beaucoup d'empressement dans tous les soins que je donne à mon cher petit asile. »

Le drame qui se joue sur le plan national : la guerre, la capitulation, sépare à nouveau le père et le fils. Trop âgé pour reprendre du service, Gustave se retire en Normandie. Au plus fort de la mêlée, Jean se bat, lui, comme un lion. « J'ai connu des hommes braves. Je n'en ai jamais rencontré de plus brave », dira de lui le maréchal Canrobert. Fait prisonnier, il subit une dure captivité et lorsqu'il en revient, à peine âgé de vingt-trois ans, il traîne un lourd fardeau de souffrances. Paris, Blosseville : sans présence féminine, ces maisons sont bien grandes et silencieuses pour les deux hommes, mais la France est déchirée, l'avenir incertain : comment songer à fonder un foyer dans ces conditions ?

VIII

Albertine

L'AVÈNEMENT à la Présidence de la République du maréchal Mac Mahon ramène la confiance, et les salons du Faubourg Saint-Germain se rouvrent aux bals et aux réceptions.

Heureux de renouer avec une société qui l'accueille à bras ouverts, Jean fait sa rentrée dans le monde en même temps qu'une jeune fille d'une grande beauté y débute : Albertine de Briey, née au royaume de Mélusine, à l'orée de la forêt poitevine, à La Roche-Gençay. Le château, longs bâtiments coiffés d'ardoise, donne au levant sur une cour d'honneur, au couchant sur de verts pâturages ; quatre tours massives, chapelle gothique, salons décorés et meublés sous les règnes de Louis XV et de Louis XVI forment un cadre harmonieux. On ne se rend à Poitiers qu'aux grandes occasions. Le comte de Briey, sédentaire et taciturne, s'arrache à sa province une fois l'an, avec femme et enfants, pour se rendre chez ses frères, les évêques de Saint-Dié et de Meaux.

La Comtesse, née Berthe de La Fare, est la nièce du cardinal qui a sacré Charles X. Vive méridionale, elle tenterait bien d'égayer son Anatole, mais celui-ci est entêté de généalogie — rien d'autre ne l'intéresse (puînés de la maison souveraine de Lorraine, les Briey remontent aux Mérovingiens), si ce n'est le succès de ses poulains sur les champs de courses et de ses bœufs aux comices. Durant les longues soirées d'hiver où Berthe et ses enfants s'assoupissent au coin de la cheminée, ce compagnon peu loquace ne rompt le silence que pour lâcher d'étranges noms : Bézelin, Ricquin, Agnorald, dont nul ne sait s'ils désignent un chevalier, un étalon ou un taureau.

Avec son esprit curieux et précoce, Albertine trouve insupportable cette façon de tuer le temps. Elle s'échappe, gagne sa chambre dans la grosse tour du nord et se plonge dans ses livres d'histoire ou ses auteurs préférés : Bossuet et Chateaubriand, se passionne pour la grande comtesse Mathilde, duchesse souveraine de Toscane, fille d'une princesse de Lorraine, sa lointaine parente : ainsi, à l'admiration qu'elle porte à la femme s'ajoute la satisfaction de quelque globule commun. Son esprit romanesque s'évade alors dans de longues chevauchées de château en château, pics vertigineux et hautes futaies où des molosses forcent des cerfs, ou bien vers Canossa, lorsque l'empereur Henri IV d'Allemagne s'humilie devant Grégoire VII chez son héroïne préférée.

Un soir, elle est ramenée sur terre par un coup discret frappé à sa porte. C'est le maître d'hôtel :

« Qu'y a-t-il, Baptiste ?

— Il y a que Mademoiselle est bien belle », répond l'homme dont les yeux flamboient. Promptement, elle éteint sa lampe, lance une chaise dans les jambes de l'insolent et, haletante, s'enfuit dans l'obscurité vers le salon.

Sa beauté frappe aussi des voisins qui l'invitent à passer le printemps à Paris. Albertine croit rêver ! jusqu'au moment où elle débarque dans la capitale avec sa compagne de jeux, la petite paysanne Delphine, dite Fifon, promue pour la circonstance femme de chambre de Mademoiselle de Briey ; leurs deux balluchons ne sont pas bien lourds : elles n'ont pour parures que la grâce et la jeunesse. Suit un vrai conte de fées avec bal obligé, prince charmant de rigueur, Jean de Montebello, coup de foudre du susdit et la duchesse de Vicence et Emma de Villeneuve-Bargemon en bonnes fées. Bref, le général de Montebello met dans la corbeille de noces les bijoux de famille, l'hôtel de la rue Barbet-de-Jouy et une rente annuelle qui permettra de mener grand train.

Ainsi, à peine sortie de sa province, voici la jeune femme en mesure de devenir l'une des reines de Paris et de choisir dans la haute société le cercle qui lui conviendra. Emma se charge de la présenter au Faubourg Saint-Germain où chaque maîtresse de maison a « son jour ». Ces « jours », véritable institution, sont une corvée. On vous y lorgne au travers de face-à-main d'écaille, on s'y entend appeler « ma petite », on y subit assise mille sous-entendus sur les familles d'Empire et d'Ancien Régime mésalliées, on y périt d'ennui, de malaise et de fatigue. C'est un monde capitonné de peluche et de préjugés.

La noblesse d'Empire serait peut-être moins bornée, mais Jean s'affichant monarchiste, on n'entre pas.

Reste un troisième bastion, celui de l'éclectisme où se côtoient, dans un perpétuel tourbillon d'idées, l'aristocratie évoluée, l'Académie, la finance, les arts, la diplomatie, la politique, et dont les salons se trouvent en général sur la rive droite, comme si la Seine servait de frontière entre la stagnation et la vie. On comprendra de quel côté Albertine jette son dévolu.

En mai 1875, la naissance de ma mère stoppe ses élans conquérants : cette troisième Adrienne de la famille attendrit quatre générations. Comme pour se rapprocher d'elle, les trois aïeux évoquent les souvenirs heureux de leur lointaine enfance : la duchesse de Vicence, les joyeuses parties de cerceau dans les jardins des Tuileries avec le petit dauphin Louis XVII ; Emma, sa première visite à l'impératrice Joséphine dans la roseraie de Malmaison ; Gustave, sa présentation à Napoléon Ier lorsque celui-ci le fit Baron. Jean et Albertine, eux, vivent simplement leur bonheur au présent. Et lorsque, un à un, disparaissent les témoins du passé, ils en portent le deuil rigoureux qu'impose l'époque : l'hiver, drap mat noir *égayé* de crêpe noir, l'été, alpaga noir ; au Bois de Boulogne, seules les allées dérobées sont autorisées ; va-t-on au spectacle, c'est dans le fond d'une baignoire où l'on est sûr de ne rien voir, puisqu'il convient, hélas ! de ne pas être vu.

Albertine trouve ces conventions d'autant plus pesantes que ceux qu'elle doit pleurer ne lui sont pour ainsi dire rien.

Impatiente de briller, elle reprend donc aussi vite que possible sa vie à grandes guides avec deux amies de choix, deux beautés fulgurantes, la comtesse Greffuhle et la duchesse de Chaulnes. « Laquelle, disaient ces déesses, est la plus belle de nous trois ? » chante un titi parisien, alors qu'elles attendent leur voiture sur les marches de l'Opéra. Effectivement, il est difficile de donner la palme.

Avec sa nature indomptée, impérieuse, la certitude de sa supériorité, ma grand-mère fascine plus qu'elle ne se fait aimer. Son esprit, son élégance, son port altier et sa beauté marmoréenne sont célèbres et elle se laisse aduler, coquette et glacée. Grisée par sa fortune subite comme par les hommages, elle prodigue d'abord à pleines mains la fortune de son mari.

Lorsque ma mère évoque pour nous son enfance et cette époque dorée, nous croyons rêver.

Chaque après-midi, à l'heure de la promenade, ma grand-mère part pour le Bois de Boulogne en somptueux équipage. Accompagnée de sa gouvernante anglaise, la petite Adrienne suit dans sa propre voiture, et deux danois, véritables molosses dignes des tapisseries de la comtesse Mathilde, courent en liberté sur la chaussée... Au retour, les portes de la rue Barbet-de-Jouy sont largement ouvertes car, pour éviter l'ennui des « jours » d'autrui et des visites à rendre, elle a institué qu'elle recevrait toute la semaine. Et comme il est de bon ton d'être vu aux « après cinq heures » de la comtesse Jean, il y a toujours beaucoup de monde.

Le soir, en robe de Worth aussi lourde que somptueuse, elle donne à dîner autour d'une table aussi élégante qu'abondante ; ou bien elle se rend à quelque réception, toujours armée d'une rose à longue tige qui la dispense de serrer les mains. Ce train-là dure jusqu'au Grand Prix.

Ensuite seulement, elle fait aux siens la grâce de passer deux mois à Blosseville : si mon grand-père et ma mère s'y sentent libres et heureux, elle, en revanche, s'y morfond : vivement septembre, qu'elle puisse rouvrir son salon !

Salon d'abord littéraire avec, au premier rang des fidèles,

Robert de Montesquiou qui, tout en demi-teintes, susurre des hommages fort peu compromettants : « J'ai décliné rosa — la rose pour vous ô fleur. » Chaque jour, il envoie des lettres ou des poèmes d'un graphisme de plus en plus fioriture, et que l'on dit « à clef » — de peur de les avouer incompréhensibles !

Aussi hermétiques mais d'une tout autre tenue, ceux de Mallarmé n'enchantent pas moins l'idole...

De sa retraite de Bois-le-Roi, Emma, seule survivante de sa génération, perçoit les échos de ces fastes excessifs. Elle s'inquiète d'un train si dispendieux qui risque fort d'écorner le capital de son petit-fils. Jean la rassure : son père a placé la fortune dans un établissement bancaire inébranlable et, malgré les folies d'Albertine, les dépenses n'excèdent pas les revenus. Il ne faut voir, dit-il, dans l'attitude de sa femme qu'un péché de jeunesse : elle en guérira d'autant plus vite qu'elle attend son second enfant et que, derrière la lassitude consécutive à son état, lui, il sent poindre, avec le dégoût des vanités factices, des aspirations plus hautes...

La naissance de Roselyne rassure-t-elle vraiment Emma ? Meurt-elle vraiment sereine ? Du moins ne verra-t-elle pas la suite : le krach de la Banque de l'Union Financière qui, en 1882, engloutit, entre autres fortunes, celle de Jean. La vente de Blosseville et l'héritage d'Emma permettent de reconstituer une partie du capital. Mais comme ce capital reste fort en deçà du précédent, il faut, pour sauver la face et maintenir l'essentiel de la maisonnée, supprimer les dépenses superflues : fini, les toilettes de Worth ; Delphine confectionne, toujours sur le même patron, des robes dont les couleurs audacieuses et les beaux matériaux font oublier la forme simple. La petite Adrienne, elle, doit renoncer à son cheval, à ses beaux danois que remplace une modeste famille de bassets. On cesse d'atteler tous les jours : la marche à pied rapide pour faire courir la meute courtes pattes est, prétend-on désormais, plus hygiénique que les promenades en voiture au Bois de Boulogne. Supprimée, l'heure du thé où l'on dressait sur la longue table le samovar fumant au milieu de gros gâteaux et de pyramides de pâtisseries. Tout au plus maintient-on les grandes réceptions données en l'honneur de souverains ou de grands seigneurs de passage (anglais de préférence), ou pour faire entendre des pianistes virtuoses, tels Busoni ou Paderewski, car s'il est nécessaire de prendre ses distances, il serait malvenu de rompre avec cette aristocratie qu'on affecte de mépriser mais où il faudra recruter un jour des maris « convenables » et désintéressés !

Profondément marqué par les épreuves de sa jeunesse, homme paisible et courtois, mon grand-père préférerait une vie simple et familiale à ce perpétuel exercice de corde raide. Mais lui demande-t-on jamais son avis ? Albertine décide, coupe, tranche seule et, tout en tenant son rang grâce à sa demi-retraite et à des prodiges d'économie domestique, elle nourrit un grand dessein : jouer un rôle politique.

Trop intelligente pour n'avoir pas conscience de ses limites et des lacunes de sa formation, elle comprend qu'il lui faudrait, pour mener une action efficace, un maître à penser qui l'initierait aux arcanes du pouvoir. Or, parmi ceux de ses amis dont elle apprécie la haute valeur morale, seul Monsieur de Chaudordy lui semble à même de l'instruire : diplomate de carrière, ministre des Affaires étrangères en 1870 sous le gouvernement de la Défense nationale, puis initiateur de l'alliance russe, sur la touche depuis la chute de Gambetta, il vit retiré dans un grand appartement encombré de bibelots rares et de tableaux de maîtres. Riche d'une expérience acquise au service de la France, doué d'une mémoire prodigieuse, il est trop heureux de trouver dans la belle comtesse Jean une élève d'élite à qui dédier son long monologue de célibataire solitaire !

Chaque matin, durant quinze ans, Albertine note de sa grande écriture les enseignements du maître et les commente le soir en famille dans un registre d'apocalypse : car Monsieur de Chaudordy est un pessimiste invétéré ! Ces repas assaisonnés de désastres à venir sont parfois bien indigestes. Tout autre que mon grand-père prendrait ombrage d'une si noire influence, mais il sait la relation sans équivoque : Albertine est avant tout une cérébrale, et le grand âge de Monsieur de

Chaudordy ne laisse place qu'à des sentiments paternels — à telle enseigne que parfois il abandonne la politique pour dire : « Et ce petit Goya, chère Comtesse, où le mettrez-vous après ma mort ? — Cher grand homme, répond-elle, non sans hypocrisie, surtout ne me parlez pas de cela ! »

« Je suis bien fatigué et si malheureux pour le pays. Nous descendons de plus en plus. Nous approchons de la culbute », lui écrit-il tandis que l'affaire Dreyfus bat son plein. Tel est le testament politique de ce grand commis de la France. Quant au testament proprement dit, cruelle déconvenue ! Agen, ville natale du défunt, est seule héritière de ses trésors. Rien pour Albertine, pas même le beau magot chinois qui hoche la tête et tire la langue !!! Ainsi s'achèvent quinze années pendant lesquelles la famille n'a parlé que des catastrophes futures et des soucis financiers présents. Une atmosphère peu favorable sans doute à l'épanouissement d'Adrienne et de Roselyne !

Si la cadette, avec son tempérament fort et joyeux, est peu vulnérable, l'aînée, hypersensible, sera toute sa vie marquée par ces conversations sinistres. Sœur de lait du plus grand acteur comique de l'époque, Max Dearly, elle a, elle, le goût du drame et le don des larmes. Encore tout enfant, n'enfermait-elle pas déjà, *par devoir,* sa poupée dans un placard qu'elle assimilait à l'école, pour sangloter devant les portes closes aussi longtemps que durait « la classe » imaginaire ?

Au couvent du Sacré-Cœur, où elle a été inscrite comme demi-pensionnaire à l'âge de la Première Communion, comment s'est-elle distinguée ? En pleurant, en pleurant toujours jusque devant les bassines qui circulaient sur les tables pour la vaisselle à la fin des repas et où elle refusait de tremper ses couverts, quitte à les noyer de larmes.

Lasses de ces perpétuelles cataractes, les bonnes sœurs n'ont pas tardé à la rendre à ses parents, et c'est ainsi qu'Adrienne (et Roselyne, par ricochet) recevra à domicile une instruction selon les principes d'Albertine : la grâce étant l'un des éléments majeurs du charme féminin, les petites feront à la barre, sur de vigoureux « un, deux, un, deux », les exercices de la danse classique. Adrienne est excellente pianiste, Roselyne a un très bon coup d'archet : quatre heures par jour d'études musicales devraient suffire à en faire deux artistes. L'anglais ? Indispensable. L'avenir appartient à l'Angleterre. Le français et l'histoire dans une même foulée. L'enseignement religieux n'est pas moins indispensable à toute éducation saine : Albertine y pourvoira elle-même. Que de larmes sur le catéchisme, les évangiles, la chronologie des papes et le manuel d'apologétique, que de larmes surtout sur les tourments des damnés que la mère, avec le sens du drame qui lui est propre, détaille ainsi que les feux de l'enfer !

Les deux oncles évêques seront, on l'espère, satisfaits lorsqu'ils interrogeront les fillettes lors de la visite annuelle qui, depuis la vente de Blosseville, a permis de régler l'épineux problème des villégiatures. On partage le mois de juillet entre les deux évêchés. Plutôt que d'égrener le chapelet en famille après les repas dans les jardins des deux princes de l'Eglise, Jean préfère demeurer à Paris. Sans doute Albertine et ses filles trouvent-elles aussi ces séjours épiscopaux bien austères, mais la perspective de moments plus réjouissants facilite leur patience. Une dernière génuflexion bâclée, un dernier baiser à l'anneau du pasteur, et on prend joyeusement la route qui mène à Pargny-lès-Reims où l'oncle et la tante Werlé réservent un accueil chaleureux dans leur château.

Cousine germaine de Jean, Mathilde de Montebello a épousé un homme d'affaires champenois, le comte Werlé. Aussi généreux l'un que l'autre, ils reçoivent durant l'été leurs neveux et nièces. Contemporaines de leurs filles Marcelle et Miette, Adrienne et Roselyne mènent enfin, au milieu d'une bande joyeuse, l'existence conforme à leur âge : promenades à bicyclette et à cheval, parties de tennis et de croquet — de quoi se détendre enfin, oxygéner tout à la fois poumons et cerveaux. D'autant qu'Albertine n'est pas là, mais à Biarritz avec Jean, Delphine, la femme de chambre, et Emile le valet de pied, — un long voyage minutieusement préparé. Le matin du départ, Emile se rend à la gare pour tendre de lampas de soie rouge le compartiment réservé. Il dépose des paniers de provisions abondamment garnis dans les filets, et le chef de gare de Bordeaux, alerté, viendra saluer les voyageurs et s'inquiéter de leurs desiderata. Des vêtements, des livres, des bibelots et même certains menus meubles les ont précédés en petite vitesse, afin que dès son arrivée la comtesse Jean retrouve l'atmosphère de la rue Barbet-de-Jouy dans l'appartement qu'elle doit occuper à l'hôtel Continental.

Lieu de rencontre jadis de l'impératrice Eugénie et de la haute société espagnole, la plage de Biarritz est le rendez-vous de l'élite internationale. Grâce aux leçons Chaudordy, Albertine y parle avec tant d'autorité, d'intelligence, de lucidité, d'indépendance que la reine Nathalie de Serbie qui, depuis que le roi Milan Obrenovitch l'a répudiée, réside sur la côte basque, prend conseil d'elle en 1892 avant de faire la paix avec son despotique époux. En 1899, après la mort de son mentor, Albertine peut enfin affirmer hautement sa personnalité et définir ses principes politiques : maintenir l'alliance russe tout en restant sur ses gardes car le Tsar en veut surtout à « notre argent » ; puissance continentale fidèle à sa tradition monarchique, la France doit avant tout chercher à récupérer la rive gauche du Rhin, sa frontière naturelle, au lieu de se lancer dans ces entreprises coloniales qui ne conviennent qu'à l'Angleterre dont l'Allemagne, grâce à son expansionnisme commercial, sera bientôt l'ennemie numéro un. Aussi la France et l'Angleterre devraient-elles chercher à aplanir leurs différends afin de faire contrepoids. Leur entente, en améliorant les relations de l'Angleterre et de la Russie, permettrait de paralyser l'Europe centrale, prise entre deux feux.

Sous la monarchie, avec son don de divination et un esprit capable de faire un tour d'horizon européen dans des opuscules tels que *La Dictature et la Révolution,* ou *Etude sur la reconstruction des Etats de l'Europe après une guerre générale suivie de révolutions intérieures et d'un congrès,* Albertine aurait peut-être occupé une place dominante. De nos jours, elle serait ministre en jupons, mais en ce XIXe siècle finissant, pas question pour une femme de la société de se faire entendre, à moins de passer par l'intermédiaire d'une voix autorisée, c'est-à-dire comme égérie d'un homme politique réputé. Devient-elle, comme certains l'ont prétendu, celle du ministre des Affaires étrangères, Théophile Delcassé ? J'en doute. S'il est vrai qu'il soit subjugué par sa beauté et sa forte personnalité (en témoignent son empressement à lui rendre visite et de nombreux billets), il ne l'est pas moins que, sûr de son métier, habile et clairvoyant, il n'accepterait pas que quiconque lui souffle ses décisions. Il semble plutôt que ce grand diplomate désire utiliser les relations d'Albertine avec de hauts personnages britanniques pour transmettre des messages confidentiels sans passer par les filières traditionnelles.

La France vit alors une page douloureuse de son histoire : l'affaire Dreyfus qui déchaîne les passions. S'ingérant dans nos affaires intérieures, la presse d'outre-Manche se permet d'attaquer notre armée. Des journalistes français ripostent en critiquant la Reine, et l'Angleterre se déclare outragée en la personne de Victoria. Ce malheureux incident pourrait être fatal à l'entente naissante (malgré Fachoda). Aussitôt ma grand-mère écrit à l'ancien ambassadeur de Grande-Bretagne en France :

« Depuis quelques mois, j'ai été pour ainsi dire chaque jour tentée de vous écrire pour vous faire une étrange prière que je n'ai jamais osé formuler. Je voulais vous demander, au nom de l'amour profond que nous portons à nos deux patries, si vous pourriez intervenir auprès de Lord Salisbury [le Premier ministre] pour tenter d'améliorer les relations entre l'Angleterre et la France. J'ai la conviction que si vous aviez été ambassadeur à Paris depuis que Monsieur Delcassé mène notre politique extérieure, les rapports entre les deux pays eussent été différents. Aujourd'hui, pour la première fois depuis vingt-neuf ans, nous avons un ministre des Affaires étrangères dont les pensées et les grands dons sont dignes de la noble tâche qui est la sienne. J'ai le sentiment intime qu'il y a à l'heure actuelle entre nos deux pays un malentendu dont les conséquences peuvent être très graves et je me suis pressée de vous écrire, cher Lord Dufferin, tant je suis persuadée qu'il est encore temps de le dissiper et d'éviter de grands malheurs aux deux nobles nations si bien faites pour s'entendre. »

La réponse du Lord est poignante : alors que son fils aîné, Lord Alva, a été grièvement blessé lors de l'assaut donné à Ladysmith par les Boers, et que tout espoir de le sauver est perdu, il transmettra à Lord Salisbury toute suggestion que Monsieur Delcassé voudrait lui faire parvenir sans l'entremise de l'ambassadeur. La tête de pont est jetée.

Au demeurant, Delcassé traverse tel un météore le ciel de ma grand-mère. Des opinions divergentes sur la politique intérieure les séparent rapidement.

De Biarritz, en septembre, Albertine lui adresse dans le style de Monsieur de Chaudordy une lettre sombre :

« La situation est désastreuse, l'autorité n'existe plus. Vous m'avez toujours dit que vous aimiez le son des cloches : j'en ai toujours senti le charme, mais depuis quelque temps il agit sur moi plus fortement que jamais en préparant les voies de ce que j'ai dans l'esprit. Les cloches vous émeuvent, moi, elles m'appellent, mais ce sont celles de dômes plus lointains. Il n'y aura bientôt plus de place pour moi dans ma patrie ; la France athée, cosmopolite et haineuse n'est pas celle à qui j'appartiens. »

Madame de Montebello défaitiste, quelle déception ! Par retour du courrier, il lui écrit :

« Dans quel état, Madame, me laisse votre lettre ! Ravi à la fois et navré. L'artiste qui est en moi a savouré délicieusement la hauteur de la pensée et la fermeté du style. Mais l'ami ne peut que déplorer cette disposition d'esprit que vous avez déjà trahie et qui va en s'aggravant. Cela vous ferait du mal et à moi aussi. Mais quand même je vous accorderais que la France est tout ce que vous dites, en est-elle moins la France et ne se doit-on pas à elle plus complètement dès qu'on la croit malheureuse ? Voulez-vous me laisser espérer que vous entendez imparfaitement les cloches ? Ecoutez-les d'une oreille moins attentive à flatter votre esprit prévenu. Elles sonnent le devoir, le sacrifice de soi-même, l'action, enfin la lutte pour ce que l'on croit être bon et beau. »

Albertine n'entend pas cet appel et reste ferme sur ses positions. Le fossé se creuse, les visites et les billets s'espacent et, au printemps 1900, les femmes de chambre, le nez collé aux fenêtres de la lingerie, ne voient plus en fin d'après-midi, comme l'année précédente, la belle Comtesse impassible écouter dans son jardin le ministre qui parle autant par gestes que par mots et dont les lorgnons, au bout d'un cordon noir, scandent le discours véhément.

Si ma grand-mère en a des regrets, elle ne les exprimera jamais. Elle a sans doute compris que leur mésentente sur le plan spirituel s'opposait à toute amitié durable. Venu des régions où les cendres des bûchers cathares sont mêlées à la terre, lui voit avec indifférence monter l'anticléricalisme dans le pays, tandis que pour elle, la rupture éventuelle du Concordat et des relations diplomatiques entre Paris et Rome signifie que la France s'écarte délibérément de sa tradition et de sa mission. Mais elle ne croit rien irréversible. Répondant à l'appel des cloches romaines, elle tisse sa toile en nouant des relations qui, le moment venu, lui permettront de jouer à nouveau dans l'ombre le rôle de médiateur. Elle correspond à la fois avec un jeune Florentin bien introduit auprès de la curie, Carlo Placci, avec Monsieur de Abarzuza, diplomate espagnol que le tout-puissant cardinal Merri del Val, secrétaire d'Etat de Pie X, appelle « mon frère », enfin avec le prestigieux député conservateur Boni de Castellane dont les idées s'apparentent aux siennes.

Afin de tenir bon sur tous les fronts, elle est au travail dès le matin. Le jeune Marcel Proust la décrit à ses amis en train de prendre son petit déjeuner, entourée de journaux et d'un volumineux courrier, et s'écriant soudain : « La Chine m'inquiète ! »

Au fond de son cœur, elle cache une autre inquiétude que seuls ses intimes connaissent : Adrienne a coiffé Sainte-Catherine, et Roselyne la coiffera sous peu.

A vingt ans, la première a manqué mourir d'une violente atteinte de fièvre typhoïde contractée à Cannes. Forte de sa confiance en la science de son médecin parisien, le Professeur Dieulafoy, et contre l'avis formel des docteurs présents, Albertine a jeté de ses propres mains la moribonde dans un bain d'eau froide. Sauvée par cette thérapeutique, la malade demeure fragile et dépressive. Fine, élégante, faite au moule, dansant à merveille, elle a beaucoup de succès dans le monde, mais à toutes les avances de soupirants elle répond par un torrent de larmes, ce qui ne manque pas de décourager les plus résolus !

La romantique Roselyne, elle, est tombée amoureuse d'un pianiste polonais connu pour avoir trompé bien d'autres espérances. Ils jouent ensemble des sonates pour piano et violon et, au moment de la quitter, il dépose sur le clavier une petite fleur bleue, ce qui certes ne le compromet pas, mais entretient la flamme.

Si la musique berce la cadette d'illusions, elle prélude en revanche au brillant mariage de l'aînée (Boni de Castellane en est l'artisan). En 1904, le Palais Rose de l'avenue du Bois de Boulogne est en fête : les appliques et les lustres étincellent et, sous la clarté dansante des bougies, la haute société parisienne est réunie pour entendre un concert de musique classique : Mademoiselle de Montebello interprète un concerto pour piano de Mozart sous la baguette du comte Amédée de Vallombrosa. Celui-ci cherche encore sa voie. Certes, il prépare son doctorat en Droit, par acquit de conscience, en quelque sorte, car profondément marqué par les improvisations de César Franck à Sainte-Clotilde, il complète sa formation d'organiste en s'initiant à la fugue, au contrepoint et à la composition : la musique lui tient de plus en plus au cœur. Bohème, détaché des biens de ce monde, il vit en artiste, au milieu de beaux objets, dans un grand appartement de l'avenue d'Eylau dont l'ancien maître d'hôtel de son père et sa femme assurent l'entretien. Le considérant toujours comme un enfant, Edouard et Victoire l'ont mis au pas et refusent de lui servir à dîner ; c'est donc sa sœur Claire qui, chaque soir, le recueille avec joie malgré la grogne du comte Lafond qu'irrite un peu leur affection. Le célibataire retrouve là, non seulement les boiseries et le mobilier d'Abondant, c'est-à-dire le cadre de son enfance, mais quatre neveux — une atmosphère familiale. Toute charme, élégance, gaieté, Claire dissimule, sous son apparente frivolité, un cœur jamais pris en défaut et une volonté de fer. Elle voudrait pour le jeune frère tendrement aimé une alliance avantageuse : aussi multiplie-t-elle les entrevues avec des héritières : mais lui, timide et réservé, fuit les propositions comme les avances.

Au Palais Rose, c'est différent : il s'agit de musique et non d'un guet-apens matrimonial. Admirateurs passionnés de Bach et de Wagner, Adrienne et Amédée prolongent les séances de travail par d'interminables conversations et découvrent peu à peu leurs affinités. Deux lettres de souhaits pour l'année nouvelle et un billet précieusement conservés — qu'on me pardonne cette indiscrétion — permettent de suivre le lent crescendo d'une idylle née sous le signe de l'harmonie.

Banale et convenue, la première, écrite en décembre 1904, commence par « Ma chère amie » ; la suivante par « Ma chère sœur » :

« Tous mes désirs et mes vœux sont pour le bonheur et la paix de l'amie charmante que Dieu m'a permis de rencontrer et dont la chère affection a transformé ma vie. »

Et soudain, au cours de l'été, c'est l'explosion d'un sentiment trop fort pour être plus longtemps contenu :

« Mon Amour chéri, mon Adrienne. Dieu m'a permis de t'aimer. Bientôt nous ne nous quitterons plus. Près de ton cœur, la vie est belle et facile, tes yeux si doux m'éclairent et me guident. Pour toi je donnerais tout mon sang et je tremble de ne pas te donner tout le bonheur que tu mérites, cher ange, et qui sera, crois-moi, la tâche bien douce de ma vie. »

Adrienne répond de toute son âme à cet hymne d'amour. Elle tient le bonheur dont elle a toujours douté et l'avoue en annonçant ses fiançailles à ses amies :

« Votre amitié se réjouira de me savoir si véritablement et si complètement heureuse. »

Le mariage sera célébré le 20 novembre à Saint-François-Xavier, l'évêque de Meaux donnera la bénédiction nuptiale, Charles-Marie Widor tiendra le grand orgue.

Deux mois, c'est bien court pour tout organiser, veiller à tout, et surtout pour faire remonter les magnifiques bijoux qui depuis la mort de la duchesse Geneviève dorment dans un coffre. Amédée n'élève la voix que pour donner le programme musical de la messe et pour annoncer qu'il ne fera pas de voyage de noces : la soutenance de sa thèse est fixée au début de décembre ; il ne voit pas l'utilité de reporter cette date ni de cacher son bonheur. Il emmènera son épouse chez lui avenue d'Eylau et mettra aussitôt à ses pieds tout ce qui lui appartient.

Pour tout le reste, et jusque dans les plus menus détails, deux dames de fer s'affrontent. Partant du principe mondain que la présence de « paquets » — c'est ainsi qu'elle appelle tous ceux ou celles qui ne répondent pas à ses canons d'élégance — gâche une réception, Albertine voudrait rayer des listes certaines cousines d'Amédée qu'elle juge démodées, en particulier celle dont on dit qu'elle s'habille au rayon pour ecclésiastiques du Bon Marché. Claire, de son côté, défend avec acharnement le point de vue strictement familial.

Enfin, tout est prêt, même la chambre où les époux se retireront après la réception et dans laquelle Amédée n'avait prévu pour tout mobilier que le lit de camp sur lequel le général des Cars se reposait durant la campagne d'Algérie ! En un tournemain, Claire a transformé la garçonnière en appartement fleuri. Et le grand jour, le monde diplomatique, le Faubourg Saint-Germain et l'univers de Marcel Proust assistent en foule au mariage. Dans la symphonie brillante de toilettes élégantes, d'immenses chapeaux garnis de gerbes de plumes d'autruche, la presse remarque spécialement la comtesse Jean en velours bleu paon, la comtesse Lafond en velours violine rehaussé de vert sombre, la comtesse Greffuhle en satin bleu électrique et l'ambassadrice de Russie en velours noir et cape d'hermine.

Mais ce que les journaux ne disent pas, et que je tiens de ma mère (elle ne s'en remit jamais), c'est que la sienne, à sa descente de voiture, l'empoigna pour la mener d'un pas conquérant jusqu'à l'autel, tandis que mon pauvre grand-père en était réduit à chercher « un bras » dans l'assistance...

IX

Aurore, ténèbres et lumière

Le premier mai de mes vingt ans, j'apporte un brin de muguet à mon amie Georgette Cantacuzène : « Continuons, me dit-elle, cette chaîne du bonheur chez mon vieux voisin, le baron de M... Ta présence sera pour lui une bouffée de jeunesse et d'espérance. »

Vieux, certes, il l'est, comme Mathusalem, et cela se voit : cheveux de neige, barbiche blanche à la Henri IV, visage pâle, mains diaphanes ; seul le regard malicieux conserve quelque chose de bien vivant.

Nous sympathisons aussitôt et, jouant au mage, il me parle de l'avenir, de mon avenir puis, au moment des au revoir, me fait une proposition curieuse : « Afin de vous rendre invulnérable à la maladie, je voudrais vous donner un sachet d'herbes que vous porteriez sans cesse ; mais pour le composer, il me faudrait connaître la date exacte de votre conception. »

A priori, voilà le genre de question qu'on ne pose pas aux parents. Pourtant... si mon hôte détenait l'un des secrets du comte de Saint-Germain ?

Le soir, au dîner, je m'enhardis donc : ma mère sursaute . « Comment oses-tu me demander cela ? » Le lendemain pourtant, la nuit ayant porté conseil, elle arrive un peu gênée dans ma chambre : « J'ai trop souffert de ma santé délicate pour ne pas répondre à ton vieil indiscret. Sait-on jamais ? Eh bien, voilà, c'était le 15 décembre après l'enterrement de mon oncle l'évêque de Meaux. »

C'est donc grâce au *de cujus,* si je puis dire, que je suis née le 19 septembre suivant, avec quatre jours de retard !

A la Belle Epoque, accoucher est un véritable événement : une chambre sur le jardin a été vidée de son mobilier habituel et tendue de draps blancs. Face au lit de travail, ma grand-mère récite le rosaire ; au second plan, derrière le médecin et la garde, les femmes de chambre Delphine et Charlotte se tiennent prêtes à rendre service. La parturiente, en l'occurrence, trouve son devoir d'état si long, si pénible que lorsque je me présente enfin et pousse mon premier cri, elle y réplique sèchement par un : « Tais-toi, sale crapaud ! » Albertine, à qui revient le droit de tenir la première le maillot vagissant l'examine longuement puis laisse tomber : « Cette enfant a le front des grands conquérants : celui de saint François-Xavier, de Napoléon et le mien ». Crapaud ? Conquistador ? Ni l'un ni l'autre, juste un bébé ordinaire que protège déjà le regard de son frère.

Mon aîné de trente mois, Jean, est venu au monde dès la première année du mariage de mes parents, dans l'appartement qu'on a spécialement loué rue de Bellechasse pour mieux l'accueillir.

Peut-on rêver plus bel enfant, plus attachant que mon frère ? Ma mère l'adule et ne cesse de le contempler. Aux sourires, il répond par des sourires ; jamais un pleur, au long de ces longs tête-à-tête où l'amour maternel s'épanche en effluves bienfaisants. Sa nourrice, une Italienne superbe, lui a donné une belle santé. Elle aime tant le *bambino* que, le moment venu, c'est en pleurant toutes les larmes de son corps qu'elle confie la relève à la première nurse anglaise, Stella.

Le choix de ma nourrice à moi est moins heureux. Vulgaire et peu consciencieuse, elle se gave en cachette de pommes vertes, de sorte que tétant en même temps que son lait l'acidité des fruits, je végète et grince comme une porte de prison, jusqu'à ce que la bonne Stella découvre le pot aux roses et revendique le pauvre *Baby.* L'ordre et l'harmonie règnent dès lors rue de Bellechasse où, le soir, dialoguent longuement l'orgue de mon père et le piano de ma mère.

Un nombreux personnel dans la maison : les revenus couvrent largement les dépenses. Jeune ménage à la mode, les Vallombrosa sont de toutes les fêtes parisiennes. C'est ma mère que choisit Etienne de Beaumont pour incarner la Belle à son fameux bal de la Belle et la Bête. Ils passent l'été de château en château — Pergny chez Marcelle Werlé devenue la comtesse Bertrand de Mun, Le Nozet chez Louis et Claire Lafond, Sourches, chez leurs cousins des Cars — partout reçus joyeusement.

Pour préserver un bonheur si rare, il faudrait se cuirasser d'égoïsme : Albertine appelle au secours. L'hôtel de la rue Barbet-de-Jouy coûte trop cher. Si le jeune ménage ne vient pas s'y installer, il faudra vendre.

Pour faire plaisir à sa femme et sauver la situation, mon père, sacrifiant son orgue et sa liberté, accepte les conditions sévères de sa belle-mère : seul le piano sera admis ; mes parents partageront sa table et n'inviteront jamais ni à déjeuner ni à dîner. Albertine conseille en outre de vendre les belles terres beauceronnes de l'héritage des Cars et de replacer l'argent en fonds russes, générateurs de revenus plus élevés.

C'est donc transplantés rue Barbet-de-Jouy que nous avons, mon frère et moi, passé notre enfance. Le paradis : la bonne Stella ouvre la porte de la nursery, et nous courons à la lingerie où nous semons l'épouvante parmi les femmes de chambre en jetant des pétards ; puis au vestibule où le maître d'hôtel, Emile, qui sommeille dans un fauteuil en attendant les visites, autorise le jeune valet de pied, Stéphane, tout empêtré dans sa livrée, à grimper avec nous dans les coupés de nos grands-parents ; enfin au jardin où nous traçons des marelles dans le gravier fraîchement ratissé.

Dans le salon bleu où se tient Albertine, maître incontesté de l'hôtel, on jongle avec les idées. Adrienne et Roselyne sont heureuses d'y retrouver chaque jour autour de la table à thé, dans l'ambiance de leur jeunesse, des commensaux venus de tous les horizons, et de suivre les passionnantes joutes politiques menées par leur mère qui, de plus en plus clairvoyante, prédit l'imminence d'une catastrophe mondiale.

Ce matriarcat en vase clos serait insupportable à mon grand-père et à mon père s'ils ne s'en évadaient. L'après-midi, le comte Jean se rend au Jockey-Club d'un pas allègre tandis que, titulaire de l'orgue de Saint-Leu, Amédée assume ponctuellement son service. Lorsqu'il est vraiment tenu de faire acte de présence au salon, il fuit les interminables discussions en rêvant sans mot dire aux mélodies que lui chantent des voix mystérieuses. Cela ressemble à la paix. Mais après Sarajevo, l'Europe s'embrase rapidement et, le 3 août, — le Kaiser a violé la neutralité de la Belgique — nous entrons en guerre à notre tour.

« Vive la France ! On les aura ! » Dans un élan général d'enthousiasme, nos soldats gagnent leurs affectations. Adrienne et Roselyne accompagnent Amédée à la gare. Les adieux sont déchirants mais personne ne faiblit et, lorsque le train qui emporte les hommes s'ébranle, les femmes restées sur le quai entonnent *La Marseillaise.*

Chargé de commander le dépôt du 225e Régiment d'Infanterie, mon père rejoint le camp de Querqueville près de Cherbourg. Dès sa première lettre, il se plaint amèrement d'être en villégiature parmi des manchots. Le 225e d'Infanterie est déjà parti pour le front : « Les hommes avaient des fleurs dans leurs fusils, et leur allure était émouvante », que n'a-t-il pu les suivre !

Certes, il est trop ardent pour rester à l'arrière. D'autres s'en sont aperçus et, le 8 août, il écrit : « Le bulletin des Communes affiché nous donne des nouvelles bien émouvantes sur la résistance des Belges qui sont admirables. Tous ici sont enthousiasmés. J'ai eu ce matin un grand changement dont je suis bien heureux : on m'a retiré ma compagnie de Dépôt pour me mettre au 225e de réserve. Je pars donc lundi et j'en suis très heureux : cela sera au moins la vie de camp et je n'aurai plus l'ennui, à mon âge, d'être relégué parmi les invalides. »

Dorénavant, il n'est plus question ni de villégiature ni d'infirmes. De marche forcée en marche forcée, Amédée et ses hommes atteignent, le 25 août, les environs de Reims :

« On a eu des journées de marche terribles, ne dormant presque pas ; je m'en tire encore très bien puisque je ne suis presque pas fatigué. Malheureusement, nos hommes n'en peuvent plus. Nous n'avons pas la moindre nouvelle de ce qui se passe. Nous savons seulement que les choses marchent bien. »

Le lendemain, ce sont des hommes épuisés qui affrontent l'ennemi et sont placés devant la terrible réalité de la guerre. Profitant d'un moment de trêve, Amédée griffonne le 27 août :

« Me voilà réduit aux feuilles de mon carnet pour t'envoyer quelques nouvelles qui partiront Dieu sait quand, car en ce moment j'occupe, avec vingt hommes, un gros village dont tous les habitants ont fui, les Allemands ayant brûlé tous les environs. Que d'événements depuis ma dernière lettre : notre brigade de réserve, obligée de boucher un vide, a été au feu hier, et nos vieux réservistes se sont battus comme des zouaves. Nous avons repoussé les Allemands de plusieurs kilomètres. Malheureusement, nous avons perdu bien du monde : notre section s'étant trouvée devant une mitrailleuse, j'ai eu un mort et dix blessés en cinq minutes. Pour moi, j'ai été protégé comme d'ordinaire et je n'ai pas fait attention à tout ce qui m'a sifflé aux oreilles et qui n'a rien de terrible. J'ai eu une vraie douleur de laisser dans un bois un pauvre garçon que je n'ai pu faire emporter ; il a dû y mourir cette nuit. »

Et le 2 septembre :

« Pour la première fois aujourd'hui depuis dix jours, nous avons eu cinq à six heures de repos, non loin de Reims. Pendant cette période, nous avons dû boucher encore un trou laissé par les troupes actives. Nous nous sommes battus trois fois et avons fait des marches invraisemblables. Nous voilà retournés maintenant à l'arrière. Mais l'entrain du début a bien diminué. Les troupes sont fatiguées et nous avons de vagues rumeurs que cela ne marche plus si bien. Il est triste de voir que tout cela se prolonge. J'offre à Dieu cette immense épreuve, ayant toujours eu la confiance absolue qu'Il empêchera pour nous tout grand malheur. La guerre est une chose terrible, tous les villages sont déserts et saccagés. »

Cette dernière lettre a mis des semaines à parvenir à ma mère, ainsi qu'une autre écrite le 8 septembre par un compagnon d'armes de mon père ;

« C'est avec un très grand chagrin que j'ai été chargé par votre mari de vous renvoyer son portefeuille. Mon pauvre camarade est blessé aux cuisses. Blessures qui l'ont empêché de se replier avec nous. Tranquillisez-vous, il s'est conduit comme un brave, vous le reverrez. »

Quelques semaines plus tôt, qui aurait pensé que la frivole Belle Epoque, si peu préparée au malheur, réagirait avec autant de rapidité et d'efficacité ? L'arrière s'organise également. En un mois, les grands châteaux deviennent autant d'hôpitaux à la charge des châtelains. Des ambulances bien équipées partent pour le front, et des femmes de toutes conditions s'enrôlent comme infirmières. Au Nozet, Louis et Claire Lafond, qui ont vu partir leurs fils Hervé et Robert, dépensent des trésors d'énergie. Dès le 1er septembre, ils sont prêts à recevoir quarante blessés. Adrienne souhaiterait les rejoindre mais, rongée par l'inquiétude que lui cause le silence d'Amédée, elle préfère rester rue Barbet-de-Jouy auprès de ses parents et de ses enfants.

Le 9 septembre, Claire lui écrit :

« As-tu des nouvelles d'Amédée ? Nous, rien depuis le 27 août. Quelle angoisse. Avant-hier, à une heure du matin, nous avons entendu des coups à la porte. C'était un convoi de blessés qui arrivaient sans avis préalable, et dans le noir, à la lueur des lanternes et des bougies, le spectacle de ces malheureux faisait une impression inoubliable. Plusieurs, très grièvement blessés, auraient succombé si on les avait menés plus loin. Evacués de l'hôpital de Verdun, vendredi dernier, on les a mis dans des trains sans destination et sans infirmiers d'aucune sorte. Ils n'ont été nourris ni pansés pendant trois jours. Deux sont morts en route.

Quel bonheur on éprouve à voir leur bien-être à tous et à

La façade
du château
d'Ansouis

Saint Elzéar
et sainte Dauphine
(Photos duc d'Orléans)

Ci-contre : Delphine de Sabran, marquise de Custines *(Collection Viollet)*. *Ci-dessous* : Anne Charlotte, marquise de Sabran *(à gauche)* et la marquise des Isnards, née Gersende de Sabran *(Photos duc d'Orléans)*.

Page de droite : le mariage de mes beaux-parents, la princesse Constance de Croÿ et du comte Elzéar de Sabran *(Photo John Foley)*. Elzéar Louis Zozime, duc de Sabran *(Photo Guy Bouchet)*. Henriette de Sabran-Pontevès, notre tante *(Photo duc d'Orléans)*.

1
1 bis
2
3
4
4 bis
5
6
7
8
9bis
9
10
11
12
13
14
15
16
17
18
19
20
21
22
23
24
25
26
27

La villa Vallombrosa, à Cannes *(Photo John Foley)*.

Ci-contre : Maréchal Lannes, duc de Montebello *(Photo Roger - Viollet)*.
Ci-dessous : Gustave Lannes de Montebello *(Photo Guy Bouchet)*.

Ma grand-mère maternelle, Albertine de Briey, comtesse Jean de Montebello *(Photo duc d'Orléans)*.

Ma grand-mère paternelle, Geneviève des Cars, duchesse de Vallombrosa *(Photo duc d'Orléans)*.

Devant le château d'Abondant, le duc de Vallombrosa conduisant le mail-coach attelé en arbalète. A côté de lui, la duchesse de Vallombrosa. Derrière lui, Claire de Vallombrosa. A l'arrière *(de gauche à droite)*, Antoine de Morès et Charles de Foucault *(Photo John Foley)*.

Ci-dessus : ma mère, Adrienne de Montebello, à l'âge de 5 ans *(Photo duc d'Orléans)* ; mes grands-parents, Albertine de Bry et le comte Jean de Montebello. *Ci-contre :* ma grand-mère conduit sa fille Adrienne à l'autel *(Photo John Foley)*.

Page de droite : mon oncle, le marquis de Morès *(en haut à gauche)* et, Amédée, comte de Vallombrosa, mon père *(en haut à droite)*. Jean, lieutenant de Vallombrosa, mon frère et moi-même, avant mon mariage *(Photo John Foley)*.

Foulques, comte, puis duc de Sabran. A l'époque de nos fiançailles. *Ci-dessous :* nos quatre enfants. *De gauche à droite :* Elzéar, Gersende, Jean et Géraud – Ma fille et mon gendre, duc et duchesse d'Orléans, sortent de l'église d'Ansouis *(Photos John Foley).*

panser une infime partie de l'immense plaie. Mais on frémit de penser que quelqu'un des nôtres ait de pareilles blessures : des mains éclatées par des balles dum-dum, des pieds transpercés comme des écumoires, et des balles faisant dans les corps des trajets incroyables. »

En dernière minute, elle glisse un petit feuillet dans l'enveloppe :

« Jeudi matin — hier, un nouveau convoi de blessures affreuses : membres éclatés, reins paralysés, il a fallu trouver d'autres lits et tout est plein maintenant. Ce sont des rescapés d'une terrible boucherie qui a eu lieu à Bar-le-Duc dimanche dernier. On dit que tout est pour le mieux pour le succès final. »

Le lendemain, une lettre et une dépêche de Claire arrivent en même temps pour annoncer une merveilleuse nouvelle :

« Peux-tu t'imaginer ce que nous avons ressenti quand, en pleine nuit, nous avons entendu la chère voix d'Amédée sur un brancard que l'on descendait devant la porte ? Jamais je n'oublierai cette poignante minute et l'immense gratitude qui m'a inondé le cœur. Il l'a échappé belle, l'obus a éclaté à deux mètres de lui et ce sont les éclats qui l'ont criblé. » Personne n'a jamais su par quel miracle il avait été amené de la Marne jusqu'à la Nièvre. Il ne se souvenait que d'un nom : Marais de Saint-Gond, et n'avait sur lui d'autre feuille de route que sa citation à l'ordre de la division :

« 225e Régiment d'Infanterie, lieutenant de Vallombrosa : blessé une première fois, a refusé de quitter son commandement et a été grièvement blessé à la tête de son peloton. »

Vivant ! Il est vivant ! la joie de ma mère retentit de la cave au grenier. Elle saute dans le premier train, promettant de revenir bien vite. Mais les blessures sont infectées : la septicémie se déclare et, durant de longues semaines, Amédée oscille entre la vie et la mort.

Loin des atteintes de la guerre, nous poursuivons nos existences d'enfants sous la surveillance de nos grands-parents et de Taty, tante Roselyne. Chaque après-midi, nous sortons pour jouer avec une bande d'amis dans le petit square de

Sainte-Clotilde où, telle une volée de moineaux, nous nous égaillons en courses folles autour des nurses qui, cercle de pèlerines et de chapeaux ronds, ressemblent à des pingouins bavards.

Le jeudi matin est consacré à l'initiation à la musique : notre professeur, Monsieur Berle, original et charmant, nous reçoit chaussé de pantoufles, coiffé d'un haut-de-forme et habillé d'un long pardessus d'où s'échappent les pans d'une chemise de nuit d'un blanc douteux. Il nous fait piailler en chœur la même chanson toujours.

« Petit oiseau, si gai, si doux,
Dieu te protège quand vient la neige,
Petit oiseau, petit oiseau » !

A la fin de la leçon, celui d'entre nous qui a été le plus sage est chargé de sortir son chien au bout d'une chaîne dont la poignée blanche porte en caractères noirs : « Tirez » !

Hors de ces menues occupations, nous sommes libres. Libres de batifoler dans la maison, de fureter dans les cagibis interdits. Libres de passer des heures à la lingerie où, assise à ses pieds sur un petit tabouret, je questionne inlassablement la vieille Fifon :

« J'avais seize ans lorsque j'ai quitté ma famille et La Roche pour accompagner votre Bonne-Maman à Paris. Dans la maison où elle s'est installée après son mariage, j'ai à mon tour rencontré le bonheur en épousant l'ancienne ordonnance de votre grand-père, le portier Klein. Le pauvre Klein n'a pas fait hélas long feu et m'a laissée veuve avec un fils, Félix qui, élevé dans ces murs où nous avions été si heureux a trouvé là, lui aussi, une famille et un foyer.

— On dit que depuis la naissance de Félix, tu ne t'es jamais, même un jour, éloignée de Bonne-Maman. Est-ce possible ?

— C'est bien vrai, sans mon aide, elle n'aurait jamais pu ni ôter, ni mettre son corset. »

Comment ce fameux corset peut-il tenir tant de place ? Je veux en avoir le cœur net.

Un matin, me jetant aux trousses de Charlotte qui elle-même galope avec des brocs d'eau chaude — l'eau *courante* de l'époque — je me faufile dans le cabinet de toilette à l'heure de l'habillage, et vois alors le spectacle inoubliable de Bonne-Maman en petite tenue et pantalon ouvert. Froncée à hauteur du cou, une chemise en fine batiste ornée de dentelles s'échappe depuis la taille du fameux corset, véritable carcan rigide, lacé, baleiné, qui émerge lui-même d'un objet bizarre retenu par un savant boutonnage : on dirait deux tuyaux de poêle largement fendus sur leurs faces internes et qui s'achèvent sur les mollets par des volants brodés en forme de bracelets fermés. Entre les jambes pendent les pans de la chemise et les lacets du corset que Fifon n'a pas encore ramassés en nœuds complexes. « Allez-vous-en, bébé Roselyne », rugit-elle en couvrant sa maîtresse d'un jupon de satin, censé lui sauver la face !!

Sans l'intercession de mon grand-père, l'indulgence même, cette incartade ne me serait jamais pardonnée.

Le jardin semble en fête en ce début de printemps 1915 pour accueillir mon père qui vient achever sa convalescence auprès de nous : les forsythias, les pruniers en pleine floraison, et les prémices de verdure au bout des bourgeons entrouverts font une symphonie de couleurs tendres. Salué par la nature, ce retour qui devrait être si joyeux, est assombri par le changement de mon grand-père : ses forces le trahissent, il s'abandonne entre les mains d'Emile, jusqu'à l'automne, la chute des feuilles, les premiers marrons, et rend l'âme le 10 septembre.

Trois jours plus tard, nous nous demandons devant le corbillard, arrêté au pied du perron, pourquoi l'on a choisi une aussi vilaine voiture pour l'emmener dans ce paradis que Taty nous décrit si joli, entre deux sanglots.

Cet automne-là est particulièrement froid et triste. Enrôlé à son tour, Stéphane, le valet de pied, tombe frappé d'une balle en pleine poitrine. Le mot « mort » est de nouveau prononcé devant nous et, malgré les précautions oratoires dont on l'entoure, nous comprenons qu'il signifie séparation et pleurons à chaudes larmes notre ami dont les éclats de rire ne résonneront plus.

Aidé par le vieux portier Eloi et sa femme Blanche, Emile s'ingénie à maintenir la maison et à pourvoir à tout : ménage, entretien des lampes à pétrole, service de table, accueil en habit des visiteurs, l'après-midi. Le soir, lorsque les ululements des sirènes annoncent les raids meurtriers des zeppelins, il nous prend à bras-le-corps et nous entraîne à la cave où, allongés sur des planches à repasser, nous attendons le signal qui nous autorise à regagner nos chambres glacées.

Imperturbable, ma grand-mère, elle, ne quitte jamais son lit ; elle préfère les bombes au froid et met à profit ses longues insomnies forcées pour mûrir le projet d'un mystérieux voyage à Rome, aboutissement de la politique dont elle a jeté les bases jadis sans s'en écarter jamais d'une ligne. Sa doctrine comporte essentiellement deux articles qui à priori semblent opposés : l'alliance anglaise et la fidélité au Vatican. Or, si le premier point est acquis, la « fille aînée de l'Eglise », prise dans un tourbillon d'anticléricalisme, a dénoncé le Concordat et tourné le dos au Saint-Siège.

Dans les grandes comme dans les petites choses, Albertine ne cède jamais. Avec l'appui de Boni de Castellane, elle a noué des relations dans les milieux politiques français modérés et maintenu le contact avec les hautes sphères romaines. Or, à la fin de 1914, l'Angleterre a établi une ambassade auprès du Saint-Siège ; le moment semble venu pour la France de jeter les premiers jalons nécessaires à des négociations ultérieures. Qui mieux que ma grand-mère pourrait servir d'émissaire ? Elle supporte mal le froid : la douceur de l'hiver romain lui serait salutaire... Sa santé servira de prétexte.

Ce voyage préparé dans le plus grand mystère serait toujours une énigme sans un document faisant état de l'audience secrète accordée par le cardinal Gasparri à la comtesse Jean de Montebello pour faciliter la reprise des relations entre le Saint-Siège et Paris, selon les vœux de Benoît XV et malgré les gouvernements de France et d'Italie.

Ce document, récemment retrouvé dans les archives du Vatican, annule la légende que des parents malveillants ont voulu accréditer : « La comtesse Jean de Montebello avait, 33, rue Barbet-de-Jouy, un salon politique et se flattait d'exercer une influence secrète dans les milieux catholiques de l'époque. »

Cette attaque, d'autant plus basse que l'inculpée n'était plus là pour se défendre, répliquait sans doute à l'insolence de ma grand-mère — une insolence rare. Un soir, elle dînait chez une de ses cousines, et ses voisins de table s'étonnaient de ne la voir toucher à aucun plat : la maîtresse de maison s'inquiétant à son tour, elle répondit : « Comme chez vous, ma chère, la cuisine n'est pas bonne, j'ai pris la précaution de dîner chez moi. »

Mon père ne peut, sa convalescence achevée, retourner au front. Affecté au service géographique de l'Armée, il reste à Paris près de nous.

En l'absence d'Albertine, il est d'autant plus utile rue Barbet-de-Jouy que la tendance dépressive dont ma mère souffre depuis l'enfance a, par suite des angoisses de la guerre, dégénéré en état pathologique ; un spasme du nerf facial ravage même son charmant visage. Incapable de réagir à la nouvelle que le mal est irréversible, elle se réfugie dans une apathie morbide et rédige ses ultimes volontés : « Au comte de Vallombrosa. A ouvrir après ma mort. »

Souvent, elle se plaît à nous montrer l'enveloppe largement bordée de noir, afin de prévoir nos réactions : nous pleurons d'abord, mais peu à peu l'accoutumance nous rend indifférents. La lettre alors disparaît. Je viens de la retrouver et d'en prendre connaissance. C'est un aveu d'impuissance qui m'aide à mieux comprendre ma pauvre Adrienne dont j'ai souffert autant que je l'ai fait souffrir. « A ton contact, écrivait-elle à mon père, tout a refleuri dans mon cœur. La joie est revenue, la jeunesse aussi, puis une telle confiance en toi et en la vie ; mais maintenant, je veux passer comme les êtres faibles que la vie même heureuse terrasse. Il faut être fort pour vivre. »

1916. Verdun. L'héroïque résistance des « poilus » terrés

dans les tranchées. Inscrit à l'Ecole Sainte-Clotilde, Jean commence ses études. Afin d'éviter à ma mère le souci des leçons du soir, mon père engage une gouvernante irlandaise, Miss O'Flanagan, qui se fait fort de nous instruire et de nous inculquer les belles manières, ce dont Stella, débonnaire, s'est fort peu souciée.

Des lèvres fines et pincées, jamais un sourire, des cheveux gris frisottés sur le front et maintenus sur le sommet du crâne par un chignon serré, une certaine rondeur physique et surtout une façon étrange d'arrimer son soutien-gorge comme un baudrier, de sorte que l'un des égarés pointe vers le ciel tandis que l'autre désigne tristement le sol, telle est cette perle rare dont nous allons subir les brimades. Toujours grognon, accablée de migraines, elle nous bat comme plâtre et nous menace des pires châtiments si nos parents viennent à l'apprendre. Le regard sombre ne s'éclaircit que le jeudi, lorsque nous partons pour l'église irlandaise. Amoureuse des bons Pères qui la regardent à peine mais acceptent ses services, elle enfile un long tablier et, pour s'attirer leurs bonnes grâces, fait leur ménage en virevoltant dans un tourbillon de poussière.

Perdue dans ses rêves, Adrienne se félicite de la trouvaille : les enfants sont bien tenus, ne traînent plus dans la maison, rendent visite à leurs parents à heures fixes et disparaissent durant les repas. Si elle savait de quel prix nous payons sa tranquillité !

Plus perspicace, ma tante Thérèse des Cars, lorsque nous séjournons chez elle à La Baule, au début de l'été, comprend ce qui nous rend craintifs et renfermés.

Un jour que, cédant à la joie de patauger, je me suis avancée dans la mer au point d'être mouillée jusqu'à la taille, Miss me promène avec ma culotte épinglée dans le dos et clame à la cantonade que pareille chose, à l'âge où il n'est plus permis de « s'oublier », mérite un châtiment exemplaire.

Au récit de cette injuste humiliation, ma mère sourit ; elle sourit encore lorsque Tante Claire s'aperçoit, au Nozet où nous terminons nos vacances, des assiduités dont cette refoulée poursuit les soldats de l'hôpital.

Le drame éclate au retour à Paris. Un matin, après avoir brisé nos tirelires, Miss achète avec nos économies un martinet à manche de bois et lanières de cuir. Je vois encore mon frère cramponné aux pieds de la table tandis que, pour tester l'instrument de torture, la virago le flagelle. J'entends encore ses gémissements puis ses cris stridents. Alertée par leur violence, ma mère entre soudain dans notre chambre. Horrifiée à la vue du petit postérieur zébré de marques rouges, elle chasse enfin la sorcière puis jette le fouet dans la cheminée où les flammes le dévorent.

Avec l'arrivée de Lizzie Drumond, charmante Ecossaise de vingt ans, nous retrouvons la paix. Menue, faite au tour avec un visage transparent, une bouche en cœur d'où s'échappent des cascades de rires frais, sa joie de vivre efface bientôt le souvenir de la sinistre Miss.

Intégrés à l'existence des grandes personnes, nous prenons nos repas à la salle à manger et le soir, blottis autour de la cheminée, nous écoutons ma grand-mère.

Afin que nos cerveaux d'enfants puissent les enregistrer, elle commente lentement les péripéties de l'interminable guerre.

Ses récits nous entraînent du Nord au Sud, tout autour de l'immense forteresse de l'Allemagne et de ses alliés. Avec son esprit lucide et clair, elle analyse tantôt les événements et nous explique pourquoi l'ennemi tente de forcer à grand renfort d'artillerie et d'attaques aériennes le blocus de la triple alliance : France, Angleterre et Russie — quintuple depuis l'entrée en guerre de l'Italie et de la Roumanie —, tantôt nous décrit les armes terrifiantes dont l'apparition bouleverse les plans des stratèges classiques : avions, sous-marins, gaz asphyxiants...

Nous la vivons intensément, cette guerre, frémissant à l'odieux torpillage du *Lusitania,* battant des mains lorsque les communiqués annoncent les victoires de Guynemer, notre héros favori, ou citent les grands noms de Pétain, de Foch qui incarnent la volonté de vaincre.

Ainsi s'enracine profondément en nous le sens de la patrie.

La mort, hélas, est trop souvent le leitmotiv de ces entretiens du soir : de part et d'autre, quelle hécatombe, et jusque dans notre entourage... A la mi-novembre, Robert, dernier fils de Louis et Claire Lafond, mort pour la France, est cité à l'ordre de l'Armée. Ces malheureux parents reportent sur les soldats de l'hôpital toute la chaleur de leurs cœurs brisés.

A mesure que les hostilités se prolongent, les stocks s'épuisent. En ce troisième automne de guerre, les denrées de base se raréfient, charbon et bois disparaissent des entrepôts. Le départ précipité des oiseaux migrateurs ayant présagé un hiver long et rigoureux, une amie russe, la princesse Barclay, soucieuse de nos santés, nous offre des toques et des houppelandes en mouton de Sibérie. Trop grandes d'au moins deux tailles, afin de nous laisser toute latitude de grandir, celles-ci balaient le sol. Lorsque nous sortons ainsi accoutrés, nous nous faisons traiter de « petits moujiks », apostrophe d'autant plus acerbe que les Français doutent de leurs alliés. On sait qu'à Saint-Pétersbourg le parti germanophile, celui de la Tsarine, elle-même sous l'influence occulte d'un moine dépravé, triomphe, que l'armée, ayant perdu confiance dans son gouvernement après deux années de souffrances terribles et de défaites, se désagrège, que la Russie enfin court à l'abîme. « Peut-on encore redresser la situation en supprimant Raspoutine ? » se demande l'aristocratie slave. C'est ce que croit le prince Félix Youssoupov qui, dans la nuit du 17 décembre, assassine le staretz.

« Folie », disent autour de la table à thé les amis russes d'Albertine. Et de fait, ce meurtre va précipiter le désastre.

« Minuit chrétiens », « Il est né le divin enfant », « Les anges dans nos campagnes » : c'est Noël, notre première messe de minuit, et chacun d'espérer que Dieu se penche enfin sur l'infinie misère du monde. Hélas, passée la trêve de la Nativité, l'inquiétude renaît, plus cruelle encore, et c'est avec des sourires crispés que l'on échange les vœux pour 1917. La victoire n'est pas encore en vue, et chacun prophétise la révolution russe et constate avec angoisse la démoralisation croissante de l'armée française.

Rue Barbet-de-Jouy, c'est également la grisaille. Promu capitaine, attaché à la personne de son chef de service, le général Bourgeois, Amédée fait de fréquents voyages en première ligne et raconte au retour dans quelles conditions inhumaines vivent les soldats des tranchées.

Le 4 mars, nos amis russes arrivent bouleversés : le Tsar a abdiqué la veille en disant : « Il n'y a pas de sacrifice que je n'eusse accepté dans l'intérêt et pour le salut de la Russie. »

« Notre Empereur bien-aimé n'a eu pour malheur et pour infortune que d'être si mal entouré », se lamente la princesse Barclay, tandis que pour masquer son émotion, le prince Serge Wolkonsky lisse les crocs de sa fine moustache.

Ce même mois (« Méfiez-vous des Ides de mars » répète sans cesse Albertine), l'inquiétude de tous les Français devant les tergiversations et l'incompétence du gouvernement atteint au paroxysme. A la maison, les après-dîners ne sont plus que silences entrecoupés de soupirs. Nous, les enfants, nous soupirons aussi : malgré nos supplications, nous n'avons pas obtenu d'ôter les fameuses houppelandes ! Les adultes ne comprennent jamais rien. Il nous faut donc attendre les beaux jours qui nous permettront de passer inaperçus. En ce qui me concerne, c'était trop espérer. Albertine ayant reçu pour Pâques une cloche en chocolat garnie d'ailes en plumes roses, fait coudre celles-ci sur une forme de paille bleu canard achetée au Bon Marché. Coiffée de ce pétase, me voici en butte aux sourires et aux moqueries ! Ah, si seulement la cloche de malheur avait, au lieu d'ailes, apporté des étoiles, mon chapeau susciterait quelque sympathie, en ces jours où l'entrée en guerre des Etats-Unis met à la mode la bannière étoilée ! On espère beaucoup du nouveau belligérant, mais arrivera-t-il à temps ? On prépare en effet une offensive de grande envergure qui vise à rompre les positions allemandes, et l'on projette d'ajouter au front principal un théâtre d'opérations secondaires à l'est de Reims dans le massif crayeux du Chemin des Dames… Or, le 16 mars, contre toute attente, les Allemands se replient, le maréchal Hindenburg refuse le combat. Voilà tous les plans déjoués sur le premier front. Reste le second où le général Nivelle se fait fort, en dépit du terrain montagneux, boisé, coupé de ravins, détrempé, de remporter un brillant succès. En fait de succès, ce sont, après un mois d'enfer, trois cent cinquante mille morts, sans parler des blessés, mutilés, estropiés. Tout cela pour rien. Pétain, qui remplace Nivelle, doit faire face à une situation désastreuse : épuisement, mutinerie, colère, dégoût. En un mois, ce grand chef, adoré de ses soldats, rétablit l'ordre et restaure l'espoir.

Pour nous, aux communiqués officiels s'ajoutent les récits que fait Tante Roselyne à son retour de l'hôpital où elle travaille ; nous en sommes à ce point bouleversés que mon frère et moi perdons forces et appétit. « Cette petite ne vivra pas », disent entre elles les gouvernantes de mes amis en me dévisageant avec pitié. Je suis, comme tant d'autres, une enfant tout simplement privée d'enfance.

L'été enfin venu, nous partons pour Annecy avec Adrienne et Lizzie. Sous le ciel dont le bleu intense se confond avec celui des eaux du lac, nous dévalons les pentes des montagnes couvertes d'herbes drues piquetées de fleurs sauvages et, soûlés d'air pur et de liberté, perdons nos pâleurs d'enfants anémiés. Mais la fin de ces merveilleuses vacances est endeuillée par la terrible nouvelle de la mort de Guynemer.

L'automne est très doux, cette année-là : ma grand-mère tient salon dans son jardin. A la tombée du jour, Emile apporte deux photophores et, assis à ses pieds, nous l'écoutons dans une demi-pénombre :

« Préparées avec minutie et habileté par le nouveau Général en chef, deux attaques couronnées de succès autour de Verdun et du Chemin des Dames ont rendu la confiance aux armées. Le péril, s'indigne la conteuse, est maintenant à l'intérieur. A la solde de l'ennemi, les partisans d'une paix abjecte qui assurerait le triomphe de l'impérialisme allemand mènent une campagne de démoralisation aussi perfide que dangereuse. On a fusillé une espionne, Mata-Hari, mais de quelles complaisances bénéficie le chef évident de l'espionnage allemand, Bolo Pacha, directeur du journal *Le Bonnet rouge,* pour ne pas l'avoir été avec elle ? La gangrène atteint aussi bien certains membres du gouvernement que nos milieux. J'ai fermé ma porte à des amis qui osaient tenir des propos défaitistes. L'opinion publique réclame un homme fort à la tête du gouvernement. »

Au grand soulagement de la majorité des Français, le président Raymond Poincaré confie à Clemenceau la charge de former le nouveau ministère.

Albertine, avec des opinions de centre-droit, s'est toujours opposée à la personnalité du « Tigre » dont les opinions de gauche et surtout l'anticléricalisme la heurtent. Mais en ces heures si graves, elle reconnaît en ce petit homme de soixante-dix-huit ans aux yeux perçants dissimulés sous la broussaille des sourcils le plus grand politique de son temps, le seul capable de maîtriser la situation qui est des plus alarmantes.

Maîtres de la Russie depuis la Révolution d'Octobre, les bolcheviks ont conclu un armistice avec l'Allemagne. Prise dans un étau, la Roumanie a capitulé, les Autrichiens ont écrasé les Italiens à Caporetto. L'ennemi est donc libre de concentrer toutes ses forces contre la France où se déroulera l'ultime phase du combat.

Dès lors, il s'agit pour l'Allemagne de gagner de vitesse les Américains et d'isoler l'Europe de l'Ouest en menant à outrance la guerre sous-marine. La France et l'Angleterre, elles, doivent tenir jusqu'à l'arrivée de leurs alliés d'outre-Atlantique.

Clemenceau, le vieux grognon dont personne n'avait voulu, se jette à corps perdu dans l'action avec un courage indomptable et une énergie farouche pour résoudre mille problèmes à la fois : vice d'organisation dans l'effort de guerre, manque de coordination entre les armées alliées, traîtrise de l'arrière, au sein même du gouvernement. On a certes inculpé nombre de comparses, mais Bolo Pacha, lui-même accusé d'intelligence avec l'ennemi, est non seulement en liberté, mais tient à Paris le haut du pavé dans une certaine société. « Faut-il être corrompu, dit ma grand-mère, pour se commettre avec un individu dont il est prouvé qu'il a reçu en paiement de sa campagne de défaitisme et de démoralisation auprès des soldats un chèque de douze millions de francs ! La suspicion règne partout, même dans les couloirs de la Chambre des Députés où l'on se demande quels sont les pestiférés. Le Premier ministre a l'intention de mettre fin à tous ces scandales. L'arrestation de Bolo Pacha serait imminente. »

1918 : dédié au dieu de la guerre, le mois de mars n'apporte que catastrophes. Le 3, le traité de Brest-Litovsk entérine la défection russe et permet à l'ennemi de ramener ses troupes à l'Ouest en un temps record et de déclencher le 21, par surprise, une offensive de grande envergure sur la Somme en direction d'Amiens, point faible de la charnière franco-britannique.

Le 22, l'écrasement de la 5e armée anglaise ouvre la grande brèche par où les hordes teutonnes déferleront sur Paris comme au temps des grandes invasions si Pétain et Haig n'arrivent à rétablir leur liaison.

Le 24, la situation semble désespérée : réunis en conférence, les deux généraux en chef envisagent le pire et proposent à leurs gouvernements respectifs de replier leurs troupes au Nord et au Sud. Le même jour, Foch, dont l'heure a sonné, révèle sa trempe en exposant ses vues : « Le sens commun veut que, devant un ennemi qui veut percer, l'on n'agrandisse pas le trou. Il faut le boucher ou du moins s'y efforcer... Il faut tenir, nous défendre pied à pied comme à Ypres, comme à Verdun. » Ses arguments sont si forts, si bien étayés, sa confiance en la victoire si ardente qu'il relève tous les courages abattus et convainc les deux chefs démoralisés de reprendre la lutte à outrance. Le 26, avec l'assentiment de l'Angleterre, Clemenceau le nomme généralissime et le charge de coordonner sur le front occidental toutes les opérations alliées. L'unité de commandement est enfin réalisée. Dès le 27, les divisions de Pétain, entrées progressivement dans la bataille, rétablissent le contact avec leurs alliés.

Durant cette semaine dramatique, Paris n'est pas épargné. Le samedi 23, déguisés en soldats anglais et en cantinière, nous jouons dans la cour, lorsqu'un long sifflement, suivi d'une explosion terrible, déchire l'air. Affolée, toute la maisonnée se précipite au-dehors : « Les enfants, où êtes-vous ? » Pas un avion en vue, mais une autre explosion, plus forte parce que plus proche, ébranle la maison. Ce sont les premiers tirs d'une pièce à longue portée que l'ennemi a camouflée en forêt de Villers-Cotterêts : nulle sirène ne préviendra désormais. Le Vendredi saint, à trois heures de l'après-midi, un obus tombe sur l'église Saint-Gervais : quatre-vingt-onze fidèles trouvent la mort en commémorant celle du Christ.

17 avril : exécution de Bolo Pacha. Le soir, afin que nous nous souvenions toujours du châtiment du traître, mon père nous lit avec gravité le compte rendu d'un journal : « La dernière toilette : le Pacha refuse la cigarette puis place sur sa poitrine deux mouchoirs de soie blanche qui, tachés de son sang, seront remis à sa femme et à son frère. »

Après ce récit dramatique, on nous fait agenouiller pour confier à Dieu l'âme du condamné.

En avril, la deuxième offensive de Ludendorff, nouvel échec allemand, nous marque moins que la précédente. La Grosse Bertha s'est tue, et le théâtre des opérations s'étant déplacé vers les Flandres, Paris n'est plus directement menacé. Il n'en reste pas moins que l'armée française se trouve très affaiblie et diminuée. L'ennemi va tenter sa dernière chance avant l'arrivée des Américains en lançant ses troupes de choc à l'assaut du Chemin des Dames sur un front dégarni.

Deux raids de Gothas durant la nuit du 27 mai et, au petit matin, l'explosion terrifiante d'un obus à longue porte réveillent les Parisiens en sursaut. Ainsi apprennent-ils la troisième offensive de ce printemps sanglant.

Avec une régularité d'horloge, la Grosse Bertha tire de

quart d'heure en quart d'heure. Le quartier des ministères, le nôtre, est particulièrement visé ; nous sommes consignés à la maison. Pour se distraire, mon frère compte les détonations. Soudain, dans l'après-midi, un fracas d'enfer et de vitres brisées : l'obus est tombé sur le pavillon des gardiens de la maison d'en face. « Maman ! je suis morte, et toi ? » hurle notre concierge. Nous en sommes quittes pour la peur. Et quelle peur ! De l'autre côté de la rue, montent les cris déchirants d'une pauvre femme ensevelie sous les décombres.

Dorénavant, il serait fou de nous garder à Paris, alors que ma tante Thérèse des Cars multiplie les appels pour que nous allions la rejoindre à Sourches. Le 29 au matin, mon père nous met dans le train avec Lizzie. Au moment où le convoi s'ébranle, un obus tombe aux environs de la gare Montparnasse, et nous partons le cœur serré à la pensée de laisser notre famille, notre père surtout, dont le visage a blêmi au moment de cette dernière déflagration.

A la gare de Conlie, dans la Sarthe, nous attend un homme âgé, le régisseur, avec une haridelle efflanquée attelée à un break : tout ce qui est jeune est au front. Par un chemin creux qui serpente entre deux haies d'églantiers fleuris, au son des sabots de Cocotte sur la pierraille, nous parvenons jusqu'à l'entrée d'une avenue que borde une double rangée de chênes centenaires. Très loin, fermant la perspective, le château se dresse fièrement.

Entourée de ses trois enfants, Marguerite, Louis et Guy, de sa nièce Marie-Thérèse de Vicence, notre tante nous accueille à bras ouverts. Impressionnée par nos mines de papier mâché, elle cherche avant tout à nous rassurer. Son calme et sa gaieté apparents viennent facilement à bout de nos angoisses. Mais le soir, notre confiance disparaît avec le communiqué placardé sur la porte de la chapelle : les Allemands ont atteint la Marne et Château-Thierry. En quatre jours, certaines de leurs troupes ont avancé de près de cinquante kilomètres. Jamais l'ennemi n'a été aussi proche de Paris et si, par malheur, il franchissait la rivière, aucun obstacle naturel n'arrêterait plus sa marche sur la capitale. Les poilus sont épuisés ; la situation paraît désespérée.

Le lendemain 30 mai, le général Pétain appelle l'Amérique au secours. Le général Pershing n'hésite pas à jeter dans la mêlée ses jeunes soldats à peine entraînés qui, avec l'élan et la fougue de troupes aguerries, opposent à l'ennemi un rideau de feu et stoppent son avance. Si, après deux jours de combats acharnés, le péril est momentanément écarté, il est cependant certain que Hindenburg et Ludendorff que la plupart des observateurs neutres donnent comme vainqueurs déclencheront d'un moment à l'autre des offensives-surprises.

Conscients du péril, nous participons mon frère et moi si vivement à ces événements que nos hôtes en sont frappés. Faudra-t-il, pour ménager nos systèmes nerveux encore ébranlés par le bombardement de la rue Barbet-de-Jouy, nous tenir dans l'ignorance ?

La rougeole qui s'abat sur nous avec une violence d'autant plus grande que, sous-alimentés, nous résistons moins, tranche la question. Abrutis par la fièvre, nous subissons sans protester notre mise en quarantaine dans le grand salon du château transformé en infirmerie, effrayants avec nos faces de fraises saupoudrées de sucre. La porte s'ouvre parfois sur un nouveau malade, car aucun de nos cousins ou cousines n'échappe à la contagion. Pour fêter saint Jean, patron de mon frère, on nous baigne tous enfin guéris, et nous retrouvons la liberté.

En cette journée qu'éclaire un soleil ardent, nous nous ébattons comme de jeunes poulains dans les herbes hautes sous l'œil attendri de notre tante. Soudain, voici mon père, sanglé dans son uniforme bleu horizon (du même bleu que ses yeux), et ma mère ! Nous ne pouvons y croire, ils sont aussi heureux l'un que l'autre de nous surprendre :

« Venez vite, les enfants, j'ai peu de temps à vous consacrer. Les permissions sont courtes et j'ai beaucoup de choses à vous raconter. Figurez-vous que la semaine dernière, pour des raisons de service, j'ai accompagné mon chef au château de Bonbon, quartier général du Généralissime. A l'issue de la séance de travail, nous avons été retenus l'un et l'autre à déjeuner à sa table. Dernier servi parmi les convives, je me suis cru autorisé à faire largement honneur à des choux à la crème : “ Vous semblez, Vallombrosa, apprécier les choux à la crème, me dit alors, à ma confusion, le maître de maison. — Je les aime tant, mon Général, que je serais capable d'en avaler vingt-quatre à la suite. ” En nous donnant congé, le général Foch nous convoque le lendemain pour une autre séance de travail et un autre déjeuner. Au dessert, on dépose devant moi vingt-quatre choux à la crème, ronds comme des pommes d'or, et j'entends un ordre bref : “ A vous, Vallombrosa, de tenir votre parole. ” Je n'ai ni failli, ni faibli, ni été malade ! »

Après cette anecdote, la guerre :

« Le 9 juin, le général Ludendorff a tenté une nouvelle offensive. Enfoncé sur une profondeur de huit kilomètres, le front allié n'a pas cédé. Et dès le 11, une contre-attaque a cloué sur place les éléments avancés ennemis qui se trouvaient à cinquante kilomètres de Paris. Depuis lors, les Allemands n'ont pas bougé. Pourquoi cet entracte ? Il semble qu'on ne puisse plus exiger des soldats exténués et surpris par la vigueur de notre riposte le même effort continu, et que l'esprit de discipline prussien ait vécu. En revanche, nos poilus, soutenus par l'arrivée massive de soldats américains, ont retrouvé leur mordant et leur ardeur bien français. On a de part et d'autre la certitude que le sort de la guerre se jouera dans la prochaine bataille. »

Pour le Kaiser, l'issue ne fait pas de doute : l'offensive prévue en Champagne le 14 juillet décidera de sa victoire. Afin d'en surveiller le déroulement, il a fait édifier sur les premiers contreforts des Ardennes un échafaudage en forme de tour, haut de vingt-cinq mètres et surmonté d'une plate-forme pour sa table et son fauteuil. De ce belvédère on découvre tout le front. Arrivé le 14 à la tombée du jour, il passe la nuit à scruter l'horizon illuminé par des feux d'artillerie intermittents. A l'aube, les nouvelles sont satisfaisantes : l'infanterie progresse partout.

En fin de matinée, le Kronprinz est annoncé. A l'accueil chaleureux de son père, il répond à peine. Son visage pâle et fermé trahit l'angoisse. Il faut lui arracher les mots : « J'ai l'impression qu'en Champagne nous sommes embourbés. Si l'infanterie a occupé sans difficulté les premières positions ennemies, elle s'est heurtée devant les secondes à une résistance imprévue et subit sur l'ancienne première position un bombardement inouï. »

Ce message fatal est confirmé le soir par les officiers d'état-major : « C'est sur la seconde ligne de défense ennemie que doit s'opérer la décision. Or notre attaque se brise contre une digue de granit. » Tout est donc remis en question, et c'est au tour du Kaiser de blêmir.

Grâce au labeur intense du Généralissime qui a mis à profit la longue pause entre les deux offensives pour préparer la riposte, les atouts sont maintenant dans le camp français.

A partir du 18 juillet, Foch prend l'initiative stratégique en harcelant sans cesse un ennemi qui se replie. Il faut aller vite. Chaque jour, nos troupes avancent et délivrent des villes, des villages. Joie des communiqués ! Nos âmes d'enfants découvrent l'enthousiasme, un enthousiasme qui est à son comble le 7 août, lorsqu'on nous apprend que, pour célébrer la victoire de Champagne, Clemenceau a remis au Généralissime, à Bonbon, le bâton de maréchal. L'événement nous frappe d'autant plus que notre père nous a longuement décrit les lieux et le château Louis XIII, sa cour carrée, la voûte et le clocheton de l'entrée, les douves où court l'eau. Nous l'avons même dessiné, tel un berlingot auréolé de choux à la crème !!

Le lendemain l'attaque reprend sur le front d'Amiens : quatre cents tanks, roues contre roues.

« 8 août, jour de deuil pour l'armée allemande, écrira par la suite le général Ludendorff. On me rapporte des exploits témoignant de la plus grande bravoure, mais aussi des actes que je n'aurais pas crus possibles dans l'armée allemande. Je dois l'avouer, certains de nos hommes se sont rendus à des cavaliers isolés, des détachements constitués à des chars d'assaut. Des troupes qui se repliaient ont cru à une division fraîche qui marchait bravement à l'attaque. " Briseurs de grèves et prolongeurs de guerre. " Mots que l'on devait encore entendre par la suite. En bien des points les officiers n'avaient plus d'influence et se laissaient emporter... Il aurait fallu terminer la guerre. »

Force est de reconnaître enfin que des hommes à bout ne se manœuvrent pas comme des pions sur un échiquier. Terminer la guerre ? L'effusion de sang durera encore trois mois. Enfin, le 11 novembre, à onze heures du matin, une immense clameur éclate :

« Les Allemands ont capitulé. L'armistice est signé. »

Depuis la fin de l'été, nous sommes à nouveau rue Barbet-de-Jouy. C'est donc là que la nouvelle nous parvient, tandis que toutes les cloches de la capitale se déchaînent. « Nous sommes victorieux. A l'Arc de Triomphe » entend-on partout. Et, suivant le courant d'enthousiasme, nous voici au rendez-vous de la victoire. Comment nous sommes-nous engouffrés dans le tramway jaune qui assure la liaison Montparnasse-Etoile ? Je me le demande encore. Je sais seulement que je serrais dans mes bras une poupée encombrante, vêtue de sa robe du dimanche !

A l'Etoile, spectacle inoubliable : la place était noire de monde, des gens de tous âges et de toutes conditions : prêtres en soutane, religieuses en cornette, militaires en uniforme. On me souleva de terre, on m'embrassa : « Petite fille, souviens-toi toujours de cette journée glorieuse », on chantait *La Madelon, La Marseillaise.* Des milliers de voix !

L'euphorie de la victoire, et l'amour dans le cœur de notre Lizzie : ses pensées volettent autour d'un beau compatriote, Sidi Aspinal, chauffeur du chef de l'Etat-Major anglais, le général Spearce.

Chaque matin, après la sortie de l'Ecole Sainte-Clotilde où Jean a repris ses cours, nous montons le boulevard des Invalides jusqu'au Q.G. britannique : devant stationne la voiture du général. Et pendant que nous jouons avec son chien — un superbe chien-loup — Sidi et Lizzie se bécotent à l'envi !

Un jour, ma mère surprend ce tendre bouche-à-bouche. Hasard ou dénonciation ? Toujours est-il que, saisie d'une noble indignation, elle sépare les amoureux non sans les invectiver copieusement. Pauvre Lizzie qui doit supporter à son retour, rue Barbet-de-Jouy, les sourires de la maisonnée et la colère d'Adrienne. Colère suivie le lendemain d'alarmes et de larmes lorsqu'on apprend que, terrassé par la grippe espagnole, séquelle meurtrière de la guerre, Sidi a dû être hospitalisé, qu'il se meurt.

Pour suivre son enterrement, ma mère reprend le deuil qu'elle a porté pour son père. Enveloppée dans de longs voiles de crêpe, elle me tire par la main derrière le corbillard : « Veux-tu te mettre au pas du cheval ! » Je suis épuisée. Pris de pitié, Emile me ramène à la maison où je m'effondre sous les atteintes de l'épidémie.

Anéantie au point de ne pouvoir lever le petit doigt, je ne conserve de cette période que le souvenir d'une extrême lassitude, de hochements de tête, de la brûlure des piqûres d'huile camphrée et du portrait d'une femme dont les yeux fixes me terrorisent au point de me faire crier.

Dans la chambre voisine, Lizzie se trouve aussi aux portes de la mort. Et puis un jour, comme si nous nous donnions le mot nos fièvres tombent en même temps. Sauvées. Je revis avec joie, tandis que Lizzie se désole de n'avoir pas suivi Sidi dans la tombe. Et, dès qu'elle a retrouvé assez de forces, elle nous quitte, en larmes, pour chercher l'oubli sous d'autres cieux. Nous pleurons aussi. Nous pleurons le départ de l'amie charmante dont la gentillesse et la gaieté ont illuminé nos vies.

Nous en parlons souvent, et Jean qui aime à réfléchir sur les relations de cause à effet me confie :

« Ces baisers ont été à l'origine de tout le mal. » Puis, après un silence, il ajoute : « Promets-moi de ne jamais embrasser un homme sur la bouche ! »

X

Sic transit...

S'IL nous a été facile, durant la guerre, de suivre les événements grâce aux récits des adultes, il nous est plus difficile de comprendre ensuite pourquoi la victoire sonne le glas de tant de choses — et d'abord de notre existence rue Barbet-de-Jouy.

Ma grand-mère, s'étant prise d'affection pour une jeune cousine, Anne-Marie Pascal, alias Riri, souhaite l'installer au premier étage, sur le jardin, dans l'appartement dont les volets sont restés clos depuis le décès du comte Jean. Gaie et primesautière avec des allures de Gavroche, on l'a mariée par intérêt à un notaire parisien qui aurait pu être son père et qui, sévère et jaloux, l'a tenue en lisière ; il n'était libéral que pour recevoir des Altesses Royales à sa table, heureux qu'à l'occasion des funérailles de ses clients : pour « être dans la note », il mettait alors des vêtements sombres bordés de crêpe noir et un attirail de circonstance : épingle de cravate, boutons de manchettes et canne ornés de têtes de mort.

Par bonheur, le ciel n'a pas tardé à rappeler l'atrabilaire, et Riri s'est retrouvée, jeune encore, riche, sans enfants et partisan têtu du célibat, tandis que notre tante Roselyne, elle, songe contre toute attente à se marier ! Elle qui, à près de quarante ans, ne sort de *La Somme* de saint Thomas d'Aquin et des manuels d'apologétique que pour s'occuper de nous, palpite pour un bel aviateur, le lieutenant Henry de Villeneuve-Flayosc. Certes, ils n'ont pas les mêmes goûts · bon vivant, Henry de Villeneuve se plaît dans les endroits élégants où, assis sur de hauts tabourets, il écoute du jazz en sirotant des cocktails : le galimatias politique et philosophique l'assomme mais « l'amour — dit-on lors des fiançailles — aplanira tout ». C'est oublier que, passé un certain âge, l'amour bute sur des habitudes et des manies si bien enracinées que personne ne cède à personne.

Pour des questions pratiques, ma grand-mère s'est engagée à remettre à sa fille cadette le second étage de la maison, *notre* étage, il n'y a donc plus de place pour nous en l'hôtel Montebello. On nous laisse à dire vrai six mois pour nous retourner — « un sursis de six mois », dit ma mère, ulcérée. 1919 commence donc sous les auspices du chambardement : nous allons déménager, et moi, j'entre à l'école — au Cours Martignac, sélect entre tous, qu'a choisi le conseil familial. On me voit déjà couverte de lauriers ; or le bilan de ma science est catastrophique, car si j'ai la tête farcie de choses inutiles, noms de jeunes filles de nos parentes ou amies, classification de leurs familles dans l'échelle nobiliaire, us et coutumes du Faubourg Saint-Germain, j'ignore l'essentiel, ânonne plutôt que je ne lis, écris moins que je ne barbouille, ignore tout des « quatre règles » et, en matière de religion, m'arrête au *Notre Père* et au *Je vous salue Marie* !

La directrice, Mademoiselle Blanc, ne s'engage donc à m'inscrire à la rentrée d'octobre qu'à condition que d'ici là toutes mes lacunes soient comblées ; début juin, je subirai un nouvel examen. En bonne pédagogue, elle exige également qu'on châtie ma nullité, par exemple en me privant d'assister le 14 Juillet au défilé de la Victoire, si j'échoue derechef. La menace me terrifie. Rien ne peut m'atteindre davantage. Devant ma consternation, mes parents comprennent la cruauté de la punition promise et (peut-être ont-ils aussi mauvaise conscience ?) se partagent l'enseignement des différentes disciplines qu'il me faut acquérir. A ma tante Roselyne reviennent la lecture, l'écriture et les conjugaisons ; à mon père, doublé du cher Emile, le calcul et les tables ; à Annie Kennedy, qui a pris la place de Lizzie, l'anglais, à ma mère, l'instruction religieuse.

« Je voudrais bien aussi vous aider, dit la vieille Delphine, mais avec l'âge j'ai désappris tout ce que je savais. Je ne sais même plus lire. Ne vous cassez pas la tête, un jour vous oublierez aussi. »

Lorsque je repense à tout cela, je me demande par quel miracle je n'ai pas pris en horreur la pratique religieuse. Consciente de sa responsabilité, la spiritualité étant la pierre angulaire de sa vie, ma mère prend sa tâche au sérieux et me fignole une règle calquée, pense-t-elle, sur celle des ordres religieux : 8 heures 30, messe, midi, méditation sur l'Evangile, l'après-midi, une heure de catéchisme, le soir, la grande prière suivie de la récitation des litanies et du chapelet. Confession une fois par quinzaine.

En instituant la messe quotidienne, ma mère s'est imposé une dure servitude. Sujette aux insomnies, il lui est très pénible de sortir de son lit, de sorte qu'elle remet son lever de minute en minute. Parfois, pour rattraper le temps perdu, elle m'entraîne jusqu'à Saint-François-Xavier dans une galopade effrénée, se prenant les pieds dans les lacets de ses hautes bottines qui se sont dénoués.

Autant que possible, je m'applique à bien suivre la messe. Mais lorsque, à l'*Ite Missa Est* qui convie les fidèles à filer, Adrienne s'abîme dans de longues actions de grâces, alors je m'impatiente, appelle de tous mes vœux une catastrophe, foudre ou typhon, qui l'obligerait à revenir sur terre. Hélas, les mauvaises prières ne sont jamais entendues !

La confession est une autre épreuve de patience : celle-là, du moins, je la subis avec mon frère. Un jeudi sur deux, comme le règlement le stipule, ma mère nous emmène, penauds et contrits, non de nos péchés, mais parce que l'après-midi de congé est perdu pour les jeux, jusqu'à une chapelle latérale de la paroisse où son directeur de conscience, un Jésuite, le Père Tristan de Grangeneuve, tient ses assises.

Il y a toujours, lorsque nous arrivons, une file d'attente de cinq à six philothées. Est-ce besoin de se raconter, désir d'élévation, scrupule extrême ? elles n'en finissent pas d'avouer leurs fautes, et un bon quart d'heure s'écoule avant que le claquement sec du petit volet nous annonce qu'on passe à la suivante ! Ainsi faisons-nous pénitence devant le confessionnal tandis que ces dames la font, elles, dedans.

Un jour, cependant, une circonstance imprévue bouscule l'ordre habituel. A en juger par les éclats de voix qui nous parviennent, une habituée, Mademoiselle Amélie Bidou, est en conflit avec le Père. « Les enfants, bouchez-vous les oreilles. » Dieu nous garde ! nous les tendons avec allégresse ! et ce que nous entendons est peu édifiant. Soudain, rouge, congestionnée, la vieille demoiselle surgit en s'écriant : « Puisqu'il en est ainsi, reprenez votre absolution, je reprends mes péchés. »

Sur le chemin du retour, nous commentons l'événement. Jean tire la conclusion : « Ce pauvre Tristan a perdu l'une de ses Iseult. »

Enfin, la ténacité de la famille ayant eu raison de mon ignorance, c'est avec la bénédiction de Mademoiselle Blanc que j'ai le bonheur d'assister au défilé de la Victoire, de la fenêtre que nous ont réservée, au second étage d'un immeuble de l'avenue des Champs-Elysées, les demoiselles de B... Cette faveur insigne, nous la devons à mon arrière-grand-mère, Dame d'honneur de l'impératrice Eugénie : lorsque les jumelles de B... sont arrivées aux Tuileries pour leur présentation aux souverains, Madame de Montebello, émue de leur timidité et de leurs dix-huit printemps, les a chaperonnées et aidées de ses conseils.

On a chuchoté par la suite que l'Empereur, séduit par leur charme et leur fraîcheur, est devenu leur assidu ; faites dans le même moule, leur ressemblance était si parfaite qu'il ne savait jamais à laquelle il s'adressait et qu'ainsi elles étaient une pour lui. Une, elles sont demeurées et ne se sont jamais mariées. Au cours des années, les boutons de roses ont viré en pommes de reinettes ridées. Elles ont en tout cas une mémoire excellente, puisqu'elles nous rendent la politesse au bout d'un demi-siècle !

Si le 11 novembre 1918 a été un jour de liesse, le 14 juillet

1919 est celui du triomphe. Seule ma grand-mère conserve un visage grave : « Le démantèlement de l'Empire catholique austro-hongrois rompt l'équilibre européen et les clauses du traité appellent à la vengeance. Vous reverrez la guerre, mes enfants. » Quel oiseau de mauvais augure !

Heureusement, le spectacle des Champs-Elysées, entièrement pavoisés aux couleurs alliées, des oriflammes tricolores qui frémissent à la brise du matin démentent le présage. Dès six heures, un drapeau à la main, campés comme des soldats de plomb dans l'embrasure de notre fenêtre, nous observons la foule. Certains ont veillé toute la nuit autour du cénotaphe dressé à la gloire des morts devant l'Arc de Triomphe, puis gagné au petit jour une place de premier rang, au bord du trottoir ; d'autres ont dressé des échelles au pied des immeubles. A ces miradors fragiles s'accrochent de véritables grappes humaines : on dirait Orléans assiégé par la Pucelle ! Sauf que ce n'est pas la guerre que nous avons sous les yeux mais la paix, obtenue au prix d'immenses sacrifices : l'humiliation de 1870 est effacée, et la gloire du présent assure l'avenir. Sur le passage d'une personnalité officielle ou d'un groupe de mutilés s'élèvent des clameurs auxquelles nous nous associons en agitant nos drapeaux.

Dans le pêle-mêle de mes souvenirs, ceux de ce jour-là sont restés si présents, si vivants, que je les crois encore d'hier. Est-ce le souvenir de Lannes qui m'a rendue plus sensible que personne à ces images ? Est-ce lui qui me rend si présent le passé ? Quel lien puis-je établir entre les obsèques du 5 juillet 1809 où la foule recueillie accompagnait un homme à sa dernière demeure, et ce 14 juillet 1919 où l'on célèbre la résurrection de la France ? Aucun, sauf dans l'imagination d'un enfant. Aucun, sauf que je sais aujourd'hui que notre chair est pétrie de mémoire.

Soudain un immense drapeau tricolore se déploie au-dessus de l'Arc de Triomphe, des fumées blanches s'élèvent dans le ciel et, atténués par la distance, des airs militaires : le défilé commence.

Amédée tempère nos enthousiasmes : « Du calme, les enfants. »

Devant les maréchaux Joffre et Foch, dans un alignement parfait, les trompettes de la Garde Républicaine ouvrent la marche. Leurs sonneries éclatantes déchirent l'air sans couvrir le tonnerre d'applaudissements à l'adresse des chefs qui, leur bâton de velours azur constellé d'or et d'argent à la main, indifférents aux vivats, les yeux sur l'horizon, visage de marbre, chevauchent côte à côte.

Certains s'étonnent que Foch sur qui convergent tous les regards ne soit pas seul à la tête des Alliés. Ceux-là ont oublié que, sans l'héroïque résistance sur la Marne, la France aurait été anéantie durant les premiers mois des hostilités. Joffre, qui s'en souvient, a revêtu l'uniforme rouge et noir de sa victoire.

Vêtus de kaki, couleur de glèbe, coiffés de chapeaux de cow-boy, de jeunes hommes bien découplés, aux allures sportives, marchent d'un pas balancé sur une musique entraînante et rythmée. Toutes les étoiles du firmament se sont donné rendez-vous sur leurs bannières. Ils déchaînent l'allégresse de la foule qui les acclame, comme elle acclamera ensuite les Belges dont les drapeaux portent des noms de cités martyres.

Ces hourras frénétiques, après une courte pause, s'adressent aux Britanniques, nos premiers alliés : Canadiens coiffés d'un casque étrange en forme de plat à barbe retourné, Indiens aux chefs enturbannés, lanciers du Bengale, Cingalais fins et racés... étincellement de couleurs... chamarrures des uniformes... cuivres des instruments... tous défilent sur leurs propres musiques.

Moins nombreuses mais aussi représentatives, les autres délégations alliées ou associées passent à tour de rôle : Italiens, la plume au chapeau, Polonais avec, symbole de leur propre résurrection, un aigle aux ailes largement déployées sur leurs pavillons, Serbes de haute et noble stature, Grecs dont les vareuses longues et évasées font penser à des jupes, et enfin, suivant un drapeau frappé d'un soleil dans sa gloire, les valeureux petits Japonais.

Après trois heures d'attention soutenue, nous commençons à sentir la fatigue, mais l'apparition de l'armée française nous redonne des forces.

Le général en chef Pétain, maréchal depuis l'armistice, entraîne dans son sillage, comme à Verdun, d'innombrables poilus : tous les corps d'armée sont représentés : fantassins, cavaliers, artilleurs, marins, aviateurs, chasseurs alpins. On dirait, coupé par les chéchias rouges des tirailleurs sénégalais et malgaches et les burnous blancs des spahis, qu'un immense fleuve bleu horizon descend l'avenue. Sur ses rives, la foule se recueille : elle songe à tous ceux qui sont morts pour la patrie. Aussi, lorsque, fermant la marche, passe le dernier drapeau tricolore, un immense cri s'élève : « Vive la France ! »

« Je souhaite, nous dit Amédée, que vous n'oubliiez jamais cela. » Comment l'oublier ?

Les vacances qui suivent, nos premières vacances de paix, restent parmi les plus heureuses que j'aie vécues. Entre Houlgate et Le Nozet, nous croquons la vie à belles dents.

En Normandie, d'abord, les plaisirs de la plage. Coiffé d'un canotier de paille jaune, ses rondeurs naissantes moulées dans un inénarrable costume de bain en coton noir, Amédée nous entraîne à pêcher la crevette par marée basse. Derrière lui, nous poussons rapidement de larges filets alourdis par les algues et d'où, en fin de course, nous retirons du menu fretin, ou bien nous bâtissons des châteaux de sable fabuleux et fragiles.

A marée haute, un solide maître nageur nous empoigne à pleins bras pour nous inciter à la brasse : « Un, deux, bras, jambes, un, deux, respirez, soufflez. »

Nous prenons part aussi à de nombreux jeux et concours : en avalant en un temps record un bol de crème Chantilly, je gagne la médaille d'or du « quick bouffing cream » et une affreuse indigestion !

Salués partout comme des estivants, c'est-à-dire des gens de passage, nous comprenons que tout cela est éphémère et qu'aucun plaisir ne vaudra jamais ceux de la vie de famille.

Au Nozet, nous retrouvons enfin l'équilibre auquel nous aspirons.

« Est-il beau votre cher Nozet ? » Me l'a-t-on posée, cette question ! Je me garderai de répondre. On ne juge pas ce que l'on aime.

Agé d'un demi-siècle à peine, né du caprice de la redoutable comtesse Lafond, belle-mère de Tante Claire, qui, trouvant sa demeure primitive indigne de sa position, a fait détruire une élégante gentilhommière gothique pour édifier une opulente demeure de style Renaissance, le château se compose de deux corps de logis d'un blanc laiteux bâtis en équerre sur une cour d'honneur cernée de douves de gazon. On était riche chez les Lafond, et il fallait que nul n'en ignorât. L'architecte n'a donc pas lésiné, ajoutant aux tours massives plantées aux angles une lanterne qui saille au milieu de la façade principale, des tourelles en encorbellement, le tout coiffé de chapeaux pointus d'ardoise bleue. L'ornementation est à l'unisson : riches sculptures encadrant les fenêtres à meneaux, corniches en entrelacs et salamandres rieuses qui batifolent entre les initiales LL — « Style Louis Lafond » disent les petits-fils, Christian et François de Ladoucette, mes compagnons de jeux.

Si l'extérieur de ce château nous enchante (littéralement), l'intérieur ne nous fascine pas moins. Au rez-de-chaussée surélevé, les pièces de réception et d'habitation, largement éclairées — hauts plafonds, grandes cheminées de pierre, lambris sculptés, riches tentures, tapisseries, tableaux — donnent sur une vaste galerie.

Au premier étage, lumière dans les jolies chambres habillées de perses fleuries, de toiles de Jouy, pénombre dans le long corridor qui les relie et où sont accrochés les portraits des papes les plus illustres.

Destinés d'abord aux pièces de réception, et témoignage de gratitude au Saint-Siège auquel les Lafond doivent leur titre, les Urbain, Sixte, Innocent, Pie et Léon, tous figés dans un geste bénisseur sur un fond bitumeux encadré de noir, ont été, la ferveur passée, relégués dans ce boyau obscur : heureux de faire étalage de ses connaissances et d'éblouir les petits, mon frère dit d'un ton sentencieux : « *Sic transit gloria mundi* », tandis que Christian, François et moi-même, sommes émus par cette disgrâce. Pour égayer leur solitude, nous leur offrons d'interminables parties de cligne-musette et de cache-tampon. Nos jeux sont moins innocents lorsque, pour amuser les invités et nous amuser d'eux surtout, nous badigeonnons de miel les beaux sièges d'acajou des lieux d'aisance ! « Ils sont insupportables », bougonne Louis Lafond. « Cette enfant me mettra dans mon tombeau », larmoie Adrienne.

Seule Tante Claire, restée jeune sous ses cheveux blancs, se divertit de ces farces et sourit en grondant les polissons. Sa personnalité est si forte que, visible ou pas, elle est sans cesse au milieu de nous ; son intelligence si vive sait tempérer nos écarts en nous laissant la bride sur le cou puis, lorsque la coupe des espiègleries déborde, nous aiguiller vers des besognes utiles. C'est ainsi que cette année-là, j'apprends d'Augustine Pillée, la fille de la fermière, à traire les vaches : assise sur un trépied, un seau coincé entre les genoux, je tire en cadence sur les trayons visqueux, heureuse de soulager les mamelles alourdies. Du jardinier, j'apprends aussi à tailler et à pincer les dahlias, à cueillir, sans blesser les plants, les fleurs destinées aux bouquets, à rentrer, en prévision des mauvais jours, les courges, courgettes et potirons fessus.

J'apprends aussi que la vendange est une fête, depuis la cueillette du premier grain doré jusqu'au dernier.

Situé sur les coteaux des bords de Loire à Pouilly, Le Nozet produit un excellent vin blanc au goût de pierre à fusil. Nous prenons le travail au lever du soleil et, avec les gestes rituels, entassons les grappes vermeilles dans des cabassons dont nous versons le contenu dans des hottes dégoulinantes de jus poisseux. Tout cela en chantant à gorge déployée avec nos aînés : « La grappe, la jolie grappe. » Et quel plaisir lorsque, chaussés de sabots, on nous admet à danser dans les grandes cuves de bois où fermente le raisin rouge jusqu'à ce que les vapeurs qui se dégagent nous fassent tomber enivrés dans les bras de vignerons plus endurcis !

Refusant l'idée de la rentrée, nous tournons le dos, depuis la mi-septembre, aux vitrines de Pouilly qui étalent avec indécence cartables, plumiers et autres objets scolaires. Hélas ! Il faudra bientôt rentrer...

A Paris, où il nous a précédés, mon père nous annonce deux nouvelles : cité à l'ordre de l'Armée, il est promu Chevalier de la Légion d'Honneur pour sa conduite héroïque. Nous nous haussons le col — puis baissons le nez car, durant l'été, sous couvert d'un voyage d'affaires, il a consommé notre rupture avec l'hôtel Montebello en nous installant, sans rien en dire, de l'autre côté de la rue, dans un appartement loué, au troisième étage d'un immeuble clair et ensoleillé. Habiter un appartement ! C'est pour Adrienne un signe de régression sociale ! Elle n'apprécie pas davantage que mon père, dont la fortune a été engloutie dans la catastrophe russe, soit obligé de travailler à la banque Mercurio. Ainsi nous ne vivrons plus de ses revenus mais de son salaire. Ce salaire, très honorable, permettrait de mener un train facile, voire agréable si Adrienne, coupant le cordon ombilical qui la relie au passé, acceptait la présence d'Anne-Marie Pascal auprès de sa mère. Des parties de trictrac interminables remplacent désormais les conversations intéressantes et les discussions animées : fort peu intellectuelle, Riri ne les supporte pas et bâille à s'en décrocher la mâchoire ; les chiens prennent la place des enfants, et c'est gantés, chapeautés et annoncés que nous rendons visite à notre grand-mère chez qui nous sommes accueillis comme des étrangers. A l'exception du fidèle Boni de Castellane, l'élite déserte le salon, et Emile et Delphine, rivés à leurs postes, brimés par le nouveau personnel, se désespèrent.

Au lieu de réagir, Adrienne cède à son humeur chagrine et s'enfonce dans la morosité, pleurant à longueur de journée. Les larmes sont contagieuses, pensent Tante Claire, Oncle Bertrand de Mun et sa femme Marcelle. Aussi, pour nous soustraire à cette atmosphère déprimante et nous armer pour la vie nous entourent-ils d'affection en nous apprenant à maîtriser nos émotions.

En fait chacun pense, sans l'exprimer, que mes parents survivront à Albertine, et qu'un jour viendra où, la tête haute, nous reprendrons possession de la maison... L'appartement n'est donc qu'un mal provisoire ! Mon frère, grâce à un cursus scolaire normal, souffre moins que moi du changement. A sa sortie de l'école Sainte-Clotilde, ses premiers devoirs religieux accomplis en costume Eton et cierge en main sous l'œil débonnaire du Saint-Esprit, il est entré au Collège Stanislas pour faire ses « humanités ».

Collège, humanités, ces deux mots me fascinent, je suis éblouie : Jean accède à des études difficiles, et les culottes longues qui dessinent sa fine silhouette, le léger duvet qui ombre sa lèvre supérieure le font étrangement ressembler à notre beau Lannes.

Si les classes, les études, les cours d'escrime et d'équitation, les premières leçons de danse l'éloignent de la maison, moi, j'y suis clouée par mon appartenance au très aristocratique Cours Martignac.

On peut, sans manquer à sa mémoire, taxer de snobisme l'étonnante Mademoiselle Blanc : fondatrice et directrice du Cours dont elle assure toutes les classes, de la neuvième jusqu'à la première, imbue de Faubourg Saint-Germain, nourrie de Gotha, elle accueille les enfants avec une inclination de tête plus ou moins marquée selon qu'ils appartiennent ou non à cet annuaire de l'orgueil exclusif ; elle n'est jamais si heureuse que lorsqu'elle a sous sa férule les descendantes des plus grandes familles d'Europe.

Excellente pédagogue d'ailleurs, *Blanc-Blanc,* comme nous l'appelons en douce, consacre trois heures par semaine à chaque classe.

Accompagnées de leurs mentors, les élèves arrivent donc au jour qui leur est imparti — pour moi, c'est le vendredi après-midi — et se placent vis-à-vis, autour d'une table étroite couverte de drap vert au bout de laquelle préside la maîtresse.

Toute en rondeurs, avec un visage rond sous les cheveux poivre et sel, des yeux en boutons de bottines, elle nous impressionne comme elle impressionne les mères et les institutrices qui, alignées sur des chaises contre le mur, notent ses paroles, copient fébrilement le programme de la semaine à venir et rougissent lorsque leurs pupilles s'empêtrent en récitant leur leçon.

Pour répondre aux exigences de l'horaire, un train difficile à soutenir s'impose. Sans relâche, Mademoiselle Blanc explique, corrige, interroge et, de sa place, lance, avec une précision de tir admirable, des jetons rouges ou blancs en témoignage de satisfaction ou de demi-satisfaction qui tombent, sans jamais manquer l'objectif, dans les sébiles de bois placées devant nous. Un regard sévère terrorise les cancres. A la fin du cours, le classement dépend du nombre de jetons.

Il va de soi qu'une telle organisation suppose que l'institutrice ou la mère prenne le relais durant la semaine.

Or, à mon entrée en septième, de sérieuses difficultés financières ont obligé mes parents à diminuer leurs dépenses ; il a fallu choisir entre le maître d'hôtel (son physique de forban n'a pas effarouché la femme de chambre qui l'a épousé, une fois mère) et l'institutrice : on a sacrifié celle-ci, d'autant que ma mère pense qu'il lui sera facile et agréable de la remplacer ! Ni facile, ni agréable parce que, de santé de plus en plus délicate, elle a du mal à s'astreindre à une discipline régulière et que nos caractères sont passablement incompatibles. Tourmentée par ses regrets et ses rêves, essentiellement abstraite donc étrangère à tout ce qui est concret, elle cherche à m'enfermer dans son univers alors que mon désir de vivre me pousse à m'y soustraire.

Ce sont donc des heurts incessants. Que de blessures jamais cicatrisées depuis l'enfance dans le secret de mon âme. Que d'élans de tendresse repoussés. Que de regrets aussi maintenant qu'il est trop tard.

A Jean, elle confie ses soucis d'éducatrice : « Personne, lui dit-elle, ne peut venir à bout de l'opiniâtreté de cette petite. Comment se peut-il que j'aie couvé un tel canard ? » Avec son inlassable gentillesse, il la rassure : « Issus d'Amédée de l'Azinara et d'Adrienne Lannes, nous ne pouvons être que des bourricots. » Puis il lui murmure à l'oreille le petit texte que nous nous amusons à dire en famille comme un cri de ralliement : « Lannes amenait l'âne au lac. L'âne au lac a bu l'eau. »

Mon père, en qui tout m'attire, se tient à l'écart de nos différends. Banquier par nécessité, maître de chapelle par amour de Dieu et de la musique, consacrant plus de temps qu'il ne doit au service de l'Eglise, il est fréquemment absent. Souvent il annonce le soir que le casuel l'empêche de déjeuner avec nous le lendemain. En langage de paroisse, casuel signifie mariage ou enterrement dont le bénéfice, variable, s'ajoute à un traitement fort modeste. Or c'est en tant que pauvre en esprit et ami des humbles que cet être de béatitude (je l'ai su après sa mort) sacrifie ses repas afin d'accompagner de belle musique les convois des plus déshérités. En prenant mon parti lorsqu'il est présent (cela aussi je l'ai compris plus tard) il contristerait sa chère Adrienne qui ne voit pas sans amertume le rapprochement de nos cœurs.

Plus grave, un autre sujet d'inquiétude, voire d'angoisse, hante ses nuits. Ma grand-mère, la prestigieuse Albertine, s'est laissé persuader par des gens fort peu scrupuleux qu'elle a, outre le génie de la politique, celui des affaires : une voyante ne lui a-t-elle pas prédit qu'elle roulerait sur l'or avant sa mort ? Ainsi disparaît le baudrier d'or vierge rehaussé d'émaux, présent de l'Empereur au Maréchal, ainsi peu après circule en somptueuse Packard avec une donzelle le dépositaire de l'argent de la vente.

Dans un climat si peu propice aux études et à la discipline, je suis cahin-caha la classe de septième en découvrant avec les joies de la paresse intellectuelle celles de participer à de grands jeux dans un véritable parc au cœur du VIIe arrondissement : la baronne Cochin y accueille chaque après-midi les petits-enfants de ses relations. Mais entrée sans trop de peine en sixième après trois mois de vacances durant lesquelles je n'ai ouvert ni livre ni cahier, c'est l'effondrement. Deux vendredis de suite, le verdict tombe des lèvres sèches de Mademoiselle Blanc : « Roselyne, dernière. » Le troisième vendredi, pour éviter la honte, j'obtiens, sous prétexte de migraines violentes, de passer la journée au lit : de même, le vendredi suivant, ce sont d'affreuses brûlures d'estomac. La semaine d'après, je me plains d'un mal de gorge, lui, véritable. Peine perdue, je reviens du cours bonne dernière, mais couverte de taches écarlates, brûlante de fièvre : scarlatine. Je prendrais fort allégrement la quarantaine, si ma mère ne venait, chaque matin, vêtue d'une blouse d'infirmière, me faire une lecture pieuse suivie d'un quart d'heure de méditation. Nous sommes en novembre, elles portent donc invariablement sur les fins de l'Homme et le Jugement Dernier. Recroquevillée sous mes couvertures, je me bouche les oreilles afin de ne pas entendre la terrible sentence : « Allez, damnés, au feu éternel. »

Durant cette maladie dont je sors plus grande d'une demitete et avec le ferme propos de travailler, je suis passée de l'enfance à l'adolescence. Pour Adrienne qui, à l'initiative de Riri, s'est vu interdire, sous le prétexte de la contagion, la porte d'Albertine, cette quarantaine imposée n'a pas moins été salutaire : la voici affranchie de la tutelle maternelle. Notre foyer devient un vrai foyer, et un certain équilibre s'établit entre nos personnalités. Est-ce enfin le bonheur ? Adrienne reprend goût à la vie, se plaît à retourner dans le monde où l'on apprécie son charme et la vivacité de son intelligence... hélas ! deux malheurs fondent sur nous qui détruisent la promesse d'harmonie.

Coup sur coup, la Banque Mercurio ferme ses portes, privant Amédée de sa situation, et Pierre et Emilie nous quittent pour prendre, dans *la maison d'en face,* une place prétendument mieux rétribuée. En fait Pierre a séduit la fille aînée du concierge qui, douce et charmante, tient depuis le décès de sa mère, le ménage paternel. Inquiet de la fatigue et de la tristesse de son enfant, le pauvre homme s'ouvre de ses soucis à la maisonnée. Quant au chenapan, il pense écarter les soupçons en traversant la rue. Trahie par la rondeur de sa taille, la pauvrette avoue, et le père outragé prévient la police. Pris au piège lorsque les agents viennent l'arrêter, Pierre se jette par la fenêtre et se fracasse sur les pavés. Coupables, certes, nous ne l'étions pas, mais chacun nous rend responsables. Afin d'échapper aux silences et aux regards des justiciers, nous empilons, à la veille de l'été, nos meubles dans un entresol sombre de la rue de Grenelle. Certes nous comptons le quitter à la rentrée d'octobre, mais comme seul dure ce qui est provisoire, mes parents n'en sortiront qu'à leur mort.

Grisaille et tristesse, tel est cet appartement que le passage irrégulier des autobus ébranle du parquet au plafond. Aucun mur n'est d'équerre. On s'y sent en perpétuel déséquilibre.

Les beaux meubles de mes parents y sont exilés. Exilée aussi ma pauvre Adrienne qui, couchée en chien de fusil sur un canapé du salon où il faut constamment allumer l'électricité, s'étiole. Seule la politique l'arrache à ses regrets d'un lointain âge d'or. Y a-t-il un interlocuteur ? Elle se redresse, véhémente. Formée à l'école d'Albertine dont la voix s'est éloignée, elle prend le relais avec pertinence, juge, commente et s'angoisse en citant la parole du Tigre : « Il ne faut pas moins de résolution pour vivre la paix que la guerre... je ne vois partout que défaillance et relâchement. » 1924 : le départ du président Millerand, acculé à la démission après les élections qui ont consacré le triomphe de la gauche, est ressenti rue de Grenelle comme un drame national qui présage des jours sombres.

Est-il possible de s'épanouir dans un tel climat ? Non, pense l'entourage familial qui obtient que je quitte le Cours Martignac pour entrer comme pensionnaire dans une institution tenue par des religieuses : le Cours Saint-Germain.

Mon cœur bat à se rompre lorsque je comparais devant la Supérieure, Mademoiselle Adèle. Il bat davantage lorsque je franchis pour la première fois le seuil des élèves : rangs, uniforme, silence, regards curieux. On se pousse du coude en chuchotant : « Tu as vu la nouvelle ? » L'épreuve est plus cruelle que je ne l'imaginais. Cependant, ce joug dont j'ai de prime abord redouté le poids s'allège si vite que mes années d'internat sont marquées d'excellents souvenirs.

La petite communauté de L'Abbaye-au-Bois a vu grand lorsqu'elle a acheté, afin d'y installer une maison d'éducation pour jeunes filles, l'ancien hôtel La Rochefoucauld-Doudeauville, abandonné depuis le décès de la duchesse douairière. Digne écrin de l'une des plus illustres maisons de France, l'hôtel, entre rue de Varenne et rue de Chanaleilles, est l'un des plus beaux du noble Faubourg. On y accède par une cour d'honneur carrée, fermée au fond par la belle ordonnance du corps d'habitation et bordée par des écuries et des remises. La décoration intérieure vaut la splendeur de l'architecture extérieure qu'ornent balustres et vases : murs blancs et or, portes recouvertes de glaces, sols en marbre ou parquets à la française, grands salons en enfilade donnant sur un jardin mis à la mode anglaise sous la Restauration.

Ma mère l'a connu dans le faste des réceptions, avec le Suisse à hallebarde et bicorne emplumé, la nombreuse livrée, les toilettes éclatantes, les chamarrures des uniformes et le scintillement des bijoux et de l'argenterie sous les cristaux des lustres et des girandoles aux innombrables bougies. Plus tard, on a décroché peu à peu les portraits d'ancêtres, enlevé le magnifique mobilier et les bijoux précieux, puis fermé les portes et les fenêtres aux carreaux brisés et livré le palais aux rats, aux chouettes, aux chauves-souris et le jardin à une végétation envahissante. Si les religieuses y ont ramené la vie, elles ne l'ont pas rendu à sa destination. Pour y loger classes, réfectoires et dortoirs, elles se sont livrées sans souci de conservation à de sévères mutilations. Au rez-de-chaussée, seuls la salle de bal transformée en chapelle et le grand salon en parloir ont été épargnés.

Au premier étage, celui des chambres du Duc et de la Duchesse, c'est un véritable massacre. Meublées d'un lit, d'un lavabo et d'un placard, les cases des pensionnaires, sortes de boxes d'écuries fermés par un rideau blanc, coupent les pièces à mi-hauteur.

A peine la surveillante a-t-elle fermé la porte après un dernier *Jésus-Marie,* que surgissent, au-dessus des cloisons propices au chahut, des faces hilares et que s'établissent, dans un murmure à peine audible, de longues conversations. Les surveillantes (les pionnes) en font généralement les frais.

Issues de milieux aux revenus modestes, n'ayant d'autre capital que leur excellente éducation, sans fortune ni métier, ces épaves auxquelles jamais un jeune homme n'a dit « Je vous aime » se sont pour la plupart trouvées à la mort de leurs parents dans des situations très difficiles. En porte à faux entre les religieuses et les élèves, elles sont épiées sans cesse par des enfants en quête d'inédit. Mademoiselle M.... ne se doute pas que ses robes extravagantes sont passées au crible, ni la pauvre Mademoiselle L... à l'intestin paresseux qu'elle ne se rend jamais aux toilettes sans y être accompagnée, et qu'un jour l'une de nous a eu l'aubaine, après une délivrance difficile, d'entendre « Merci mon Dieu » !

Autant nous sommes sans pitié pour nos têtes de Turcs dont la seule défense est de charger nos bulletins hebdomadaires de mauvais points de conduite, autant nous respectons professeurs et religieuses.

Encyclopédie vivante, le plus remarquable des premiers, venus de l'extérieur pour donner des cours aux élèves des classes supérieures, Mademoiselle Potrel laisse sur notre génération une empreinte ineffaçable. Je la revois et la reverrai toujours, le visage marqué par la quarantaine, les yeux pétillants d'intelligence, ses cheveux châtains filetés d'argent mal contenus par un chapeau rose en bataille, dans son éternelle robe vert-de-gris.

Chargée du latin et du français, son premier souci est de nous apprendre à construire dans la langue morte comme dans la langue vivante. Sur ces fondations solides, nous parcourons des siècles avec elle, nous attendrissant sur la mort du moineau de Lesbie, nous enflammant pour les héros des théâtres classique et romantique, pénétrant à sa suite dans le jardin enchanté des poètes. Sensibles à la pureté et à l'élégance du français, à la musique de certains textes, soucieuses de ne rien perdre de cette formation exceptionnelle, nous sommes fascinées.

Au nombre de huit, les religieuses, que nous appelons « Mademoiselle » pour ne pas les trahir, puisque dans les années vingt les congrégations ne sont pas encore autorisées à enseigner, se multiplient pour assurer les petites classes, les leçons de religion et de musique et les disciplines secondaires, telles que l'écriture et la couture, sans négliger pour autant les offices ni les obligations quotidiennes : ont-elles jamais le temps de dormir ?

A peine nos aînées, leur jeunesse dissimulée sous la rigueur de vêtements noirs et démodés, les cheveux emprisonnés sous des mantilles d'où s'échappent parfois des mèches rebelles, le cou dans des guimpes baleinées, excellentes pédagogues, heureuses de voir nos personnalités s'épanouir, elles rient de nos facéties.

Mères par vocation, instruites des troubles que la nature suscite souvent aux alentours de la quinzaine, elles veillent sur leurs enfants avec tant de tact et de délicatesse que, sans nous briser, elles maintiennent des sentiments parfois violents dans les limites de l'amitié.

Je passe là cinq ans et, si je suis souvent, aux heures de récréation, condamnée à conjuguer le verbe « manquer de sens commun », j'en sors avec une foi profondément enracinée, un baccalauréat de lettres et de philosophie et une endurance physique et morale qui me permettront d'affronter l'existence. En dédiant aujourd'hui ces lignes à « nos Mères », je voudrais y mettre toute l'affectueuse reconnaissance qui jaillit de mon cœur.

Pendant ces années d'internat, je vis peu rue de Grenelle. Entre les courses, les visites à la famille et les leçons de danse, les jours de congé passent vite et j'ai peu de temps pour m'appesantir sur la tristesse du cadre. Ce cadre, nous le quittons le lendemain de la distribution des prix pour passer jusqu'à la rentrée d'octobre d'agréables vacances entre Le Nozet et Verzy, résidence d'été du comte et de la comtesse Bertrand de Mun, nos parents maternels.

Fils de l'orateur catholique Albert de Mun, ardent champion d'une législation sociale avancée, mon oncle descend à la fois par son père et sa mère du philosophe Helvétius. Le visage éclairé par un sourire esquissé — la séduction même —, très sensible au charme féminin, grand seigneur libéral, ouvert à toutes les idées, il allie à la foi un léger scepticisme. De fine et haute stature, on l'imagine sous une perruque poudrée, dans l'habit chatoyant du XVIIIe siècle.

Arrière-petite-fille de Lannes, ma tante Marcelle a hérité du grand aïeul une élégance naturelle, une intelligence rapide et la promptitude à s'emporter.

Ils auraient aimé avoir plusieurs enfants, mais de nombreux accidents de santé ont ruiné ce vœu. Seule une fille, Simone, par la suite comtesse Bertrand de Voguë, illumine leur foyer. Elle est l'objet de leur amour attentif et leur trait d'union. D'une générosité sans égale, ils savent aimer et donner : leurs largesses s'étendent à tous les membres de la famille moins favorisés et à leurs enfants de sorte, que fille unique, Simone compte de nombreux frères et sœurs d'adoption. Nous, les petits « Vallombrosa », comme on nous appelle, en faisons partie.

Situé au cœur de la bataille de Reims, leur château de Pargny a été détruit durant la guerre ; mon oncle et ma tante ont donc transféré leur résidence d'été à Verzy, maison de régisseur plantée au milieu du vignoble champenois. Nous y sommes invités chaque été pour de longs séjours.

Libérée des charges quotidiennes, entourée d'affection, n'ayant d'autre souci que de se laisser vivre dans cette maison où tout n'est qu'élégance et raffinement, Adrienne sèche ses larmes et chasse les papillons noirs qui la hantent. Avec l'optimisme de la jeunesse, nous la croyons chaque fois guérie, mais dès le retour à Paris elle sombre à nouveau.

Pour mon dix-huitième anniversaire, Tante Claire s'est ingéniée à créer autour de moi une atmosphère de fête. Les vœux offerts sur le seuil de la grande salle à manger du Nozet, la table du dîner décorée de têtes de dahlias flamboyants, les cadeaux déposés dans mon assiette et le gâteau dont je souffle les bougies vacillantes, tout nous arrache à la tristesse que vient d'apporter une lettre de ma grand-mère.

Habituée à se dominer comme à dominer les autres, de sa

grande écriture régulière que nulle trace d'émotion n'altère, elle nous annonce la mise en vente de l'hôtel Montebello.

Devant les embarras financiers croissants elle estime indispensable, quoi qu'il lui en coûte, de se séparer du nid familial. Elle s'installera, le moment venu, à Passy où Riri possède, dans un jardin, deux maisons jumelles, bâties au siècle dernier par des bourgeois aisés. Anne-Marie et sa mère habiteront celle de droite, et les fidèles Emile et Delphine celle de gauche avec ma grand-mère. Afin de pouvoir loger les portraits du Maréchal et de la Maréchale dans des pièces de bonnes dimensions, on réunit d'ores et déjà les deux pavillons par un grand salon surmonté d'une terrasse.

Nous sommes consternés. Notre entourage s'inquiète pour Adrienne : ne va-t-elle pas s'enfermer à nouveau dans la mélancolie au lieu de me mener dans le monde comme les convenances l'exigent ?

Or, contre toute attente, et comme si elle voulait défier les esprits malveillants, voilà qu'au lieu de se dérober, ma mère aborde l'obstacle de face. Puisque l'on doute d'elle, elle montrera de quoi elle est capable !

Cette fameuse entrée dans le monde n'est que l'aboutissement des différents échelons que nous gravissons depuis l'enfance sous la présidence de ma cousine la princesse de Robech. Celle-ci, n'ayant qu'un fils, Emmanuel, qui devient le chef de file de notre génération, craint que enfant solitaire, il ne souffre de vivre au milieu de personnes âgées. Elle a donc formé autour de lui une joyeuse bande de parents et d'amis réunis d'abord pour des goûters d'enfants. En beaux habits, assis cérémonieusement autour d'une grande table, nous nous gavons de gâteaux succulents avant de nous livrer sans restrictions à des parties endiablées, à moins que des séances de guignol ou de prestidigitation ne nous soient offertes par des parents inquiets pour leur mobilier. Puis, second palier de cet apprentissage de la vie de société, sont venues des leçons de danse données chaque dimanche par les maîtres patentés Baraduc et Prader.

Dans un grand salon de style Louis XVI aux murs délavés,

en rang d'oignons derrière les professeurs, nous nous évertuons aux pas du fox-trot, du tango, de la valse et du shimmy, remuant nos pieds en mesure sur des airs de jazz qu'un pianiste accablé par la routine tape sur un piano moribond tout en lisant son journal. En fin de leçon, nous sommes autorisés à danser : « Messieurs, invitez les demoiselles. » Tenues à bout de bras par des garçons gauches et maladroits qui semblent pousser des brouettes, nous faisons alors le tour de la salle sous les yeux attendris des mères.

Car les mères sont sans cesse présentes, à moins qu'un frère aîné ne chaperonne sa cadette. Elles sont toujours là, dans le salon, lorsque de leçons de danse en sauteries, nous parvenons aux matinées dansantes, véritables fêtes. Les maîtresses de maison, qui reçoivent à tour de rôle, engagent d'excellents orchestres, font dresser de beaux buffets et, jusqu'au douzième coup de minuit les jeunes filles, dans les reflets colorés et soyeux de leurs robes courtes, virevoltent aux bras de garçons en costumes sombres, ébauchant leurs premiers flirts.

Si, à peine plus âgés que nous, frais émoulus de leurs collèges, ces danseurs sont d'excellents camarades, ils ne peuvent être des maris. Ceux en revanche que nous allons rencontrer au bal, libérés du service militaire et nantis d'une situation, sont en général des partis possibles. Il est donc essentiel de mettre tous les atouts dans les mains de la jeune fille qui se présente pour la première fois devant ces époux éventuels.

Fidèle à sa promesse, ma mère n'a rien négligé ; elle a acquis le dernier paru du *High Life Ehret* et marqué de croix rouges dans les marges toutes ses relations. A chacune des adresses, une agence spécialisée a déposé un double jeu de cartes de visite : celle du comte de Vallombrosa et celle du comte et de la comtesse de Vallombrosa avec l'inscription au crayon « et leur fille » afin que nul n'ignore mon existence…

Bien entendu, ces cartes sont cornées, ce qui laisse entendre que nous les avons portées nous-mêmes. Personne n'est dupe, mais tel est l'usage. L'usage veut aussi que chacun des récipiendaires rende les cornes. Y manquer serait outrageant.

« Pourquoi, s'inquiète Adrienne, Monsieur de Mavrocordato, mon vieil ami, n'a-t-il pas répondu ? » Monsieur de Mavrocordato repose au cimetière depuis dix ans !

Terrible corvée ensuite : celle d'aller aux « jours » des vieilles dames qui font les réputations. Une bonne réputation vaut une dot. Combien sont-elles, ces vieilles dames ? Peut-être trente. La liste est interminable. Toutes sages et économes, elles reçoivent avant quatre heures, ce qui leur évite d'offrir même un verre d'eau. La sécheresse de certains accueils laisse présager des morsures que subira la précieuse réputation !

Afin de me mettre dans la note du bon ton, on a commandé pour moi une robe de tulle blanc vaporeux, acheté des souliers d'argent. Les escarpins dorés dont j'ai envie ont été jugés trop « jeune femme ».

Dernière question à résoudre lorsque je reçois une invitation à l'Ambassade de Pologne, chez le comte et la comtesse Chlapowski : « Comment nous y rendrons-nous ? » Les dames bien posées ont remplacé les équipages de leur jeunesse par des automobiles. Elles vont donc au bal menées soit par leur chauffeur, soit par leur mari. L'un d'eux, que le monde ennuie, préfère se mêler aux chauffeurs qui trompent l'attente en racontant sur le trottoir des anecdotes piquantes sur leurs patronnes ! Apostrophé un soir par l'un d'eux : « Et toi, tu n'as donc rien à dire sur ta maîtresse ? » il répond : « Je couche avec elle. » (L'histoire fait le tour de Paris.)

Triste exception dans un milieu encore fortuné, mes parents n'ont pas de voiture. Afin d'éviter le ridicule d'une bavure, ils en louent une, une superbe Hispano. Ainsi ferons-nous bonne figure à la sortie du bal.

Le grand soir arrive enfin et, tout en me préparant, je songe à l'irritation d'Amédée lorsque, durant les soirées de guerre, Adrienne faisait passer devant nos yeux, comme dans une lanterne magique, les images de la Belle Epoque : « Vous savez bien que c'en est fini de la douceur de vivre et que ces enfants n'iront pas au bal, ne verront jamais de croissants chez les boulangers. Vous risquez, en revenant sur des choses abolies, de leur donner des nostalgies inutiles. » Or me voici partant pour le bal après avoir, pour la forme, avalé un bon croissant !

Pendant le trajet, on me submerge de recommandations : ne pas oublier, après avoir salué la maîtresse de maison d'un grand plongeon, de gratifier chaque mère d'une révérence « à peine esquissée » ; éviter les apartés avec les jeunes gens ; n'aller que modérément au buffet, et de préférence accompagnée d'une jeune fille ; me montrer bonne amie pour celles qui, debout dans les portes, attendent en vain l'offre de danser ; ne pas croiser les jambes ; ne pas fumer : j'en ai la tête farcie !

Et puis, dès le seuil de la salle de bal, la splendeur des luminaires, l'élégance de la décoration tout en guirlandes de fleurs blanches et roses qui encadrent portes et fenêtres et se croisent au-dessus de nos têtes, le scintillement des bijoux et le rythme entraînant de la musique m'enthousiasment au point que j'en oublie tous les préceptes de bonne tenue pour passer avec la fougue de la jeunesse des bras de l'un à ceux de l'autre, jusqu'à ce que l'orchestre, en jouant *Go home,* annonce la fin de la fête.

Jean me manque beaucoup en ce soir où je franchis une nouvelle étape de ma vie. Enrôlé sous les drapeaux depuis le début de l'année, son départ a été la première brisure de notre vie familiale. N'est-il pas l'humour et la joie de vivre de notre foyer ? Pour essayer de retarder la séparation, nous l'avons accompagné jusqu'à la grille de la caserne : « Pas d'attendrissement », a-t-il demandé. J'ai tenu bon, mais de retour à la maison, devant sa place vide à l'heure du déjeuner, j'ai fondu en larmes dans mon assiette. Je ne le reverrai que l'été suivant, lors de sa première permission, au château de Saint-Jean-du-Cardonneye, chez notre tante Diane de Polignac.

Enceinte de son septième enfant, lorsque son époux est mort pour la France à Verdun, vivant dans le souvenir de celui qu'elle a tant aimé, Diane, devenue par son mariage avec un cousin la princesse Henri de Polignac, ouvre son cœur et sa maison à la jeunesse.

Sa signature — Polignac — Polignac (il est de coutume, dans le Faubourg Saint-Germain, de faire précéder le nom de femme par celui de jeune fille) sonne à mes oreilles comme un appel venu des temps lointains et m'amène à rêver. Le Velay, le départ pour la croisade du Roi des montagnes, le grand Armand de Polignac, ralliant autour de son nom et de sa bannière tout un peuple de seigneurs et de paysans...

Dans un monde en pleine mutation, si la princesse Diane conserve de sa race une foi inébranlable, le respect du nom et de la tradition, le goût du panache, le sens du bien commun appuyé sur le don de soi, un art de vivre qui tend à disparaître, et reste fidèle à ces valeurs essentielles à ses yeux, elle s'intéresse cependant beaucoup à tous les apports de la société nouvelle.

A la porte de Rouen, aux limites des belles forêts domaniales normandes, le château de Saint-Jean, entré dans la famille par mariage, allie à l'élégance d'une architecture Louis XIII le raffinement d'une décoration et d'un mobilier Louis XVI.

Aux alentours, c'est la vraie campagne avec ses grands arbres, ses prairies vertes animées par les mugissements des bovins, sa basse-cour jacassante et son potager qui, après la pluie, embaume la soupe de légumes.

Jeune parmi les jeunes, Tante Diane, stoïque devant la souffrance et capable de l'accepter en chrétienne, cache au fond de l'âme, sous les apparences de la gaieté et de l'enthousiasme, la blessure indélébile de deux fils morts. Mais, soucieuse de créer le bonheur des siens, elle a fait de Saint-Jean un paradis.

Paradis dans toute la plénitude du terme puisque, après des journées durant lesquelles nous pratiquons les sports les plus variés ou découvrons villes et monuments de la région, nous avons, le soir, le privilège d'écouter de grands artistes encore inconnus, telle Clara Haskil.

J'en suis arrachée brutalement par un coup de téléphone : la maison de la rue Barbet-de-Jouy est vendue : l'acquéreur, une Américaine, en étalant ses dollars sur la table du notaire, a exigé que l'hôtel fût livré à son décorateur à la fin du mois prochain.

Le choc est d'autant plus rude que, depuis la mise en vente, plusieurs tractations ayant échoué, nous n'y croyions plus. Ce délai de grâce a permis à ma grand-mère de donner une dernière grande réception pour célébrer la signature des accords de Latran. Ainsi celle qui a la première salué le nonce à son arrivée à Paris en 1921, lors de la reprise des relations diplomatiques entre la France et le Saint-Siège, celle qui, sans relâche, a combattu pour le trône de Saint Pierre, a pu fêter le traité qui rétablit le pouvoir temporel du Pape.

Dans les salons et le jardin se pressent autour du nonce des diplomates, des hommes politiques et des personnalités de la société. Superbe dans une longue robe de satin gris brodé de fleurs noires, les cheveux ramenés sur le sommet de la tête, sans aucune parure, ma grand-mère, debout, promène les yeux sur ses invités. Jadis d'acier, son regard s'est adouci et semble dire : « Maintenant, je peux mourir. »

A partir de ce jour, elle s'enferme effectivement dans une retraite hautaine que certains baptisent indifférence :

« A quoi bon, me dit-elle, parler du passé, puisque nul ne veut en tirer les leçons, ou de l'avenir où je ne prévois que des malheurs ? »

Son départ de la rue Barbet-de-Jouy a lieu dans un silence glacé. Sans un murmure, sans un regard en arrière lorsqu'elle franchit le seuil pour la dernière fois, elle quitte en grande dame sa maison pour ce Passy encore faubourien.

L'éloignement l'isole : les visites des amis s'espacent, celles aussi de ma mère et de ma tante Roselyne que les longs trajets en métro et les changements d'autobus fatiguent.

Toute dévouée à sa cousine, Riri cherche à la distraire en jouant avec elle au trictrac. Maigre pitance pour celle qui durant un demi-siècle a régné sur un salon célèbre.

Emue par cette solitude morale, je vais souvent la voir. D'abord sur la réserve et intimidée, comme toujours depuis mon enfance, par son port majestueux et distant et l'atmosphère de banquise qu'elle entretient autour d'elle, je lui raconte de menus faits, des banalités. Puis à mesure que naît dans son cœur un sentiment nouveau, la tendresse, et que son visage s'adoucit, nos relations, de froides et compassées, deviennent vraies et profondes. « Te voilà, ma chérie. » Nul jusqu'ici n'a été accueilli ainsi. Aussitôt, elle me confie, comme pour s'en libérer, la terreur que lui cause la perspective de sa fin prochaine.

Pour l'en distraire, je lui parle de mes jolies et charmantes amies, de mes projets d'avenir, de mes flirts. « J'aimerais bien connaître tous ces jeunes gens. Voudrais-tu que nous donnions un bal ici ? »

Je saute de joie.

Elle n'a jamais été plus belle ni plus séduisante qu'en cette soirée de printemps. Dans sa robe de satin gris, celle de la réception pour le nonce, rajeunie par la jeunesse qui se presse autour d'elle, elle a un sourire lumineux.

Le même sourire flotte sur ses lèvres lorsque je la vois étendue sur un lit de parade en satin blanc. La mort l'a prise endormie la nuit du dimanche 19 octobre, sans que la vieillesse l'ait atteinte ni diminuée. L'immobilité du beau visage de marbre blanc auréolé de tulle me bouleverse. Je voudrais que les paupières s'entrouvrissent une dernière fois pour répondre à mes appels. C'est mon premier face-à-face avec la mort, et les terribles mots « tout est fini » me martèlent le cœur.

Du blanc de la chambre mortuaire, nous passons au noir des funérailles. Afin d'honorer la défunte, mes parents ont choisi une « classe » très coûteuse.

Entre les murs de l'église qui disparaissent sous les tentures sombres, les habits noirs du maître de cérémonie, des huissiers à chaînes et des hommes de la famille, des voiles de crêpe épais sous lesquels étouffent les femmes, les ornements de deuil du clergé et les vêtements de l'assistance, on chercherait en vain une touche de couleur, si le blason des Montebello — une épée d'argent sur fond vert surmontant leur devise « J'attends » — ne se détachait seul sur le noir du catafalque.

En revenant du cimetière Montmartre où nous l'avons déposée dans le caveau de la maréchale Lannes, mon cher Jean, fatigué par le poids et la longueur de cette pompe funèbre, marmonne : « J'attends, j'attends, cette devise est vraiment de circonstance aujourd'hui, puisque notre grand-mère ne peut plus qu'attendre que s'ouvre devant elle la porte du Paradis. »

Moi aussi, j'attends, non pas le bonheur du ciel mais celui de la terre. Quatre années qui me semblent interminables s'écoulent encore avant que je ne rencontre mon Foulques bien-aimé.

Si l'on fait exception du grand sursaut national du 6 février 1934 auquel je prends part avec mon frère, sur la place de la Concorde, ces quatre années n'offrent que scandales financiers et abandons successifs devant les totalitarismes.

Aussi évoquons-nous souvent la tragique prédiction de la comtesse Jean : « Vous reverrez la guerre, mes enfants. »

La présence de Foulques dans mon esprit et mon cœur chasse les papillons noirs. Toute fière de voir briller à mon annulaire un diamant d'une eau très pure, je ne songe plus qu'à notre avenir. Pour l'édifier, je me plonge avec passion, durant ces longs jours de nos fiançailles, dans les belles histoires des Sabran. J'espère, en y puisant des exemples, mieux servir la mémoire de ceux dont je suis appelée à continuer la tradition et à perpétuer le nom.

DEUXIÈME PARTIE

I

Foulques

Au mariage des parents de Foulques, le comte Elzéar de Sabran-Pontevès et la princesse Constance de Croÿ, l'amour n'est pas invité, lui. Que ferait-il là ? Leur union est le fruit non d'inclinations mutuelles, mais des cogitations de la marquise de Laubespin qui, selon la coutume du Faubourg Saint-Germain, a pesé et soupesé les avantages des jeunes gens : nom, fortune, santé, éducation, sans tenir compte ni de leurs goûts ni des *climats* respectifs de leurs familles — climats pourtant si différents qu'ils compromettent d'avance l'entente du couple.

Princesse du Saint-Empire Germanique, descendante de la première dynastie hongroise des Arpads, Constance a vécu ses premières années au château du Roeulx, en Belgique. Dans ce véritable palais, son père, le prince de Croÿ-Sobre, et sa mère, née Louise de Croix, mènent un train de « principicules » dans un monde de majordomes, femmes de chambre, cuisiniers, cochers, jardiniers, gardes-chasse. Etrangers à ce luxe, les enfants — un fils, Etienne, et quatre filles —, confiés à des éducateurs germaniques, subissent de rudes épreuves physiques et de longues heures d'étude dans des chambres si froides, l'hiver, que l'eau « prend » dans les cuvettes. Leur esprit et leurs doigts s'y engourdissent jusqu'au moment de la récréation ; il leur est enfin permis de se réchauffer en courses folles. Par beau temps, ils se délassent dans le parc, les jours de pluie, dans les corridors. Alors, sous prétexte de jouer à cache-cache, ils se glissent malgré l'interdiction formelle dans certaine chambre — boiseries sombres et rideaux de damas rouges — où le duc de Wellington a passé la nuit qui précéda Waterloo et où, dans les affres de la colique, il a, pour réclamer sa chaise percée, tiré si violemment la sonnette qu'il a déchiré la sparterie en son milieu. Experte ès tisanes, la princesse de Croÿ de l'époque l'a remis sur pied. De quelles misères dépend l'Histoire ! En souvenir, on a conservé le cordon dans l'état où l'a mis le « Duc de Fer ». Mimer cette anecdote sur les lieux mêmes amuse toujours les enfants. Puis, alertée par leurs éclats de rire, la *Fräulein* les ramène à leurs études.

C'est en parfaite harmonie que vivent, au Roeulx, châtelains, notables et paysans. Ces bonnes relations sont entretenues par des rencontres au club qu'a fondé jadis un prince dans une dépendance de la maison et dont ses héritiers sont de père en fils présidents.

Lorsque Gustave, le grand-père de Foulques, est emporté à quarante ans par une fièvre maligne et que l'étendard en berne sur le toit annonce son décès, chacun ressent sa disparition comme un deuil personnel : que deviendra le château ? Contre toute attente sa veuve, Louise, que l'on croyait de santé fragile et uniquement préoccupée de paraître à la Cour, s'attache à tout maintenir afin de remettre à son fils, le jour de son mariage, le domaine dans son intégrité.

Après des mois de travail, les habitants du Roeulx fêtent en ce dernier dimanche de mai 1897 la joyeuse entrée de la jeune femme d'Etienne, née princesse Salvatrix d'Arenberg. Pour célébrer l'alliance des deux illustres familles, la ville offre un grand cortège historique.

Le Prince et la Princesse une fois installés dans la tribune qu'on leur destine, le héraut d'armes clame : « Que la fête commence ! » Ce sont alors chevaux fringants, costumes du xve siècle, sonneurs de buccins, porteurs de blasons, hommes primitifs à barbes broussailleuses, avec des feuilles cousues sur leurs culottes et leurs tuniques flottantes, musiciens coiffés de capuches pointues qui saluent l'entrée dans sa bonne ville, en 1463, d'Anthoine de Croÿ, parrain de Charles le Téméraire et vaillant capitaine : vêtu de velours sombre, décoré de la Toison d'Or, il caracole sur un cheval caparaçonné d'argent ; les membres de la Société « Les Intrépides de Roeulx », déguisés en bourgeois, lâchent alors des pigeons. Pansus, engoncés dans de larges collerettes, les mains encombrées par les cages des oiseaux enrubannés, ils sont si comiques que les rires fusent sur leur passage. Mais voici que revient Anthoine de Croÿ, entouré de ses six enfants sur des chevaux blancs, et suivi d'une litière tirée par de solides percherons : sous son hennin, Marguerite de Lorraine, sa femme, sourit à la foule.

On applaudit encore le char des illustrations de la maison de Croÿ : le roi André III de Hongrie, sainte Elisabeth, Guillaume, précepteur et ami de Charles Quint, un autre Guillaume, gouverneur de Tolède, cardinal en 1517, Charles-Eugène, généralissime de Pierre le Grand, Emmanuel enfin, maréchal de France en 1783, qui fortifia Dunkerque de ses propres deniers.

On s'attendrit devant les enfants, accoutrés en bergers et bergères — chacun admire surtout le sien —, qui précèdent onze rosières, en robes blanches enguirlandées de roses. Elles semblent un peu gênées d'étaler leurs vertus dans un tel costume.

Après le « départ d'une chasse à courre » donnée au Roeulx, en 1597, en l'honneur du duc et de la duchesse d'Arenberg, — aboiements de chiens, sonneries de cors —, banquet au château. Dans l'orangerie décorée de lourdes draperies piquetées de fleurs, des tonneaux ont été mis en perce et de longs buffets dressés : poissons en robes saumonées, jambons entiers sur lits de cresson, pâtés dans leurs croûtes dorées, oiseaux rôtis dans leurs plumages, volailles reconstituées, grands quartiers de viande, pièces montées aux armes des jeunes châtelains et fruits vermeils. La fête ne s'achève qu'au petit matin, après force ripailles et danseries.

Il a été stipulé, lors des accordailles, que Salvatrix serait seule maîtresse du Roeulx. Avec ses filles, la princesse Louise part donc dès le lendemain des festivités, sous une pluie fine, pour la France où elle a de grands biens hérités de ses parents. Privée des prérogatives dont elle jouissait sous la monarchie, elle considère ce séjour comme un exil... Exil pourtant doré ! car elle possède, à Paris, Faubourg Saint-Germain, rue de Lille, en bordure de Seine, un hôtel particulier, et en Charolais deux châteaux, des forêts et des pâturages... Mais, par orgueil aristocratique et esprit de caste, elle s'enferme dans un cercle restreint, ne recevant dans son salon, l'après-midi, que sa famille et certains membres du Gotha triés sur le volet. Après le Grand Prix, elle quitte Paris pour n'y revenir qu'en février, à la clôture de la chasse. Dans cette vie réglée par le calendrier et un semblant de protocole, nulle ouverture sur le monde extérieur, nulle fantaisie.

Au contraire, du côté Sabran, le grand-père, le comte Guillaume, poète et myope, célèbre pour ses distractions et ses colères aussi violentes que soudaines, soumet sa famille à ses foucades pour le moins « originales ».

Aîné de six enfants et orphelin de mère, il a passé son enfance au château de Grignols en Gironde, puis a été confié, pour ses études secondaires, à une tante débonnaire qui habitait Marseille : études problématiques, puisqu'on le voit plus souvent à Ansouis ou sur la Canebière qu'au collège, coiffé d'un casque colonial recouvert d'une gaze verte qui protège sa vue délicate, haranguer les becs de gaz pour leur inculquer ses convictions chrétiennes et monarchistes ! Réformé pour myopie et, de ce fait, inapte à la carrière militaire, la seule à laquelle il pourrait prétendre, il n'a jamais connu ni discipline ni autorité. Son père s'en inquiète et n'y voit d'autre remède que le mariage : mais où trouver la perle rare qui lui apporterait la fortune « que son nom mérite » et qui le ramènerait sur terre ?

La tante marseillaise la déniche. Orpheline de mère, comme Guillaume, elle s'appelle Marie de Panisse-Passis. Son Marquis de père n'est pas sans biens : un hôtel particulier à Paris, 3 place Vauban, trois châteaux, dont celui du Parc Borély à Marseille, des forêts en Lorraine et un portefeuille bourré de solides actions ! Marie a la taille élégante, le visage ovale et fin, encadré de cheveux châtains, relevés en bandeaux. Mais l'a-t-on seulement regardée ? On traite comme dans une affaire : Guillaume apporte dans la balance son nom et Ansouis, Marie sa dot, copieux titres de rente, château de Lamanon près de Salon, hôtel de la place Vauban. Autant de charmes. Et pour arracher le couple à la Provence, les pères ont décidé, de leur propre chef, qu'il s'installerait à Paris où le chef de famille, le duc de Sabran, les introduira dans la haute société et les initiera à la vie des cercles, des courses et des mondanités.

Guillaume enrage : si l'oisiveté est supportable, voire agréable, sous le soleil du Midi, elle est intolérable dans la capitale. Pour se libérer et affirmer son indépendance, il se lance à Marseille dans la mêlée politique.

Placardée sur les murs de la ville en lettres majuscules, voici sa déclaration de foi :

« Chrétien avec le Pape,
Royaliste avec le Roi »

Naturellement, il remporte aux législatives un échec cuisant, qui le rend à la poésie et à sa nostalgie d'Ansouis.

Romantique au cœur blessé par le comportement de son mari qui ne sort de ses rêves que pour l'accabler de sarcasmes, Marie se retranche bientôt, avec son magot, derrière un mur de glace.

Nullement intégrée à la famille malgré six maternités — ses belles-sœurs l'appelleront toujours Marie de Panisse —, jamais admise par les snobs du gratin parisien, elle se plaît seulement au milieu d'aristocrates moins brillants et fortunés qui l'admirent avec une déférence béate, et qu'elle régale d'un dîner chaque mardi. Ce jour-là, les fumets qui s'échappent des soupiraux sur la place Vauban sont si alléchants que les passants s'arrêtent pour humer ! Guillaume, que le cénacle assomme, s'ingénie à troubler la fête, soit en ignorant ses voisines de table, soit en les contredisant outrageusement.

La mort de deux de ses fils a desséché le cœur et le visage de Marie. Ses dernières photographies nous la montrent vêtue sans la moindre coquetterie, les lèvres pincées, le regard dur, les cheveux tirés sur le sommet du crâne en rouleaux si serrés qu'elle semble coiffée d'un plat de quenelles renversées. Une existence gâchée. Et pour comble, lorsqu'elle s'achève enfin, Guillaume en meurt de chagrin ! Jamais mari n'aura tant sangloté épouse tant maltraitée...

Les cœurs secs n'engendrent pas la tendresse : une enfance sans chaleur marque profondément leur fils aîné Elzéar, mon beau-père. Timide, gauche, des yeux de myope enfoncés sous d'épais sourcils, ayant vécu jusqu'à leur disparition dans le sillage de ses deux cadets, il a, en se fiançant en secondes noces avec Constance de Croÿ, accompli, à trente-deux ans, sa première action d'éclat. « Certes, il n'a rien d'un Adonis, dit-on dans l'entourage de la Princesse, mais il est attaché aux traditions d'une grande famille, brancardier à Lourdes, et, depuis son veuvage, adonné aux œuvres de bienfaisance ; et puis, ajoute-t-on en baissant le ton, en tant que mari, il ne sera pas un néophyte maladroit. »

Apparentée à l'Europe entière, agréable au physique, bien dotée, Constance, la fiancée, est, selon la formule consacrée, un très beau parti. Elle passe pour être critique et blessante, et c'est sans doute cette réputation qui lui a valu de coiffer trois ans de suite Sainte-Catherine ; elle en est d'autant plus mortifiée que l'on parle de marier l'une de ses cadettes. Elle saisit la main qu'Elzéar lui offre et, de crainte qu'il ne recule, précipite la cérémonie.

On met donc les bouchées doubles et, après dix-sept jours de fiançailles officielles vécues dans la fièvre des préparatifs, la comtesse Elzéar de Sabran-Pontevès, radieuse dans ses blancs atours, sort le 7 juillet 1903 de la basilique Sainte-Clotilde, au bras de son époux.

Pauvre Constance, la bien nommée ! A peine a-t-elle déposé sa robe de satin garnie de fleurs d'oranger qu'elle s'aperçoit de son erreur. S'ajoute bien vite à sa première déception la difficulté de vivre avec un homme peu aimable qui, de surcroît, sous l'emprise d'aigrefins, croque gentiment leurs deux fortunes. Cette idylle durera trente-sept ans.

Si Foulques, leur fils, s'étend avec complaisance sur ses frasques d'étudiant et de « tourlourou », il me parle peu de son enfance. Les aimant l'un et l'autre, il a trop souffert de la mésentente muette de ses parents. Peut-être aussi, seul fils entre quatre filles, cherche-t-il à oublier sa cruelle solitude de petit garçon ?

C'est donc en interrogeant ses proches et en classant des photographies jaunies que je recrée maintenant ce passé enfoui.

« Constance ne sait faire que des filles », clamait sans aménité Marie de Panisse, après la naissance de Sybille en 1905 et Stéphanette en 1907. « En lui donnant un petit-fils, je ferai mentir cette dame à dix centimes », répliquait sa belle-fille avec d'autant plus d'assurance que l'enfant qu'elle portait lui labourait, cette fois, les flancs de violents coups de pied.

Méridional par son père, septentrional par sa mère, Foulques vient au monde le 11 février 1908, chez sa grand-mère Croÿ, au château de Drée, en Charolais, à la frontière des deux civilisations dont il relève. Ce jour-là, on célèbre le cinquantième anniversaire de la première apparition à Lourdes. Y voyant un signe, Guillaume chante l'événement en alexandrins de mirliton : « Tu parais, de la Vierge arborant les couleurs », tandis que Marie, prosaïque comme toujours, souhaite seulement qu'il ne soit pas trop goulu. Quant à l'heureux père, il court d'une traite jusqu'à la mairie pour déclarer : « C'est un fils ! » A la longue liste de prénoms que l'accouchée a notifiés par écrit, il a, pour célébrer sa victoire, ajouté celui de Charlemagne !

Ainsi accueilli par une famille que le bonheur réunit, le nouveau-né esquisse son premier sourire à la vie. « Quel amour d'enfant ! » Ma belle-mère en est fière à juste titre.

Sa première photographie nous le montre sur un coussin, dans une robe de broderie anglaise. Le sourire s'est affirmé et les yeux, sous un front haut qui annonce une belle intelligence, pétillent de malice.

Pour ses premiers pas, il porte des bottines lacées d'où s'échappent de fines chaussettes blanches, un manteau blanc à pèlerine et un chapeau rond garni d'un ruché de rubans bleus. Osera-t-il lâcher le banc auquel il s'agrippe ? C'est fait : le voici qui, d'un pas hésitant, part conquérir le monde.

C'est en Charolais, chez sa grand-mère maternelle, au château de Drée, transformé en hôpital sous les ordres de la benjamine, la princesse Pauline de Croÿ, que les Sabran passent les premières années de la guerre. Vêtu en soldat, Foulques distrait les convalescents par ses espiègleries incessantes et ses grands éclats de rire. On l'a surnommé « autre malice ».

A la mort de la princesse Louise, en 1916, mes beaux-parents s'installent à Biarritz. Foulques s'y distingue comme enfant de chœur à l'Ecole Sainte-Marie où il suit les classes élémentaires. Pourquoi si malicieux sous la soutanelle blanche et le camail ? Il vient de vider la burette de vin de messe !

Les pages de l'enfance sont tournées, le voici adolescent, dans l'uniforme des Jésuites à parements de velours bleu. On le sent préoccupé. De fait, il refuse de se laisser couler dans leur moule et organise des chahuts monstres d'où retenues, menaces de renvoi.

L'atmosphère de la maison n'est pas faite pour le détendre. Luttant sans trêve pour sauver sa fortune compromise par son mari, Constance ne peut dissimuler ses inquiétudes financières. N'ayant d'autre refuge contre l'anxiété que les souvenirs de son enfance heureuse, elle croit faire le bonheur de ses quatre filles en les gardant sous son aile. Celles-ci, privées de contact avec la jeunesse, n'ayant jamais fréquenté ni pensions, ni lycées suivent, l'après-midi, sous la direction d'une institutrice, des cours par correspondance et, le soir, tirent l'aiguille autour de leur mère qui, inlassablement, leur raconte les fastes Croÿ. Combien de fois l'ont-elles entendu, le récit de la joyeuse entrée au Roeulx ? Il n'est question que de gens vertueux ou valeureux.

Mon beau-père, que ces perpétuelles redites exaspèrent, interrompt parfois brutalement : « Pourquoi ne leur parlez-vous jamais de votre grand-tante, Marie-Magdeleine de Vassé marquise de Rochebousseau, la meurtrière de son beau-frère ? » Et de s'essouffler à ce récit croustillant : « Pendant que cette vénérable dame, dite la diablesse, fait ses confitures dans un château qu'elle occupe indûment, puisqu'il est échu à son beau-frère, celui-ci vient réclamer sa part d'héritage. Prompte à la riposte, elle l'étend raide mort d'un coup de pistolet, puis affolée s'enfuit à cheval sous un habit d'homme. Sa course folle l'amène en pleine nuit à la porte d'un presbytère. Ne sachant pas qu'il a devant lui une femme, le bon curé la prend dans son lit. Quelle fut sa confusion lorsqu'il apprit le lendemain qu'il avait reçu une marquise en sa couche ! »

Entre Poitiers d'abord puis Angers, les années se traînent ennuyeuses, monotones. Seules les vacances, lorsque la famille villégiature à l'hôtel, en bord de mer, coupent l'uniformité. La routine ensuite, pesante, à nouveau.

1923 : Sybille vient d'avoir dix-huit ans lorsqu'elle est emportée brutalement par un mal inexorable. On l'enterre à Ansouis que Foulques découvre en même temps que le chagrin. Coup de foudre. Très sensible à la beauté, il s'étonne que ses parents n'aiment pas un pareil lieu : il rêve de se consacrer à sa résurrection...

Par bonheur, le climat d'Angers ne lui convenant pas, sa tante Huberte de Sabran l'invite à loger chez elle à Montpellier : il pourra y préparer sa deuxième année de licence en droit : le Midi, la proximité d'Ansouis, Foulques exulte.

Vivant seule depuis le mariage de sa fille Gersende avec le marquis des Isnards, toute au souvenir d'un fils et d'un mari, la vieille dame croit retrouver ses disparus dans ce neveu, elle succombe à son charme : « Il est tout Sabran », écrit-elle à sa fille.

A Montpellier, les jeunes filles sont belles et libres ; toutes raffolent du nouveau venu, et comme Tante Huberte ne lésine pas sur l'argent de poche, Foulques laisse éclater sa joie de vivre et fréquente moins l'université que le Casino de Palavas-les-Flots. Une année de vrai bonheur... Il me raconte avec de grands éclats de rire que la bonne tante a dit un jour : « Si tu échoues à l'écrit de la session de juillet, je t'offrirai, pour te consoler, le voyage d'Ansouis ! » Admissible, contre toute attente, le voilà fort perplexe : raisonnable, passera-t-il l'oral ? ou bien, cédant à la tentation, ne se présentera-t-il qu'en octobre ? La folie l'emporte : il se compose un visage de circonstance et annonce son échec. Sa tante est peut-être, des deux, la plus ravie !! Quelques jours plus tard, munis de paniers de pique-nique bien garnis et d'un pot de chambre en argent que le chauffeur sort discrètement toutes les deux heures, tous deux partent donc comme des collégiens buissonniers. Malheureusement, il paie cher l'escapade : recalé à l'oral de la session d'octobre, il perd du même coup le bénéfice de l'écrit et tout espoir de sursis au service militaire. Où mène le mensonge !

Incorporé à la base de Châteauroux, « rampant » de l'Armée de l'Air, il a l'imprudence, à son arrivée, de confier à un autre appelé : « Tout ce que je sais, c'est que les adjudants sont des vaches. » La boutade, aussitôt répétée, lui vaut les corvées les plus pénibles. On le voit souvent plus qu'à son tour dans la cour du quartier, en sabots et treillis, un balai à la main !

Excédé de ces brimades perpétuelles, il fait le mur, un soir, pour aller au bistrot. Comme il en sort, un peu éméché, il se trouve, dans la pénombre de l'abside de la cathédrale, en face d'un personnage vêtu de noir qu'il salue d'un retentissant : « Bonsoir, Monsieur le Curé. » Or l'ecclésiastique supposé n'est autre que le Colonel qui, ne goûtant pas la plaisanterie, le saisit au col de sa capote et le somme de se nommer : « Phileas Fogg », répond l'insolent : dix jours de prison fermes ! Il se retrouve donc le lendemain dans un réduit infect, éclairé par un vasistas étroit, sans autre mobilier qu'un châlit et une tinette. Un autre détenu lui témoigne alors sa sympathie : « T'en fais pas, on en sort toujours, et souvent plus vite qu'on ne pense. » Effectivement, il n'y reste que trois jours à se morfondre : on fait appel à des volontaires pour combattre le feu qui a pris dans l'une des fermes du comte de Gontaut à Dior, et que les pompiers seuls sont impuissants à maîtriser. Foulques se conduit si bien qu'on annule la punition.

Au cours des dix-huit mois qu'il passe sous les drapeaux, la discipline, l'obligation de se soumettre à des supérieurs, la rigueur d'un effort physique continu, les contacts avec des camarades de toutes conditions l'initient aux réalités de la vie. Devenu enfin adulte, le jeune homme insouciant révèle sa véritable personnalité — une totale indépendance qu'il ne veut plus devoir qu'au travail, donc à lui-même. Sans rien perdre de sa gaieté, Foulques alors frappe à de nombreuses portes, avant que ne s'entrebâille celle des Assurances Générales. Seule à recevoir ses confidences, sa plus jeune tante, Pauline de Croÿ — la princesse Pauline — le soutient constamment. Sous ses airs distants, elle cache une âme sensible toujours disponible, elle aime ses neveux et les comprend. C'est grâce à elle que je découvre mieux, aujourd'hui, le Foulques que je n'ai pas connu. Lorsqu'elle me parle de lui, j'ai l'impression de retrouver, sur son visage, le reflet du visage tant aimé et dans son sourire le sourire qui illuminait notre bonheur.

II

Gai, gai, marions-nous

Le 12 janvier, lendemain de notre mariage, le train qui roule vers la Côte d'Azur emporte deux êtres que la certitude d'être l'un à l'autre comble de bonheur. J'aurais aimé découvrir l'Espagne pendant mon voyage de noces, mais ce souhait a soulevé un tollé général : « Voilà bien d'une prodigue ! » Nous nous sommes donc contentés, à contre-cœur, d'accepter l'hospitalité que nous offrait un oncle dans sa villa d'Agay.

Un vent glacial sur des rochers rouges, une mer qui grelotte, des rues désertes qu'animent seuls les cris perçants des mouettes, telles sont nos impressions d'arrivée. Conçue pour la belle saison, la villa, que rien n'égaie, s'adosse à une colline plantée de pins parasols. La gardienne revêche qui nous attend sur le pas de la porte nous conduit dans notre chambre : située en contrebas, ses murs suintent, et son mobilier se compose en tout et pour tout d'une penderie dissimulée par un rideau de perse délavée, de deux chaises boiteuses et d'un lit si étroit qu'il nous est difficile d'y cohabiter sans que l'un de nous en tombe. Quant aux repas, la gracieuse Cerbère refuse de s'en occuper. Elle condescend tout au plus à nous servir le petit déjeuner et, en guise de dîner, un œuf à la coque et des pommes de terre bouillies.

L'unique restaurant ouvert en cette saison se trouve à l'autre extrémité de la ville ; et lorsque nous revenons de cette longue course à pied, nulle pièce chauffée où nous tenir, nul fauteuil confortable où nous blottir. Il serait désastreux de prolonger le tête-à-tête dans ces conditions ! Que faire ? Ma belle-mère m'a interdit Ansouis : « N'y allez surtout pas, Foulques y prendrait la mort » !

Nous voici en route néanmoins, par une de ces journées de janvier si lumineuses, si douces, que la nature semble s'ouvrir aux promesses du printemps. « Là-bas, regarde, regarde ! » s'écrie joyeusement Foulques comme nous atteignons un petit col après la traversée de Pertuis : du centre de la verte vallée d'Aigues, fermée au nord par les contreforts bleus du Lubéron, à l'est et à l'ouest par des collines arrondies, surgit sur son piton rocheux le bastion féodal auquel s'accroche le village.

« Que c'est beau ! »

Une allée qui serpente de l'autre côté, dit « côté de France », à travers un bosquet aux multiples essences, amène jusqu'à l'esplanade plantée de marronniers qui s'allonge au pied de la façade principale du château. C'est l'heure où le soleil disparaît dans un embrasement de l'horizon. « Il fera vent, demain », nous dit, dans un large sourire, le gardien qui nous accueille, entouré de six marmots hilares. Il nous a préparé l'appartement du haut, celui des jeunes ménages.

Dans la pénombre du crépuscule, j'y retrouve, éclairées par un grand feu de bois, les gypseries dédiées à la vie de famille et les perses à fleurs. « J'en ai pour un instant », me dit Foulques et, lorsqu'il revient avec une lampe à pétrole fumeuse, l'obscurité a déjà envahi la pièce : « J'espère que tu n'as pas eu peur ? »

Nuit dans des draps si humides et froids qu'il nous est difficile de nous endormir, réveil dans une atmosphère enfumée (le conduit de cheminée de la cuisine, lézardé, passe par notre alcôve), obligation d'aller tirer de l'eau avec un broc, au bas de l'escalier, au seul robinet de la citerne, bourrasques glacées de mistral, rien n'altère cette fois notre joie. Foulques en faisant son premier tour du propriétaire découvre, sans sourciller, l'état précaire où l'incurie de deux générations a mis le domaine et l'ampleur de la tâche qui nous attend.

Tout menace ruine dans cette demeure qui fut, jadis, d'une opulence digne de son site. Construite sur l'à-pic du rocher dont elle épouse la forme, la façade nord, celle de la forteresse qui, durant les siècles, a défié les hommes, n'a pas résisté aux assauts de la nature. Le tremblement de terre de 1909 a ouvert sur toute sa hauteur une large fissure qui met en péril notre appartement et les voûtes sur lesquelles repose le jardin secret. Le lierre s'en est donné à cœur joie, lui aussi, en faisant éclater les murs et grimpant jusqu'au toit. Mais est-ce bien un toit que cette couverture de plus d'un hectare dont les tuiles, sans cesse soulevées par le vent, laissent filtrer l'eau jusque deux étages plus bas, de sorte que, les jours de gros orages, la pluie dévale les escaliers intérieurs. Le mistral, heureusement, qui pénètre ensuite par toutes les portes et fenêtres atténue les dégâts !

Les murs de soutènement se sont également effondrés les uns après les autres, et les jardins de buis plantés sur les ouvrages de défense disparaissent sous une végétation exubérante. Par une étrange malchance, seule la chapelle triomphante de mauvais goût qui défigure la cour d'honneur a, dans le délabrement général, une mine florissante...

A l'intérieur, les déprédations entrevues, l'été précédent, dépassent l'entendement. Hormis quelques pièces qui, avec leurs tapisseries et leurs meubles haute époque, ont malgré l'abus tardif d'attributs héraldiques conservé une belle apparence, ce ne sont ailleurs que tentures arrachées, papiers déchirés, plafonds fissurés. Dans le grand salon de compagnie, mis au goût du XVIIIe siècle par des ancêtres désireux que la décoration fût à la fois somptueuse et raffinée, un mauvais plaisant s'est amusé à peindre en rouge vif le nez des dessus de portes et trumeaux, puis, dans la pièce suivante, à badigeonner de beurre frais, rehaussé de filets chocolat pour la mettre à l'unisson des murs, une superbe console Régence bleu et or.

Encore heureux que les plafonds aux entrelacs si élégants, les cheminées de marbre de toutes brèches, les grands miroirs aux cadres sculptés n'aient pas été saccagés par la Révolution et le XIXe siècle, que le beau mobilier ait été seulement relégué au grenier pour faire place, dans les pièces de réception, à des sièges recouverts de moleskine verte ! Intacts aussi, les portraits de famille sont dispersés dans toute la maison.

L'enthousiasme de la jeunesse nous tenant lieu de raison, nous nous mettons à l'ouvrage sans plus tarder, sans même un regard pour le paysage qui, d'en haut, s'étend jusqu'aux Alpes enneigées. Passe par les fenêtres tout ce qui peut y passer : paillasses bourrées de feuilles de maïs, tapis usés à la corde, tentures en loques. Ensuite, c'est un va-et-vient incessant entre l'étage noble et les combles : des meubles montent, d'autres descendent, que Foulques dispose avec un goût et un art consommés. Maître de la demeure, il l'est au vrai sens du terme, et j'en suis fière. Comme je suis fière qu'il agisse en châtelain, lorsque, la nuit venue, il m'emmène de maison en maison pour me présenter aux habitants du village et m'en faire adopter.

Tel fut notre « voyage de noces » : le début d'un rêve fou, suite logique d'un amour fou.

III

Par la grâce de Dieu

A notre retour à Paris, afin d'assurer un avenir encore incertain, Foulques se remet au travail, menant de front vie de bureau, préparation du concours d'inspecteur d'assurances et troisième année de licence en droit.

La nuit venue, tandis qu'il potasse jusqu'à une heure avancée, je me plonge à son côté dans les nombreux volumes de sa bibliothèque. C'est sans doute à l'ardeur que je mets alors, toute jeune encore, à rendre « mien » ce passé dont lui-même est pétri, que je peux aujourd'hui conter Ansouis et faire revivre les ombres les plus fameuses des Sabran et des Pontevès, deux maisons si souvent alliées qu'elles deviennent consanguines bien avant que ne s'effectue la fusion définitive.

A mi-chemin entre Durance et Lubéron, le château d'Ansouis est, de par sa situation géographique, un poste de garde et d'observation à l'entrée de la Haute-Provence. A l'origine, semble-t-il, c'est une forteresse celto-ligure. Un trésor de six mille drachmes d'argent découvert en 1844, un aqueduc qui amène l'eau de la montagne jusqu'à des bassins d'irrigation, un squelette en armure damasquinée enfoui dans un champ permettent d'avancer qu'elle vécut ensuite à l'heure grecque, puis romaine avant de connaître, sous les rois francs, les vicissitudes de l'invasion sarrasine. Son vaste quadrilatère, donjon central flanqué de quatre tours et de fortifications toujours visibles, accueillait alors les paysans des environs avec leur bétail, lorsque sonnait l'alarme.

Terre d'Empire, la Provence tout entière connaît, sous

Charlemagne, une ère de paix et de prospérité, à laquelle succède une nouvelle période de misère et de souffrance. Constituée en royaume électif par les successeurs de l'Empereur, elle est, durant un siècle, l'objet de convoitises et de rivalités sanglantes entre Carolingiens et Burgondes. Victimes alors des guerres, des épidémies, des incursions de Sarrasins implantés depuis Charles Martel dans leur réduit des Maures, les populations des villes et des campagnes se retranchent au besoin dans le Lubéron.

En 945, l'avènement d'un grand seigneur de sang capétien et bourguignon ramène la paix. Fondateur de la dynastie héréditaire des comtes de Provence, Bozon organise le royaume, en fixe les limites par une charte, datée de 960, où on lit en toutes lettres le nom d'Ansouis : « *Castrum quae dicitur Ansoyse* » ; place forte encore souveraine, le château entrera sous peu dans le patrimoine des Sabran.

L'extinction, à la fin du XIe siècle, de la lignée masculine de Bozon amène le morcellement du royaume entre trois maisons, héritières par les femmes : Guillaume Taillefer de Toulouse reçoit le Comtat-Venaissin, Ermengold IV d'Urgel le comté de Forcalquier, et Raymond-Bérenger IV de Barcelone celui de Provence. Souverains en titre, ne relevant que de l'empereur d'Occident, ces grands feudataires peuvent, de droit, faire précéder leur signature de la formule souveraine : « Par la grâce de Dieu. » Sont-ils pour autant les maîtres incontestés de leurs fiefs que compliquent nombreuses enclaves et frontières mal définies ?

« Par la grâce de Dieu. » Est-ce pour affirmer leur extraction royale que les premiers Sabran usent aussi des mots consacrés ?

Pour expliquer leur place prépondérante dès le Xe siècle, à la Cour des comtes de Toulouse, en Languedoc, on peut, sans recourir aux fables de Nostradamus qui leur donne pour ancêtre le général romain Stilicon, souscrire à la thèse d'un historien du XVIIe siècle, Remerville de Saint-Quentin. S'appuyant sur la similitude des écus d'armes (« De gueules aux lions d'argent ») et des prénoms, il les rattache aux anciens ducs d'Aquitaine, dont le dernier descendant, Emenon, disparu mystérieusement après que les autres membres de sa famille eurent été dépossédés ou assassinés, aurait trouvé asile chez son parent, le comte de Toulouse.

Rostain que Raymond Taillefer de Toulouse illustre soudain avant l'An Mil par le présent dans le diocèse d'Uzès du château et du nom de Sabran serait le petit-fils du précédent.

Son propre fils, Emenon II, reçoit, lui, avec le titre de *Comites Majores* (conseiller), le droit d'habiter auprès de son suzerain dans les arènes de Nîmes — comble des honneurs, qui vaut à son fils Guillaume, venu au monde la même année que Raymond de Saint-Gilles, de partager les jeux et les études de celui-ci. Entre eux naît alors une amitié qui ne se démentira jamais. Comte de Toulouse en 1088, premier souverain chrétien à répondre à la croisade du pape Urbain II en 1095, promu pour sa valeur généralissime des Chevaliers de la Croix des provinces méridionales, Raymond choisit son compagnon pour lieutenant. Avant de partir, ils font un pèlerinage à La Chaise-Dieu, en Auvergne, où le comte de Toulouse offre à la célèbre abbaye, par-devant l'archevêque d'Arles, Gebelin de Sabran, trois églises de Beaucaire, en témoignage de piété.

En octobre 1096, forte d'environ cent mille hommes, l'armée des Provençaux s'ébranle enfin dans l'enthousiasme général vers les Lieux saints par voie de terre. Envisagée par ses chefs comme une simple excursion, l'expédition se révèle très difficile : en Europe, les croisés se heurtent à l'hostilité des populations des régions qu'ils traversent et, en Asie Mineure, à des ennemis décidés à défendre leur sol.

A Nicée, à Antioche que les troupes assiègent durant neuf longs mois, et lors de l'assaut contre Jérusalem, le 15 juillet 1099, Guillaume se distingue par son ardeur. Voici le récit d'un témoin oculaire, Raymond d'Agiles, chapelain de Raymond :

« Le jour de la prise de Jérusalem, le comte de Toulouse qui commandait l'attaque du côté sud escalada la muraille, l'épée à la main, suivi du comte de Die, de Raymond Pelé de

Narbonne, de Guillaume de Sabran et de plusieurs autres seigneurs qui, après avoir écarté les ennemis, ouvrirent aussitôt la porte du Midi au reste de l'armée. »

Le nom de Guillaume ne figure pas dans le testament de Raymond de Toulouse qui, selon son vœu, fut enseveli en Terre Sainte : Dieu probablement avait fait au serviteur la grâce de le prendre avant son suzerain...

Font-ils appel à la grâce de Dieu les fils de ces deux preux, Pierre Jourdain de Toulouse et Guillaume II de Sabran, lorsque le pape Calixte II les excommunie pour s'être approprié l'abbaye de Saint-Gilles après en avoir chassé les religieux ?

Nouvelle illustration pour la maison de Sabran, les deux petits-fils du précédent, Rainier, seigneur d'Ansouis et de Cucuron, Géraud-Amic, seigneur du Thor, épousent deux princesses de Forcalquier : Garsende et Alix — respectivement fille unique et sœur cadette du dernier comte régnant de Forcalquier, Guillaume Ier. Celui-ci, las du pouvoir, souhaite conserver seulement un droit de regard sur les affaires de l'Etat. Garsende apporte donc à son mari un trône et une couronne. Ce sont par conséquent des souverains — leurs possessions s'étendent jusqu'à Nice en passant par Manosque, Forcalquier, Sisteron, Gap et Embrun — qui s'installent à Ansouis en 1178, au terme de leur voyage de noces. La tante Alix, dont Garsende ne veut pas être séparée, reçoit, au mépris des donations antérieures à l'abbaye de Montmajour, le fief de Pertuis, à deux lieues d'Ansouis. Quel est le plus beau des deux châteaux ? chantent les deux princesses. Démantelé puis reconstruit au début du XIe siècle, celui de Pertuis étale au cœur de la cité ses ouvrages de défense et ses logis d'habitation, tandis que, prisonnier de son assise rocheuse, celui d'Ansouis, auquel on a rajouté, entre donjon et tours du nord, trois étages seigneuriaux, se dresse fièrement vers le ciel.

Et voilà qu'en la même année 1180 les deux demeures s'éveillent de cris d'enfants : à Pertuis naît un fils, Guillaume — le cinquième dans la lignée —, à Ansouis une fille qu'on baptise, naturellement, Garsende.

Si Guillaume, l'aïeul, accueille avec joie sa première petite-fille, son visage se rembrunit à la naissance deux ans plus tard d'une seconde, Béatrice, naissance qui, de surcroît, ébranle la santé de la mère ; la tante Alix laisse volontiers entendre qu'en l'absence d'héritier mâle dans la descendance de la branche aînée son fils à elle pourra prétendre au trône.

Dix années plus tard, Garsende morte, son mari a eu deux fils d'un second lit ; quant au neveu, poussé par une mère ambitieuse, il se révèle orgueilleux, cruel et violent.

L'avenir de Forcalquier repose donc sur les frêles épaules de l'héritière, Garsende. Prince clairvoyant, le vieux Guillaume décide, afin de la soustraire aux prétentions de ses demi-frères, de son cousin, et d'éviter le démembrement du domaine, de la fiancer à son puissant voisin, le comte de Provence, Ildefonse II d'Aragon. Ainsi, par la réunion des deux comtés, le royaume de Bozon serait-il en partie reconstitué...

Le 28 juillet 1193, signature à Aix du contrat. On y conduit Garsende en simple équipage, car les Forcalquier ignorent le faste.

Pour s'en tenir à l'essentiel, Guillaume donne à son petit-gendre tout son comté dont il se réserve cependant l'usufruit :

« Soit notoire à tous que Je, Guillaume, par la grâce de Dieu, Comte de Forcalquier, après avoir pris l'avis de tous nos Barons, de bonne foi, de bon cœur, de bonnes intentions, sans fraude, complot ou " engin " quelconque, donne en mariage à toi, Ildefonse, Comte de Provence, fils d'Ildefonse, Roi d'Aragon, ma petite-fille Garsende que Rainier a eue de ma fille Garsende. Avec elle, je te donne pour " dotte " tout le Comté de Forcalquier, avec toutes ses appartenances tant en châteaux qu'en fiefs... bourgs et villages, à l'exception seulement des villages de Cucuron, La Motte et celui d'Ansouis, que je réserve pour les donner au fils de Rainier. »

Le beau-père serait mal avisé de refuser la promise et sa dot. Son acceptation figure en ces termes au bas du parchemin :

« Et moy, Ildefonse, par la grâce de Dieu, Roi d'Aragon, je

promets et jure à toi, Guillaume, Comte de Forcalquier, en touchant les Saints Evangiles comme je fais pour mes Barons, que j'aurai soin ou ferai autant qu'il sera en moi, de bonne foi et sans aucune tricherie que mon fils, Ildefonse, Comte de Provence, prenne en son temps la susdite fille pour épouse. »

Pour attendre « son temps », Garsende retourne à Ansouis où elle reprend ses jeux avec sa sœur, ses demi-frères, son cousin Guillaume et les enfants du village.

Est-ce pour constituer une dot à sa seconde petite-fille, Béatrice, ou pour soustraire une partie de ses domaines à l'annexion prévisible de la Provence à l'Aragon que Guillaume de Forcalquier renie soudain sa signature en remettant à la cadette sa souveraineté sur la partie nord du comté, Gap et Embrun incluses ? Se considérant comme spolié, Ildefonse II riposte aussitôt en s'emparant de Sisteron et d'autres places-fortes. Guillaume lève alors une armée et le fait prisonnier. Dans le feu des hostilités entre son grand-père et son mari, feu que n'éteint pas la naissance en 1200 de son fils, Raymond-Bérenger, Garsende a le cœur déchiré. Elle l'a bien davantage encore lorsque, le conflit ayant pris fin en 1209, à la mort des antagonistes, le roi Pierre II d'Aragon, son beau-frère, emmène Raymond-Bérenger en Espagne, sous prétexte de l'éduquer en prince : en fait l'enfant y subit une dure captivité dans une forteresse catalane. En sortira-t-il vivant ?

Trahie de ce côté, elle l'est aussi de l'autre par son cousin Guillaume de Sabran qui, pour endormir sa défiance, s'est, après avoir répudié sa femme, Bertrande-Sacristane des Porcellets, affilié au Temple dans l'Eglise de la Commanderie de Villedieu, près de Vaisons-la-Romaine, en présence de hauts dignitaires de l'ordre. A celui-là, peu importe d'être parjure. A peine a-t-il fait le serment de défendre la veuve et l'orphelin qu'il prend le titre de comte de Forcalquier, faisant valoir les prétendus droits de sa mère sur le comté. On le voit même affirmer sa souveraineté dans le cimetière de Pertuis où, assis sur un tombeau en guise de trône, il distribue les honneurs et reçoit l'hommage de ses vassaux devant le peuple assemblé au son des trompettes.

Garsende, dont l'Histoire retient surtout qu'elle aime à s'entourer de troubadours et présider des cours d'amour, se montre dans ces conjonctures difficiles habile politicienne. Inébranlable en sa foi dans le retour de son fils, elle assure la régence du comté de Provence et, dans celui de Forcalquier, feint de jouer le jeu de son terrible cousin qui n'hésiterait pas à verser le sang pour parvenir à ses fins.

1213 : après quatre années d'absence, Raymond-Bérenger est de retour. Son cousin, le futur roi d'Aragon, Jacques le Conquérant, lui a ouvert la porte de sa geôle et procuré une bonne monture : « Sois audacieux, Raymondino. Va reconquérir ton royaume. Courage, on t'attend. »

Reconquérir : le terme est exact pour Forcalquier où Guillaume de Sabran s'oppose à l'héritier légitime. Celui-ci n'a que treize ans et, sur les conseils de sa mère, consent, pour maintenir la paix, à un compromis : en 1220, Guillaume reçoit, avec le droit de continuer à battre monnaie, celui de porter jusqu'à sa mort, conjointement avec le véritable titulaire, le titre de comte de Forcalquier, non transmissible à ses descendants, et plusieurs seigneuries sur lesquelles il exerce une juridiction souveraine, à charge pour lui de rendre hommage au comte de Provence. Ainsi cet homme sans foi ni loi, en dépit de l'excommunication fulminée contre lui, au son des cloches et devant des cierges allumés, par Innocent III pour le châtier de son attitude envers les moines de Montmajour, s'en remet au ciel dans tous ses actes qu'il signe « Guillaume de Sabran, par la grâce de Dieu, comte de Forcalquier. »

Constituée cependant en Etat par la réunion des deux comtés sous le sceptre de Raymond-Bérenger, le meilleur souverain qu'elle ait connu, et organisée par son ministre, Romée de Villeneuve, la Provence s'ouvre à une ère de paix et de prospérité.

A jeune roi, il faut jeune reine, songe Garsende. Et d'envoyer des émissaires chez Thomas Ier de Savoie, dont la fille Béatrice passe pour être la plus belle et la plus accomplie des princesses. La demande en mariage est agréée, et c'est brillamment escortée que la fiancée quitte le château des Echelles pour son nouveau royaume. Le bonheur entre alors dans la vie de Raymond-Bérenger. La Princesse aux cheveux d'or règne par sa beauté et son esprit sur son époux, ses sujets, ainsi que sur les philosophes, les poètes et les musiciens qui, accourant à Aix et à Brignolles, font de sa Cour la plus brillante d'Europe. Garsende dès lors peut s'effacer : elle prend le voile au monastère de La Celle.

Vieilli prématurément par dix ans de règne et la maladie, c'est dans son château de Sainte-Maime, aux environs de Forcalquier, « mon beau Forcalquier », toujours fidèle à sa mère durant sa minorité, que Raymond-Bérenger aime à se reposer en menant une vie simple et familiale sous le ciel le plus pur, auprès de sa femme, de ses quatre filles : Marguerite, Eléonore, Sancie et Béatrice. L'aînée, songe-t-il, en les regardant s'ébattre sera bientôt nubile, et l'avenir dira si la gitane Zica a été clairvoyante, le jour où elle a prédit de brillantes destinées aux enfants qui s'accrochaient à ses jupes bariolées : « Vous serez toutes reines !

Toi, Marguerite, tu seras la plus puissante.

Toi, Eléonore, tu régneras sur une terre entourée d'eau.

Toi, ma pauvre Sancie, tu connaîtras la gloire et la douleur sous une double couronne.

Et toi, ma petite Béatrice, tu seras reine dans le parfum des fleurs d'oranger. »

Négociées en secret à Paris par Romée de Villeneuve, les fiançailles de Marguerite et du roi Louis IX ne sont plus imaginaires : la régente Blanche de Castille voit dans cette union le premier jalon du rattachement de la Provence à la France. De plus, avec cette jeune princesse qui sait juste lire, écrire et filer la quenouille, et dont Romée de Villeneuve lui loue la piété et assure qu'elle est « doctrinée par sa mère en sens, courtoisie et toutes bonnes mœurs », elle a la certitude de conserver les rênes du pouvoir et sa domination sur son fils. N'a-t-elle pas dévoilé le secret de ses sentiments en confiant à Romée : « N'oubliez pas que je la veux laide » ? Et lui, n'a-t-il pas eu le front de répondre : « Votre Majesté sera satisfaite » ?

C'est à Aix, où le comte et la comtesse de Provence reçoivent les envoyés du roi de France, l'archevêque de Sens et le comte de Nesles, venus demander la main de la Princesse, que Marguerite apprend son sort : « Je serai reine de France », annonce-t-elle à ses sœurs qui, par jeu, lui font la révérence.

Reine de France, elle l'est, « par la grâce de Dieu », le 27 mai 1234, lorsque la foule l'acclame sur le parvis de la cathédrale de Sens où se déroulent les cérémonies du mariage et du couronnement. En voyant l'épouse rayonnante de grâce et de beauté dans sa longue robe de satin rose brodée de fleurs de lys, la reine Blanche comprend tout à coup que le ministre Romée de Villeneuve l'a trompée ! Cette Provençale qu'elle voulait humble et soumise dans son sillage saura conquérir son mari et assumer les devoirs de la couronne. Blessée dans son orgueil et son amour abusif, la Régente se vengera par la suite, brimant sans cesse la vie conjugale des jeunes gens !

Un heureux hasard amène à Aix le frère d'Henri III d'Angleterre auquel Romée souhaite unir Eléonore. Subjugué par la beauté et le savoir de la Princesse, âgée de quatorze ans, mais formée comme une femme, il la décrit avec tant d'enthousiasme au Roi que celui-ci, déjà marié par procuration à la fille du comte de Ponthieu, rappelle ses plénipotentiaires et les envoie en Provence.

Le mariage est célébré, le 14 janvier 1236, dans la cathédrale de Canterbury. « Les rues de la ville ont été nettoyées et balayées, ses maisons ornées de bannières et de lanternes, et trois cents bourgeois, en robes à capuchons de soie, montés sur de beaux chevaux aux harnachements neufs, vont à la rencontre de la fiancée. » Les fêtes sont splendides en ce jour gris d'hiver, où, princesse du pays du soleil, Eléonore de Provence devient Aliénor d'Angleterre.

Ayant épousé des monarques de droit divin, déjà rois par la

mort de leur père, Marguerite et Eléonore sont reines d'emblée.

Pour Sancie et Béatrice en revanche, leurs époux devront conquérir leur trône, et la prédiction de Zica sera si longue à se réaliser que certains finiront par en douter.

Tendre et fragile, Sancie a douze ans lorsqu'elle est accordée, par procuration, à Tarascon, le 16 août 1242, au frère d'Henri III d'Angleterre, le comte Richard de Cornouailles. Veuf en premières noces d'une princesse blonde dont il a été éperdument épris, Richard est comte, pas roi : peu importe à la modeste Sancie qui, timide et résignée à son sort, est heureuse que sa mère et ses sœurs l'accompagnent à Londres où aura lieu son mariage.

Affaibli par la maladie et profondément affecté par la disparition de sa mère dont l'affection et les conseils le soutenaient constamment, Raymond-Bérenger ne réagit plus contre les sombres pressentiments qui l'assaillent : ses jours sont comptés; il ne sera plus de ce monde pour donner, le moment venu, au prétendant de son choix, sa quatrième fille, Béatrice, qu'il a instituée héritière universelle de ses Etats, en stipulant que, si elle mourait sans enfant mâle, la Provence irait à la descendance de sa fille aînée, la reine de France. Il sait, heureusement, qu'il peut compter sur la sagesse et la fermeté de Romée de Villeneuve auquel il confie le soin de veiller sur la Princesse.

Sûr d'agir dans le sens dicté par son maître et cédant à la force qui met le Midi sous l'influence française, Romée écarte d'illustres prétendants : le roi d'Aragon, Conrad, le fils de l'empereur Frédéric II de Hohenstauffen, et le comte de Toulouse puis, fort du consentement du Parlement d'Aix, accorde la main de Béatrice au frère du roi de France, Charles d'Anjou.

Charles, qui a vingt ans, un visage clair, énergique et des yeux bleus, arrive bientôt au son d'éclatantes fanfares : avec la bénédiction du pape, il épouse Béatrice le 31 janvier 1246.

Ainsi la Provence conserve-t-elle son identité et son indépendance, sous le gouvernement d'un fils de France qui prend le titre de comte de Forcalquier et de Provence.

« Et toi, ma pauvre Sancie, tu connaîtras la gloire et la douleur sous une double couronne. »

En 1257, quinze ans après leur mariage, quinze ans durant lesquels Sancie, dans une cour où règne la maîtresse de son mari, a été délaissée, humiliée et maltraitée au point d'espérer sans cesse que la mort vienne la délivrer, une grande nouvelle : Richard de Cornouailles est proclamé par le collège électoral empereur du Saint-Empire Germanique et roi des Romains ! Cette élection, due aux combinaisons politiques du Saint-Siège et à des marchandages coûteux, est confirmée, le jour de l'Ascension, dans la cathédrale d'Aix-la-Chapelle au moment où, après avoir fait jurer à Richard, sur le trône de Charlemagne, de défendre l'Eglise, l'évêque Coronator l'oint du Saint-Chrême et lui remet les emblèmes du pouvoir : la couronne, le sceptre et le globe. A son côté, toute menue dans sa robe d'apparat brodée d'or, Sancie reçoit, avec l'onction, la double couronne prophétisée.

« Mes trois sœurs sont reines », se lamente Béatrice depuis l'affront cruel qu'on lui a infligé lorsqu'elle s'est rendue à Saint-Germain, sur l'invitation de Marguerite, pour y rencontrer Eléonore et Sancie. Arrivée toute joyeuse au terme d'un long voyage, elle s'est trouvée devant trois souveraines en majesté qui, arguant de leurs positions, l'ont obligée à faire la révérence, à s'asseoir à leurs pieds sur un tabouret et, pis encore, au moment du repas, à se mêler aux autres convives pour se laver les mains à la fontaine, tandis que ses sœurs, assises, se voyaient apporter à table aiguière et bassin.

« Patience, notre avenir s'annonce magnifique », répond Charles : il pense à l'Italie du Nord où cités et seigneurs l'appellent souvent comme arbitre de leurs querelles, et aux intentions du pape Urbain IV de lui conférer la souveraineté du royaume des Deux-Siciles dès qu'il en aura chassé Manfred, fils naturel de l'empereur Frédéric II de Hohenstauffen.

En mai 1266, le légat du nouveau pape Clément IV, le cardinal de Briey, arrive à Aix en messager : le moment est venu de conquérir le royaume dont on lui accorde d'ores et déjà l'investiture. Et c'est dans l'enthousiasme général que, suivis de la fleur de la noblesse provençale et de nombreux hommes d'armes, Charles, Béatrice et leur suite s'embarquent à Marseille sur trente galères dont les étendards flottent au vent. Cet enthousiasme devient triomphe lorsque, après avoir été couronnés à Rome dans la basilique Saint-Jean de Latran, Charles et Béatrice, acclamés en libérateurs par le peuple, font leur entrée solennelle à Palerme, leur capitale : reine du pays où fleurit l'oranger, l'orgueilleuse Béatrice est désormais l'égale de ses sœurs.

Ainsi Garsende de Sabran, comtesse souveraine de Forcalquier et de Provence, dont nous avons l'honneur de continuer le nom et de perpétuer la mémoire à Ansouis fut-elle, *par la grâce de Dieu,* la grand-mère de quatre reines dont les royaumes couvraient la France, l'Angleterre, l'Allemagne, l'Italie et la Provence.

IV

Elzéar et Dauphine

MAÎTRE D'ANSOUIS à la mort de son père, le demi-frère de Garsende, Guillaume de Sabran, le *malo-torello,* le contrefait, épouse, en dépit de sa disgrâce, la belle Ermessinde dont il a deux enfants : l'aîné, Elzéar, est déjà quinquagénaire lorsqu'en 1266 il prend part avec son fils Hermengaud à l'expédition de Naples que Charles Ier d'Anjou son suzerain présente comme une croisade : le bâtard Hohenstauffen n'a-t-il pas des mercenaires sarrasins dans les troupes qui harcèlent le Pape ? Or, à cette époque, il appartient au seigneur, en cas de guerre, d'équiper de pied en cap ses vassaux : cette obligation l'entraîne à engager, chez des usuriers lombards, ses joyaux et même ses terres. Le voilà gravement endetté !

Hélas, Charles Ier n'est pas, comme son frère Louis IX, un souverain ferme et juste, mais le plus odieux des tyrans : non content, après sa victoire, de refuser une sépulture à son rival, il fait exécuter en 1268 le jeune Conradin que la plupart des Napolitains et des Siciliens regardent comme leur souverain légitime. Conradin a seize ans lorsque, stoïque devant la mort, il gravit, le 28 novembre 1268, les degrés de l'échafaud, dressé sur la place du marché à Naples.

Ni la disparition de Béatrice de Provence, sa femme, morte du chagrin de n'avoir pu fléchir son époux, ni l'opprobre que lui valent ses meurtres ne freinent la cruauté du nouveau roi, surnommé le Prince Noir, qui vit dans la terreur de représailles. C'est sa peur qui gouverne désormais, une peur qui provoque en 1282 les fameuses « vêpres siciliennes » ; l'insurrection fait huit mille morts parmi les troupes royales, chasse les Angevins de l'île, l'héritier du trône est prisonnier. Réfugié à Naples, Charles Ier s'entoure alors de loyaux serviteurs provençaux auxquels il distribue des fiefs : pour sa part, Hermengaud de Sabran reçoit, en 1283, le comté d'Ariano et la charge de Grand Justicier du royaume : s'il acquiert ainsi le privilège de battre monnaie « mi-partie avec ses armes et celles du Roi », il doit résider à Naples la plupart du temps. Aussi lorsque Laudune d'Aube de Roquemartine son épouse met au monde, à Ansouis, en 1285, peu de temps avant de mourir, un second fils, Elzéar — Auzias, en provençal — se trouve-t-il lui-même dans la Péninsule.

C'est ce fils Elzéar qui, avec son épouse Dauphine de Signe, accédera à la sainteté, après une vie que racontent cinq tableautins conservés dans l'église d'Ansouis. Le premier représente un enfant en chapeau et manteau rouges qui, dans les bras d'une jeune femme, montre du doigt des miséreux aux mains tendues : « Ledict Auzias, écrit son hagiographe, le Père Borelli, fut baillé à nourrir à une nommée Martine Gaut dudit lieu d'Ansouis, et luy venant à l'âge de deux ans et le portant souvent ladicte nourrisse à l'esbat hors du château et trouvant maintes fois les pauvres à la porte, adonc, il se prenait à crier et ne cessait jusqu'à ce que tous avaient eu l'aumône. »

A sept ans révolus, Elzéar quitte Ansouis et les petits villageois qu'il aimait à régaler devant la grande cheminée du château. Il gagne l'abbaye de Saint-Victor, à Marseille, pour y recevoir sa formation de chevalier ; sous la direction de son oncle, l'abbé commanditaire Guillaume de Sabran, il étudie les sciences et les lettres, pratique les sports et l'équitation.

A Naples, aussi bon prince que son père Charles Ier l'avait peu été, Charles II cherche, depuis son avènement, à résoudre les difficultés financières de ses fidèles, tel le vieil Elzéar qui se débat contre ses créanciers depuis la désastreuse conquête du royaume. Les revenus du comté d'Ariano, une rente sur la cassette royale permettant à peine de soutenir, en Italie, le train de vie de la seconde femme d'Hermengaud,

Alix, de l'altière maison des Baux, l'endettement des Sabran s'accroît chaque année d'intérêts impayés et ce, malgré une lettre patente du souverain accordant au débiteur de ne régler que cinq cents ducats par an. Or, au cours d'un séjour en Provence à l'automne 1296, Charles II entend vanter les mérites d'une beauté de haut lignage, Dauphine de Signe, dernière descendante des vicomtes de Marseille. Orpheline de père et de mère elle possède, outre le grand domaine de Puy-Michel, des revenus considérables. Par malheur, elle a décidé de prendre le voile au monastère de Sainte-Catherine de Sorbs où sa tante, l'abbesse Cécile du Puget, l'a recueillie à la mort de ses parents. Indifférent à la vocation de l'une comme à la jeunesse de l'autre (Elzéar est son cadet de trois ans), Charles II décide le mariage : n'est-ce pas le plus sûr moyen de redorer un blason ? Les tuteurs de la jeune fille sont donc priés d'amener celle-ci à la Cour. De peur qu'elle ne refuse, ils recourent à la ruse : une de ses parentes infirme désire la revoir avant qu'elle n'entre en religion. Alors pourquoi de si riches vêtements ? Ordre du Roi. Dauphine pleure, proteste : « Sachez, mon oncle, qu'ayant une fois voué à Dieu la pureté, c'est en vain qu'on me parle de mariage, et que je consentirai plutôt à la perte de ma vie qu'à celle de ma virginité. »

Pour vaincre sa résistance, on appelle au secours frère Guillaume de Saint-Martial, « casuiste » célèbre : les fiançailles ne constituent pas un engagement définitif et puis, il faut obéir au Roi. Après le repas d'accordailles, célébré en grande pompe devant les souverains « ces deux innocents », comme les appelle le Père Borelli, retournent dans leurs monastères respectifs : Dauphine à Sorbs avec l'intention de ne plus en sortir, Elzéar à Saint-Victor pour s'y préparer au mariage. Aussi lorsque, trois ans plus tard, les tuteurs reviennent à la charge pour « mener à bien » comme le souhaite le Roi « et parapher le plus tôt possible la négociation du mariage déjà entamée », refus formel de la nièce. Ils en sont irrités au point de la gifler et de lui tirer les cheveux, sans préjudice des menaces. En vain. Nouvelle intervention du « casuiste » qui, grâce à une recette infaillible pour rester vierge dans le mariage, réduit la place !

« Le Roi, qui avait de grandes affections pour la maison de Sabran, en fut si heureux qu'il employa tout ce que la magnificence royale pouvait faire pour honorer ces noces » qu'on célèbre le 22 novembre 1299 à Marseille, dans une ville en fête.

Le soir venu, dans la chambre nuptiale, Dauphine ouvre son cœur à Elzéar : « Tout doux, Monseigneur, je me suis promise à Dieu. » N'a-t-on pas forcé sa volonté ? Elle le supplie donc de faire sur-le-champ vœu de continence : ainsi, frère et sœur dans le mariage, n'offenseront-ils ni Dieu ni Roi. Elzéar, qui ne s'attend à rien de tel, répond avec une sagesse étonnante pour ses treize ans :

« Je crois que vous tentez l'impossible quand vous faites dessein d'unir ces deux états, incompatibles ensemble, le mariage et la virginité. Si vous le poursuivez, je pense que l'unique moyen sera de nous séparer. Allez, Madame, je ne puis vous refuser ce que vous me demandez, à la réserve de faire ce vœu pour le présent. Que pouvons-nous savoir de ce qui nous arrivera à vingt ou trente ans ? »

Et chacun de plaider sa cause pendant l'étrange nuit de noces ! Elzéar, dont le cœur s'ouvre à l'amour, finit cependant par promettre deux ans de chasteté qu'ils passeront à Ansouis.

Or tandis qu'il lutte, en dépit de ses sens, contre son désir fort légitime de posséder sa femme, le vieux Comte s'irrite de la stérilité peu naturelle du couple : les époux sont à l'église à longueur de journée ; la nuit, pis encore, on les surprend confondus en prières sur le pavé de leur chambre, la chambre dite aujourd'hui des Saints.

« A quoi bon toutes ces bigoteries ? » vitupère le vieillard qui sent venir la mort. Ne feraient-ils pas mieux de continuer la famille ? » Perpétuer la race, Elzéar voudrait bien... Mais lorsque s'achève la période probatoire, son insistance désole tant Dauphine qu'elle tombe gravement malade. Le cœur navré, Elzéar promet donc de respecter sa volonté ; il refuse toutefois de s'y engager par un vœu, comme elle le souhaite. Et dès lors, tous deux, à Puymichel comme à Ansouis, mènent de front piété, pénitence, dévouement aux indigents et obligations sociales car ils ont aussi leur rang à tenir : régies par une règle très stricte, leurs demeures ressemblent donc à des couvents où il convient cependant « que chacun se réjouisse, tant que la conscience ne s'en plaint pas », et où les paysans en difficulté peuvent contracter des prêts sans intérêts.

Alors, on parle de miracles dans l'entourage : durant la disette, le blé engrangé au château ne s'est-il pas renouvelé sans cesse, pour satisfaire un chacun ? Le Comte ne guérit-il pas les lépreux dès qu'il embrasse leurs plaies ?

La mort de son père en 1310 arrache Elzéar à Ansouis. Héritier d'Ariano où l'on conteste sa souveraineté, il remet à Dauphine la régence des domaines provençaux et gagne Naples au plus vite, afin de faire reconnaître ses droits par le successeur de Charles II, Robert Ier. Le Roi non seulement le confirme dans ses biens et ses charges, mais il lui confie l'éducation de son fils unique, le prince de Calabre.

Patience, sagesse et sollicitude envers les humbles — un sac spécial accueille leurs plaintes et leurs suppliques —, magnanimité dans les affaires civiles, rigueur dans les affaires criminelles : telles sont les armes d'Elzéar. Dans la Péninsule déchirée entre Guelfes, partisans du Pape, et Gibelins, partisans de l'empereur Henri VII de Luxembourg, Naples est alors, sous l'autorité d'un souverain libéral, un havre de paix et de sécurité ; et ce, en dépit de la menace que fait peser sur le royaume l'ambition allemande. En 1313, ayant franchi les Alpes avec une troupe considérable, Henri VII marche sur Rome, devenue la proie des factieux depuis l'installation du Souverain Pontife en Avignon. Afin de le gagner de vitesse, Robert Ier rassemble en hâte une armée et, confiant le commandement suprême à son frère, le prince de Morée, lui adjoint le comte d'Ariano comme Capitaine Général. Entre les Impériaux, campés dans la Rome antique, et les Napolitains, fortifiés au pied du château Saint-Ange, sur l'autre rive du Tibre, l'avantage, après deux mois d'embuscades, d'assassinats et de rencontres d'avant-postes, semble revenir aux premiers. Les seconds pour redresser leur situation tentent alors une attaque générale. L'affrontement est terrible. A la tête d'une poignée de cavaliers, Elzéar charge avec une telle fougue les ennemis qui tentent de traverser le fleuve qu'il les met en déroute. Blessé au visage, il n'en continue pas moins à les poursuivre, l'épée à la main, et sème l'épouvante. Soudain, au milieu de ce carnage, saisi par l'horreur d'avoir cédé à l'ivresse du combat, il fait sonner la retraite, puis met pied à terre pour réciter, sur le champ de bataille, le psaume des morts : les témoins de la scène comprennent alors que le lion Sabran n'est pas mort en lui et que seule sa foi en Dieu l'a contenu jusqu'alors.

Dauphine ne peut dissimuler son inquiétude lorsque, après quatre années d'absence, il revient à Ansouis dans un équipage digne d'un roi. Le faste de la Cour, les succès l'ont peut-être éloigné de leur idéal ? Nullement. Bien au contraire : il rentre décidé à prononcer le vœu si longtemps différé. Après la cérémonie dans la chapelle du château, le jour de la Sainte-Madeleine, les époux adhèrent aux tiers-ordre franciscain.

Elzéar a le pressentiment qu'il ne reverra plus Ansouis lorsqu'il teste, chez Maître Nicolas Cornille, notaire à Toulon, le 18 juillet 1317, avant de s'embarquer pour l'Italie avec Dauphine, que la reine de Naples, Sancie d'Aragon, appelle auprès d'elle.

La beauté et la grâce de la comtesse d'Ariano font sensation à la Cour — la plus brillante, la plus dissolue d'Europe. Bals, festins, tournois, jeux de bague auxquels Elzéar excelle s'y succèdent au milieu des intrigues. Etrangers à toutes ces turpitudes mais souriants, les Provençaux paraissent à toutes les fêtes en somptueux atours : nul ne se doute qu'ils portent un cilice sous leurs vêtements brodés.

En 1323, Naples est en deuil. Catherine de Habsbourg, la femme du prince de Calabre, est morte sans postérité.

Malade et languissante, elle n'a pas su, durant sa brève vie conjugale, retenir un époux brillant et volage.

A peine l'infortunée dans son tombeau, le Roi décide de fiancer son fils à une princesse française, Marie de Valois. Le comte d'Ariano se rend à Paris en ambassade extraordinaire pour négocier l'alliance et la contracter par procuration : « Après cette dernière mission au service du Roi, nous nous retrouverons à Ansouis pour nous consacrer à Dieu », dit-il à sa femme. La mort l'en empêche. A la veille des fêtes du mariage, il est pris d'une fièvre violente qui l'emporte le 27 septembre au matin, après un dernier hommage solennel à Dauphine : « Homme mauvais que je suis, j'ai été sauvé par la vertu d'une épouse que je laisse vierge comme je l'ai reçue. »

Sa veuve brise alors les derniers liens qui l'attachent au monde. Remettant Ansouis, ses meubles, sa vaisselle d'or et d'argent à son beau-frère Guillaume, elle vend ses biens propres, en distribue le prix aux indigents puis se retire à Cabrières d'Aigue, au pied du Lubéron, pour y vivre sous la bure, dans un dénuement complet.

Son seul plaisir est de contempler, de l'unique fenêtre de son réduit, la vallée bleue que domine Ansouis et de recevoir les visites de sa famille. Mais ce plaisir même lui paraît contraire au renoncement absolu : elle quitte alors Cabrières pour Apt afin de se rapprocher du tombeau d'Elzéar qui, suivant sa volonté, repose au couvent des Cordeliers. Lorsqu'elle va par les rues de la cité mendier son pain, les femmes lui lancent des pierres ou la traitent de « folle béguine », cependant que, dans les villes et les campagnes, se répand le bruit de ses miracles.

La peste noire s'abat-elle sur Ansouis? les habitants la supplient de venir. Dauphine se rend à leurs prières et sauve bon nombre d'entre eux — comme l'attestent les minutes du procès en canonisation où l'on trouve des noms toujours vivants au village.

1357. Dix ans ont passé. Après la défaite de Poitiers, Arnaud de Cervolle, dit l'Archiprêtre, vient ravager la vallée d'Aigues avec ses mercenaires gascons. Les paysans, excédés, s'emparent de l'un d'eux, Arnaud Durand, pour le précipiter pieds et poings liés dans le puits du château d'Ansouis. Au moment de basculer dans le vide, l'infortuné invoque la sainte Comtesse dont il a entendu parler. Non seulement il atterrit sans dommage après une chute de trente mètres, mais encore Dauphine lui apparaît, deux jours plus tard, dans un halo de lumière, le détache et le rend à l'air libre, sans qu'il sache comment. Quelle n'est pas sa stupéfaction, après l'avoir cherchée en vain à Ansouis pour se jeter à ses pieds, de la trouver à Apt, couchée sur le grabat où, depuis des années, la tiennent les infirmités de l'âge et de l'hydropisie !

Elle est dans sa soixante-dix-huitième année lorsqu'elle meurt par un jour froid de novembre. La veille, l'évêque d'Apt, son cousin Elzéar de Pontevès, lui a donné l'extrême-onction.

Revêtu de l'habit franciscain, le corps est porté en cortège solennel au tombeau d'Elzéar. Ainsi les dépouilles du comte et de la comtesse d'Ariano et d'Ansouis furent réunies sur la terre pendant que leurs âmes se retrouvaient au ciel. Mais n'est-il pas le plus saint des deux, lui qui a, par délicatesse et par amour, accepté de vivre dans une continence contraire à sa nature et à ses principes ? L'Eglise le canonise en 1363. Quant à Dauphine, proclamée bienheureuse, elle est déclarée sainte par la *vox populi* le 5 juillet 1368.

Leur souvenir est si vivant à Ansouis que chaque année, le premier dimanche de septembre, leurs bustes sont retirés de l'église et portés en procession jusqu'à l'esplanade du château.

En les vénérant avec nous, au pied de la grande façade décorée de bannières à leurs armes, les Ansouisiens perpétuent une tradition vieille de six cents ans.

Pendant que l'amour mystique d'Elzéar et de Dauphine illumine Ansouis, un autre amour fleurit, dans un cœur de poète cette fois, pour une toute jeune fille de leur parenté.

Né à Arezzo, le 20 juillet 1304, François Pétrarque, âgé de quelques mois, quitte la ville dans les bras de son père — Gibelin comme Dante — qui fuit la vindicte des Guelfes noirs.

C'est à Carpentras où le notaire Petrarco et son épouse, Eletta, échouent après de longs détours, que l'enfant est initié dans sa langue maternelle à la grammaire et à la rhétorique par un autre proscrit, Convenolle di Pratto.

Il est certain que, devant ses dons exceptionnels, famille et maître rêvent pour lui d'un avenir brillant dans la politique, la magistrature ou l'Eglise. Une formation juridique s'impose donc, mais ni à Montpellier ni à Bologne, la rigueur de la loi ne séduit cet esprit que seuls attirent les grands auteurs classiques.

Lorsque son père meurt, lui laissant un modeste héritage, Pétrarque a vingt ans ; il quitte l'université et rejoint, en Avignon, son compagnon d'études, le futur cardinal Colonna — Avignon où gravitent, autour du pape Jean XXII, grands seigneurs, poètes et artistes et qui brille alors d'un éclat incomparable. Sensible au faste et au luxe, Pétrarque mène une existence frivole jusqu'à ce 6 avril 1327 où, sur le parvis de l'église Sainte-Claire, à l'heure de la messe du matin, lui apparaît celle qui, dès la première rencontre, se fait aimer :

« Ses cheveux d'or flottaient sur ses épaules,
Son teint était d'une blancheur éclatante
Sa bouche n'offrait que des perles et des roses,
Sa taille était fine et souple. »

Elle s'appelle Laure, lui dit-on.

Elle a vu le jour à trois lieues de la ville, au château de Caumont où, frère de Rainier Ier de Sabran, son aïeul Géraud-Amic s'est fixé au XIIe siècle.

Dur et tyrannique, son père, Guillaume, maintient « cette rose née parmi les épines » sous une tutelle que seule adoucit la tendresse de sa grand-mère paternelle, Laure de Mondragon.

De santé délicate Laure, qui entre dans sa treizième année, ne quitte Caumont pour Avignon que durant les mois d'hiver.

Tout entier à sa passion, le poète s'abandonne au désir de la retrouver et de lui avouer son amour. Il la suit d'une résidence à l'autre, arpentant tantôt les promenades de la cité, tantôt les collines et vallées que délimitent Sorgue et Durance :

« Chaque fois que l'amour rayonne à son visage,
Près de toute autre dame augmentant sa beauté,
Autant chacune est moins jolie à son côté,
Autant croît mon désir et j'aime davantage. »

Laure est-elle sensible à cet amour ? Elle n'y répond que par de rares sourires, de brèves paroles, de vagues gestes, un semblant d'attention bientôt suivis de retraits. Elle ne tient même pas sa promesse de lui rendre visite dans sa maison des rives de Sorgue où il va dans le seul espoir de l'apercevoir ! Mais peut-être n'est-elle pas libre de faire autrement ? Peut-être son père est-il hostile à telle mésalliance ? En tout cas, elle refuse de se donner à quiconque...

« Sennuccio, je veux t'apprendre la manière
Dont je suis traité céans et quel vivre est le mien !
Comme toujours, je brûle et je lutte encore bien,
Laure me tourne et suis tel qu'à l'heure première.

« Ici, tout humble elle est, là, je la vois altière,
Rebellée ou paisible, ennemie ou soutien,
Tantôt n'étant pudeur, tantôt galant maintien,
Tantôt douce, tantôt très dédaigneuse et fière. »

Durant vingt ans, ni la gloire — Prince des Poètes, Pétrarque est couronné au Capitole —, ni les honneurs — il est aumônier et confident du roi Robert Ier de Naples, ambassadeur du Pape, archidiacre de Parme — ne détournent sa pensée de celle à qui il écrit :

« Je ne me suis lassé de vous aimer. Ne le serai, Madame, aussi loin que je vive. »

Et puis vient le jour où il inscrit dans la marge de son livre de chevet, Virgile :

« Laure, illustre par ses propres vertus et longtemps chantée dans mes vers, apparut à mes yeux, pour la première fois, l'année du Seigneur 1327, le six du mois d'avril au matin, dans l'église de Sainte-Claire d'Avignon et, au même mois, le même sixième jour, à la même heure matinale, mais l'année du Seigneur 1348, elle fut ravie à la lumière alors que j'étais à Vérone, ignorant de mon malheur. »

Trois années passent avant que le poète n'ait le courage de revenir à Vaucluse. Trois années durant lesquelles Laure ne cesse de lui apparaître, peuplant sa solitude. Mais bientôt un irrésistible besoin le pousse à revoir les lieux où elle a vécu.

« Il n'est ni buisson au flanc des montagnes,
Ni rameau, ni feuillage en ces fraîches campagnes,
Ni fleur en ces vallées, ni brin d'herbe, je crois,
Ni goutte d'eau coulant dans ces claires fontaines,
Ni bête sauvage en ces sauvages bois
Qui ne sachent combien sont cruelles mes peines. »

De toute part, on l'appelle, on l'honore, on sollicite ses services et sa présence. Il retourne en Italie mais ne sait où se fixer. Il se réfugie enfin à Arqua, près de Padoue, où il travaille sans repos :

« Aucun plaisir de ce monde n'est plus durable, plus sûr, plus délicieux, que le plaisir de l'étude ; et je souhaite que la mort me prenne lisant ou écrivant. »

Le 20 juillet 1371, jour anniversaire de sa naissance, au milieu d'une phrase, ses doigts laissent échapper sa plume, sur une dernière évocation de Laure :

« Qui l'eût jamais pensé qu'ils seraient terre obscure
Ces beaux yeux, brillant plus que le soleil clair * ? »

---

* *Les Amours de François Pétrarque et de Laure de Sabran.* Hilaire Engoubert, Ed. Boivin et Cie, 1948.

Avant de s'unir à la couronne de France, la Provence jouira encore d'un siècle d'indépendance, au cours duquel les Sabran assurent, de génération en génération, les hautes charges du comté. Mais en Provence comme à Ariano, est-ce l'influence rayonnante des saints d'Ansouis ? De superbes et violents — *Noli irritare leonem,* dit leur devise — ils deviennent pacifiques et modestes. Cette simplicité impressionnera le bon roi René qui inscrit dans son livre d'heures, parmi les sobriquets (*chichibelli* en provençal) qu'il s'est amusé à donner à ses principaux seigneurs : « Simplesse de Sabran. »

V

Le lion meurtri

LE 9 avril 1487, c'est le cœur en deuil qu'Hélion Ier de Sabran se rend à Aix-en-Provence où il est, en sa qualité de député des Etats, convoqué à la cérémonie officielle de la réunion de la Provence à la couronne de France.

« Ces cloches de fête dans le lointain sonnent, se dit-il, le glas de l'indépendance des Provençaux. Enfin présence ne signifie pas adhésion ! » Depuis que le successeur du roi René, Charles III du Maine, a légué, en 1481, au roi Louis XI sa belle Provence « comme un principal à un autre principal et non pas comme un accessoire à un principal » et dont les libertés et les privilèges doivent être maintenus, n'assiste-t-il pas, impuissant mais mal résigné, à l'intégration progressive du comté au royaume ? Et puis la montée d'une noblesse issue de négociants enrichis à équiper, transporter ceux qui allaient, au siècle précédent, se faire tuer en Terre Sainte et en Italie, ne signifie-t-elle pas la fin du monde féodal, son monde ?

A ces pensées noires s'ajoute l'aiguillon des difficultés financières. Déjà dépossédé de ses fiefs transalpins depuis la perte de l'Italie, il se voit maintenant dépouillé des hautes charges traditionnelles au profit de seigneurs venus du Nord, dont « le parler pointu écorche ses oreilles » !

1494 : le roi Charles VIII, moins sage que son père, subit, à son tour, le mirage italien et veut faire valoir ses droits à l'héritage angevin. A ses yeux, le royaume de Naples fait partie du comté de Provence. Rien d'étonnant si les Sabran qui caressent toujours leur rêve sicilien se lancent avec enthousiasme à sa suite, dans l'espoir fou de recouvrer leurs fiefs... Hélas ! en dépit de l'héroïsme des Provençaux et de leurs succès, cette expédition s'achève en désastre politique. Petit-fils d'une Milanaise, Valentine Visconti, Louis XII n'en reprend que davantage les revendications de son père : Hélion de Sabran est à nouveau à ses côtés. Le 7 avril 1502, à Milan, le Roi ordonne par lettres patentes que lui soient restitués le comté d'Ariano et toutes autres cités ayant appartenu à ses ancêtres dans le royaume de Naples. Restitution fictive, puisque ces fiefs ne seront jamais reconquis, mais le geste rallie les Sabran à la couronne de France. Est-ce pour leur témoigner sa bienveillance que François Ier, comme l'affirme la tradition, s'arrête à Ansouis après Marignan ? Nulle preuve de ce passage, mais histoire ou légende, l'anecdote est si bien enracinée qu'au XVIIIe siècle le lys de France vient décorer la chambre où le Roi aurait passé la nuit.

Après la victoire, la défaite, Pavie en 1525. La Provence entre dans une ère de catastrophes : peste, famine déciment les populations ; ensuite déferlent les troupes de Charles Quint et du Connétable de Bourbon, qui dévastent le pays jusqu'à la paix.

Hélion de Sabran raccroche alors son épée et mène avec les siens, à Ansouis, la vie d'un seigneur campagnard : il cultive ses vignes et ses oliviers, et sa femme Catherine apporte chaque année ses olives à ce moulin de Cucuron où, quatre siècles plus tard, j'apporte ma récolte.

Le château n'a pas encore changé : mêmes salles voûtées aux ouvertures étroites, remparts, courtines. Les archives familiales témoignent d'un déclin de la famille et du rétrécissement du patrimoine, diminué par les partages, les dots et ce, malgré une mesure prise en 1375 par le chef de famille, Louis de Sabran, qui interdisait d'attribuer aux filles la moindre parcelle du bien féodal.

La dame d'Ansouis n'est certes pas envieuse ; c'est, cependant, avec une pointe de mélancolie qu'elle voit s'édifier autour d'elle des châteaux somptueux dans l'esthétique de la Renaissance française : La Tour d'Aigues, forteresse médiévale jadis propriété des Sabran, que son nouveau propriétaire, Antoine-René de Bolliers, fait rhabiller en palais orné d'un magnifique portique encadré de colonnes corinthiennes, Villelaure, réplique du précédent, que les Forbin, aussi riches que récents, fondent sur l'emplacement d'un vieux manoir Lourmarin, autre fief Sabran jadis, que les Lesdiguières ouvrent également au soleil et à la lumière. Ces demeures splendides et, semble-t-il, bien protégées contre l'adversité, sont prises dans le premier conflit religieux qui déchire la Provence. Les Vaudois qui se réclament de Pierre Valdo sont-ils plus proches de la doctrine catholique que de celle de Luther ? Piémontais paisibles venus à l'appel des seigneurs pour cultiver leurs terres en jachère depuis les calamités du XIVe siècle, ils sont convaincus d'hérésie et pourchassés en vertu d'un arrêt du Parlement d'Aix du 18 novembre 1540. Tout le Lubéron est à feu et à sang : dans les villages, ce ne sont que massacres dont la chrétienté est horrifiée ; Ansouis seul demeure un havre de tolérance et, ainsi, échappe à la folie meurtrière. Le 30 octobre 1562, Honoré, le nouveau maître d'Ansouis, épouse Marguerite de Forbin. Par son père Vincent, elle est la petite-nièce du grand Palamède, l'artisan du rattachement de la Provence à la France.

Si la dot de la jeune fille est modeste — trois mille florins d'or —, la fortune de son père permet d'espérer un héritage substantiel qui permettra un jour aux époux d'embellir Ansouis. Mais des travaux seraient prématurés : la guerre se rallume et la religion souffle. Cette fois, Ansouis n'est pas épargné... Sombre chapitre dont je dois la connaissance à un cultivateur du lieu, M. Guillon : un de ses ancêtres en a noté jour par jour les événements entre 1556 et 1589. L'auteur, Anthoine Olivier, né à Ansouis le 9 décembre 1537, engagé à dix-neuf ans dans les troupes du maréchal de Brissac, avait acheté à Paris, pour trente sous, le carnet dans lequel il consignait ses faits, gestes et impressions !

En 1561, la paix signée entre la France et l'Espagne termine les campagnes de Monsieur de Brissac. Anthoine entre alors au service d'Honoré de Sabran qui guerroie à Sisteron contre les réformés.

« En 1562, étant grande guerre en ce pays des huguenots, mondict sieur, le chevalier d'Ansouis, capitaine d'une compagnie de gens de pied, m'a fait son Lieutenant à une revue générale, étant le camp qui avait reculé de Sisteron tenu par lesdits huguenots à L'Escale. »

Sans doute est-ce durant cette absence du Chevalier que sainte Dauphine sauve miraculeusement le château privé de défenseurs. Un soir, du haut de sa terrasse, Marguerite de Sabran voit avec terreur une troupe de gens armés qui se dissimulent derrière la chapelle, au pied de la colline. Ce sont, lui dit-on, les redoutables calvinistes de Ménerbes qui se préparent à l'assaut. Ne pouvant compter sur les secours terrestres, Marguerite invoque sainte Dauphine. Miracle ou mirage ? toujours est-il qu'au lever du soleil, le lendemain, les assaillants voient les remparts garnis d'une nombreuse troupe armée et plient bagage !

Les miracles ne se renouvellent pas toujours, la suite du récit d'Anthoine Olivier le montre :

« En 1574 et le 3 août, un mardi, environ onze heures du matin, Monsieur d'Oraison, fils aîné de Monsieur le vicomte de Cadenet, a pris par surprise ledit lieu et château d'Ansouis, étant Monsieur l'Ecuyer d'Ansouis à La Tour d'Aigues où il avait été mandé ; et j'étais allé à Lauris, ce matin, avec mon cousin, Maître André Olivier, notaire royal, pour y négocier certaines affaires qu'avons ensemble avec mon oncle [...] et, de là, allâmes, mondict cousin et moi à La Tour d'Aigues pour trouver mondict sieur l'Ecuyer, qui me persuada de me jeter aux troupes dudit sieur d'Oraison pour mettre hors son château ceux qui le tenaient... Donc, dans peu de jours après, mondict seigneur l'Ecuyer et moi, nous nous en allâmes trouver le sieur d'Oraison, à Cadenet, où nous fûmes fort caressés. » Si bien « caressés » que le sieur d'Oraison conserve le château trois mois...

« Le neuvième de novembre, un mardi, environ deux heures après midi, étant sollicité par les lettres que m'écrivait souvent mondict sieur l'Ecuyer d'Ansouis, me résolus à me perdre, ou venir à bout de ladite entreprise [...] Sur quoi me rendis près la porte dudit château, le long de la muraille, et fis heurter la porte audit Guion qui était de garde, et soudain qu'on lui eut ouvert, me jetai avec ma troupe promptement dedans et avec furieuses paroles et promesses de sauver la vie à quatorze arquebusiers qui étaient de garde à ladite porte, se rendirent à moi, lesquels n'eurent aucun mal, excepté un qui fut blessé par un des miens à coups de hallebarde. J'ai attestation des sieurs, comte de Carcès, sieur d'Ansouis et sieur de Meyrargues, lettres et missives sur ledit fait. »

Après ce dernier épisode de la lutte partisane qui déchire le Lubéron, le Capitaine et son lieutenant se séparent. A la solde, tantôt des catholiques, tantôt des huguenots, Anthoine Olivier court les aventures. Jusqu'à Paris, où Henri III l'anoblit tandis que, las de la guerre et de ses désastres et pillages, Honoré de Sabran jure de déposer les armes et s'installe à Ansouis dans l'espoir d'y vivre en paix avec les siens et de mettre enfin sa demeure au goût du jour. Il n'en a pourtant pas fini avec les tribulations ! Après avoir échappé par miracle, en 1580, ainsi que Marguerite, à l'épidémie de peste la plus violente qui se soit abattue jusque-là, le réveil de la guerre civile lui pose un nouveau cas de conscience.

En mai 1584, la mort du dernier frère d'Henri III ouvre la succession au trône de France à un calviniste, Henri de Navarre, futur Henri IV.

Or, peu d'années auparavant, des catholiques intransigeants ont formé la « Sainte Ligue » afin de protéger leur religion que menacent les progrès de la Réforme. Et lorsqu'Henri III reconnaît Henri de Navarre comme héritier présomptif, de pacifique leur engagement devient violent. Enflammés par les appels de fanatiques, les ligueurs prennent les armes dans la France entière sous la conduite de chefs plus soucieux de leurs intérêts que de ceux de la foi. En Provence comme partout, la situation se retourne : les rebelles d'hier soutiennent le lieutenant général du Roi, Monsieur de La Valette, tandis que les anciens alliés se soulèvent. Honoré de

Sabran aimerait rester neutre mais, circonvenu par une ligueuse enragée, la comtesse de Sault, il adhère au parti des princes catholiques et leur ouvre les portes de son château. Aussi, lorsque, le 27 juin 1588, le lieutenant Olivier revient au village faire enregistrer ses lettres d'anoblissement, les remparts du château sont hérissés de piques et d'arquebuses :

« A nouveau, grands troubles dans ce pays », note-t-il dans son livre de raison, sans dissimuler sa crainte que « le Gouverneur pour le Roy en Provence vienne, en représailles, assiéger Ansouis ».

Trop prudent pour engager ses troupes, le susdit tend un piège à Honoré et à son fidèle compagnon :

« 1588, le dix-neuf octobre. Estant arrivé à Pertuis, ledit sieur de La Valette manda appeler mondict sieur d'Ansouis et moi dans sa chambre à l'abbaye où il logeait et commanda à Monsieur de Montaut, son cousin, capitaine de cent hommes, prendre Monsieur d'Ansouis et qu'il ne lui échappât qu'il ne lui eût rendu la maison et qu'il y mît garnison ; et à moi, ne bouger de là que ladite garnison n'y fût établie : chacun considère que Monsieur d'Ansouis et moi fûmes bien étonnés. Or le tout fut exécuté à cause qu'il doutait que nous fussions du parti de Messieurs de la Cour du Parlement de Provence qui étaient en grande altercation contre ledit sieur de La Valette, parce qu'on ne doutait qu'il fût d'accord avec les huguenots pour ruiner cette province. »

Contre toute attente, c'est le conseil d'un huguenot, le marquis d'Oraison, celui-là même qui avait investi le château quinze ans auparavant, qui permet de reprendre Ansouis :

« 1588, le onze décembre, à l'heure du souper, environ l'heure de six, Monsieur d'Ansouis, Monsieur le baron son fils et autres ses serviteurs domestiques surprirent les soldats qui étaient au château et les chassèrent, sans toutefois tuer personne. »

Après les meurtres de leurs chefs le duc de Guise et le cardinal son frère, perpétrés sous les yeux du roi, les ligueurs reprennent avec une ardeur nouvelle la lutte fratricide : la Provence est coupée en deux : avec l'appui du Parlement,

Hubert de Vins, le chef des catholiques, installe sa capitale à Aix, tandis que La Valette gouverne de Pertuis au nom du roi. Honoré, dont les sympathies iraient plutôt aux catholiques, temporise sans prendre parti. Mais La Valette s'impatiente et amène son artillerie dans la vallée d'Aigues. C'est sous la menace de cinq canons qu'Honoré fait sa soumission :

« 1589, le dix-huit juin, il fut accordé que mondict sieur d'Ansouis tiendrait sa maison sous l'obéissance du Roy et ne recevrait aucunes troupes de Messieurs de la Cour du Parlement, ni de Monsieur de Vins. » En 1593, l'abjuration d'Henri IV instaure enfin une paix durable. Dans sa grande bonté, la Providence rappelle à elle Vincent de Forbin : Honoré et Marguerite peuvent enfin réaliser les embellissements si longtemps différés du château : leur propos n'est pas d'abattre l'ancien Ansouis, mais de le transformer en demeure de plaisance dans le style des palais italiens. Sachant la nature lente dans ses réalisations, ils créent d'abord les jardins. Des buis plantés en figures géométriques recouvrent désormais le cimetière de la forteresse, qui prend le nom de « jardin de Paradis ».

La pierre des carrières d'Ansouis, pierre qui chante au soleil, est la richesse essentielle de la façade principale, dont les seuls ornements sont une porte à bossages et de larges fenêtres « en ailerons » à l'étage noble et l'étage d'habitation, sur un rez-de-chaussée avare d'ouvertures.

Lorsqu'ils gravissent, sous un plafond « à la française », le grand escalier qui entoure en la préservant la cour des gardes et les mène aux pièces de réception en enfilade, les visiteurs mettent leurs pas dans ceux d'Honoré et de Marguerite à qui je dédie ce chapitre, en témoignage de reconnaissance, car c'est à eux qu'on doit l'Ansouis d'aujourd'hui.

VI

Trois Marquises

Au XVIIIe siècle puis au début du XIXe, l'étoile des Sabran ne brille plus en Provence, mais à Paris où trois femmes, Louise-Charlotte, Eléonore et Delphine que célèbrent le duc de Saint-Simon, le chevalier de Boufflers et le vicomte de Chateaubriand rehaussent l'éclat du nom par leur charme, leur esprit et leur beauté.

Louise-Charlotte de Foix, marquise de Sabran, la première en date, n'avait froid ni aux yeux ni aux seins. Afin d'offrir à son amant, le régent Philippe d'Orléans, des bols à chocolat d'un mode nouveau, elle fait reproduire en porcelaine tendre leur galbe parfait !

Issue de la Maison royale de Béarn et de Navarre, dont la branche aînée s'était fondue dans celle des Albret et des Bourbons, Louise-Charlotte passe son enfance en Ariège au château de Rabat où la tient l'impécuniosité d'un cadet de grande famille.

Persuadé de ne devoir, grâce à ses aïeux, allégeance à aucun pouvoir, son père Jean-François de Foix n'est enclin ni à la docilité ni à la complaisance. Afin de faire de sa fille une vraie Foix, il berce son enfance des hauts faits de ses ancêtres. Il évoque devant l'enfant éblouie les fastes de la Cour de Gaston-Phœbus à la Toison d'Or ou les alliances de leur maison avec celles d'Espagne et de France.

Une fois par an le père et la fille se rendent chez la doyenne de la famille, Mademoiselle de Foix, dont Jean-François est l'héritier présomptif. De cette vieille fille au visage coloré,

Saint-Simon nous dit : « Elle n'avait jamais voulu sortir de ses terres où elle vivait en grande dame avec des hauteurs que l'on passait à l'âge et à la coutume mais qui ne sont plus de mise aujourd'hui. »

En écoutant le soir devant le feu qui pétille dans la grande cheminée ces deux féodaux attardés, Louise-Charlotte rêve de la Cour vivante du roi Louis XIV dont on ne parle qu'à mots couverts, tant demeure vivace l'antagonisme de part et d'autre de la Loire.

En 1706, Mademoiselle de Foix meurt, léguant sa fortune au duc de Lauzun, pour qui elle s'est prise d'une passion sénile.

Si Jean-François accepte cette déconvenue en grand seigneur, son épouse, Dorothée-Théodore de Podenas de Villepinte, ne cache pas son amertume et clame à tout venant qu'après la mort de Monsieur de Foix elle « montera » à Versailles pour y réclamer une pension. Obtient-elle satisfaction lorsqu'elle paraît à la Cour sous ses voiles de deuil ? Il est certain qu'elle retourne seule au bercail et que Louise-Charlotte demeure à Paris où elle épouse le 13 juillet 1714 Jean-Honoré, marquis de Sabran, « homme d'un grand nom, mais sans biens ni mérite et destiné à rien ». La perspective de mener une existence sur un lopin de terre en Provence ou de risquer sa vie sur les champs de bataille, ou pis encore d'être d'Eglise ne lui sourit guère. On lui assure qu'en « montant » à Paris il est facile au tenant d'un grand nom de se frayer un chemin ; il n'envisage certes pas d'être l'époux complaisant d'une femme belle et ambitieuse.

Si l'on en croit le portrait que nous en trace Saint-Simon, il doit être difficile de ne pas succomber au charme de la nouvelle marquise : « Il n'y avait rien de plus beau qu'elle, de plus agréable, de plus touchant, de plus grand air, de plus noble sans aucune affectation. L'air et les manières simples et naturelles laissant penser qu'elle ignorait sa beauté et sa taille qui était grande et la plus belle du monde, et quand il lui plaisait, modeste à tromper. Avec beaucoup d'esprit elle était insinuante, plaisante, robine, débauchée. Point méchante, charmante surtout à table. En un mot, elle avait tout ce qu'il fallait à Monsieur le Duc d'Orléans dont elle devint bientôt la maîtresse, sans préjudice des autres. »

Au début de leur liaison, elle a la faiblesse de se croire seule aimée et aussi capable de détrôner la maîtresse en titre, la comtesse de Parabère. Cette illusion est vite dissipée par la lutte sans merci que mène contre elle la favorite et par la manière d'être du Duc qui se joue d'elle comme le chat se joue de la souris : il la prend, la quitte, revient à elle et l'abandonne à nouveau ; le trait acerbe qu'elle lui décoche un soir au Palais Royal est le cri d'une femme humiliée :

« Quand Dieu eut créé l'homme, il prit ce qui lui restait de boue pour en faire les princes et les laquais ! »

Dorénavant, pour se consoler de cet échec sentimental, elle emploie ce qu'elle a de crédit à se constituer une fortune. « Montigny, un des gardes du Trésor Royal, était un des Chambellans de Monsieur le Duc d'Orléans (à six mille livres d'appointements) qui le fit son premier Maître d'Hôtel à la mort de Matharel qui l'était. Madame de Sabran trouva que six mille livres de rente étaient toujours bonnes à prendre pour son mari dont elle faisait si peu de cas qu'en parlant de lui elle ne l'appelait que son mâtin. Monsieur le Duc d'Orléans lui donna la charge qu'il paya à Montigny. »

Une Foix ne peut solliciter, elle donne des ordres. L'affaire est donc menée en termes moins mesurés que ceux dont use Saint-Simon pour nous la rapporter. Voici la lettre au Régent en date du 18 février 1718 : « J'ai été chez toi ce matin, chienne de race : on m'a refusé ta porte ; si tu viens jamais chez moi, tu auras le même sort. Tu ne sais ni aimer, ni écrire, mais tu sais lire. Lis donc. Je t'envoie mon mâtin : fais-le ton chambellan, et à l'égard du brevet de retenue, parles-en à ton nègre de Garde des Sceaux. »

Seule parmi ses maîtresses à pouvoir l'influencer, Louise-Charlotte a l'intelligence, avec ce prince qui change de maîtresse comme de chemise et la repousse, de choisir elle-même afin de conserver son ascendant celle qui lui succédera. « Entremetteuse », tel est le surnom dont l'affublent les pamphlétaires qui ne la ménagent pas : « Chère Sabran, pourquoi produire ta nièce au Régent ? »

Lorsque la mort la prive de son protecteur, les courtisans à leur tour s'acharnent. Indomptable, toujours sur la défensive, elle rend mépris pour mépris et, s'autorisant de son haut lignage, répond aux sarcasmes de certaines duchesses qu'elle juge parvenues par des mots cinglants qui leur font baisser la tête.

Sa liaison a certes entaché l'honneur de notre famille. Pour racheter sa conduite et atténuer ses remords, elle vend en 1737, après la mort de ses trois filles, sa dernière terre et obtient un régiment de cavalerie pour son seul fils Elzéar-Gaston-Louis, colonel au régiment de Condé. C'est donc à elle que nous devons sous le règne de Louis XV de voir monter au cri de : « En avant Sabran » des soldats en uniforme de drap gris à parmenture rouge.

Ce cri, Elzéar-Louis-Gaston l'a sans doute poussé une dernière fois, avant de tomber mortellement frappé le 27 juin 1743 à la bataille de Dettingen.

Sa mère accepte en chrétienne ce dernier malheur et mène dès lors une existence retirée. Pendant de longues années, Dieu seul entendra parler d'elle.

Eléonore Dejean de Manville, comtesse de Sabran, fut après une enfance marquée par l'adversité l'héroïne d'un beau roman d'amour.

Le 3 mars 1749, sa mère Geneviève de Montigny meurt en la mettant au monde. Puis, à peine libérée du règne des nourrices, l'enfant est déchirée entre un père, une marâtre et une grand-mère maternelle qui se haïssent et ne lui témoignent que froideur et sécheresse ou l'accablent de punitions. Et ce jusqu'au jour où elle quitte ce milieu familial détestable et entre chez les Dames de la Conception où elle recevra l'éducation d'une jeune fille noble.

Les usages de l'époque auraient voulu qu'Eléonore se mariât en quittant le couvent. A cette jeune fille au physique agréable, douée pour la musique et la peinture et, au surplus, nantie d'une belle fortune, les prétendants ne manquent pas ; mais il suffit que Madame de Montigny sa grand-mère agrée l'un d'eux pour que son père le rejette et vice versa.

Ainsi tiraillée, et par ailleurs résolue coûte que coûte à sortir de cette situation pénible, Eléonore choisit d'épouser malgré son grand âge un habitué du salon de sa grand-mère, le comte de Sabran. « J'ai, dit-elle, pris la résolution de me marier. Une fois ce parti arrêté j'ai cherché autour de moi un homme qui pût être mon protecteur et mon guide et qui me dût son bonheur. »

Garde marine à l'âge de quinze ans, Joseph de Sabran s'est déjà illustré sur toutes les mers, avant de se couvrir de gloire le 17 août 1759 à Lagos sur les côtes du Portugal où il commande *Le Centaure.* Afin de protéger l'escadre française, il tient bon, sans voiles ni agrès, avec sept pieds d'eau dans la cale, sous le feu de quatre vaisseaux anglais, et ne se rend qu'après avoir en dernier ressort servi ses canons avec son argenterie. Cet exploit retentissant lui vaut d'être appelé à Versailles où, en souvenir de Marguerite de Provence, le roi Louis XV le présente à la Reine devant toute la Cour : « Le comte de Sabran est un de nos parents. »

1768 : en dépit de ses années, l'amiral de Sabran a belle allure. Il n'en reste pas moins qu'un demi-siècle le sépare de son épouse. Tout à la joie de faire montre de sa plus belle victoire, il l'introduit à la Cour et chez les maîtresses de maison en renom sans se douter que tous les prennent pour grand-père et petite-fille.

Si d'abord Eléonore à qui grâce et beauté valent le surnom de « fleur des champs » est sensible aux attentions de son vieil époux et à la considération que lui vaut son nom, elle ne tarde pas à s'ouvrir aux réalités de la vie et à découvrir que le verbe aimer ne se conjugue pas sans passion.

« Tout me paraissait également beau, également bon ; n'aimant rien, tout me paraissait digne d'être aimé, et je sentais pour mon bonhomme de mari le même sentiment que pour mon père et mon grand-père, sentiment fort doux alors qui suffisait à mon bonheur. » Ce bonheur, elle espère le tenir lorsqu'elle met au monde le 18 mars 1770 une ravissante Delphine. Mais ni cette naissance ni celle de son fils Elzéar, le 18 mai 1774, ni enfin la tendresse que les époux portent à leurs enfants ne font naître entre eux ce lien mystérieux sur lequel croît l'amour.

Eléonore est dans sa vingt-septième année lorsque, terrassé par une attaque d'apoplexie, l'Amiral meurt, le dimanche 15 juin 1775, pendant que sa femme assiste à Reims à la cérémonie du sacre de Louis XVI. Veuve sage et retirée du monde, elle pleure son époux chez son cousin l'évêque de Nancy, Maxime de Sabran, à qui l'unit une affection fraternelle, prélat dont la reine Marie-Antoinette apprécie les mœurs irréprochables. « J'ai eu plaisir, écrit-elle à sa mère, à donner aux Lorrains une marque d'attention en prenant pour premier aumônier l'abbé de Sabran, homme de bonne conduite et de grande naissance. » Si Eléonore se plaît à se consacrer à la peinture dans le calme du palais épiscopal, elle n'est pas moins heureuse de céder aux instances de ses amis qui, à la fin du deuil, la pressent de regagner Paris.

Sa grand-mère, Madame de Montigny, lui a légué en mourant une fortune considérable. Le magnifique hôtel du financier Bourret rue du Faubourg Saint-Honoré (à l'emplacement de la rue de l'Elysée) est à vendre ; elle le paie rubis sur l'ongle trois cent mille francs, en investit quarante mille autres dans la décoration, puis ouvre un salon qui passe très vite pour être le plus éclectique de Paris ; les membres de la haute société s'y rencontrent ainsi que poètes, peintres et philosophes de renom ; on y fait aussi du théâtre en tout petit comité. Un soir, racontera plus tard son petit-fils Astolphe de Custine à Metternich, « Monsieur le comte d'Artois, pour forcer la porte, s'était revêtu, ainsi que le bailli de Crussol, de la livrée de Sabran. Ils furent reconnus à un coup de sifflet qu'ils donnèrent vers la fin de la représentation ; le Prince soupa dans son déguisement, et tout le temps de la soirée, la comtesse Diane de Polignac l'appela *Monsieur La France* » ! S'y glissent également force galants qui voudraient bien troubler la charmante réfractaire au remariage, dont la réputation d'honnêteté intransigeante les irrite !

Peut-on présumer de soi lorsque l'amour vous guette ? Il se présente à elle un soir chez la maréchale de Luxembourg sous les traits de Jean-Stanislas de Boufflers. Il n'a rien d'un Adonis, ce chevalier dont les aventures galantes défraient la chronique. Mais un visage d'une mobilité extrême, des yeux tour à tour tendres ou pétillants de désir ou d'intelligence, des talents littéraires, une réputation de mauvais garçon lui confèrent un charme auquel Eléonore succombe.

« C'est un coureur de jupons et un coureur de grands chemins », lui dit-on. Certes ! Mais n'a-t-il pas de qui tenir ?

Etincelante de beauté et d'esprit, issue de l'illustre maison lorraine de Beauvau-Craon, épouse d'un officier sans cesse en campagne, sa mère Catherine de Boufflers est de mœurs si dissolues que son entourage la surnomme « la dame de volupté ». La faveur dont elle bénéficie à la Cour de Lunéville auprès de l'ancien roi de Pologne, Stanislas Leczinski, ne tempère en rien son appétit de plaisirs. Comme elle avait trompé son mari et ses amants, elle trompe le souverain qui, éperdument épris, ferme les yeux. Tant d'enjouement et de grâce lui font sans doute oublier la perte de son royaume et les infortunes conjugales de sa fille, la reine de France.

Le 31 mai 1738, les douleurs de l'enfantement prennent la Marquise dans la voiture qui l'emmène de Commercy à Nancy avec son amant le chevalier La Galaizière. On stoppe l'équipage dans un chemin creux, et le magistrat à perruque à canons assisté du cocher met l'enfant au monde. Il passe des bras de cette sage-femme improvisée à ceux du roi Stanislas et de la reine Catherine Opalinska qui le tiennent sur les fonts baptismaux et le prénomment Jean-Stanislas.

« Je crois revivre un conte de fées », disait le Chevalier en évoquant sa jeunesse à la Cour de Nancy et de Lunéville où la « fantaisie triomphe sur l'étiquette ». Représentations données par des troupes de passage, concerts, fêtes, charades et mascarades s'y succèdent dans un tourbillon, avec la bénédiction d'un souverain soucieux avant tout du bonheur de ses sujets. Digne rejeton de sa mère, Jean-Stanislas ne tarde pas à s'y faire remarquer par son intelligence, ses polissonneries et sa curiosité qu'attisent les potins de l'office.

Son précepteur, un prêtre sans convictions, dirige ses études classiques pendant que sa mère l'initie aux arts et le poète Saint-Lambert à la métrique. Une telle éducation dans un milieu aux mœurs dissolues est-elle propice à l'éclosion d'une vocation chez un cadet de bonne famille auquel l'état ecclésiastique inspire l'horreur ? Son royal parrain qui voit en lui « une fleur destinée à parer les autels » le pourvoit à sa douzième année de riches abbayes dont il touchera les bénéfices après son ordination. Au moment de prendre la soutane Jean-Stanislas proteste en vain, et c'est à son corps défendant qu'il franchit en 1760 le seuil du séminaire de Saint-Sulpice sous le nom d'abbé de Longueville. Sulpicien malgré lui, le nouvel abbé profite de la liberté que lui vaut la protection du roi Stanislas pour courir les salons où il tient des propos bien peu édifiants, jusqu'au jour où le succès d'une bagatelle *Aline, Reine de Golconde,* dont il est l'auteur, déclenche un scandale.

> « Je vais vous raconter comment
> Aline auprès de son village
> Troqua dans un vallon charmant
> Son innocence et son laitage
> Contre un joli petit enfant. »

Son supérieur le met alors en demeure de choisir entre les études de théologie et sa muse libertine. Jean-Stanislas est trop honnête pour accepter de jouer les tartufes ou les abbés de Cour : « Il troque » volontiers le petit collet noir contre la soubreveste rouge de Chevalier de Malte. « Enfin, mon cher abbé, écrit-il à son ancien précepteur, me voici sur le point d'exécuter un projet que mon esprit a toujours chéri et que votre raison a toujours blâmé : celui de changer d'état. Ce n'est point une petite affaire que de commencer pour ainsi dire une nouvelle vie à l'âge de vingt-quatre ans. »

Rendu à la liberté, maintenu dans ses bénéfices, délié des vœux de chasteté, sinon de célibat, le nouveau Chevalier profès rejoint l'armée afin de surseoir à l'obligation de faire campagne sur les galères de l'Ordre de Malte. Pendant quinze ans, celui dont Voltaire assure qu'il « est un des plus aimables enfants du monde » fait la guerre, vagabonde en Europe. Où qu'il passe, il amène la gaieté et le plaisir, dédie des madrigaux libertins à ses innombrables conquêtes et, menant grand train, se couvre de dettes.

Colonel au Régiment de Chartres Artillerie, ce don juan pour qui « la constance est un sentiment de mauvais ton » se prend de passion à l'âge de trente-neuf ans pour une veuve sage mère de deux enfants qui ne « se croyait plus aimable parce que la fleur de sa beauté s'en était allée ».

Dans son portrait par Madame Vigée-Lebrun, elle nous paraît pourtant adorable avec ses cheveux bouffants, ses yeux noirs, sa bouche fine entrouverte sur un sourire, une taille élégante et un je ne sais quoi de négligé dans sa mise. Le Chevalier l'entend bien ainsi :

« Aux attraits les plus séduisants,
A la beauté la mieux soignée,
Je préférerai constamment
Qui donc ? Sabran la mal peignée. »

De son côté Eléonore lutte contre un sentiment qui ne lui laisse plus ni répit ni repos. La présence du Chevalier lui devient indispensable. Si elle l'attire chez elle, elle se donne bonne conscience en exigeant que leurs relations soient celles de frère et sœur et lui fait les gros yeux lorsqu'il parle d'amour. Se montre-t-il trop pressant ? Elle argue alors de la mauvaise santé de son fils Elzéar qui l'oblige à changer d'air et se rend soit aux eaux de Spa soit chez son cousin Sabran, promu récemment Grand Aumônier de la Reine et évêque-duc de Laon. Il s'est permis de la tutoyer dans sa dernière lettre ? Elle lui adresse aussitôt un blâme que tempère à la dernière ligne un aveu : « A propos ayez la bonté de ne plus me tutoyer dans vos lettres. Cela les rend trop semblables à d'autres. Adieu encore, vous savez que je vous aime. Dites moi si vous pensez à votre retour. »

A celle dont il pressent qu'elle ne lui résistera plus longtemps, le Chevalier répond le 14 avril 1781 : « Ce vous me glace. Il me semble que rien de ce que tu m'inspires ne s'accorde avec lui. C'est comme s'il fallait toujours te faire la révérence, au lieu de t'embrasser. Retire ta défense, chère Sabran; si tu me rends poli, tu me rendras fou et froid et surtout gauche. L'amour est un enfant mal élevé. »

Bien ou mal élevé, qu'en pense Eléonore lorsque le 2 mai 1781, « jour qui a décidé de toute ma vie », elle s'abandonne? Quatre années se sont écoulées depuis leur première rencontre!

« Ce ne sont pas tes manières de Huron, ton air distrait et bourru, tes saillies piquantes et vraies, ton grand appétit et ton profond sommeil quand on veut causer avec toi qui m'ont fait t'aimer à la folie. C'est un je ne sais quoi qui met nos âmes à l'unisson, une certaine sympathie qui me fait penser et sentir comme toi, car sous cette enveloppe sauvage, tu caches l'esprit d'un ange et le cœur d'une femme. Adieu mon amant, jamais je n'ai prononcé ce nom avec plus de plaisir ni si bien senti le bonheur d'exister pour ce qu'on aime. »

Prise entre les reproches de la triste raison et la crainte de perdre « son bonheur d'exister », Eléonore souhaite ardemment qu'un mariage vienne le consacrer; ainsi le Chevalier volage lui serait-il attaché par des liens solides et ne craindrait-elle plus les sourires de salon. Mais lui se montre intraitable : en l'épousant, il perdrait les bénéfices lorrains : or son honneur lui interdit de vivre aux dépens d'une femme riche : seules de hautes charges bien rémunérées l'autoriseraient à rompre ses attaches avec l'Ordre de Malte et à envoyer au diable son vœu de célibat. On pourrait espérer que sa nomination au grade de maréchal de camp améliore la situation. Mais Louis XVI qu'irritent la légèreté d'esprit et les vers licencieux du poète libertin lui refuse sa faveur. Seule ressource, aller chercher la fortune au loin. Il sollicite et obtient sa nomination de gouverneur du Sénégal.

« Ma gloire, si j'en acquiers jamais, sera ma dot et ta parure ; si j'étais poli, si j'étais jeune, si j'étais riche, si je pouvais offrir tout ce qui rend les femmes heureuses à leurs yeux et à ceux des autres, il y a longtemps que nous porterions le même nom ; mais il n'y a qu'un peu d'honneur et de considération qui puisse faire oublier ma pauvreté et m'embellir aux yeux de tout ce qui nous verra comme ta tendresse t'embellit à mes yeux », écrit-il à sa bien-aimée dans l'espoir de lui faire accepter la séparation. Séparation que les démarches et les ordres et contrordres remettent si souvent qu'Eléonore vient à en douter. Mais voici qu'un matin on lui apporte la lettre d'adieu de celui qui, afin d'éviter une scène d'attendrissement, ne lui a pas avoué la veille au soir qu'il ne reviendrait pas le lendemain : « Je ne puis songer au moment de notre séparation ; il me semblait que tout était fini, que je tombais dans un abîme où je roulais sans pouvoir trouver d'issue ou de fond. Si j'ai jamais cru à un être qui dirige les autres, c'est en ce moment-ci. S'il lit dans les cœurs, si les plus belles âmes lui plaisent le plus, il ne te laissera pas dans les larmes. Il ne t'arrachera point pour jamais à celui que tu aimes, à celui qui t'aime. Il te le rendra plus digne de toi peut-être, et quand tu reverras ton amant, tu seras fière d'être à lui, tu l'aimeras à la vue du ciel et de la terre et tu feras un triomphe d'un amour dont tu faisais un mystère. »

« La base du caractère du Chevalier de Boufflers, dit le Prince de Ligne, est une bonté sans mesure. Il ne pourrait supporter l'idée d'un être souffrant. Il se priverait de pain pour nourrir un méchant, soit-il son ennemi : “ Ce pauvre méchant !” disait-il. » Tel que son ami l'a décrit à l'un de ses détracteurs, tel se révèle le nouveau gouverneur lorsqu'il débarque le 24 janvier 1786 à Saint-Louis du Sénégal avec la ferme intention d'y servir son maître et son pays.

Favorablement impressionné de prime abord par la gaieté des habitants, la beauté de la race et l'élégance des femmes coiffées de mouchoirs des Indes et drapées de pagnes multicolores d'où s'échappent leurs seins, le Chevalier ne s'abandonne pas au charme de l'exotisme. Les ordres du Roi sont formels : « Le Sénégal est en quelque sorte le chef-lieu de tous les établissements d'Afrique... L'intention de Sa Majesté est que le commerce du Sénégal et celui de Gorée puissent se faire librement par les armateurs des différents ports du royaume. Le sieur de Boufflers accordera une protection égale aux négociants et protégera leurs entreprises. »

Possessions françaises ces comptoirs, au nombre de six cents, sont implantés depuis la Mauritanie jusqu'à la Guinée. Outre le commerce de l'or, de l'ivoire et de l'ambre gris, on y pratique à grande échelle la traite des esclaves que la réputation d'ardeur au travail et de robustesse des Sénégalais rend très lucrative. Avec la complicité du gouverneur précédent, civils et militaires s'y emploient au lieu de lutter contre les trois fléaux : incendie, épidémie et famine. « Tout est à faire ou à refaire, écrit le Chevalier. On regardait comme volé tout ce qui n'aurait pas été employé à acheter des captifs et l'on consacrait tous ses soins à bien les entraîner, à bien les embarquer et à les bien vendre. Tous ont le cœur d'un marchand sous l'uniforme d'un officier. » Peut-on appeler commerce pareil trafic ? Jean-Stanislas l'interdit aussitôt à ses ressortissants et tient tête à ceux qui veulent voir dans les esclaves une simple marchandise : « Les nègres sont des hommes peut-être meilleurs que ceux qui veulent les rabaisser. » On le voit dans certains cas acheter des malheureux pour leur sauver la vie. Lorsque le départ de son prédécesseur lui laisse enfin les mains libres, il fait preuve dans son gouvernement d'énergie, de bonté, de sagesse et d'une étonnante activité. Peut-on administrer un domaine sans le connaître ? Coiffé d'un chapeau rond, entouré de son état-major, il remonte en pirogue le fleuve Sénégal ; des chevaux suivent à la nage pour lui permettre de s'enfoncer ensuite dans les terres et de prendre contact avec les populations. « Je vivais au milieu d'eux comme un homme fait au milieu d'une troupe d'enfants ; je sentais pour eux une compassion curieuse. Je conversais avec eux pour les connaître et non pour les tromper. Je les observais avec attention et sans mépris. »

Lorsqu'un incendie ravage Saint-Louis, le Gouverneur paie de sa personne. Il est brûlé à la jambe et dès le lendemain fait fabriquer des pompes portatives. La mer souvent démontée empêche les navires de trouver le goulet de Saint-Louis : bientôt, un signal indique la passe, on les déroute vers Gorée. Selon Jean-Stanislas les choses ne vont pas assez vite. Il écrit à Eléonore : « Oh combien j'aurais besoin de toi, mon cher cœur, pour me ramener à la patience et à la raison... Quand je ne t'ai pas près de moi, ma pauvre tête est un vieux château dont le concierge est absent, et tout est bientôt sens dessus dessous. » Dans ce sens dessus dessous harassant, le tapage nocturne des indigènes, l'absence de verdure, l'eau saumâtre lui rendent intolérable le séjour à Saint-Louis. De son propre chef il transporte le 5 mai 1785 le siège de son gouvernement à Gorée.

Ancienne capitale dominée par un promontoire rocheux sur lequel ses premiers occupants, les Portugais, ont bâti un fort en pierre, l'île de Gorée s'enorgueillit de ses maisons coloniales, de ses fontaines et de ses jardins ombragés. Oasis de fraîcheur, Gorée serait le paradis si n'en partaient les négriers pour les Antilles et Saint-Domingue.

Depuis ce changement de résidence, les courriers se font plus rares à Paris. Eléonore trompe son anxiété en interrogeant les cartes ; si elles parlent, elles sont discrètes puisque Madame de Sabran ignore et ignorera toujours que son héros partage la vie et la couche d'une belle et riche métisse, Madame Anne Pépin, tandis qu'elle lit, les larmes aux yeux, sa dernière lettre : « Faute de femmes, on boit, on joue, on se déchire, et tu imagines bien la besogne que cela donne au seigneur de cette triste chartreuse. » On ne peut nier que le seigneur de cette triste chartreuse soit volage, puisque sa liaison avec Madame Pépin n'exclut pas d'autres aventures : nombreux sont aujourd'hui à Gorée ceux qui peuvent se glorifier de descendre du Chevalier ! Mais peut-on reprocher à un homme de fort tempérament de chercher d'éphémères plaisirs ?

Pendant ce temps, fidèle à l'infidèle, fidélité est au féminin, Madame de Sabran lui écrit chaque soir avant de souffler sa chandelle. Dans un style empreint de cœur et d'esprit, elle le tient au courant des événements, des potins de la Cour, des menus faits de sa vie, des soucis que lui causent le mariage de sa fille Delphine et la mélancolie d'Elzéar. Le ton s'affermit lorsqu'elle sent son amant en butte à de sérieuses difficultés : « Ne perds pas courage, mon enfant. Il te faut achever à présent pour ton honneur, ta réputation, et j'oserais dire pour ton bonheur et par conséquent le mien, ce que tu as commencé avec tant de zèle et de chaleur. Je vois le peu de rapport qu'il y avait entre toi et cette malheureuse contrée en proie aux monstres de toute espèce, ta bonté et ton désintéressement luttant contre la dureté et l'avarice de ces horribles gens qui trafiquent du sang humain. » Aux premiers jours d'août, les cartes changent de couleur et annoncent retour et bonheur : « Je t'attends tous les jours et le cœur commence à me battre chaque fois que j'entends un mouvement extraordinaire car je ne sais pourquoi, je m'imagine que tu arriveras comme une bombe sans prévenir personne. »

Les cartes n'ont pas menti. Combattu à Gorée dans son entourage, abandonné par la métropole, le Chevalier s'embarque de guerre lasse le 14 juin. A Paris, il défendra mieux, lui semble-t-il, « cette malheureuse contrée et les victimes de l'odieux trafic de bois d'ébène ». A cet effet, il apporte sous le titre de *Mémoire sur les nègres* un long plaidoyer en leur faveur. Il est bien arrivé comme une bombe et la Comtesse laisse éclater sa joie : « Viens dans mes bras retrouver la paix et le repos après tant de dangers et de fatigues. »

Entre les voyages en Lorraine où l'appellent des raisons familiales — sa mère a été emportée par une crise d'apoplexie —, et les vaines démarches dans les ministères, les journées sont dévorées. Lorsque en décembre les affaires de la colonie l'obligent à repartir, il emporte les regrets de n'avoir obtenu pour son gouvernement que de vaines promesses et de s'être arraché à la vie familiale à laquelle il aspire. Ainsi traduit-il son état d'âme dans un courrier daté de la première escale :

« J'aime au milieu de mon inaction et de l'assoupissement de toutes mes passions violentes à tourner mes pensées vers cette maison si chère, à t'y voir au milieu de tes occupations et de tes délassements, écrivant, peignant, lisant, dormant, rangeant, dérangeant, te mêlant des grandes affaires, t'inquiétant des petites, gâtant tes enfants, gâtée par tes amis, et toujours différente, toujours la même pour ce vieux mari qui t'aime si bien, qui t'aimera aussi longtemps qu'il aura un cœur. »

La perte de leurs illusions rend cette nouvelle séparation encore plus cruelle aux amants. Ils savent que l'œuvre entreprise dans ce pays lointain ne vaudra jamais à son auteur gloire et considération. Par ailleurs dans les négociations épineuses que mène Eléonore pour obtenir l'assentiment du général de Custine au mariage de son fils avec Delphine, l'appui de ce « vieux mari » dont elle ne porte pas le nom lui serait une aide appréciable. Elle frappe donc à toutes les portes pour obtenir le retour en France de celui dont l'enthousiasme s'éteint. « Ma vie se passe en privations, en impatiences, en accidents, en inquiétudes... Tu n'imagines pas et personne n'imaginera tout ce que je souffre dans ce maudit pays que je me suis engagé à rendre heureux et qui n'en est pas susceptible. La bonne volonté manque aux uns, l'intelligence aux autres, le petit nombre de gens animés par mon esprit est arrêté comme moi par le manque absolu de moyens. Enfin, je crois que je mourrais si je n'entendais toujours cette voix intérieure qui me dit que tu me consoleras. »

Il n'est pas revenu le 31 juillet pour le mariage de Delphine. Signé par le Roi, son congé définitif n'arrive que le 20 novembre. Jean-Stanislas fait alors ses adieux. Pour les plus humbles ce départ est une calamité. Accessible à tous, il a été le premier gouverneur à faire montre d'esprit de tolérance et de respect de la liberté humaine.

L'accueil qu'il reçoit rue du Faubourg-Saint-Honoré lui fait oublier la crainte d'être moins aimé. Passé la cinquantaine, un homme au visage boucané par le soleil africain et les vents du large est-il encore désirable et désiré ? « Je le demande à ton beau lit bleu dont je suis sorti bien malgré moi. » Certes, il est aimé. Eléonore est aux anges de le retrouver. Delphine et son époux écoutent avec admiration ses récits et, dans cette atmosphère chaleureuse, Elzéar l'atrabilaire lui fait seul grise mine. Peut-on cependant demander à un homme actif et généreux de s'enfermer dans un cocon doré ? Eléonore le souhaite. Habitué des hautes charges et des grands horizons, il refuse une sinécure dans un univers restreint. Alors, poussé par son dévouement au bien public, il adhère aux idées nouvelles et se lance dans la mêlée comme représentant du Bailliage de Nancy et comme nouvel élu à l'Académie française : son discours de réception est un plaidoyer humanitaire.

Quatre années se sont écoulées depuis le retour du Chevalier. Nous sommes en 1791. Aux murmures avant-coureurs de grands événements ont succédé les grondements de l'orage. Réfractaire à la constitution civile du clergé, Monseigneur de Sabran est contraint de s'exiler. Il insiste auprès d'Eléonore afin qu'elle le suive. Son devoir est bien de mettre Elzéar à l'abri. En ce jeune homme perdu dans ses rêves morbides, et fragile au point d'avoir renoncé à la préparation de la carrière militaire, l'évêque voit un fils spirituel et la continuité du nom. Jugeant que le règne de la violence approche, le Chevalier prend fait et cause pour le prélat et prépare Eléonore à une nouvelle séparation.

Le château de Rheinsberg où le prince Henri de Prusse leur offre l'hospitalité serait aux réfugiés un asile sûr. Frère du roi Frédéric II le Grand, oncle du souverain en exercice, ce cadet de souche royale se console en jouant les mécènes d'avoir été et d'être encore écarté du pouvoir.

C'est à Spa où ils prenaient les eaux que les amants lui ont été présentés au début de leur liaison. Depuis, ce grand admirateur des Français n'a pas cessé de leur témoigner son amitié.

Après de longs adieux dont nous trouvons l'écho dans le

journal manuscrit du Chevalier, Eléonore s'arrache à son étreinte le 15 mai à cinq heures du matin. La route semble interminable dans cette voiture que n'épargne aucun cahot. Enfin le 25 juillet apparaît une lourde bâtisse flanquée de quatre tours sur laquelle se détache l'étrange silhouette d'un petit homme au front surmonté d'un toupet. On croirait Riquet à la houppe ! Juché sur de hauts talons pour avantager sa taille, Son Altesse ou plutôt Sa Petitesse vient au-devant de ses invités. Embrassades, révérences ; Eléonore est aussitôt sacrée maîtresse du château. Le Prince souhaite seulement qu'en réponse à ses largesses ses hôtes entretiennent autour de lui un climat d'esprit et de gaieté « à la française ». Vivre de fête en fête pendant que les nouvelles de Paris lui étreignent le cœur, tenir des propos badins durant les trois heures que durent les repas, taire l'angoisse que lui causent les arrestations du Roi et de la Reine après leur fuite manquée à Varennes est au-dessus des forces d'Eléonore. Elle tombe malade. Si au moins son Chevalier était près d'elle pour la soutenir et la consoler !

De Paris où il remplit avec honneur son mandat de député aux Etats Généraux — en vain plaide-t-il la cause du clergé, des titulaires ecclésiastiques et des octogénaires démunis — il ne peut que l'assurer de ses sentiments indéfectibles : « Il n'y a que toi comme toi, cher amour. »

Le 30 septembre 1791, la clôture de la session le rend enfin à la liberté. Il part aussitôt. Dans sa joie de retrouver Eléonore au château où ils sont traités comme mari et femme, prendre le relais pour distraire le Prince lui est d'abord facile : sans relâche, il compose madrigaux, impromptus, bagatelles. Et même une pièce de théâtre dont Elzéar est la vedette : tout lui est sujet. En s'adossant à la cheminée, le Prince brûle sa culotte ? aussitôt jaillit un plaisant quatrain :

> « Qui vous verra Prince, verra dans peu
> Que votre habit a vu le feu.
> Mais par-derrière et c'est la preuve en forme
> Que ce n'est pas votre habit d'uniforme. »

Lorsque, avec la Terreur, les terribles nouvelles des exécutions du général de Custine et de son fils, de la sœur du Chevalier, Madame de Boisgelin, et de son époux, et de l'emprisonnement de Delphine arrivent à Rheinsberg et jettent le désespoir dans les cœurs des amants, il leur faut toute la force de leurs amours conjuguées pour continuer à servir les caprices du Prince. Celui-ci, depuis peu sous l'influence néfaste d'un jeune émigré, Antoine de La Roche-Aymon dont il est épris, compatit parfois encore à leurs peines, mais le plus souvent critique la platitude des petits jeux du soir : bouts rimés et petits papiers.

Redoutant que la sévérité de Monseigneur de Sabran, la mélancolie d'Elzéar et la tristesse non dissimulée d'Eléonore ne lassent son favori, le Prince ne leur ménage ni reproches ni humiliations : il laisse volontiers entendre que leur séjour a trop duré. Ainsi apprennent-ils à leurs dépens que les meilleurs protecteurs sont ceux dont on n'attend rien.

Où aller ? Depuis le traité de Campoformio, de nombreuses frontières sont fermées aux Français. En dépit des efforts de Delphine depuis sa sortie de prison, Madame de Sabran a été déclarée émigrée et ses biens confisqués puis vendus. Elle est dorénavant aussi pauvre que son Chevalier. En désespoir de cause, elle s'adresse au roi de Prusse :

« Je n'apprends que dans ce moment que Votre Majesté veut bien accorder quelques terres nouvellement défrichées à de malheureux Français. S'il en reste encore, j'ose vous demander quelques arpents. » Ce ne sont pas « quelques arpents » que le Roi leur accorde, mais le grand territoire de Wimislow aux confins de la frontière polonaise, à charge pour eux d'y créer une colonie agricole d'émigrés. Le souverain y fera bâtir huit maisons pouvant abriter chacune huit familles. Ces nouveaux implantés prendront le titre de colons. « Je ne doute pas, Monsieur, porte la lettre de donation adressée au Chevalier le 4 novembre 1796, que vous soîes circonspects dans le choix des colons afin de n'engager que des gens qui entendent le labourage et qui s'y vouent avec plaisir. »

Afin de reconnaître son domaine, le Chevalier s'élance à nouveau sur les routes qui sont bien son élément. Par un jour gris et froid, devant les landes sablonneuses son imagination s'enflamme : l'ardeur et le courage des colons y feront naître labours et pâturages, et ainsi ce désert deviendra un asile champêtre dont il sera l'administrateur et où Eléonore devenue marquise de Boufflers régnera sur une basse-cour où les cris des oies, des canards et des dindons répondront aux grognements des cochons :

« Quand je pourrai, je reprendrai bien vite
Entre tes bras, entre tes draps mon gîte
Et l'amour qu'hymen tiendra par la main ne prendra plus la fuite. »

« Pourquoi un mariage si tardif ? se désole Delphine. Tu m'aurais donné quelque jolie petite sœur que j'aurais aimée comme une fille. Est-ce que cela n'est plus possible ? »

S'il est permis d'en douter — elle a quarante-huit ans et lui cinquante-neuf —, il est certain cependant que les époux auxquels le prince de Hohenlohe, évêque de Breslau, donne dans sa chapelle privée la bénédiction nuptiale le 8 juin 1797 en présence du roi de Prusse, ont conservé leur cœur de vingt ans.

Cependant ni le Chevalier ni ses compagnons ne sont doués pour planter les choux. Devant les aléas de la vie paysanne et de grandes difficultés, l'euphorie cède vite la place au découragement. Tout se ligue contre eux : la rigueur du climat, l'hostilité des autochtones et la mauvaise humeur du prince Henri qui menace de leur couper les vivres. Tandis qu'Eléonore se rend à Rheinsberg pour tenter d'arracher quelques « fifrelins » à son ancien ami, la discorde s'installe à Wimislow : « Tu n'auras rien qu'un mot, ma fille, car je suis dans le tourbillon des affaires et le gouffre des procès... A propos, j'ai bien reçu tes cent écus. J'ai peur qu'il m'en faille bientôt cent autres, car il faut alimenter pendant l'hiver tout ce qui nous alimentera durant l'été. »

Patience et opiniâtreté ne sont pas les vertus majeures de Jean-Stanislas. Aussi laisse-t-il à Eléonore le soin de régler les affaires de la colonie pendant qu'il rentre allégrement en France le 1er janvier 1800 dès que Bonaparte le raye de la liste des proscrits. « Qu'on le fasse revenir, dit le Premier Consul, il nous fera des chansons. » Mais pour le Chevalier réduit à gagner sa vie, il est bien question de chansons !

En 1803 le succès de la réédition d'*Aline, Reine de Golconde* lui permet d'offrir à Eléonore le domaine de Saint-Léger, aux environs de Saint-Germain. Ils pourront aux beaux jours quitter l'appartement de Paris dont les murs sentent l'humidité. Plantée au milieu des vergers, la maison est assez spacieuse pour accueillir Elzéar, Delphine, son fils Astolphe et leurs amis. Ni ruine, ni tribulations n'ont entamé la gaieté des Boufflers et, dans cette maison « où l'on meurt de faim, de soif, et de rire », c'est un perpétuel va-et-vient. Sans les irruptions de Madame de Staël et de Chateaubriand dans les existences d'Elzéar et de Delphine et par ricochet dans les leurs, ces « deux pigeons » termineraient leurs jours dans les roucoulements.

Elzéar « qui n'a rien de commun avec les autres créatures humaines » est tombé sous la domination de Corinne. En cet homme frêle à l'aspect peu viril, elle apprécie l'excellent acteur qui lui donne la réplique et le commensal aussi spirituel que dévoué. Ce dévouement indéfectible et la correspondance qu'il entretient avec l'auteur de *De l'Allemagne* lui valent le 13 mai 1813 d'être mis au secret à Vincennes. Pendant les trois mois que dure cette détention, le Chevalier, malgré une fatigue extrême, multiplie les démarches afin d'obtenir la libération de celui qu'il aime comme un fils.

Dès lors Eléonore ne le quitte plus et, où qu'ils aillent, ces vieux époux se tiennent par la main, une main que Jean-Stanislas laisse tomber le 15 juin 1815 après avoir souri une dernière fois.

Elle survit douze ans. Dans un corps amoindri et perclus de rhumatismes, l'esprit et le cœur restent jeunes, et c'est sur ses enfants qu'elle déverse son besoin insatiable d'aimer. Si sa tendresse pour Delphine dont elle partage les malheurs avant de la voir mourir ne lui amène que souffrances, celle qu'elle porte à Elzéar lui est en retour bénéfique et secourable. Bâton de vieillesse de cette mère qu'il aime à la folie il l'entoure et la soigne sans relâche jusqu'à la date fatale du 27 février 1827 où elle rejoint dans la tombe son Chevalier.

Alors les bizarreries d'Elzéar ne connaissent plus de limites. A Saint-Léger où il s'enferme le plus souvent dans les souvenirs du passé, on le surprend vêtu des robes de sa mère et coiffé de ses bonnets. Croit-il, en se transformant en poupée grimaçante au point d'en perdre son identité, ressusciter celle dont l'amour maternel peut-être trop exclusif l'a marqué profondément, ou est-il la proie de fantasmes engendrés par les drames de la Révolution ?

A l'opposé de sa mère, Delphine de Sabran, marquise de Custine, dite la « Reine des Roses », fut la femme aux amours innombrables.

A l'une des créatures les plus courtisées et les plus séduisantes de la société issue de la Révolution, en laquelle la duchesse d'Abrantès voit « un don fait au monde un jour de munificence », il manque d'avoir vécu une enfance génératrice d'équilibre et de bonheur. Essentiellement préoccupée de ne pas se séparer de ses enfants et de leur donner une culture classique sans pour cela sacrifier sa vie mondaine, Eléonore leur a fait subir des cours de littérature ou les a traînés dans une société brillante et dissolue.

A onze ans, Delphine se confie au chevalier de Boufflers : « Je lis à présent avec Maman les tragédies de Corneille ; j'ai lu *Polyeucte* et *Cinna.* Elles m'amusent beaucoup. Je les trouve ridicules. » Ce sens du ridicule ne tue pas un talent en herbe ; trois ans plus tard, en 1784, la jeune fille obtient un triomphe chez la duchesse de Polignac en interprétant devant

Louis XVI et Marie-Antoinette le rôle d'Iphigénie à Aulis. Pour témoigner à la jeune actrice leur enthousiasme, le Roi et la Reine improvisent à l'issue du spectacle une collation et la servent de leurs mains.

Ce n'est pas sans inquiétude que l'avant-veille du mariage Eléonore est entrée dans la chambre de sa fille « pour la préparer ». Comment réagira celle dont les nombreux succès n'ont pu vaincre la sauvagerie ? Armand de Custine, « le promis », a dix-neuf ans. Beau, intelligent et cultivé, il joint à une rare séduction de hautes qualités morales. On parle depuis deux ans de cette union qui satisfait aux convenances et que seules les hésitations du père du jeune homme, le général-comte de Custine, ont retardée jusqu'ici. « Ce beau-père est un fléau que le ciel m'envoie pour m'achever. Il ne sait ce qu'il veut, il ne sait ce qu'il est, il ne sait ce qu'il fait. »

En menaçant de rompre, Eléonore a emporté le consentement de ce vaillant combattant de la guerre d'Amérique et obtenu que la date de la cérémonie qui aura lieu à Anisy chez Monseigneur de Sabran soit fixée au 31 juillet 1787.

Victime d'un dentiste qui pour le soulager d'une rage de dents lui a arraché un peu de mâchoire, le fiancé arrive le 30 juillet en piteux état : « Voilà, voilà, écrit Madame de Sabran au chevalier de Boufflers, des douleurs épouvantables, de la tristesse, du découragement et, par-dessus, une joue enflée qui faisait un fort vilain effet… Ma pauvre Delphine n'était guère en meilleures dispositions : la peur lui avait donné le frisson. » Quelques heures de sommeil remettent d'aplomb les héros de la fête et le lendemain, « tout fut prêt à une heure et, dans le plus grand apparat et le plus morne silence, nous nous rendîmes à la chapelle de l'évêque, moi tenant ma fille par la main suivie de mon petit gendre et de son père. Jamais le cœur ne m'a battu si fort qu'au moment où je l'ai déposée sur le prie-Dieu où elle allait dire le fameux “ oui ” dont on ne peut plus se dédire, telle envie qu'on en ait quelquefois. »

Monseigneur de Sabran a bien fait les choses. Après un

excellent repas, une foule de bergers et de bergères viennent complimenter les mariés. Avec eux on joue, on danse, on soupe. Puis arrive ce qu'Eléonore appelle « le vrai quart d'heure de Rabelais » : « Il m'a fallu endoctriner le père pour qu'il endoctrinât son fils, et jamais de ma vie je n'ai été si bête. » Le lendemain matin, Eléonore est rassurée : « L'amour n'est pas si méchant qu'on croit. C'est un joli petit monstre qui ne mord ni n'égratigne, et ma Delphine, à ça près d'une modeste rougeur qui relève encore l'éclat de ses charmes, est toujours la même. »

C'est d'abord l'idylle dans le foyer où naît en septembre 1788 un fils, Gaston. Jamais Delphine n'a été plus belle ni son mari plus empressé, et ces jeunes époux s'adorent autour d'un berceau. Mais lorsque vient au monde, le 18 mars 1790, un autre garçon qu'Eléonore prénomme Astolphe « afin qu'il aille un jour comme son patron chercher dans la lune quelques fioles de bon sens », des dissonances ont déjà brisé l'accord parfait. Trop sérieux pour son âge, fasciné par la Révolution, Armand rêve d'une France nouvelle tandis que, frivole et coquette, Delphine s'abandonne au plaisir et à ses admirateurs. Combien sont-ils ? Le Troubadour, le Sigisbée, l'Agréable, d'Esterno, le chevalier de Fontanges et enfin le comte de Lugny, « le seul, avoue-t-elle à son frère, que j'aime véritablement, et le seul peut-être indigne de l'être. Ta pauvre sœur a une trop mauvaise tête, un fat séduisant et aimable a plus de pouvoir sur elle... il flatte son amour-propre ». Cette mauvaise tête a cependant une autre face : celle de l'héroïsme.

Accusé de trahison après la perte de Mayence, le général de Custine est emprisonné à la Conciergerie le 22 juillet 1793. Des Andelys où elle s'est réfugiée avec Astolphe et sa bonne alsacienne Nanette Malriat — Gaston a été emporté par la variole —, elle accourt et s'installe chez elle rue de Lille. Bien que déclaré suspect, Armand l'y rejoint pour plaider la cause de son père. Une défense de la conduite politique et militaire du général de Custine qu'il rédige et fait placarder lui vaut d'être incarcéré à la Force. Désormais la vie de la jeune femme est dévorée par les visites aux deux prisonniers et les démarches en leur faveur.

Lorsque s'ouvre le 14 août le procès de ce beau-père « dont elle avait eu à se plaindre », elle se révèle son meilleur défenseur. Assise sur un tabouret, elle assiste à toutes les audiences au mépris du danger. Elle l'encourage du regard durant les interrogatoires, elle lui parle durant les pauses. Cette attitude et sa beauté risquent d'attendrir le public : il faut la « supprimer ». Un jour qu'elle descend les marches du Palais de Justice, une tricoteuse stipendiée se prend à hurler : « C'est la Custine, la fille du traître. » L'intervention providentielle d'une femme du peuple qui lui met son nourrisson dans les bras l'arrache à la mort et lui permet de traverser sans dommage la foule ivre de sang.

Le 28 avril, comme il se doit, le général de Custine est condamné à mort et ses biens sont confisqués. Le lendemain, il monte dans la charrette fatale et à la foule qui hurle sur son passage : « A l'échafaud », il répond goguenard : « On y va, canailles ! »

Le 3 janvier 1794, Armand comparaît à son tour devant le tribunal populaire. Comme son père, il se défend avec tant de modération et d'esprit que le verdict : « la mort », prononcé immédiatement, étonne l'assistance.

Sa dernière lettre à l'inconstante Delphine est d'abord le cri déchirant d'un mari incompris : « C'est ta tendresse, non ta peine qu'il me faut : ton sort m'afflige. Puisse-t-il s'adoucir. Puisse-t-il même devenir heureux un jour. C'est un de mes vœux les plus chers et les plus vrais. Apprends à ton fils à bien connaître son père. Que des soins éclairés écartent de lui le vice, et quant au malheur, qu'une âme énergique et pure lui donne la force de le supporter », enfin le message d'un sceptique qui veut espérer : « Adieu, je n'érige pas en axiome les espérances de mon imagination et de mon cœur ; mais crois que je ne te quitte pas sans désirer de te revoir un jour. »

Après la mort d'Armand, Delphine écrit à son frère Elzéar : « A quelle école j'ai été ! Que ces grands événements forment et vieillissent. Ma raison a gagné dix ans. Et la pauvre

Delphine qui est devenue brave et n'a peur de rien. Que dis-tu d'une pareille métamorphose ? C'est l'ouvrage du vrai danger. »

Mais maintenant, trêve d'héroïsme. Elle décide de quitter la France avec Astolphe et Nanette. L'enfant et sa bonne ont déjà pris la route lorsque le 21 janvier, la porte de son appartement est enfoncée : ce sont les sans-culottes de la section de Grenelle qui, sur la dénonciation d'une femme de chambre, viennent perquisitionner. Aussitôt un portefeuille bourré de papiers compromettants disparaît sous un canapé. Le premier des commissaires, le maçon Gérôme, a vu le geste mais, subjugué par la beauté de Delphine, se tait. Accusée de vouloir émigrer, elle est d'abord incarcérée à Sainte-Pélagie puis transférée aux Carmes. La vie reprenant ses droits, elle s'y console dans les bras d'Alexandre de Beauharnais qui se prend de passion pour la belle veuve : passion dont Joséphine bien détachée de son époux ne prend pas ombrage lorsqu'elle partage aux Carmes la cellule de sa rivale. L'exécution du Général met un terme tragique à cette idylle.

C'est au dévouement de deux êtres simples, le maçon-commissaire Gérôme et Nanette, que Delphine doit de conserver la vie et de recouvrer la liberté. Chaque nuit et ce jusqu'au 9 Thermidor, Gérôme pénètre subrepticement dans le bureau de Fouquier-Tinville et cache sous les dossiers d'instruction des écroués celui de Madame de Custine. Après la chute de Robespierre, Nanette prend la tête d'une pétition qui lui ouvre les portes de la prison.

Libérée mais ruinée, Delphine revient dans une maison dévastée par ses anciens domestiques et où Gérôme et Nanette s'emploient à la faire subsister : « Jamais, écrira plus tard Astolphe, je n'oublierai l'impression de terreur que m'a causée mon début chez les hommes. Ma première affection fut la crainte. » Seul un peu de bien-être pourrait arracher l'enfant — que sa mère retrouve « sourd et imbécile » — à l'état d'hébétude où l'ont plongé les événements et la maladie.

Pour tenter de rétablir sa situation, Delphine reprend alors une vie mondaine, en se jetant dans le milieu de la société du Directoire. Dans le salon de son amie Joséphine (devenue Madame Bonaparte) que fréquentent les puissants du jour : Barthélemy, Boissy d'Anglas, Tallien, Barras, Fouché (Ché-Ché) et aussi un séduisant Vénézuélien, le général Miranda, qui a mis son épée au service de la France, elle se fait des alliés. Tous sont sous son charme, la soutiennent dans ses démarches et ses procès et l'aident à vivre. On a voulu voir en tous ces amis influents et généreux des amants. Faut-il la juger ou lui faire confiance ? « Il n'y a pas de quoi fouetter un chat, écrit-elle à Elzéar et à sa mère. Tout cela est pourtant nul pour mon cœur : il est vide. Je voudrais trouver un bon mari, raisonnable, sensible, ayant les mêmes goûts que moi et apportant tous les sentiments dont se compose mon existence, et qui aimât mon fils comme le sien. » Elle ne le trouvera pas. En revanche, grâce à Fouché, elle récupérera sa fortune.

En 1803, au mois de mai, Chateaubriand et Delphine se retrouvent chez la marquise de Rosanbo. Alors à l'apogée de sa gloire, René est à la veille de gagner Rome où l'appelle un poste de secrétaire d'ambassade. Bien qu'il soit l'amant de Madame de Beaumont, il s'enflamme pour Delphine et lui adresse chaque jour un billet pressant : « Je serai chez vous demain matin à dix heures. [...] Comment haïrais-je l'avenir puisqu'il me ramène près de vous ? [...] Vous ne pouvez savoir ce que je souffre depuis hier : on voulait me faire partir aujourd'hui. [...] Je suis, je vous assure, à moitié fou et je crois que je finirai par donner ma démission. [...] L'idée de vous quitter me rend fou. [...] De grâce un mot, un seul mot pour m'aider à passer la journée. Ah, promettez-moi de venir à Rome. [...] Encore un jour sans vous voir ; ma cellule est bien triste : un vilain soleil sous la neige, une brise froide, une chambre dépouillée de ses meubles. Songez je vous prie à ce château d'Henri IV. Cela peut me consoler. »

Delphine n'ira pas à Rome. Mais pour complaire à son idole, elle achète et embellit ce château de Fervaques où Henri IV avait filé des jours heureux aux pieds d'une maîtresse :

« La dame de Fervaques mérite de vives attaques. »

Lorsque Chateaubriand regagne Paris au mois de mars suivant, le charme est rompu : aimable lorsqu'il sollicite mais le plus souvent cruel et tyrannique, l' « ami » veut sans doute faire expier à Delphine son ennuyeuse constance. Ira-t-il à Fervaques au cours de l'été ainsi qu'il l'a promis ? Le projet est sans cesse remis. Enfin il arrive le 22 août mais avec son ami Chêdenollé. Comme s'il voulait éviter le tête-à-tête. De cette première visite, Astolphe, âgé alors de quatorze ans, nous a laissé un témoignage enthousiaste :

« Je me rappellerai toujours l'impression profonde que son imagination mélancolique faisait sur ma jeune tête. Il a écrit à Fervaques le chant de Velléda dans ses *Martyrs.* Il nous en lisait tous les soirs quelques passages, mais sa simplicité était telle alors qu'il travaillait pendant des heures à changer ce que blâmait l'enfant que j'étais alors. »

Voici qu'après ce séjour durant lequel le « Génie » a été semble-t-il plus aimable et tendre, la dame de Fervaques reçoit de lui une lettre blessante : « Je regrette Fervaques, les carpes, vous. Tâchez donc de faire niveler le billard, d'arracher les herbes pour qu'on voie les brochets, de sommer les gardes [...] d'engraisser les veaux et de faire pondre aux poules des œufs moins gris et plus frais. »

« J'ai reçu votre lettre, répond-elle avec tristesse, et j'ai été pénétrée je vous laisse à penser de quels sentiments. [...] J'ai été surprise qu'au début de votre énumération il n'y ait pas eu le plus petit mot pour la grotte et pour le petit cabinet orné de deux myrtes superbes : cela ne devait pas s'oublier si vite. »

« Je suis plus folle que jamais, écrit-elle à une amie, je l'aime plus que jamais, et je suis plus malheureuse que je ne le peux dire. »

Le 24 juin 1806, lorsque Chateaubriand revient à Fervaques avant d'entreprendre son voyage en Orient : « Le Génie est ici depuis quinze jours ; il part dans deux mois, et ce n'est pas un départ ordinaire ni un voyage ordinaire non plus. Il part pour remplir ses vœux et détruire les miens. Tout a été parfait depuis quinze jours : mais tout est fini. » Trois années d'espoirs et de désespoirs ont anéanti les illusions de Delphine. Dès lors, son tempérament dépressif prend le dessus et les « nerfs agacés », elle ne quitte plus guère Fervaques. Sujet à de terribles maux de tête et à la même mélancolie, Astolphe qui vit dans son ombre aspire à la présence d'un ami.

Il a vingt ans révolus lorsque, sous un prétexte de santé, Delphine rompt ce rythme pour l'emmener en voyage. Le vrai motif est de le soustraire à la conscription impériale. Tout au long de la route qui les amène à Bâle le 29 mai 1811, le jeune homme s'émerveille devant la beauté des paysages tandis que sourd en lui sa double vocation de voyageur et d'écrivain. A Rome où les voyageurs passent en 1812 les fêtes de la nouvelle année, le tourbillon de la vie romaine les aspire : dîners, bals, carnaval et aussi, pour Delphine encore belle, le piment de l'admiration de Canova. Astolphe est métamorphosé au point de quitter sa mère à leur arrivée à Naples pour se lancer à la découverte de la Calabre et de ses brigands. Il en revient épuisé par la malaria mais ravi — courte euphorie : en janvier 1813, mère et fils piétinent dans la gêne à Genève en attendant la chute de l'Empereur : « Nous menons la plus triste des vies : Astolphe qui devrait par sa jeunesse nous réjouir est plus vieux que Mathusalem. » En février, les événements se précipitent enfin. Le comte d'Artois, annonce-t-on, est à Bâle d'où il guette le moment de rentrer en France. Delphine qui voudrait voir son fils au service du Prince y court aussitôt. Mais Astolphe qui dès lors avoue timidement son penchant pour la carrière des lettres assistera narquois et désabusé au retour des Princes, comme plus tard au Congrès de Vienne puis « sombre, morose, sauvage, haïssant le monde » s'enfermera à Fervaques avec sa mère. Malgré son peu de goût pour les femmes, il cède à ses instances et le 16 mai 1821 épouse une héritière, de surcroît orpheline : Léontine de Saint-Simon Courtomer.

Le perpétuel désenchanté semble heureux, et la naissance d'un fils Enguerrand, le 18 juin 1822, paraît combler ses vœux. Le bonheur serait-il entré dans la maison ? Hélas, un an après l'heureux événement Léontine succombe, et Astolphe qui la pleure sincèrement ne supporte plus de vivre à Fervaques. Alors Delphine que l'ingérence dans la vie de son fils d'un jeune Anglais, Edward Saint-Barbe, commence à inquiéter, supplie Chateaubriand de lui obtenir la pairie et demande à ses amis de le remarier.

Si Chateaubriand, alors ministre des Affaires étrangères, à l'amitié duquel elle a la faiblesse de croire, se dérobe, les autres s'activent et un projet de remariage aboutirait peut-être si une ténébreuse affaire ne venait l'anéantir.

Paru dans un journal le 4 octobre 1824, un entrefilet annonce que le jeune veuf a été trouvé la veille au soir sanglant, nu et sans connaissance, sur la route d'Epinay à Saint-Denis. Traquenard ou rendez-vous équivoque ? Nul ne le saura, et l'affaire ne prendrait pas une telle ampleur sans l'obstination que mettent de bons amis à la divulguer : « Jamais, dit une contemporaine, je n'ai vu un déchaînement plus général et une indignation plus vive et plus verbeuse. »

Après la honte du scandale qui marque profondément Delphine vient la déchirante épreuve de la mort d'Enguerrand, enlevé par une méningite le 2 février 1826. Survivra-t-elle à son petit-fils ? Elle en doute. Afin de lutter contre la faiblesse qui l'envahit, elle désire retourner avec Astolphe en Suisse dont l'air lui est salutaire.

De Lausanne où il réside alors, Chateaubriand vient lui dire adieu : « Héritière des longs cheveux de Marguerite de Provence, fille de Saint-Louis dont elle avait le sang... écrira-t-il dans les *Mémoires d'Outre-Tombe,* j'ai vu celle qui affronta l'échafaud d'un si grand courage, plus blanche qu'une Parque, vêtue de noir, la taille amincie par la mort, la tête ornée de sa seule chevelure de soie ; je l'ai vue me sourire de ses lèvres pâles et de ses belles dents lorsqu'elle quittait Sècherons pour expirer à Bex à l'entrée du Valais. J'ai entendu son cercueil passer dans les rues solitaires de Lausanne pour aller prendre sa place éternelle à Fervaques : elle se hâtait de se cacher dans une terre qu'elle n'avait jamais possédée qu'un moment comme sa vie [...] Fervaques a été vendu. »

Cette étrange épitaphe pour une femme qui l'avait tant aimé et lui avait rendu tant de services est-elle le fruit d'un repentir tardif ? « Depuis que j'ai perdu cette personne, avouera-t-il après la mort d'une autre amie, je n'ai cessé en la pleurant de me reprocher les inégalités dont j'ai pu affliger quelquefois des cœurs qui m'étaient dévoués. » Astolphe, quant à lui, décide de vendre Fervaques que peuplent tant de fantômes et de mauvais souvenirs. Il achète une maison à Paris et une maison des champs à Saint-Gratien. Il peut vivre dans l'une ou l'autre, la saison en décide, recevoir sans ostentation mais en généreux amphitryon toutes les célébrités du moment.

Datée du mois de juillet 1840, une lettre inédite à un de ses amis nous fait pénétrer dans son univers de Saint-Gratien : « Depuis huit et même quinze jours, je vis ici dans une grande agitation ; tout ce que je connais et ne connais pas afflue chez moi. Aujourd'hui c'était Madame Récamier avec Monsieur Ampère et Monsignor Canova, frère du sculpteur ; nous avons vu les Gay, Girardin, O'Donnell, Hugo, Vatout, etc. Une autre fois Koreff et les cantatrices allemandes Heinefetter, puis mon ami Catel, le peintre ; puis Eugène Delacroix, puis Monsieur de Neuwerkeke qui m'a fait faire connaissance avec Monsieur de Foudras, et mon oncle [Elzéar de Sabran] à demeure qui est devenu l'attentif de Madame Sand, et le fanatique de Chopin. Enfin c'est sans bornes.

J'oubliais les voisins d'Enghien, Coutray, Donizetti, Czartoryski. Hier, Madame Sand est revenue passer la journée, à condition qu'il n'y aurait ni déjeuner, ni dîner, ni souper : un ambigu de vingt-quatre heures : chacun mangeait quand et comme il voulait. On avait envoyé des chevaux de selle de Paris ; et elle a couru avec nous les buttes de Sannois et les bruyères de Cormeilles. Son costume était unique et digne de la reine Christine de Suède dans Madame de Motteville. Un bas de robe en toile grise pour figurer l'amazone, un corsage blanc boutonné, un chapeau de paille à la marinière qu'elle a ôté pour plus de facilité, courant les chemins et les villages, nu-tête avec un voile noir autour du col ; sa fille, nu-tête, chevauchant comme un houzard ; le fils, n'osant pas monter, même à âne, suivait la cavalcade en voiture et la mère Dragon le cigare à la bouche guidait tout le monde. »

Astolphe est alors âgé de cinquante ans. Célèbre à l'étranger depuis la parution de son premier roman *Aloÿs* (1829), il atteint à la notoriété en France après celle du *Monde comme il est* et de *L'Espagne sous Ferdinand VII.* Ses succès lui valent les attaques des envieux qui en font un homme comblé et méprisable alors que, malgré sa naissance, sa fortune et sa réussite, il reste modeste, effacé et d'une timidité quasi maladive. Laissons la méchanceté aux médiocres et réfugions-nous auprès de grands esprits tels Nietzsche et Baudelaire qui au travers de son œuvre romanesque voient en lui un écrivain hors du commum — noble, sévère et libre —, et Barbey d'Aurevilly qui le salue en ces termes :

« J'aime infiniment Monsieur de Custine dont l'esprit et le talent se distinguent par un piquant infini qui ne l'abandonne jamais. Il est noble et simple de manières comme le dernier des grands seigneurs, et il pratique la grande hospitalité à l'anglaise avec le naturel et l'abandon italiens. Il cause comme un homme qui a connu Madame de Staël et qui a gardé les parfums de cette rose de feu de la causerie. »

Foulques, mon époux, dont un des livres de chevet était son œuvre magistrale, *La Russie en 1839,* le tenait pour un des grands fleurons de sa famille.

VII

Les Pontevès entrent dans la danse

Au contraire de leurs cadets qui « montent » à Paris au début du XVIIIe siècle, les aînés Sabran restent accrochés au patrimoine. Ils vivent modestement de leurs terres, épousent des Provençales de vieille souche et s'ils servent, c'est dans la Marine avec Toulon comme port d'attache. Et ce, jusqu'au 31 octobre 1781 lorsque, âgé de quatorze ans, l'espoir de la famille, Elzéar-Louis-Zozime, obtient de son père et chef de famille la permission de s'enrôler au Régiment de Dauphin-Cavalerie.

Issu de Jules-César, vingtième dans la lignée et d'Anne de Brémond, seul fils dans une kyrielle de filles, il ambitionne de se distinguer dans la carrière militaire. Sous l'égide de son oncle Maxime de Sabran, Grand Aumônier de la reine Marie-Antoinette, il fera son chemin. La Révolution anéantit cette espérance et disperse sa famille. Tous émigrent : Jules-César son père en Espagne où il prend du service, sa mère se réfugie à Naples où elle mourra, et Elzéar-Zozime (ainsi l'appelons-nous pour le distinguer de son cousin Elzéar, le fils d'Eléonore) s'engage à l'armée des Princes.

Aide de camp du comte d'Artois, il croupit deux ans dans l'inaction et la misère, sans autres moyens pour subsister que de badigeonner des roues de voiture à ses heures de liberté. Conscient de l'inanité de cette existence, il rejoint son père en Espagne en 1794 où, affecté à l'Etat-Major du capitaine général de la Catalogne, il acquiert de solides connaissances militaires et la maîtrise de la langue.

Royaliste intransigeant, il ne se rallie pas à l'Empereur et se met au service de son Roi lorsque sonne l'hallali. Ses compétences lui valent honneurs et charges. En 1814 maréchal-de-camp puis commandant supérieur à Neuf-Brisach, chef de mission à Madrid, pair de France le 25 avril 1815 puis, après avoir commandé successivement les départements de la Haute-Garonne, de la Drôme et des Pyrénées-Orientales, lieutenant général le 30 juillet 1823. Mais comme ni la pairie ni les hauts grades ne le dispensent de céder le pas au régicide Fouché, duc d'Otrante, il aspire alors au titre de duc. Aspiration d'autant moins surprenante que Louis XVIII dont il est un des familiers (« on les voyait tous les deux, au fond d'un carrosse, tous les deux goutteux et noblement obèses sommeillant entre deux anecdotes, deux citations d'Homère et des pastilles d'Ipeca ») veut ériger en duchés deux maisons provençales. La mort surprend le Roi, et son successeur Charles X signe l'ordonnance le 30 mai 1825.

Entre-temps, il a pris femme le 18 novembre 1818. Agé de cinquante-quatre ans, le visage poupin encadré d'un collier de barbe, le corps trop lourd pour les jambes qui fléchissent sous le poids, affligé d'une légère claudication, tel est-il au moment de ses épousailles avec sa cousine Amélie-Antoinette de Pontevès-Bargème. Elle n'est ni très jeune ni belle mais passe pour être une femme fort judicieuse car elle ne rit jamais et fait gravement toutes choses. Fondée sur l'attachement et les convenances, cette union platonique serait heureuse sans la présence dans leur vie d'une terrible belle-mère.

Bigleuse, frétillante et poudrée, la marquise de Pontevès (née Castellane) a épousé en secondes noces un négociant marseillais, Monsieur Raynaud. Cet excellent homme n'a jamais consenti à ce qu'elle prît son nom, de sorte que, marquise pour la galerie, elle doit son train de vie à la dot de sa fille et à ce mari exemplaire.

A peine duc, Elzéar-Zozime pense à transmettre son titre en même temps que son nom menacé d'extinction et le patrimoine qu'il reconstitue bribe par bribe depuis son retour. Il désigne comme héritiers les deux frères jumeaux Marc-

Edouard et Léonide de Pontevès-Bargème qui sont à la fois ses neveux et ceux de sa femme. Ce choix est dicté par des considérations familiales.

Issus de la maison d'Agoult, de noblesse immémoriale comme les Sabran, les Pontevès sont toujours nommés avec eux dans les grands actes de l'histoire de la Provence. Unis au service de leurs souverains, ils le sont aussi par de fréquents mariages. Certes, les Sabran sont plus fastueux dans leurs châteaux renommés, mais la modestie Pontevès vient de ce que, tributaires de terres peu fertiles dans le Haut-Var, ils ne veulent ni appauvrir plus pauvres qu'eux en les pressurant ni s'endetter : « Prudence de Pontevès » a écrit le roi René dans son livre d'heures.

Au XVIe siècle, deux figures de proue émergent de leur longue lignée : Jeanne, princesse de Monaco et Jean, comte de Carces. C'est en toute joie que la première fait son entrée solennelle dans la citadelle pour épouser le prince souverain Lucien Ier Grimaldi. Fort et subtil, il a fait ses preuves à deux reprises : comme guerrier en résistant victorieusement en 1506 au long siège mis par les Génois, et comme diplomate en obtenant en 1512 du roi Louis XII de France la reconnaissance de l'indépendance de sa principauté.

Alors que tout présage un règne heureux, le malheur ne tarde pas à s'abattre sur le Rocher. En 1523, Gênes, qui n'a de cesse de s'emparer de cette position exceptionnelle, stipendie un traître en la personne du neveu du Prince, Barthélemy Doria, qui pénètre chez son oncle et le poignarde. Loin de se laisser abattre, Jeanne rallie les Monégasques autour de son fils Honoré III. Le complot est déjoué et le meurtrier précipité du haut de la forteresse. Ainsi cette jeune femme dont le souvenir est perpétué dans la salle des gardes du palais par le blason des Pontevès a-t-elle par son sang-froid et son courage sauvé la dynastie.

Si l'apparition de Jeanne sur la scène des grands événements est glorieuse mais éphémère, celle de son cousin Jean durera toute une vie. Né en 1512 au château de Flassans, Jean de Pontevès, comte de Carces, baron de Cotignac et Senes, seigneur de Flassans, Taverne et Artignosc, domine son époque par ses exploits sur mer et sur terre.

C'est au retour d'opérations en Espagne qu'il reçut la nouvelle que l'Impératrice (femme de Charles Quint) quittait Gênes pour l'Espagne avec l'armée de l'Empereur composée de soixante galères et dix-huit navires qui marchaient à l'avant-garde. Il partit de Marseille avec dix-huit galères, aborda au port d'Antibes qui est « le confin du Royaume, et résolut d'aller courir les costes d'Italie pour prendre langue... Comme il se trouvait en mer, il découvrit l'armée qui tenait sa route de Villefranche. Il la suivit de si près qu'à mesure que la dernière galère entra dans le port, il s'approcha avec tant de vitesse, de dextérité et de résolution pour l'investir qu'il gagna l'embouchure d'iceluy... L'ennemi, à une alarme si totale, trouva rouge ce qui était blanc et n'eut le loisir d'être prest ni de se placer en ordre pour se défendre. Toutes les résistances ne scurent l'empêcher qu'il triompha, fit prise de cent Espagnols et ce qu'il trouva dans les galères, les munitions de l'armée, et combien de vaisselle d'argent, de tapisseries et de beaux meubles, et qu'il fit enlever une frégate qui était contre le quai assurée à luy avec des chesnes de fer dans laquelle il y avait un éléphant que l'Impératrice envoya demander à Monsieur le comte de Carces qui le lui renvoya ». Celui dont elle dira plus tard en se remémorant ce combat naval : « C'est un des grands serviteurs du Roi et l'un des grands capitaines qu'il y eut jamais » est alors âgé de vingt-trois ans. L'année suivante, Charles Quint envahit la Provence avec une armée de cinquante mille hommes. A la tête de la noblesse, le comte de Carces conduit la guérilla. Tapis dans des lieux inaccessibles, ses compagnons et lui-même foncent sans cesse sur l'ennemi, pillent ses convois, détruisent devant lui moulins et récoltes afin de l'affamer. Et ce durant deux ans, jusqu'à ce que l'Empereur évacue le pays, laissant vingt mille soldats endormis à jamais...

Successivement capitaine des gardes, gentilhomme ordinaire de la Chambre du Roy aux « mers du Levant », puis généralissime des armées catholiques lorsque les Guerres de

Religion ensanglantent la Provence, il est l'adversaire le plus redoutable et le plus généreux des Huguenots. Si ceux de la Religion ne sont pas massacrés en Provence en 1572 après les Vespres de Saint-Barthélemy, c'est grâce au refus d'obéir qu'il a le courage et le mérite d'opposer aux ordres du Roi : « J'ai toujours suivi le Roy en soldat, je serais fâché de faire en cette occasion office de bourreau. »

En 1573, après une courte trêve, le maréchal de Retz étant gouverneur et le comte de Carces grand sénéchal, les hostilités reprennent entre Carcistes (catholiques intransigeants) et Razats (protestants alliés aux catholiques modérés). Période de rancœurs assouvies durant laquelle Jean de Carces, vieillissant, favorise les « Rebelles du Roy » et couvre de son nom les « actes d'inhumanité » d'un étrange défenseur de la foi, son neveu Hubert de Vins. Alors suspendu de ses juridictions, il est réintégré en 1579 par la reine Catherine de Médicis lorsque, « estant à Aix, elle pacifia les querelles de la noblesse, donna l'abolition des choses passées et remit le comte de Carces dans ses charges ». D'aucuns disent que ce n'est pas l'habileté de la Reine mais la peste qui contraignit les belligérants à cesser le combat.

Est-ce pour fuir l'épidémie ou par lassitude que Jean se retire en 1580 dans son château de Carces ? Au début de l'année 1582, « il lui prit la volonté de changer d'air... Il s'achemina à Flassans où, arrivé au seuil de la porte du château, il dit [...] qu'il venait mourir au gîte comme le lièvre [...] Il appela son fils, le fit mettre à genoux devant lui et lui commanda d'avoir la crainte de Dieu, le service du Roy et de ne se mécontenter jamais devant le Roy [...] Deux jours avant de rendre l'âme, il reçut son Créateur la larme à l'œil et finit [...] si chrétiennement que toutes les oraisons et prières qui furent dites, il répondit toujours et s'en alla âgé de soixante-dix ans [20 avril 1582]. En cette séparation son lit, qui était celui même de sa naissance, fut toujours environné de Madame sa femme, son fils, ses filles, ses beaux-fils, petits-enfants et neveux. »

Sa statue orne la façade de la Préfecture de Marseille.

En ces temps troublés, mourir dans le lit de sa naissance est un privilège qui n'est accordé ni au gendre du comte de Carces Claude de Villeneuve, marquis de Trans, ni à son cousin Jean-Baptiste de Pontevès, seigneur de Bargème, Callas et Comps, ni à sa descendance. Sous le couvert de religion, le drame se déroule en 1579 autour de Draguignan dont les habitants sans distinction de classe ou de confession sont unis pour combattre le chef carciste Hubert de Vins, le neveu de Jean. Une des premières sénéchaussées de Provence, la cité est l'objet des convoitises du terrible capitaine qui, avec ses *bravi,* sème la terreur dans les campagnes en attendant de l'investir. Aux beaux jours, la partie sera facile puisque ses cousins et alliés Claude de Villeneuve et Jean-Baptiste de Pontevès et quatre de ses fils occupent les positions clefs de la région.

« Les Rebelles de Sa Majesté nous tenoyent en clos, jamais nous ne fûmes tenus de si près », tel est le message que les Consuls dans leur détresse adressent en février au Parlement d'Aix.

Lorsque, avril venu, Joseph de Pontevès, le fils aîné de Jean-Baptiste, descend de la montagne avec six cents hommes d'armes, les Dracénois décident de forcer le blocus et d'attaquer au sud la base ennemie de Trans. Malgré la résistance héroïque de sa dame « qui était la fille du comte de Carces et donnait tant d'exemples de courage que les soldats auroient eu honte de ne pas les imiter », le château est pris d'assaut le 23 mai et livré à la soldatesque.

Draguignan est délivré, mais toute menace ne sera pas écartée tant que les Pontevès tiendront encore des points stratégiques. Les exterminer sera moins coûteux et plus expéditif que de les forcer dans leurs nids d'aigle. Un razat, le lieutenant Sossi dont la sœur a subi les outrages d'un Pontevès, se charge volontiers de cette basse besogne sous couleur de venger l'affront. Il arrive le 24 mai à Callas où l'aïeul Jean-Baptiste vit retranché depuis que son fils cadet Pierre a été assassiné en représailles de la menace que l'aîné faisait peser sur Draguignan. Nul ne défend le vieillard.

A cinq lieues de Callas, perché sur un éperon rocheux d'où

il est facile de surveiller les alentours, Bargème semble un asile sûr : deux de ses fils s'y réfugient, mais un soir de juillet, avec la complicité des villageois, des hommes de main s'introduisent dans la citadelle et les massacrent devant leurs épouses terrifiées.

En 1581 leur frère Balthazar reprend possession du château. Mais, hautain et violent, il s'aliène les Bargémois qui, au cours d'une altercation, l'égorgent dans la salle commune de la ville. Sur arrêt du Parlement d'Aix, le lieutenant Sossi, l'instigateur de tous ces meurtres, est pendu en 1592. Les gens de la région ne désarment pas.

De longues années se sont écoulées depuis les meurtres de son grand-père, de son père, de ses oncles lorsque, en 1595, Antoine, un Pontevès de la troisième génération, revient au bercail.

A vingt-cinq ans, il est permis de ne pas croire à la ténacité de la haine. Or celle que portent les habitants de Bargème aux Pontevès n'a cessé de couver sous la cendre. Il en est victime à son tour et meurt poignardé au pied du maître autel de l'église Saint-Laurent pendant la célébration de la messe dominicale.

Commis à une époque de pacification, ce dernier crime indigne les membres du Parlement d'Aix. Ils prennent des arrêts contre les habitants des communes de Callas et de Bargème meurtriers de six de leurs seigneurs. Les premiers perdent le droit au four et au moulin et sont tenus de verser 30 000 francs à l'unique survivant, Foulques de Pontevès ; les seconds sont condamnés à ériger sous le vocable Notre-Dame d'Espaïme (peur douleur) une chapelle où la messe sera dite à perpétuité le jeudi avant Pâques. Alors Foulques l'héritier réintègre ses domaines et s'installe à Bargème.

Durant un siècle, la famille y mènera l'existence de gens peu fortunés. On chasse, on procrée. La descendance est nombreuse : douze à treize enfants par génération. Les filles sont belles et, en se mariant bien, échappent au couvent. L'Eglise et l'Ordre de Malte absorbent les fils en surplus ; ainsi est maintenu le maigre patrimoine.

Au XVIIIe siècle, le vent de l'indépendance souffle même

dans le Haut-Var, et certains cadets s'insurgent contre l'ordre établi. Deux frères, Henri et Jean de Pontevès, combattent pour la cause de l'Indépendance des Etats-Unis, et leur cousin Etienne-Antoine, après avoir défendu la Martinique contre les Anglais, fait souche aux Antilles.

A la veille de la Révolution, on ne compte plus en France que trois tenants du nom. S'ils en réchappent, leurs châteaux sont détruits, et lorsque Louis-Balthazar-Alexandre, le père des jumeaux, devient chef de famille, il ne possède plus que les ruines de Pontevès et de Bargème. Il n'accepte cependant pas de gaieté de cœur le projet d'adoption, d'autant qu'Elzéar-Zozime voudrait qu'elle soit assortie de substitution de nom… « Pontevès vaut bien Sabran » !

Après des échanges de protocoles aigres-doux, on transige : les deux noms sont reliés par un trait d'union ; Marc-Edouard sera déclaré l'aîné, et si sa descendance mâle venait à s'éteindre, le titre passerait dans la branche cadette, celle de Léonide. En revanche, lorsqu'il s'agit d'avenir, le Duc a gain de cause. Les jeunes gens quittent Marseille où ils ont passé leur jeunesse pour entrer au service du roi Charles X, le premier comme page à la Grande Ecurie, l'autre comme garde du corps dans la Compagnie de Croy d'Havré.

En 1830 les pages sont licenciés et rentrent chez eux tandis que les gardes du corps sont chargés d'accompagner le Roi sur le chemin de l'exil. A Cherbourg, Léonide se jette à la mer, grimpe sur le pont du navire et, après s'être incliné une dernière fois devant le souverain déchu, regagne la terre ferme à la nage.

Après leur refus de prêter serment à Louis-Philippe, nous les retrouvons à Marseille « en service chez leur père adoptif ». Atteint de ramollissement du cerveau, il vitupère contre Louis-Philippe, se dispute avec sa belle-mère et amuse les badauds en partant pour Ansouis en grand équipage : carrosse de voyage armé de postillons en rouge et blanc. Passe qu'il adresse de longues épîtres à l'usurpateur mais que, debout dans l'embrasure de la fenêtre, il se venge des sarcasmes de Madame de Pontevès en souillant les rideaux de moire verte de son salon est un manque de civilité dont rougissent les jumeaux !

Les voyages à Ansouis qu'Elzéar-Zozime a racheté à des cousins les arrachent à cet univers d'ennui et de sénilité. Montrouge, seul château de la famille à n'avoir pas été détruit durant la Révolution, doit sa survie aux villageois qui, étrange paradoxe, l'ont non seulement protégé, quitte à trucider leur seigneur en 1796, mais ont continué de célébrer les nobles saints locaux ! Le Duc y réserve sa grogne au régisseur : les frères y respirent et le retour en ville n'en est que plus pénible. Ils ne voient dès lors qu'une solution : entrer à la Trappe.

Ils partent un matin sans crier gare, mais leur tante court la poste et les rattrape à Dijon où elle leur fait subir une homélie : les a-t-on adoptés pour qu'ils soient d'Eglise ? Qu'ils se marient, et brillamment, pour se faire pardonner l'équipée ! Aussitôt on entame à Paris dans le parloir du couvent du Sacré-Cœur des négociations qui aboutissent le 12 février 1832 au mariage de Marc-Edouard avec Régine de Choiseul-Praslin.

Si noms et titres sont bien assortis, Elzéar-Zozime est tenu cependant de s'effacer devant le père de la mariée dont le duché est antérieur au sien. Il est morfondu. D'autre part, celui qui sera le meilleur des époux est si « chaud » que « l'heure du berger venue », il prie son frère — comme ils font au confessionnal ! — de prendre sa place. Leur ressemblance autorise la substitution. Mais Léonide se défile : une jeune fille aux yeux verts, Bonne de Pons, a touché son cœur.

Le vieux duc, qui a difficilement avalé la préséance Choiseul, se rattrape alors avec les Pons. « Non, cette fois-ci j'entrerai le premier à l'église — Mais les usages veulent que le père de la mariée… — Je suis duc, et vous marquis ! — Duc récent. — Donnez-moi vos preuves. — Marquis de Pont-Neuf ! — Je vous montrerai mes parchemins ! — Cousin du roi depuis Saint Louis, je ne transigerai pas ! — J'en appelle à ma parenté Cossé-Brissac, Rohan-Chabot, Talleyrand-Périgord, La Rochefoucauld, Gontaut-Biron. » Aucun ne désarme et, le 25 avril, jour du mariage, ils se heurtent derechef sur le perron de Saint-Thomas d'Aquin. A l'issue de la réception, Elzéar-Zozime joue encore au trublion en annonçant solennellement son intention de léguer Ansouis à celui des jumeaux qui aura le premier fils. C'est alors, entre les deux ménages, la course au garçon. Léonide en sort victorieux lorsque le 26 juin 1836, Bonne met au monde Guillaume (le grand-père de Foulques). Sa belle-sœur Régine accouche le 30 novembre suivant de sa troisième fille.

Ainsi Ansouis est-il dévolu à la branche cadette. Mais comme Elzéar-Zozime s'en réserve la jouissance, ce n'est que le 22 janvier 1847, lors de sa mort, suivie de l'entrée de sa veuve chez les Trinitaires de Marseille, que notre jumeau en prend possession : trop tard !

Après leur mariage, Léonide et Bonne se sont installés à Grignols, l'habitation familiale des Pons, située aux confins des Landes. Peut-on appeler château ce grand bâtiment pris entre quatre tours disparates que ne rehausse aucune architecture ? Gentilhommière conviendrait mieux à cette demeure de grand seigneur gascon peu fortuné. L'aîné de cette grande et illustre maison de Pons était si pauvre, nous dit Saint-Simon, « que Monsieur de La Rochefoucauld, le favori de Louis XIV, fait soin de lui jusqu'à son logement, son vêtement, sa nourriture ».

Depuis le Roi-Soleil, de nombreux héritages ont arrondi le patrimoine, et Grignols est le centre d'un domaine de huit mille hectares sur lequel vivent de nombreux ouvriers agricoles, attachés à leurs seigneurs par des liens séculaires ; certains d'origine noble labourent l'épée au côté.

Le climat tempéré du Sud-Ouest convient mieux à Bonne que celui trop « venteux de Provence ». Pourquoi quitteraient-ils cette maison où ils sont heureux et où ils sont tenus par la création sur leurs terres d'un « bourg » où les paysans seront groupés et mieux logés que dans leurs masures ? C'est là, au chevet d'une malade, que Bonne contracte la fièvre miliaire qui l'emporte le 19 août 1854. Elle laisse un mari éploré, deux filles et quatre fils : Guillaume, Foulques, Emmanuel, Jean, le dernier est âgé de trois ans. De joyeuse, l'atmosphère devient sinistre. Léonide ne sourit plus, et la raison de la vieille Madame de Pons sombre. Chaque soir, lorsqu'on la hisse sur son lit à baldaquin, elle croit gravir les degrés de l'échafaud sur lequel ont péri ses père et mère et pousse des cris qui déchirent la nuit.

En 1864, la famille se disperse lorsque Guillaume épouse Marie de Panisse et que ses frères Foulques et Emmanuel, esprits chevaleresques, se lancent dans des équipées au service de l'empereur du Mexique et du Souverain Pontife avant de combattre vaillamment durant la guerre de 1870.

En 1873, après l'échec des négociations avec le Comte de Chambord, ils se retirent sur leurs terres. La flamme royaliste ne brille plus alors que chez le cadet Jean. Il se lance avec fougue dans la bagarre politique et, accusé de complot contre la Sûreté de l'Etat, lors de la conspiration de Paul Déroulède, comparaît, menottes aux mains, devant la Haute Cour de Justice en 1899.

Quant à Léonide, il meurt le 18 octobre 1883 laissant Ansouis dans son intégralité à Guillaume, et à Foulques, Grignols dont le mobilier sera partagé en six. Ses héritiers sont tous réunis pour ce dépècement lorsqu'Elzéar (mon beau-père) descend du grenier un gros album à la couverture jaunie dont il avait depuis son enfance tenu l'existence secrète. Ses nombreuses pages sont couvertes de dessins : palais orientaux, hommes en robes longues au chef enturbanné, chameaux hiératiques. Huberte, la femme de Foulques, qui a des connaissances suggère : « Ce sont peut-être des dessins du Pérugin — Dites plutôt de la Mère Ugène » raillent ses beaux-frères ! En fait, ils ont devant les yeux un chef-d'œuvre : l' « Album de voyage » de Bellini qu'un aïeul ambassadeur auprès de la Sublime Porte sous Louis XV a rapporté de Constantinople...

Après l'avoir vendu pour une bouchée de pain, ils mesureront mieux l'étendue de leur erreur et le prix de leur ignorance en lisant dans un journal le récit de leur mésaventure sous le titre : « Ah ces cadets de Gascogne » !

VIII

Ah jeunesse...

LES cœurs s'entendent parler dans le silence. Respirer le même air que celui que l'on aime et dont on souhaite un enfant, suffit au bonheur : cela je l'apprends dès que Foulques se met à bâtir notre avenir en se plongeant chaque soir et chaque samedi et dimanche dans ses manuels de droit. Succès à ses examens et espérances de maternité arrivent simultanément. Peut-on garder devers soi de si bonnes nouvelles ? Nous sautons au Trocadéro dans l'autobus qui nous amène aux Invalides, chez mes parents. A l'arrêt suivant monte un de nos amis. Alors s'engage entre Foulques et lui un dialogue si joyeux que nul ne descend du véhicule et que nous arrivons au terminus Gare de Lyon dans l'hilarité générale. Bon prince le receveur ramène chacun à son point de descente sans percevoir de taxe. Quelle merveille d'être l'épouse de celui qu'habite avec une telle joie de vivre le don de la communiquer !

C'est un fils ! C'est un fils ! La clinique de Villecresnes retentit de la joie de Foulques le 30 avril 1937 au matin. Fierté et enthousiasme devant un premier enfant sont vite tempérés par les propos aigres-doux des grand-mères.

« Il est tout Vallombrosa. »

« C'est le portrait de ton beau-père. »

Enfin lorsque le jour du baptême, j'entre dans l'église avec dans les bras une volumineuse robe de dentelle d'où s'échappent une tête blonde et rose et deux petites mains, chacun le reconnaît pour sien.

Les proches sont réunis pour fêter l'heureux événement : Amédée, Adrienne, mon frère, Tante Claire, Tante Roselyne, Josaphat et du côté de Foulques, mes beaux-parents, mes belles-sœurs, la princesse Pauline, le marquis et la marquise des Isnards. Seule Henriette de Sabran, la dernière sœur de mon beau-père dont je n'ai pas encore parlé, est absente. Eprise à vingt ans d'un officier, elle a juré de rester célibataire, lorsque arguant de son peu de fortune et de sa non-appartenance au Gotha, ses parents se sont opposés au mariage. Infirmière en première ligne durant la Guerre de 1914, elle en revient citée à l'ordre de l'Armée, mais atteinte du mal de Parkinson. Elle rompt alors avec sa famille et s'enferme dans l'hôtel de la place Vauban dont elle a hérité. « Vous n'entrerez jamais dans la forteresse Vauban », me disait mon beau-père durant mes fiançailles. Et voici que dans un élan de sympathie envers mon mari dont l'amour pour moi a triomphé des interdits d'un milieu la tante lui ouvre la porte.

L'été suivant, à l'accueil chaleureux d'Ansouis, nous comprenons mieux que château et village forment une grande famille. Tous honorent l'enfant de présents du terroir : œufs, tourterelles, truffes géantes ; on s'extasie : « Oh, Monsieur le Comte, ce petit Vicomte est votre portrait. Vous l'auriez fait avec un pinceau que vous ne l'auriez pas mieux réussi. »

Dorénavant, nous y passons nos vacances. Tout était à faire, chaque jour nous apportait sa dose de joie devant un travail qui se voyait. Scie, martelette ou cisaille en main, Foulques cherche à rendre l'extérieur présentable. L'intérieur m'est dévolu : aidée d'une dame du cru, Madame Giraud — Gigi — je fourbis et sors des placards beau linge et argenterie pour donner à la maison un air de fête. Gigi excelle tant dehors que dedans, sans perdre son franc-parler. Un jour de canicule, alors que nous descendons vers les bassins avec des invités de marque, nous la croisons qui remonte du jardin potager avec des paniers débordants de légumes. « Quelle corvée, s'exclame-t-elle en riant ; j'ai si chaud que j'en ai la raie du c... qui fait gouttière. »

Les toits n'ont rien à lui envier. Pour les colmater nous

investissons en tuiles la majeure partie de nos ressources. Il est vrai que la nomination de Foulques au grade d'inspecteur d'assurances pour la région de Clermont-Ferrand nous autorise à chanter avec les cigales. Pas longtemps, lorsque le 15 janvier 1939 naît un second fils, Jean, l'horizon est sombre. « Dieu veuille que je le voie grandir », nous dit mon frère en acceptant le parrainage.

En août, malgré la conjoncture, nous partons avec lui pour Ansouis. Avant la fin du mois nos deux hommes ont rejoint leur affectation ; la séparation est d'autant plus cruelle que j'attends à nouveau un enfant. Le 18 mars 1940, Géraud, mon troisième fils, voit le jour à Villecresnes où je suis « remontée » afin d'être plus proche de mes soldats. Foulques est alors élève aspirant à Auvour dans la Sarthe et Jean officier à l'état-major du général de Lattre de Tassigny en Champagne.

L'offensive de mai est déjà déclenchée lorsqu'il m'arrive en coup de vent. Que veut-il ? Se confier : il aime une femme mariée et cet amour est partagé. Plutôt que de briser un ménage, il s'est engagé dans un groupe de reconnaissance. A la fin du mois les événements se précipitent. Afin de mettre les enfants à l'abri je décide alors de les emmener à Ansouis, déclarée ville ouverte, lorsque j'apprends que Foulques est hospitalisé à Eaubonne en amont de Paris. Le poumon est atteint, et si sa vie n'est pas en danger, il faut intervenir d'urgence pour éviter des complications. Au jour de l'opération j'arrive à l'hôpital au son du canon. A l'approche de l'ennemi, on évacue les malades : les valides à pied ; vêtu de son uniforme, Foulques m'attend sur son lit. Aussitôt nous partons, traversons Paris où, étrange contraste, de nombreux Parisiens sont attablés aux terrasses des cafés et arrivons à Villecresnes. Le lendemain, il nous faut reprendre la route avec les trois enfants et la nurse : c'est l'exode. Par quel miracle échappons-nous aux bombardements, trouvons-nous de l'essence et arrivons-nous, après dix journées harassantes, aux portes de Puy-en-Velay ? Nous y sommes arrêtés par un Vercingétorix aux moustaches tombantes qui surgit d'un fossé et braque sur nous un vieux tromblon. « Où allez-vous ? —

Chez des amis. » Il nous laisse passer, mais non sans nous avoir glissé dans l'oreille que les états-majors alliés sont repliés dans la ville dont il assure la défense. En fait c'est l'amitié et non pas la force armée qui nous accueille : tout est mis en œuvre pour nous secourir et Foulques reçoit enfin les soins que nécessite son état.

Trois semaines s'écoulent sans que filtre la moindre nouvelle ni que nous puissions nous manifester à ceux qui nous cherchent, puis peu à peu, nous apprenons que mes parents sont à Paris, que d'aventure en aventure, mes beaux-parents ont abouti à Mesves-sur-Loire où les Allemands les ont parqués durant deux semaines dans un wagon à bestiaux et que, surpris par l'offensive à Grignols dont notre tante Gersende a pris possession à la mort de son père, les des Isnards ont pu gagner Carpentras. Ils sont, avec nous, les seuls de la famille à vivre en zone libre. Mais de Jean : rien, et nous pressentons le pire. Frappé d'une balle à la poitrine, il est tombé glorieusement le 11 juin dans la Marne à Dontrien après avoir permis l'exécution de la manœuvre de repli d'une unité : « Officier de la plus haute valeur morale, modèle de bravoure... Restera pour ses chefs et ses hommes un exemple très pur de vrai courage » porte la citation à l'ordre de l'Armée.

Les deuils se succèdent : mon beau-père, victime d'une attaque, notre dernier-né. La perte d'un enfant si jeune soit-il est une douleur qu'il vaut mieux taire.

Avec le printemps, Foulques recouvre forces et désir de vivre : nous partons pour Ansouis avec une réfugiée lorraine, Suzanne Druard, qui sera la seconde mère de nos enfants.

A peine arrivés, nous nous attaquons au déshonneur de la façade : la chapelle. « Sa démolition, nous dit Foulques, sera payée par la mise au jour de pièces d'or que mes grands-parents et leurs amis ont déposées dans une cavité réservée à cet effet lors de la pose de la première pierre. » Hélas, on n'y trouva que de la monnaie de billon... L'explication nous en est donnée par un vieillard du pays, enfant de chœur à l'époque et qu'avait ému le trésor entrevu. Pour éviter qu'il ne fût perdu pour tous, il avait descellé la pierre pendant le déjeuner et changé l'or en bronze.

Ni déconvenues ni accrocs de santé, n'entravent la poursuite de l'œuvre dans laquelle il voit sa raison d'être sur le plan familial.

C'est pour récompenser son courage et sa ténacité que sa tante Gersende lui envoie le mobilier de Grignols qu'elle vient de vendre. Elle s'est arrachée avec peine aux souvenirs joyeux de son enfance et à ce pays où, dit-elle, les fleurs ont bonne mine. Ansouis est transformé par cet apport lorsque, par une nuit scintillante d'étoiles, Gersende vient au monde le 29 juillet 1942 sous le signe du lion Sabran.

Un an plus tard, le 26 août 1943, quand les premières douleurs m'annoncent la naissance de notre second Géraud, l'orage de fin d'été gronde : ciel sillonné d'éclairs, trombes d'eau. Ni médecin ni sage-femme, le téléphone coupé ; pas une goutte d'essence. Foulques se lance en pleine tourmente. Au pied du village, rencontre des gendarmes qui vont chercher l'aide requise ; le lendemain à midi pour la délivrance, le soleil est au zénith.

Au baptême, les invités sont plus nombreux que nous le souhaiterions. L'avant-veille deux officiers SS se sont présentés au château : on craint un débarquement allié sur la côte méditerranéenne. Ils nous mettent devant l'alternative : ou bien ils occuperont le château dès le lendemain avec notre assentiment ou bien ils réquisitionneront les principales maisons du village. Avec ses habitants nous déménageons tout. On décroche tapisseries, armes, cuirasses et dans une atmosphère de « Ronde de nuit » meubles, tableaux, argenterie disparaissent et sont mis en lieux sûrs. Le lendemain, à l'aube, la maison est vide à l'exception de notre chambre, de celle des enfants et de la cuisine, que nous conservons. Si la cohabitation obéit à des règles strictes, nous sommes cependant autorisés à recevoir à la cuisine le dimanche : menu de misère, mais pour porter beau en sortant de l'église, nous jetons nos dragées à la volée, comme au temps de la prospérité.

Après six semaines d'occupation, les Allemands se retirent et les villageois nous rapportent en hâte tout ce que nous leur avions confié. En août 1944, la libération tant attendue ! Après les heures enthousiasmantes du passage rapide des Américains, nous voyons arriver des éléments incontrôlés ou prétendus tels, Espagnols ou Polonais, pour la plupart. Ils pointent leurs mitraillettes sur Foulques. Les Ansouisiens s'interposent, lui font un bouclier de leurs corps et lui sauvent la vie tandis que dans un déchaînement de haine, de nombreuses exécutions sommaires ont lieu autour de nous.

La guerre est finie. Jean est tombé au champ d'honneur, mes beaux-parents n'ont pas survécu à l'exode et Foulques est grand invalide militaire. Sa santé lui interdit désormais la profession d'inspecteur d'assurances ; le voici chef du contentieux à Paris. A peine y arrivons-nous que notre tante des Isnards nous appelle en Suisse ; son époux vient d'y mourir et doit être inhumé à Carpentras.

Avant le départ cette vieille dame délicieuse et attentionnée nous suggère de rapporter des provisions pour nos enfants. Elle bourre le corbillard de sucre, farine, chocolat, jambon, toutes denrées sévèrement rationnées en France. Nous ignorons que certains ponts détruits au moment de la débâcle ennemie n'ont pas encore été reconstruits.

Peu avant Carpentras, nous traversons à gué la rivière l'Ouvézé que les orages ont grossie : toutes nos provisions vont à vau l'eau.

Après les funérailles, il est décidé que notre tante à qui nous portons une tendresse filiale quittera Le Martinet et passera les étés à Ansouis.

L'hiver suivant est rigoureux, Foulques tombe gravement malade : le médecin m'apprend qu'il est condamné à plus ou moins brève échéance et que seule la réussite d'une grave intervention permettrait un sursis.

Ma jeunesse s'achève et son calvaire commence.

IX

Monsieur le Duc

Ce ne sont plus les silences de nos amours mais ceux d'êtres blessés qui cherchent à se dissimuler la vérité. Vient ensuite le moment des projets à peine ébauchés — laisser entendre à un malade que l'avenir lui appartient est la meilleure façon de le rassurer — puis après le désir de les réaliser, la rémission.

Après neuf mois de souffrances dans une clinique au cours desquels il supplie parfois qu'on le laisse mourir, Foulques revient à la maison. L'esprit a gardé sa vivacité mais le corps est mutilé. Il est dur pour un homme de quarante ans de renoncer à une situation d'avenir et d'être confiné dans un univers restreint. Plutôt que d'accepter la défaite, Foulques se crée de nombreuses occupations ; famille, gestion de son patrimoine et de ceux de ses tantes Gersende et Henriette, Chancellerie de l'Ordre de Malte, décoration de maisons amies. Le goût dont il a fait preuve dans la restauration d'Ansouis lui a valu de nombreuses commandes.

Grâce à Dieu. Le sursis sera plus long que nous l'espérions. Foulques vivra encore vingt-cinq ans mais vingt-cinq ans d'épreuves. Je ne voudrais pas, en m'étendant sur les moments douloureux qui jalonnent notre vie, trahir celui qui avait écrit à une amie malade : ni geignards, ni résignés mais Lumière tels devrions-nous être ou devenir dès que Dieu nous fait cette précieuse grâce de nous choisir, mais j'aimerais rendre hommage à la force d'âme qui lui permet d'affronter ce long martyre.

De son hôtel, place Vauban où elle vit recluse avec sa dame de compagnie, Marguerite Deschamps et la tante de celle-ci, la comtesse de Morteuil, notre tante Henriette a suivi avec émotion l'évolution du mal de Foulques. Souffrante elle-même elle le comprend et l'admire. Je vais la voir souvent et me prends d'affection non seulement pour elle mais aussi pour Marguerite qui, prise entre deux grabataires, n'a pas un instant de répit. Le vendredi 22 octobre 1955 Madame de Morteuil ne se réveille plus. Marguerite dont les finances sont limitées me demande de comparer les prix des trois maisons de Pompes funèbres du quartier du Gros-Caillou. Le meilleur marché emporte l'affaire. Quatre jours plus tard notre propre tante à qui nous n'avons pu cacher la vérité m'appelle à son chevet. A-t-elle un pressentiment ? Ce dont elle m'entretient me porte à le croire. Elle laisse son hôtel à son neveu bien-aimé ; elle souhaite que nous le conservions, « car, dit-elle, des Princes de la Maison de France y verront le jour ». Peu après, elle rend le dernier soupir, souriante et apaisée.

Le lendemain le directeur de la même entreprise auquel nous faisons appel fait une drôle de tête : « Deux vieilles dames à quatre jours de distance. » A l'arrivée du médecin légiste, je comprends le sous-entendu « on meurt beaucoup dans cette maison ». Force lui est cependant de constater que la mort est naturelle.

Ce legs inopiné qui nous touche autant qu'il nous aide commence par nous embarrasser. Comment payer les droits de succession et respecter les volontés de notre tante ? La solution qui s'impose est d'ajouter quatre étages à l'immeuble.

Plusieurs années de travaux et enfin nous nous installons dans l'appartement lumineux que nous devons à la générosité de notre tante. En guise de pendaison de crémaillère, nous donnons un bal pour Gersende. C'est toujours l'hôtel Sabran.

Nous n'avons pas pour autant abandonné Ansouis ; taillés et retaillés par Augustin, les buis ont retrouvé leur ordonnance primitive, les lierres tentaculaires ont été détruits par un lance-flammes acheté aux surplus américains et six mois d'efforts sont venus à bout de l'envasement des bassins auxquels on accède par une longue allée plantée d'une double rangée de jeunes cyprès. Effectuées par les artisans du village, les installations d'eau dont l'alimentation dépendait du « bon vouloir du ciel » et d'électricité transforment l'existence et nous permettent d'inviter l'été de nombreux amis des enfants. Tous apprécient l'harmonie que Foulques crée autour de lui et l'esprit farfelu de Tante Gersende. Ils aiment aussi à plonger dans l'eau vive des cascades.

Ansouis est digne de la visite des « Saints » lorsque, en 1960, nous célébrons à la fois le millénaire du château et le sixième centenaire de la mort de Dauphine. Apportées en cortège depuis Apt, leurs reliques sont exposées devant la porte d'entrée sur l'esplanade où l'archevêque d'Avignon célèbre une messe solennelle par une chaleur torride. Le soir venu, après le départ de nos visiteurs du ciel, dans l'embrasement des torches tous les villageois conviés à un bal dansent allégrement la farandole devant les notables du département.

En 1963 avec le duc Amic s'éteint la branche aînée. Le titre revient à Foulques ainsi que les ruines de Pontevès et de Bargème qui lui sont attachées. Maintenir les racines terriennes est indispensable au prestige d'un nom. Mon époux en est conscient et il entend bien assumer ses responsabilités.

A Pontevès contre un droit de promenade dans l'enceinte la municipalité entretiendra les vestiges de la forteresse. En revanche à Bargème que désertent ses habitants, la charge sera lourde. Nous nous y rendons sous la chaleur d'août. Quand apparaît au loin sous un ciel d'un bleu intense le spectre du château féodal et du village en ruine, nous sommes abasourdis. Nous gravissons le promontoire et pénétrons dans la cité. Les rues et ruelles où foisonnent les roses trémières sont désertes ; faute d'élèves l'école a été fermée et la dernière institutrice en partant a laissé la clef sur la porte. Sans une fumée qui s'échappe d'une cheminée, on se croirait dans une ville morte. « Ansouis et maintenant Bargème c'est trop lourd pour nos épaules. » Foulques me rassure. « Pourquoi douter ? N'est-il pas inscrit dans nos mains que nous ne serons jamais abandonnés. » A l'automne le miracle se produit. Une voix de femme au téléphone. « J'ai longtemps parcouru le monde en quête de beauté, dit l'inconnue. Devant Bargème j'ai ressenti le choc que j'espérais. Permettez-moi de vous aider. » Elle s'appelle Germaine de Maria. Une destinée exceptionnelle l'a menée de la vallée des Merveilles en Inde où maharanée de Kapurtala elle a vécu dans un palais fastueux. A son retour en Europe elle épouse un financier dont jeune elle s'était éprise Après quelques années de bonheur il meurt en laissant une fortune considérable. Avec acharnement Germaine de Maria relève tours et murailles. Mais lorsque Bargème est sauvé le charme est rompu : une association présidée par le maire prend la relève, et chaque année, ces amoureux du site s'attaquent à la maintenance et à la restauration de l'ouvrage avec une volée d'enfants.

Toutes les activités qu'il assume et aussi des imprudences commises souvent dans un élan de générosité — un jour il quitte Ansouis sur l'heure pour plaider à Paris la cause d'un réfugié politique en situation illégale — ont raison de la résistance de Foulques. Il est hospitalisé. A peine a-t-il surmonté cette crise que notre fils Jean, en janvier 1964, nous annonce son intention d'épouser Marie-Isabelle Decazes de Glucksbierg, seconde fille du Duc.

Quand deux Ducs se rencontrent, ils projettent de belles fêtes. La présentation des fiancés aura lieu en juin place Vauban, et le mariage en août, en Gironde, au château de La Grave chez les parents de la jeune fille. L'avant-veille de notre réception, Jean qui effectue son service dans les parachutistes, saute. Le tube porte-armes ne se détache pas : il fait une chute de quatre cents mètres à peine amortie. La jambe gauche est broyée. Contre l'avis de grands patrons un jeune chirurgien militaire le sauve de l'amputation. Nous respirons. La cérémonie a lieu non pas à la campagne mais au mois de décembre, aux Invalides dans une atmosphère de mariage parisien. Tenace comme toujours Foulques y paraît en si belle forme que l'on parle dans l'assistance de guérison. Je ne cède pas à l'illusion de la santé recouvrée car je sais bien que ses forces déclinent : le teint est cyanosé et la nuit la respiration si ténue qu'il m'arrive de chercher son pouls pour me rassurer.

Il a cependant encore belle apparence lorsque la reine d'Angleterre nous fait l'honneur insigne de s'asseoir à notre table au cours du voyage de printemps qu'elle effectue dans nos régions en avril 1965. La Provence n'est pas la Côte d'Azur : pas un bourgeon éclaté, un ciel gris, de rares violettes, le mistral tourbillonne dans la maison. Les cris de « Vive la Reine » poussés sous nos fenêtres par les gens du village venus l'acclamer lui réchauffent du moins le cœur.

L'été qui suit cette visite est torride. Foulques, hélas, n'en supporte pas l'atmosphère lourde et orageuse, et il est transporté d'urgence à Marseille dans un service de réanimation où l'on pratique une trachéotomie. L'état de son compagnon de chambre, un certain Milou, rescapé du suicide est aussi inquiétant que le sien. On dit Milou patron d'un bar mais les dames de cœur qui se succèdent nous font penser à des activités complémentaires. En outre, chaque matin et chaque soir un petit homme vêtu d'alpaga gris vient le voir. Il entre puis se retire sans avoir prononcé une parole. Ses apparitions jettent Milou dans un tel état de transes que j'en prends pitié et que, malgré ses incessants « laissez-moi mourir », je le surveille d'un œil et Foulques de l'autre. Un matin, j'obtiens pour mon malade la seule chambre à un lit. Je prends congé de Milou qui me répond par un grognement. Un quart d'heure après, il est mort. A-t-il reçu la visite du petit homme en alpaga gris ?

Foulques survit. Sa robuste constitution permet aux médecins de Salvator de fermer la trachéotomie, mais il n'en reste pas moins très diminué. Nos amis nous donnent alors la mesure de leur affection. Ainsi la générale Béthouart, qui a recueilli à Fervaques les souvenirs des Custine, a-t-elle la délicatesse de les lui offrir afin de lui donner la joie de les posséder. A elle comme à tous ceux dont les attentions incessantes lui ont rendu le goût de vivre, je n'exprimerai jamais assez ma gratitude. Car Foulques va mieux et le mieux persiste.

En 1968 nous prenons nos quartiers d'été comme au temps de notre joyeuse insouciance. Le Festival d'Aix bat son plein et les artistes Teresa Stich-Randall, Luigi Alva, Gabriel Bacquier, Joaquin Sorriano et Bruno-Leonardo Gelber retrouvent allégrement le chemin d'Ansouis. Un soir les chanteurs nous y donnent une sérénade au clair de lune dans notre jardin secret : Teresa en Don Juan, Luigi en Dona Anna.

A la fin d'août Gersende se prépare à partir pour le Portugal. Deux premiers prix du Conservatoire de Paris dans les classes d'Yvonne Lefébure et de Jacques Février, ses premiers pas dans la carrière pianistique sous l'égide de Bernard Gavoty lui ont valu l'attribution d'une bourse à la Fondation Gulbenkian. A la veille d'un départ Foulques est toujours mélancolique surtout lorsqu'il s'agit de sa fille. La sonnerie du téléphone l'arrache à ses papillons noirs. Le comte de Paris est en Provence avec ses enfants Jacques et Chantal... Il souhaite leur montrer Ansouis et s'annonce pour le lendemain matin. Nous sommes « à ses désirs ». Au cours de la visite, il apprend les projets de Gersende et l'invite à venir chez lui à La Quinta. Avant d'entrer à la Fondation elle assistera aux bals Patino et Schlumberger.

Elle nous revient fiancée à Jacques d'Orléans. La fervente royaliste Tante Gersende et mes parents ne sont plus là pour s'unir à notre joie. Ansouis fait la moue « la fille d'un Duc qui épouse le fils d'un Monsieur qui n'est que Comte ça se fait pas ». L'afflux des journalistes leur fait vite comprendre que ce Comte n'est pas comme les autres.

Passé la première euphorie, nous abordons les questions sérieuses. Jacques doit encore rester une année en Suisse pour terminer ses études d'ingénieur agronome. Le mariage sera donc célébré l'été suivant dans notre Provence selon les souhaits de Foulques. Nous discutons des dates. Surtout pas la nuit du 4 août. Celle du dimanche 3 août est donc retenue.

Nous nous mettons aussitôt aux préparatifs et prospectons Paris et la province. Un mariage princier ne s'improvise pas surtout lorsque l'on veut associer tout un village au Gotha européen. Trouver une tente capable d'abriter cinq cents personnes, chercher des traiteurs, un artificier, faire des listes, élaborer les textes des invitations, choisir les robes et la décoration florale, préparer la cérémonie à l'église, recruter du personnel et assurer la sécurité de la maison, celle de la région étant confiée au Capitaine de Gendarmerie d'Apt. Quel casse-tête, et je le dis à regret, lorsque l'angoisse nous étreint. Au printemps Foulques a eu une rechute et cette fois la trachéotomie est définitive : il vit désormais attaché à une bouteille d'oxygène. Ne pas renoncer aux festivités du mariage est la meilleure réponse à sa question « Qui mènera Gersende à l'autel ? ».

Le 1er août lorsque le rideau se lève sur un dîner d'élégance, les femmes portant robe longue et diadème, Foulques est avec nous. Je ne garde à peu près de cette soirée que le souvenir ravissant d'un bouquet de cinq jeunes Princesses assises sur un banc de pierre et regardant les étoiles. Il est difficile pour une maîtresse de maison d'avoir une vue d'ensemble alors qu'elle doit veiller à tous les détails. C'est donc au travers d'images fragmentées que j'essaie aujourd'hui de conter ces grandes journées d'Ansouis.

Le 2 août : le mariage civil. Dès le matin, on dresse une grande tente dans le pré, au pied de la colline, on y monte un long buffet habillé de plumetis blanc. On y installe plantes vertes et bouquets, tandis qu'en haut du château, dans une pièce aménagée en salon de coiffure Monsieur Alexandre s'ingénie. « A qui le tour ? A Madame la comtesse de Paris et à Mademoiselle de Sabran. » Des nœuds de ruban vert et corail rappellent dans ses cheveux les tons de la robe de mousseline que Madame Grès a créée pour l'occasion. Lorsque nous franchissons la herse pour nous rendre à l'hôtel de ville, nous sommes surpris par le nombre de signes de sympathie dont nous sommes l'objet. La Mairie a fait peau neuve : façade restaurée, un mobilier à « fleur de lys » battant neuf dans le bureau du Maire, Monsieur Audibert. Celui-ci, un enfant du pays, a les larmes au yeux au moment d'unir la fille d'Ansouis à un Fils de France.

La réception a lieu dans le grand pré. Nous y arrivons au son de la marche nuptiale exécutée par l'harmonie Durance-Lubéron. Nombreux sont ceux qui ont répondu à notre invitation. Mon mari s'attarde avec l'un d'eux. Aussitôt les journalistes se précipitent. « Vous êtes au moins conseiller général ? — Mieux, ministre. Oui, Messieurs, ministre du Culte à Buis-les-Baronnies. »

Le lendemain avec le mariage religieux, les images se bousculent. C'est celle de l'arrivée du prince Rainier et de la princesse Grace en robe et chapeau mordoré. Celle de l'apparition, au bras de son père, de Gersende dans une somptueuse robe de patchwork blanc offerte par Yves Saint Laurent. Ils descendent le grand escalier entre une double haie de fleurs, puis lentement gagnent l'église sous la mitraille des photographes. Dans le sanctuaire, le scintillement de la crosse de l'Archevêque et des vases sacrés sous la lumière des cierges. Image à laquelle s'ajoute le souvenir de mon émotion, lorsque la voix de Teresa Stich-Randall s'élève sous les voûtes. La télévision retransmet en direct « un mariage qui fait rêver toutes les Françaises ». Et, de fait, on peut rêver devant le bonheur de Jacques et de Gersende, la robe de Madame, les grandes capelines sous lesquelles disparaissent les Princesses et le duc d'Aoste en uniforme blanc d'Amiral italien.

A la sortie de l'église, le cortège descend lentement les rues du village sous les fleurs que l'on jette des fenêtres et au milieu de dix mille personnes venues de toute la France pour acclamer les mariés.

Comme dans les enluminures du Moyen Age la réception se déroule sur différents plans. En bas sous la tente de la prairie dévolue aux Ansouisiens, c'est la liesse. Les gens du village savent s'amuser et faire honneur à un buffet chargé de pièces de viande, de salades composées et de pâtisseries croustillantes. Vin et joie coulent à flots. Et aussi dans le château et sur les terrasses où, si haut que l'on puisse monter sont disposées des tables.

A la nuit tombée éclate le feu d'artifice inoubliable et au moment où s'ouvre le bal, on lit dans le ciel embrasé « Longue vie à Jacques et Gersende ».

X

Je crois à la vie éternelle

Les lampions des fêtes du mariage sont à peine éteints que j'organise mon existence autour de celle de Foulques.

A Paris comme à Ansouis, nous nous fournissons aisément en oxygène. Mais dans la maison des champs en bordure de Garonne que nous a laissée Tante Gersende, l'approvisionnement en est impossible. Nous renonçons donc à nos séjours au Mas d'Agennais où Foulques aimait à visiter ses peupleraies et à se régaler de volailles succulentes et de fruits savoureux au milieu de personnes affables.

Dans toutes les maladies hauts et bas alternent. A Paris où nous résidons l'hiver, ce sont nos moments sombres : douloureuses stations à l'hôpital où, emprisonné dans un respirateur, Foulques implore du regard la caresse d'une main.

En revanche à Ansouis, nous passons entourés de nos petites-filles des jours fastes. L'intérêt passionné qu'il porte à sa maison, les travaux dont il dirige l'exécution, lui insufflent des forces. Il y vit aussi ses dernières joies : la visite de la Begum Aga Khan et celles de la Princesse Héritière de Danemark et de son époux le Prince Henrik. Tous deux savent s'amuser de peu et ont la gaieté communicative. Lorsque le prince Henrik, coiffé d'une casquette à carreaux et métamorphosé par une épaisse moustache, se mêle à un groupe de touristes, Foulques rit aux éclats avec la future Reine.

Les periodes de rémission sont de plus en plus courtes et seule une volonté de fer lui permet en 1972, au mois de septembre, de paraître souriant au baptême de son premier petit-fils, Charles-Louis d'Orléans.

Dernier Noël à l'hôpital Salvator. Foulques est trop faible pour se lever. Je l'abandonne pour assister à la messe de minuit. A mon retour je le trouve calme et rasséréné. « Figure-toi, me dit-il, qu'en ton absence, ma chambre a été envahie par une lumière telle que je ne pouvais en supporter l'éclat. Elle semblait venue d'ailleurs et tout paraissait immatériel. Je n'aurai de cesse de l'avoir retrouvée. »

Printemps et été passent encore avant qu'il arrive au terme de ses souffrances le 5 octobre 1973.

Le huit, jour de ses funérailles, il quitte sa demeure porté par ses fils et son gendre. La lumière éblouissante de cet après-midi d'automne préfigure-t-elle celle qu'il avait entrevue ? Le cortège funèbre prend lentement la direction de l'église. En tête après le clergé marchent précédés du Bailli prince Guy de Polignac dix Chevaliers de l'Ordre de Malte vêtus de la coule noire à croix blanche et deux dames de l'Ordre en cape et mantille. Viennent ensuite le Comte et la Comtesse de Paris et la princesse Grace. A l'issue de la cérémonie religieuse les hommes d'Ansouis prennent la relève et transportent leur « Duc de Provence » recouvert de l'étendard aux armes Sabran jusqu'à la chapelle Saint-Pierre où nous lui disons A-Dieu.

Survient pour moi une période d'anxiété : l'ai-je bien aimé ? Puis de doutes : les espérances chrétiennes auxquelles je m'accroche seraient-elles vaines, et l'âme survivrait-elle au corps ? Je me désespère.

Un jour, je reçois un petit livre de modeste apparence : *Du Ciel — Un message de Joie... dans la douleur.* En voici l'essentiel : une religieuse, un jour alors qu'elle pénètre dans sa cellule, entend la voix de sa sœur morte peu de temps auparavant. Elle lui décrit le trajet suivi par son âme : la traversée d'un long corridor au bout duquel resplendit une lumière : Dieu. — Mais nul n'est digne de le contempler éternellement s'il n'a subi une période de purification. — Les jours de fêtes mariales correspondent à l'entrée de nombreuses âmes au Paradis. Me souvenant que le 11 février nous célébrions Notre-Dame de Lourdes et son anniversaire de naissance, je me convainc que Foulques entrera ce jour-là au Ciel. Je demande que soit célébré à cette date au Mas d'Agennais un service solennel auquel ma fille et moi assisterons. Nous n'y sommes pas retournées depuis trois ans et nous ne connaissons pas le nouveau curé.

Le 10 février au soir, je m'adresse à mon époux comme de son vivant : « Si tu entres demain dans la félicité, de grâce fais-le-nous savoir. Mais de telle manière que nul ne puisse en douter. » Le lendemain, nous arrivons à l'église au moment où la messe va commencer. Le célébrant ouvre la cérémonie par l'éloge de Foulques puis soudain s'arrête et clame : « Aujourd'hui, j'entre au Paradis » et sept fois de suite il répète la même phrase. Mais peu à peu la voix s'éteint : nous sommes pétrifiés. Après la communion, Gersende rompt le silence :

« Maman, avez-vous entendu ?

— Oui, c'est la réponse que j'attendais. »

Sur la place de l'église, c'est l'effervescence. « On n'a jamais rien dit de semblable dans une messe de regrets. » Le curé n'en garde aucun souvenir ; il commence par se défendre puis devant les nombreux témoignages il finit par admettre que ces paroles lui ont été dictées... Mais Foulques reste toujours près de moi.

La vie continue, l'année suivante Géraud épouse une « fille de Provence » Stéphanette Fabre, elle lui donnera le bonheur et quatre fils.

La vie continue aussi à Ansouis. Après la rupture de poutres maîtresses la façade Sud du château se détache du corps de bâtiment ; le toit s'effondre au-dessus de ma chambre entraînant la charpente : la foudre s'en mêle causant des dégâts considérables. Tout patrimoine est une charge matérielle et morale. Mes enfants assurent aussitôt la relève de leur père conformément au vœu qu'il avait formulé avec certitude : « Ce que je ne pourrai achever, mes fils y pourvoiront. »

BIBLIOGRAPHIE

ANDIGNÉ, André d' : *Archives familiales.*

AUDISIO, Gabriel : *Les Vaudois du Lubéron, une minorité en Provence.*

BARDOUX, Agénor . *Madame de Custine.*

BARATIER, Edouard : *Histoire de la Provence.*

BERNANOS, Georges : *La grande peur des Bien-pensants.*

BORELY, RP Elzéar : *Les miracles de la grâce victorieuse de la nature.*

BOUYALA D'ARNAUD, André : *Histoires de la Provence.*

CARS, duc des : *Mémoires.*

CHATEAUBRIAND, René de : *Mémoires d'Outre-Tombe.*

CHEDIEU DE ROBETHON, E. : *Chateaubriand et Madame de Custine.*

DELAHAYE, Jules : *Les assassins et les vengeurs du marquis de Morès.*

DIESBACH, Ghislain de : *Madame de Staël.*

DELPECH, Jeanne : *L'amour le plus tendre.*

DROULERS, Charles : *Le marquis de Morès.*

ENJOUBERT, Hilaire : *Gens et Choses d'Autrefois, Les quatre sœurs qui furent Reines, Les Amours de François Pétrarque et de Laure de Sabran.*

FERRIER, Jacques et FEUILLAS, Michel : *Nicolas Claudé-Fabri de Peiresc, Histoire abrégée de Provence et Autres Textes.*

FORBIN D'OPPEDE, marquise de : *La Bienheureuse Delphine de Sabran.*

FRANCE, Anatole : *La vie littéraire.*

GIRARD, Pierre : *Saint-Elzéar de Sabran et la Bienheureuse Delphine de Signe.*

GRANIER, Jean-Luc : *Sous le signe de Pétrarque.*

GUYON, Robert : *Enclaves familiales.*
MAGNIEN, E. de et PRAT, Henri : *Correspondance inédite de la comtesse de Sabran et du chevalier de Boufflers.*
MAUGRAS, Gaston : *La Cour de Lunéville au XVIIIe siècle. Delphine de Sabran, marquise de Custine.*
MARTIN, Ernest : *Les exilés acadiens en France au XVIIIe siècle et leur établissement en Poitou.*
MAUGRAS, Gaston et CROLE-LEMERCIED, P. de : *Delphine de Sabran, marquise de Custine.*
NORMANDY, G. et MITTON, F. : *Quatre maîtresses du Régent.*
PARRA-PEREZ, C. : *Miranda et Madame de Custine.*
SAINT-SIMON, duc de : *Mémoires.*
TARN, Julien-Frédéric : *Le marquis de Custine.*
THOUMIN, Richard : *Des mutineries à la victoire.*
VALLOMBROSA, Amédée de : *Histoire de la Prévote de l'Hôtel Le Roy.*
ARCHIVES FAMILIALES dont la plus grande partie est inédite.
WILLETTE, Luc : *Le maréchal Lannes.*
Généalogie. Historique de la Maison de SABRAN-PONTEVÈS, Firmin-Didot. Edition MDCCCXCVII.
RAIMOND JODARD GALINDO : *Chronologies généalogiques des Maisons souveraines d'Espagne,* Branches cadettes et grands feudataires.

TABLE

AVANT-PROPOS 9

PREMIÈRE PARTIE

I. — Où l'amour a plus de place que la raison 15
II. — Les des Cars 23
III. — Les Manca de Vallombrosa 33
IV. — Les jours sombres 41
V. — Rue Barbet-de-Jouy 63
VI. — Lannes 85
VII. — Les Montebello 105
VIII. — Albertine 123
IX. — Aurore, ténèbres et lumières 139
X. — Sic transit... 165

DEUXIÈME PARTIE

I. — Foulques 195
II. — Gai, gai, marions-nous 207
III. — Par la grâce de Dieu 211
IV. — Elzéar et Dauphine 223
V. — Le lion meurtri 235
VI. — Trois Marquises. 243
VII. — Les Pontevès entrent dans la danse 275
VIII. — Ah jeunesse.... 287
IX. — Monsieur le Duc 293
X. — Je crois à la vie éternelle 303

BIBLIOGRAPHIE 307

Achevé d'imprimer en juin 1987
sur presse CAMERON,
dans les ateliers de la S.E.P.C.
à Saint-Amand-Montrond (Cher)

— N° d'édit. 87112. — N° d'imp. 1129. —
Dépôt légal : juin 1987.